HEYNE BÜCHER

W0390746

SCIENCE FICTION

Herausgegeben von Wolfgang Jeschke

Von **SHADOWRUN™** erschienen in der Reihe
HEYNE SCIENCE FICTION & FANTASY:

1. Jordan K. Weisman (Hrsg.): *Der Weg in die Schatten* · 06/4844

TRILOGIE GEHEIMNISSE DER MACHT

2. Robert N. Charrette: *Laß ab von Drachen* · 06/4845
3. Robert N. Charrette: *Wähl deine Feinde mit Bedacht* · 06/4846
4. Robert N. Charrette: *Such deine eigene Wahrheit* · 06/4847

5. Nigel Findley: *2 X S* · 06/4983
6. Chris Kubasik: *Der Wechselbalg* · 06/4984
7. Robert N. Charrette: *Trau keinem Elf* · 06/4985
8. Nigel Findley: *Schattenspiele* · 06/5068
9. Carl Sargent: *Blutige Straßen* · 06/5087

TRILOGIE DEUTSCHLAND IN DEN SCHATTEN

10. Hans Joachim Alpers: *Das zerrissene Land* · 06/5104
11. Hans Joachim Alpers: *Die Augen des Riggers* · 06/5105
12. Hans Joachim Alpers: *Die graue Eminenz* · 06/5106

13. Tom Dowd: *Spielball der Nacht* · 06/5186
14. Nyx Smith: *Die Attentäterin* · 06/5294
15. Nigel Findley: *Der Einzelgänger* · 06/5305
16. Nyx Smith: *In die Dunkelheit* · 06/5324
17. Carl Sargent/Marc Gascoigne: *Nosferatu 2055* · 06/5343
18. Tom Dowd: *Nuke City* · 06/5354
19. Nyx Smith: *Jäger und Gejagte* · 06/5384
20. Nigel Findley: *Haus der Sonne* · 06/5411
21. Caroline Spector: *Die endlosen Welten* · 06/5482
22. Robert N. Charrette: *Gerade noch ein Patt* · 06/5483
23. Carl Sargent/Marc Gascoigne: *Schwarze Madonna* · 06/5539
24. Mel Odom: *Auf Beutezug* · 06/5659
25. Jak Koke: *Funkstille* · 06/5667
26. Lisa Smedman: *Das Luzifer Deck* · 06/5889
27. Nyx Smith: *Stahlregen* · 06/6127
28. Nick Polotta: *Schattenboxer* · 06/6128
29. Jak Koke: *Fremde Seelen* · 06/6129 (in Vorb.)
30. Mel Odom: *Kopfjäger* · 06/6130 (in Vorb.)

NICK POLOTTA

SCHATTENBOXER

Achtundzwanzigster Band
des
SHADOWRUN™-ZYKLUS

Deutsche Erstausgabe

WILHELM HEYNE VERLAG
MÜNCHEN

HEYNE SCIENCE FICTION & FANTASY
Band 06/6128

Besuchen Sie uns im Internet:
http: // www.heyne.de

Titel der Originalausgabe
SHADOW BOXER
Übersetzung aus dem Amerikanischen von
CHRISTIAN JENTZSCH

Umwelthinweis:
Dieses Buch wurde auf chlor- und
säurefreiem Papier gedruckt.

Redaktion: Ralf Oliver Dürr

Erstausgabe bei ROC, an imprint of Dutton Signet,
a division of Penguin Books US Inc.

Printed in Germany 1997
Umschlagbild: FASA Corporation
Umschlaggestaltung: Atelier Ingrid Schütz, München
Technische Betreuung: M. Spinola
Satz: Schaber Datentechnik, Wels
Druck und Bindung: Elsnerdruck, Berlin

ISBN 3-453-13325-0

Für Alexandre Dumas,
den Meister des Abenteuerromans

Für Kim Williams,
die Dame, die ich mein Leben lang
gesucht habe. Gott sei Dank
hat sie mich schließlich gefunden.

SCHATTENBOXEN: Substantiv, antiquierter Militär-Slang des zwanzigsten Jahrhunderts; bezeichnet einen tödlichen Kampf mit einem unbekannten oder unauffindbaren Feind. *World-Wide Word Watch,* Update 2058.

Prolog

02:50 Standardzeit Ostküste, 13. Juni 2058
Biscayne Bay, Miami, an der Nordgrenze
der Karibischen Liga

Eine zitternde Hand durchbrach den Vollmond und erzeugte kleine Wellen aus tanzendem Silber auf der öligen Wasseroberfläche. Langsam streckte sich die Hand aus der verschmutzten Biscayne Bay, um sich an einer rostigen Eisenklampe festzuhalten, die an dem alten verwitterten Dock angebracht war.

Quälend langsam zog sich BlackJack Terhune auf die rauhen Planken und wälzte sich dann mit letzter Kraft vom gesplitterten Ende des Docks weg. Mit einem Stöhnen streifte er sich die Tauchermaske vom schwitzenden Gesicht. Er war noch am Leben! Nicht wie alle anderen Teilnehmer an diesem höllischen Run. Verdammter Drek, der Run war so gewesen, als marschiere man nackt in einen Fleischwolf. Schlimmer.

Er warf die Maske beiseite und hörte, wie sie in die stinkende Brühe klatschte. Dann tastete er mit von den giftigen Chemikalien im Wasser geröteten Händen in einer Bestandsaufnahme seinen Armee-Overall ab. Stiefelmesser verschwunden, Belgium 9 Derringer verschwunden, der große Ares Predator verschwunden – wann war *das* passiert? –, die Magazine dafür längst verbraucht, die Nachtsichtbrille von jenem verdammten Shatogunda-Magier unbrauchbar gemacht und die Narcoject benutzt, um die Tür zu einem Fahrstuhlschacht aufzuzwängen.

Nichts war von der Ausrüstung geblieben, die er in den Jahren auf der Straße so umsichtig zusammengestellt hatte. Sogar Lauras kostbares Fuchi-Cyberdeck war zu Bruch gegangen, und zwar auf dem Kopf jenes Ork-Wachmanns. Der dämliche Wichser hätte wahrscheinlich nie damit gerechnet, daß ein Decker so verzweifelt sein könnte. Wer hätte das schon? Laura schien selbst ziemlich überrascht gewesen zu sein, als sie es tat. Wumm! Chips und Blut waren überallhin gespritzt, während der Ork wie ein nasser Sack zu Boden gegangen war. Dann hatten BlackJack und die Dekkerin ohne Deck gemacht, daß sie aus dem Höllenloch herauskamen, um die Sicherheit des wartenden Hubschraubers zu erreichen, und dann waren sie abgerauscht, sicher und behütet.

Sicher und behütet. Ein bitteres Lachen ging in einen Hustenanfall über, als er matt auf dem uralten Holz des Docks lag und versuchte, die Lungen mit Nachtluft zu füllen. Das kalte Wasser lief in dünnen Rinnsalen an seinem Bodysuit herunter, dessen Panzerung, die seine lebenswichtigen Körperteile und die Schwachstellen schützte, jetzt schlimm verbeult war.

Sicher. Ha! Sie waren alles andere als sicher gewesen. Es war die reinste Hölle. Wer hätte auch ahnen können, daß ein kleiner Konzern wie Shatogunda über Boden-Luft-Raketen verfügte? Der Hubschrauber des Teams war ihnen unter dem Hintern weggeschossen worden, bevor sie Sichtkontakt mit ihrem vor der Küste liegenden Boot bekamen. Laura und er hatten den Feuerpfeil gesehen, der auf den Hubschrauber zu raste, und waren gerade noch rechtzeitig abgesprungen. Big George nicht.

Im Wasser hatten sie sich von allem getrennt, was entbehrlich war, und waren in Richtung des Riffs geschwommen, um aufs offene Meer zu gelangen. Sie waren nur noch ein paar Meter entfernt gewesen, hatten es bereits sehen können, hatten das Tosen der Wellen über die Korallen gehört, als sie plötzlich von dem Rudel verchippter Haie umringt gewesen waren, deren Kreise immer enger wurden. BlackJack hatte nicht einmal gewußt, daß ein Fisch-Mikrochip-Interface überhaupt möglich war!

Laura Redbird ebenfalls nicht, ihrem unmenschlichen Schrei nach zu urteilen, als die Haie sie in die Tiefe zogen. Hätte er irgend etwas tun können, um sie zu retten, er hätte es getan, auch wenn er dadurch sein eigenes Leben riskiert haben würde. Aber wenn vier große weiße Haie jeder nach einem Glied schnappen und anfangen, Tauziehen zu spielen, ist das Opfer bereits tot. Er hatte nur noch die Ablenkung ausnutzen können, während er über die zerklüfteten, rasiermesserscharfen Korallen des Riffs geklettert und in die Biscayne Bay entkommen war, wohin ihm die Haie nicht mehr folgen konnten.

Verchippte Haie. Welcher Psycho würde schon Haie verchippen wollen! Drek, und das war nur eines der vielen Dinge, die bei diesem Run nicht gestimmt hatten. Eines der vielen Tausend. Das Glitzern der Suchscheinwerfer auf der verchromten Buchse in ihrer Schläfe war das letzte, was er von Laura gesehen hatte. Blinde Wut hätte ihn beinahe dazu gebracht, auf die Haie loszugehen, aber angesichts der Tatsache, daß er nur die bloßen Hände als Waffe einsetzen konnte und Sicherheitsmannschaften in paramilitärischen, waffenstarrenden Hovercrafts unterwegs waren, hatte die brutale Logik seine Wut überkommen. BlackJack hatte widerwillig ihr Fleisch benutzt, um sich die Zeit zu erkaufen, die er für seine Flucht benötigte.

Hatte das Fleisch einer Geliebten noch ein letztes Mal benutzt. Er fühlte sich innerlich schmutzig, als hätte er im Meer Chemo Schlamm geschluckt. Was hätte er für ein DocWagon-Team gegeben, das ihn in ein warmes, sauberes Krankenhaus bringen würde, in dem die Leute nur darauf warteten, ihm die Schmerzen zu nehmen. Oder für einen freundlichen Schamanen, der ein heilendes Lied für ihn sang. Alles. Ja, und wenn Wünsche Drek wären, dann wäre die Gosse der

Himmel. Hör auf zu jammern, Chummer. Es wartet immer noch Arbeit. Der Run war noch nicht vorbei. Nein, noch nicht ganz. Eines blieb noch zu tun.

Als BlackJack wieder einigermaßen bei Kräften war, öffnete er den Klettverschluß seines Bodysuits und schälte sich langsam heraus. Das ballistische Material klebte an mehreren Stellen an seiner Haut fest und mußte unter Schmerzen abgelöst werden. Sein Körper war eine Ansammlung von Blutergüssen und blutenden Schnitten, die hier und da bereits anschwollen. Nachdem sie mit Meerwasser in Berührung gekommen waren, schien die Chance einer Infektion gleich null, aber eine Blutvergiftung war nicht auszuschließen. Er hatte das pochende Kugelloch in seiner Schulter bereits mit einem Traumapflaster behandelt, aber der vergiftete Atlantik hatte den Klebstoff an einigen Stellen aufgelöst, so daß es nicht mehr richtig haftete. Die Wirkung der Metaphamine, die ihn wach gehalten und in die Lage versetzt hatten, gegen die verdammte Strömung anzuschwimmen, ließ allmählich nach, da sie verwässert waren. Jetzt hielt ihn nur noch pures Adrenalin wach. »Und Haß, vergessen wir nicht den Haß«, sagte er sich verbittert.

Nur in Unterhosen kam BlackJack auf seine wunden Füße und taumelte dem kleinen blauen Licht entgegen, das in den letzten vier Stunden sein Ziel gewesen war, als er dem Riff nach Süden gefolgt war. Die mit Nieten beschlagene Stahltür des Lagerhauses wurde von der winzigen blauen Glühbirne in der Wand darüber beleuchtet. Sie war so fleckig und zerfressen von dem beständigen sauren Regen dieses Jahres, daß das uralte Schild mit der Aufschrift ›Honest Bobs Bootsverleih‹ fast verblichen war. Doch der Handflächenscanner erkannte seinen Abdruck, und die massive Tür schwang lautlos auf. Er und die anderen würden sich hier getroffen haben, wenn es außer ihm noch jemand geschafft hätte.

Als BlackJack in die Dunkelheit stolperte und die mächtige Tür hinter sich zuschob, sprang automatisch mit blendender Gewalt die Beleuchtung an. Vorübergehend benommen, stand er da und blinzelte in das grelle Licht. Wenn es ein doppeltes Spiel gab, war dies der perfekte Ort. Jeder pickelgesichtige Punk mit einer Zwei-Nuyen-Gummibandpistole konnte ihn jetzt umlegen. Nicht, daß es viel bringen würde. Er war so erledigt, so ausgelutscht, daß ihn wahrscheinlich nicht einmal die Organschmuggler würden haben wollen.

Die Sekunden verrannen in angespannter Stille. Während seine Augen sich an das Licht gewöhnten, sah er sich in dem Lagerhaus um, das bis zur Decke mit maritimem Kram vollgestopft war: Ballen von Netzen, Bündel von Rudern, Öltuch und ähnliche Dinge. Werkzeuge, vor tausend Jahren entworfen, aber heute noch genauso nützlich wie eh und je. Ausrüstung, die derartig grundlegend war, daß sie nicht verbessert werden konnte. Was die Techies auch sagen mochten, man kann keinen Nagel mit einem Mikrochip verbessern. Ende der Diskussion.

Ein schmaler Pfad wand sich durch das Durcheinander der maritimen Ausrüstung. Erschöpft schlich BlackJack von Kiste zu Kiste, wobei er versuchte, sich mit einer Hand auf den feuchten Plastikbehältern abzustützen. Schließlich landete er vor einem Stapel von Plasten-Beuteln, die vom grellen Licht einer EverBright angestrahlt wurden. Ein vorübergehendes Flackern verriet ihm, daß sogar die unabhängigen Energiezellen jener angeblich ewig haltenden Glühbirnen mit der Zeit schwächer werden konnten.

Unbeholfen wühlte BlackJack in den Beuteln herum und warf überflüssige Zivilkleidung für tote Freunde beiseite, bis er die Medikamente und medizinischen Hilfsmittel fand, die er suchte. Mit der linken Hand knüpfte er eine Schlinge für den rechten Arm und riß dann Klebestreifen ab, um einen Tapeverband für seine gebrochenen Rippen anzulegen. So sehr die Höllenhunde es auch versucht hatten, es war ihnen nicht gelungen, mit ihrem Feueratem den schützenden Vorhang zu durchdringen, mit dem Iron Jimmy, ihr Schamane, sie umgeben hatte, und als die Bestien näher gekommen waren, hatte BlackJacks Ares Predator kurzen Prozeß mit ihnen gemacht. Doch die Hunde waren kurz zuvor abgesprungen, und ihr Bewegungsimpuls hatte die Kadaver weiterfliegen lassen, die sie mit der Wucht von Vorschlaghämmern getroffen hatten. BlackJack hatte Jimmys Genick brechen hören, bevor er selbst zu Boden gegangen war.

Nachdem er den Tapeverband angelegt hatte, ließen die Schmerzen beim Atmen nach, bis es nur noch unangenehm war. Er wühlte tiefer in dem Beutel herum und fand ein frisches Traumapflaster, das er auf die Schußwunde klebte, dazu ein paar Stimulanzpflaster, die er auf unversehrte Stellen seiner Arme klebte. Er atmete scharf ein, als das organische Plastik das große Loch sterilisierte und versiegelte; er hatte einen Geschmack von Oliven im Mund, während das DMSO heilende Medikamente in seinen Körper pumpte.

Jetzt brauchte er nur noch eine Sache zu finden, und dann entdeckte er den kleinen schwarzen Kasten mit dem auffälligen roten Kreuz darauf. Er hielt ihn in der Hand, um zu überprüfen, worauf der TaschenDoc eingestellt war. Die verdammten Dinger enthielten nur sechs Ampullen von allem – man mußte sie mit den Medikamenten bestücken, von denen man glaubte, daß man sie später brauchen würde. Nicht gerade perfekt – aber sie waren wesentlich vielseitiger als einfache Erste-Hilfe-Koffer, weil die Dinger in begrenztem Umfang eigene medizinische Entscheidungen treffen konnten. Der Anzeige an der Seite entnahm er, daß Schmerzstiller, Stimulantia, Antibiotika, Antitoxine und noch andere Medikamente geladen waren, deren

Namen er nicht entziffern konnte, da vor seinen Augen alles verschwamm.

Unbeholfen aktivierte BlackJack den Computer-Sani und hielt ihn sich an die Seite. Das Gerät summte, während es sich über seinen Zustand informierte, dann zischte es mehrfach, als es Gott weiß was in seinen Blutkreislauf pumpte. Schließlich verstummte der Doc, und er warf das teure Gerät einfach weg, da er zu müde war, als daß es ihm noch etwas bedeutet hätte. Es schlug irgendwo im Schatten auf, brach auseinander und verstreute seine elektronischen Innereien über den Boden.

Kurz darauf wusch eine kribbelnde Welle der Erleichterung über ihn hinweg, und er spürte, wie sein Kopf wunderbarerweise wieder klar wurde. Wieder auf Sendung ging. Er suchte in einem der anderen Beutel nach einer Ersatzwaffe und fand statt dessen ein paar Flaschen mit einer bernsteinfarbenen Flüssigkeit darin. Nicht weiter überraschend, wenn man bedachte, wie sehr Big George seinen Schnaps geliebt hatte. Für ihn weder Drogen noch Chips. Der geht auf dich, George! sagte er sich, während er nicht daran zu denken versuchte, wieviel der Elf und er zusammen durchgemacht hatten und daß er Big George jetzt nie mehr wiedersehen würde.

BlackJack zog eine der Flaschen heraus und nahm verblüfft zur Kenntnis, daß es sich nicht um billigen synthetischen Schnaps handelte, sondern um richtigen, echten Scotch; etwas namens Irish Mist mit einem datierten Etikett und Importsiegel und allem! Mit dem Gedanken, daß man einem geschenkten Gaul nicht ins Maul sieht, löste er mit den Zähnen den Drehverschluß und ließ sich einen großzügig bemessenen Schluck Single Malt die Kehle hinunterlaufen. Die Kälte verließ seinen Magen, und er fing gerade wieder an, sich wie ein Mensch zu fühlen, als eine Gestalt aus den Schatten trat. Sie war nur teilweise sichtbar, da sie jenseits des

Lichtkreises stand, und er konnte lediglich die Schuhe und einen Handkoffer sehen.

»*Konichiwa*, BlackJack«, sagte seine Besucherin mit einer flachen Verbeugung aus der Hüfte, während sie den teuren Aktenkoffer aus Leder abstellte. »Ich habe hier wie verlangt den Rest Ihrer Bezahlung. Ein beglaubigter Kredstab.« Für einen kurzen Augenblick sah er das Aufblitzen ihrer von rotem Lippenstift umrahmten Zähne im Halbdunkel. »Wo ist meine Ware, bitte?«

»Zum Teufel mit Ihnen, Mr. Johnson«, hustete BlackJack. Er nahm noch einen Schluck aus der Flasche und ließ sich gegen ein Faß Motoröl sinken. Nur Augenblicke zuvor hatte er sich viel besser gefühlt. Warum war er jetzt plötzlich so müde?

Der Mr. Johnson trat näher, so daß der Körper im Licht war, aber nicht das Gesicht. »Was soll das heißen? Haben Sie den Prototyp nicht bekommen?«

»Drek, nein.«

Eisiges Schweigen. »Und warum nicht?« Ihr Tonfall war nicht wirklich feindselig, aber doch nahe daran.

»Weil Ihre verdammten Kanister mit Nervengas die Wachen nicht erledigt haben!« schrie BlackJack. »Darum!« Er leckte sich über die Lippen und schmeckte etwas Widerliches… stammte das vom DMSO oder vom Whiskey?

»Und?« fragte die Frau gelassen. Sie war die Schieberin, die sie auf diesen Shadowrun gegen Shatogunda angesetzt hatte. BlackJack hatte noch nie zuvor mit ihr zusammengearbeitet, und jetzt wußte er auch, warum.

»Und?« brüllte er, indem er die Flasche beiseite stellte. Er hatte Schwierigkeiten, seine Gedanken zusammenzuhalten, um eine halbwegs vernünftige Antwort zu geben. »*Und?* Sie drekfressende Null. Die hatten mehr Söldner, als Sie gesagt haben! Und hatten auch andere Waffen und Höllenhunde – nicht bloß

Hunde. Sie hatten sogar militärische Unterstützung von den UCAS, um Himmels willen! *Und* ganz plötzlich ist aus dem Nichts irgendein unverwundbarer Ork-Kumpel mit 'ner riesigen Kanone aufgetaucht und hat mein ganzes verdammtes Team zu Klump geschossen!«

»Äußerst bedauerlich«, bestätigte der Mr. Johnson mit feierlichem Ernst.

»Bedauerlich, ja«, knurrte BlackJack, indem er die Arme um seine schmerzenden Rippen schlang. »Ich habe fünf von meinen Leuten verloren, bevor wir auch nur das Hauptgebäude erreichten, und dann setzten uns die Wachen von allen Seiten zu. Drek, sie waren einfach überall! Dann haben ein paar verchippte Haie meinen besten Decker erledigt, und wenn die verdammte Flut nicht gewesen wäre, hätten sie mich auch erwischt.«

Mit einem leisen, beschwichtigenden Laut stellte die Frau einen Schuh auf eine kleine Kiste mit Maschinenteilen. Dabei teilte sich ihr langer Rock und enthüllte eine Menge sonnengebräunten, nylonbestrumpften Oberschenkel und mehr. »Ja, ich hatte auf die Abendflut gezählt. Aber nur im Notfall. Ich glaube, das war einer.«

Während sich sein Verstand immer mehr vernebelte, hustete BlackJack und spie nach Whiskey schmeckendes Blut auf den Boden. »Das können Sie laut sagen!«

Eine manikürte Hand hielt sich flüchtig den Mund zu, um ein Gähnen zu verbergen. »In der Tat. Das hört sich so an, als hätte die Shatogunda-Sicherheit extrem gründlich gearbeitet.«

»Gründlich?« fauchte BlackJack, der seine Nackenadern pochen spürte. »Hören Sie, Johnson, diese Shatogunda-Söldner haben uns nach allen Regeln der Kunst aufgemischt!«

»Ja«, wandte sie leise ein. »Dunkelzahn muß sie gut ausgebildet haben.«

Er spürte, wie ihm das Herz stehenblieb. »Der Drache? Wir sind gegen Wachen angetreten, die von einem Drachen ausgebildet wurden?« Bevor Johnson etwas sagen konnte, traf ihn die furchtbare Wahrheit wie eine Links-Rechts-Kombination. »Heiliger Drek, dann war das einer von seinen Konzernen? Der Wichser! Obwohl er tot ist, kann der Drache einen immer noch fertigmachen.«

»Was für eine Ausdrucksweise. Also wirklich...«, sagte die Frau.

Voller Wut stützte BlackJack sich auf eine Plastikkiste und richtete sich auf. Seine Glieder fühlten sich wie Bleigewichte an. Warum war er so schläfrig? Irgend etwas stimmte nicht, aber seine Wut gab ihm die Kraft weiterzureden.

»Dieser Run war von Anfang an aussichtslos! Unsere Informationen waren ungenau, und alles, was Sie uns gesagt haben, war so falsch, daß wir nur noch nach vorn konnten, nachdem wir einmal angefangen hatten; und prompt hat man uns in Stücke gerissen! Man könnte fast meinen, wir sollten es gar nicht schaffen!«

Er krümmte sich unter einem Hustenanfall, und zum erstenmal lächelte die Frau, die er als Mr. Johnson kannte, wobei ihre Zähne in der Dunkelheit glitzerten wie die eines Tiers.

»Das stimmt«, sagte sie leise. »Sie sollten es auf gar keinen Fall schaffen.« Sie beobachtete ihn ganz genau, ein hintergründiges Lächeln auf den Lippen. »Und Sie sollten auch nicht zurückkommen, Sie Idiot«, fügte sie hinzu, wobei ihre rechte Hand hinter ihrem Rücken verschwand.

Als das Begreifen dämmerte, ballte BlackJack die Faust, und drei Karbon-Stacheln glitten aus seinen Fingerknöcheln, die im Licht der EverBrights glänzten. Im nächsten Augenblick warf er sich auf die schlanke Gestalt, die vor seinen Augen immer mehr verschwamm. Eine Serie dicht aufeinanderfolgender *Plops* stoppte ihn, und die bleistiftdünnen Flammen der schallgedämpften Automatik vom Typ Heckler & Koch folgten seinem durchlöcherten Körper auf den Boden.

»Und ich heiße tatsächlich Johnson«, sagte Erika Johnson, da sie fortfuhr, alle achtzehn hülsenlosen Geschosse des Magazins in die reglose Gestalt zu pumpen. »Amüsant, *neh?*« Die einzige Antwort bestand in einem leisen, feucht klingenden Gurgeln, das kaum zu hören war.

Erika schob die Waffe wieder in das Halfter auf ihrem Rücken, ging gelassen nach draußen zum Dock und fand dort die Reste des Schwimmanzugs. Die Tauchermaske blieb unauffindbar. Ein Ärgernis, schlimmstenfalls. Sie faltete den Anzug ordentlich zusammen und verstaute ihn in ihrem leeren Aktenkoffer. Dann ging sie wieder hinein, zog der Leiche die nasse Unterhose aus und streifte ihr einen mit Ölflecken übersäten Arbeitsoverall über, den sie einem Wandspind entnahm. Die Taschen enthielten einige persönliche Gegenstände, ein paar illegale SimSinn-Chips und einen exklusiven Drei-Ringe-Kredstab mit über zehntausend Dollar der Karibischen Liga. Sie lächelte, als sie daran dachte, daß sie auf der Straße von den Touristen und Händlern als Dublonen bezeichnet wurden, da sie nach dem Reiz des Verbotenen Ausschau hielten, aber dieses Geld stammte direkt von ihrem Spesenkonto.

Sie hatte freie Hand für dieses Unternehmen bekommen, wie es sich für einen Exec ihres Ranges auch gehörte. Nur Hakutsu Hotosama persönlich und der *Gaijin* James Harvin standen in der Hierarchie der Gunderson Corporation noch über ihr. Und bald würde sich das ebenfalls ändern. O ja, sehr bald.

Johnson zog ein Paar Gummihandschuhe aus dem Beutel an ihrem Gürtel und streifte sie über, wobei sie vor sich hin pfiff, um dann mit einer chirurgischen

Sonde alle Kugeln aus dem Leib des Toten zu entfernen. Sie deponierte die blutigen Metallklumpen in einem kleinen Plastikbehälter, den sie verschloß und in ihrem Mantel verstaute. Dann entnahm sie einem weiteren Behälter eine andere abgeschossene Kugel und drückte sie in die noch warme Wunde, wo Lone Star sie finden sollte. Falls die unfähigen Idioten dazu überhaupt in der Lage waren.

Sie schleifte die Leiche in das kleine Motorenlager in einer Ecke des Lagerhauses und legte sie vor ein Regal, das absichtlich mit Maschinenteilen überladen war. Ein sanfter Stoß mit einem Besenstiel ließ die zuvor präparierte Stütze zusammenbrechen, und mit einem gewaltigen Krach zermalmte das schwere Regal die einstmals hübschen Züge des Runners zu einer unkenntlichen Masse. Perfekt. Erika blieb noch eine Minute, um sich die entstellte Leiche anzusehen, da sie sich merkwürdig erregt fühlte, doch dann drehte sie sich um und ging, wobei sie den verräterischen Besen in das Chaos warf.

Sie kontrollierte ihre teure Kleidung auf Spritzer, dann verließ sie das Lagerhaus und ging in das vordere Büro. Dort nahm sie mit einer Pinzette eine Visitenkarte aus Makroplast aus einem Umschlag. Sie trug den Namen einer Konkurrenzfirma, die sich gegenwärtig im Krieg mit dieser befand. Als ob diese kleinen Fische auch nur eine Ahnung gehabt hätten, was dieses Wort überhaupt bedeutete. Das ganze Geschäftsleben war Krieg. Diese Kleinunternehmen mit nur einem Besitzer stritten nur und plapperten wie widerspenstige Kinder. Vorsichtig legte sie die Karte in eine kleine Wasserlache direkt unter einem leckenden Wasserkühler.

Dann ging sie rasch auf den Flur, öffnete ein Paneel in der Wand und löste mit einem einfachen Ruck einen Draht, um den altmodischen, auf Hitze reagierenden Feueralarm zu deaktivieren. Sie dankte den Göttern, daß die Besitzer bisher noch kein Geld für die Modernisierung des Systems gehabt hatten. Verchippte Sensoren ließen sich nicht so leicht ausschalten wie dieses Stück Straßendrek. Auf dem Weg zur Vordertür zog Johnson eine Zigarre aus der Hemdtasche der kalkweißen Wache, die schlaff auf einem Stuhl hinter einem gepanzerten Pult saß. Der toten Frau hing die geschwollene Zunge aus dem Mund, und ihr Hals war dunkelviolett, wo die Garrotte tief in ihr Fleisch geschnitten hatte. Ihre Maschinenpistole steckte immer noch im Gürtelhalfter.

Erika entzündete die billige Imitation einer Havanna und zog daran, bis die Spitze glühte, wobei sie ein angewidertes Gesicht schnitt. Dann legte sie die qualmende Zigarre halb in eine Lache mit Lackverdünner auf dem Linoleumboden. Eine Spur der farblosen Flüssigkeit zog sich durch den Raum und verschwand unter der Tür eines kleinen Lagerraums, der voll mit verrosteten Farbeimern und ölgetränkten Lumpen war. Alles nur für den heutigen Anlaß zu einer netten kleinen Pyramide gestapelt.

Während die Zigarre langsam herunterbrannte und sich die glühende Spitze dem Verdünner näherte, ging Erika geduldig noch einmal alles durch, was sie bisher getan hatte. Überzeugt, daß alles in Ordnung war, verließ sie das Gebäude, schloß die Tür hinter sich und ließ die Ausweiskarte durch einen Spalt in der Plastiglasscheibe nach innen fallen.

Ein unauffälliger Chrysler Nissan Caravaner wartete am Randstein. Sie stieg ein, und augenblicklich nahmen die Fenster eine dunkle Tönung an, so daß niemand mehr hineinsehen konnte. Das war bei diesem Modell kein serienmäßiges Zubehör, aber sie glaubte nicht, daß irgend jemand zusah. Die grüne Lackierung war stark zerkratzt, und die Paneele aus Holzimitat lösten sich an mehreren Stellen unter der Einwirkung der typischen Rostflecke eines Wagens, der in Küstennähe gefahren und nicht regelmäßig gewaschen wurde. Niemand, der seine fünf Sinne beisammen hatte, würde sich die Mühe machen, von diesem jämmerlichen Stück Detroiter Drek die vergammelten Reifen zu klauen.

Sie schaltete die Sicherheitssysteme auf Bereitschaftsmodus und berührte die Zündung. Der Onboard-Computer akzeptierte ihren Fingerabdruck, und mit einem sanften Schnurren sprang der mit 400 PS überstarke Motor an. Halogenscheinwerfer flammten auf, und der Wagen löste sich geschmeidig vom Randstein und verschwand lautlos in der Dunkelheit. Nur seine kugelsicheren Reifen knirschten auf der alten Schotterstraße.

SHADOWRUN

SORG' FÜR DEINE EIGENE GERECHTIGKEIT

1

Schmerzen.

Schmerzen füllten ihre Welt aus, ein wirbelndes, brennendes Universum aus sengenden, glühenden Schmerzen jenseits aller Vorstellungskraft. Jahrtausende verstrichen quälend langsam mit dem Tempo eines wandernden Gletschers, und dann gingen die Schmerzen zurück, bis nur noch ein Pochen in ihren Armen und im linken Bein übrig war. Während der Ansturm körperlicher Wahrnehmungen nachließ, spürte Laura Redbird die Welt zu ihr zurückkehren, als verflüchtige sich der stygische Nebel, der ihren Körper umgab, allmählich unter einer wärmenden, freundlichen Sonne.

Sie befand sich auf einem Tisch … Nein, am Strand? Sie lag ausgestreckt im Sand, den Geschmack von Meersalz im Mund, die Kleidung gräßliche blutverschmierte Fetzen, und in ihren Gliedern hämmerte das Blut, als seien sie lebendige Ballons, die jeden Augenblick zu platzen drohten. Ihre Armbanduhr schien ein peinigender Dornenkranz zu sein, der in ihr Handgelenk schnitt. Doch jeder donnernde Herzschlag schien weniger schrecklich zu sein als der vorherige. Ein rauhes Husten kratzte in ihrem Hals, und sie sammelte genug Kraft, um den Kopf zu wenden und eine Ewigkeit lang Meerwasser zu erbrechen. Konnte ein Mensch überhaupt so viel Wasser in den Lungen haben und nicht tot sein? Es mußte wohl so sein. Sie lag hier und lebte. Aber wo war hier?

Die Erinnerung kehrte wie eine Explosion zurück, und plötzlich fuhr sie schreiend kerzengerade auf und schlug mit ihren schwachen Armen nach den großen weißen Haien, die ihren hilflosen Körper zerrissen. Weißglühende Schmerzen, unerträglich und das Maß sprengend, das der menschliche Geist erfassen konnte, hatten sie überfallen, als das brodelnde Meer sich von ihrem Blut rot färbte und sie von den Ungeheuern aus der lieblichen kühlen Luft in die kalten salzigen Tiefen gezerrt wurde. Dann kam eine herzzerreißende Erinnerung an BlackJack, wie er von ihr weggeschwommen war, und Wut erfaßte sie angesichts seines Verrats. Er hatte sie sterbend zurückgelassen!

Dann ließ ihre Wut nach, als die Logik ihr verriet, daß er sie nur verlassen hatte, weil sie bereits tot war. Nicht mehr zu retten. Das Herz schmerzte ihr in der Brust angesichts der Trauer auf seinem Gesicht, als er sich von ihrer verstümmelten Leiche abwandte und wegschwamm. Und das war das Wort, nicht wahr, Chummer? Leiche. Fischfutter du jour. Sie war zu Hackfleisch verarbeitet worden. Oder vielmehr dem Tod so verdammt nahe gekommen, daß sie jetzt wußte, wie es in der Hölle war. Sie stank nach Verzweiflung und Hilflosigkeit.

Laura zitterte leicht in der frischen Küstenbrise und sah sich um. Sie befand sich auf einem bemerkenswert sauberen Strandabschnitt mit weißem Sand nicht weit von den Industriegebieten des nördlichen Miami – ein Strand, der ansonsten mit fauligem Seetang, verrosteten Dosen, Glasscherben, Patronenhülsen und den schlaffen Überresten von Safer Sex übersät war. Der Anzahl letzterer nach zu urteilen, gab es heute nacht eine Menge glücklicher Chummer.

Als Laura sich vorsichtig die nassen Haare aus dem Gesicht strich, spürte sie die Kraft in ihre Arme zurückkehren und hielt dann staunend inne. Ihre Tätowierungen waren verschwunden. Jedenfalls zum größten Teil. Die Insignien der Motorrad-Gang aus ihrer Sturm-und-Drang-Zeit bei den Slammers waren nicht mehr auf ihrem rechten Bizeps. Und die nachgemachten Yakuza-Motive auf einem Oberschenkel waren schlicht und einfach nicht mehr da. Wie, zum Teufel, war das möglich? Sie waren von einem autodidaktischen Ork-Künstler im Seattler Sprawl ausgeführt worden, und Laura erinnerte sich noch glasklar daran, wie die Nadel voller Tinte viele tausend Mal ihre Haut durchstochen hatte. Die Yakuza-Tätowierung war ein Kunstwerk gewesen, das ihre auserwählte Beute so lange zum Narren gehalten hatte, daß sie deren gemeines Unternehmen hatte vereiteln können. Danach war die Tätowierung viel zu schön und potentiell nützlich gewesen, um sie sich mit Laser oder Säure entfernen zu lassen. Wie bei jedem Kunstwerk hatte der Vorgang der Produktion keinen großen Spaß gemacht. Wo, zum Teufel, waren ihre Schuhe?

»Geheiltes Fleisch ist immer gereinigt«, sagte die Luft vor ihr mit einer vage vertrauten Stimme. Als Laura zurückzuckte, nahm eine schimmernde Vision von ätherischer Schönheit über den Schaumkronen der auf den Strand brandenden Wellen Gestalt an. Ein Mann mit langem, fließendem Haar und voller Figur, nein, eine Frau von alterslosem Liebreiz und unbestimmbarer Rasse, gestützt von fließendem Mana, das in jeder Farbe des Spektrums leuchtete. Laura konnte das Wesen weder als Norm noch als Elf noch als irgendeiner anderen Rasse zugehörig bestimmen. Und das machte die Identifikation um so leichter.

»Savoriano«, murmelte sie und verbeugte sich, so gut sie es mit ihrem geschwächten Körper konnte, während sie im Sand saß.

Die vor ihr schwebende astrale Vision lächelte über den Versuch, und eine Welle der Wärme verjagte das Frösteln aus Lauras Knochen und den letzten Schmerz aus ihrem zarten Fleisch.

»Ich grüße dich, Laura Redbird«, sagte die Vision.

Die Deckerin wäre fast gestürzt, aber schließlich schaffte sie es aufzustehen. Die beiden sahen einander ein paar Minuten lang an. Oder Stunden. Zeit war in Gegenwart eines astralen Wesens schwer zu messen.

Wie lange war es her, seit Laura den Geist in jenem streng geheimen Labor von Fuchi Industrial Electronics gesehen hatte? Dort war er hinter einem Wall von Schutzvorrichtungen eingesperrt gewesen, während ein Team von verblödeten Wissenschaftlern wieder einmal versuchte, Magie und Technologie zu verschmelzen, indem sie den Geist mit einem Computer-Mainframe verbanden, der mehr aus Runen denn aus Chips und Drähten bestand. Natürlich hatte es nicht funktioniert. Und würde es auch nie. Aber die Megakonzerne wollten einfach den Versuch nicht aufgeben. Jeder wußte, daß Magie und Matrix unvereinbar waren. Diese Geistesriesen waren dämlicher als Drek.

»Ich sagte dir doch, daß ich die große Schuld eines Tages begleichen würde, in der ich für all das stehe, was du und deine Gefährten für mich in jener Nacht getan haben«, sagte Savoriano, deren Worte einen leichten Nachhall hatten. Laura, die sich von Sekunde zu Sekunde besser fühlte, stieß einen Seufzer aus. Ja, das war bis heute der schlimmste Run ihres Lebens gewesen. Und die finanziellen Auswirkungen der Angelegenheit erschütterten immer noch, Jahre später, die oberen Etagen der Megakonzernwelt in Japan. Das war Grund Numero Uno gewesen, warum sie und Black-Jack in die Karibische Liga hier nach Miami gegangen waren. Auch für den langen Arm eines Megakonzerns wie Fuchi war es manchmal schwierig, einen Ansatzpunkt in dieser Ansammlung von kleinen Regierungen, Piraten, Kartellen, Konzernen und anderen zu finden, die in diesem Teil der Welt zufällig Land besaßen – in erster Linie Inseln. Jeder mit einem Minimum an Macht schien um Macht über alle anderen zu ringen, und das einzige, worin sich alle einig waren, schien der Haß auf Aztlan zu sein.

»Wir haben getan, was uns richtig erschien«, sagte Laura, die nicht die Lorbeeren für eine selbstlose, edle Tat für sich in Anspruch nehmen wollte. Die Aktion hatte nur einen Augenblick gedauert und war ihr damals wie eine gute Idee vorgekommen. Der Feind meines Feindes und der ganze Drek.

»Du hast es allein getan«, strahlte der Geist – buchstäblich und fast blendend. Möwen in der Nähe der Klippen kreischten auf und flogen mit noch lauteren Schreien der Verärgerung davon. »Also habe ich die ganzen Jahre Ausschau nach einer Möglichkeit gehalten, die Wohltat zu erwidern.«

Ein kaltes Gefühl breitete sich in Lauras Magen aus, während sie spürte, wie sie errötete. »Die Haie.« Es war keine Frage, sondern eine Feststellung. War sie von den Toten zurückgeholt worden? Zusammengebaut worden wie ein Modellauto? Heiliger Drek.

»Tot ist tot, das überschreitet selbst meine Fähigkeiten«, antwortete das Astralwesen. »Aber Wunden können geheilt werden, wie schrecklich sie auch sein mögen, solange das heilige Fleisch und der kostbare Lebensfunke noch vorhanden sind.«

»Wunden?« bellte die durchnäßte Deckerin in jäher Wut. »Diese verdammten Goldfische haben meine Beine gefressen!«

»Dein Fleisch war zerfetzt, aber noch vorhanden«, flüsterte Savoriano, durch deren Gestalt der Ozean hinter ihr verschwommen sichtbar war. Das Mana war so hell wie immer, aber die Gestalt darin löste sich auf. »Energie ist Materie, und Mana ist Leben. Du bist geheilt worden. Jetzt bin ich frei von dir, gesegnete Befreierin.«

Das Licht wurde heller, und dann war der Geist verschwunden. Der Nimbus magischer Energie hing leer in der Luft. Gischt von den Wellen durchdrang das Leuchten ungehindert und näßte Lauras Gesicht.

»Leb wohl, meine Freundin«, flüsterte der Wind, während das Morgengrauen den ersten Anflug von Tageslicht brachte. Allein auf ihrem sauberen Fleckchen Strand öffnete und schloß Laura Redbird ihre perfekten Hände, sah zu, wie sich die unvernarbten Finger streckten, als sei sie tatsächlich ein Neugeborenes, das zum erstenmal diese Dinger am Ende seiner Arme entdeckte. Sie war zu Soyburger verarbeitet und dann von einem Akt der Güte geheilt worden, der die Folge von einem Ereignis war, das über zehn Jahre zurücklag. Das Leben war zu merkwürdig für Worte.

Wellen spülten über ihre nackten Füße und brachten das Frösteln zurück und dazu einen Metakrebs von der Größe eines Hutes, der aus dem Schaum krabbelte, um zu sehen, ob sie lebendig oder tot war. Die Flut kam. Das hellorangefarbene Krustentier klickte mit seinen Scheren in der Luft, und seine Glubschaugen hüpften auf lächerlichen Stielen herum. Das alberne Aussehen dieses Dings täuschte viele Neuankömmlinge. Seine Scheren konnten Stahl schneiden, sein Maul Beton kauen, und sie fraßen die merkwürdigsten Sachen. Und wenn sie einen einmal gepackt hatten, pustete man ihnen entweder den Kopf weg oder starb. Sie ließen niemals los. Eine gute Sache an ihnen war, daß diese Krebse besonders scharf auf Teufelsratten zu sein schienen, was ihnen eine Menge Pluspunkte bei den Einheimischen einbrachte.

Laura versetzte dem zehnbeinigen Krebs einen Tritt, der diesen dazu veranlaßte, sich davonzumachen, um leichtere Beute zu suchen, dann verließ sie ihren Geburtsort und schritt den Strand entlang. Hier draußen, jenseits der unnachgiebigen Barriere aus Stahlbeton, welche die luxuriösen Urlaubsgebiete vom öffentlichen Strand trennte, wurden keine Zuchthäusler eingesetzt, um den Sand jede Nacht von Hand zu säubern, so daß die Touristen einen netten Ort hatten, wo sie ihre fetten Leiber ablegen und sich von der kostenlosen Sonne bräunen lassen konnten. Das einzige, was in dieser verdammten Stadt kostenlos war. Die Einheimischen mußten inmitten des Konzerndreks sehen, wo sie blieben. In der Ferne erspähte sie die funkelnden Wolkenkratzer der Innenstadt, die sich hoch über den regenbogenfarbenen Neonring der Monobahn erhoben, der ganz Miami umgab.

Als sie eine baufällige Holzrampe erreichte, die zur Strandpromenade neben der erhöhten Straße führte, fing Laura an zu klettern. Auf der Promenade angelangt, ging sie nach Süden in Richtung Innenstadt zum nächsten Taxistand. Eins nach dem anderen. Sie mußte zum Treffpunkt im alten Lagerhaus und BlackJack finden. Würde der überrascht sein, sie zu sehen!

Das Morgenrot färbte den Himmel rosa, als Erika Johnson mit dem Caravaner den Miamikanal entlang in die Innenstadt fuhr. Trotz der vielen Explosionskrater und Schlaglöcher behielt sie sklavisch die erlaubte Höchstgeschwindigkeit bei. Als sie um die Kurve in der Nähe der Entsalzungsanlage bog, mußte sie wegen einer Barrikade aus umgestürzten Wagen vorübergehend herunterbremsen, während die hungrige Gang angesichts der Aussicht auf frisches Fleisch jäh erwachte.

Gelassen, fast ein wenig belustigt, wechselte Erika den Gang und fuhr in eine Gasse. Abfall, sowohl menschlicher als auch Schrott, säumte den Fahrweg, während ihr eine dieser Gruppen hektisch aus dem Weg sprang. Ein einzelner Schuß traf das Heck des Caravaner und jaulte als Querschläger davon, als die Kugel von der Panzerung abprallte, die unter der künstlerisch schlechten Lackierung verborgen war. Keine weiteren Schüsse wurden auf sie abgegeben, da die Einheimischen lediglich ihrem Unmut ob der krassen Gefühllosigkeit des unsichtbaren Fahrers Luft machen wollten.

Sie fädelte sich wieder in den Verkehr ein und fuhr mit all den anderen Fahrzeugen nach Westen – Limousinen und Sportcoupés, verrostete Wracks, die aussahen wie ihr Wagen, und haufenweise ferngesteuerte Lastzüge, manche mit, die meisten jedoch ohne Licht. Dies war angeblich ein industrielles Stadtviertel, aber den Berichten zufolge, die sie gelesen hatte, war die Hauptaktivität hier der Schmuggel. Mehrere Angehörige einer Motorrad-Gang, Norms und Trolle, donnerten auf ihren funkelnden Maschinen vorbei, wobei Talismane und Haarmähnen im Wind flatterten.

Laternen säumten die Straße, deren zwanzig Meter hohe Pfähle in drahtverstärkten Quarzlinsen endeten, die aus dieser Höhe, welche nötig war, um die Anwohner davon abzuhalten, sie auszuschießen, nur eine dürftige Beleuchtung boten. Das trübe Licht hatte einen grauen Glanz durch den innerstädtischen Smog und das allgemeine Miasma der verrottenden Straßen. Das Rosa des Morgengrauens nahm eine gelbliche Färbung an, als alle Straßenlaternen erloschen und die Stadt damit offiziell verkündete, daß der Tag angebrochen war. Sie war wie üblich im Irrtum. Oder vielleicht sparten die geizigen Schweinehunde auch nur ein paar Kilowatt.

Hier und da stand an den von Schutt und Trümmern überladenen Straßenecken ein einsamer Notrufkasten für Lone Star, von deren Alarmknöpfen nur noch baumelnde Drähte übrig waren. Niemand hier wollte das Gesetz. Es hinderte einen nur daran, ein paar Nuyen zu verdienen. Und wie für alles andere in der Erwachten Welt zurückgekehrter Magie galt auch für die Gerechtigkeit, daß man entweder selbst für sie sorgte oder ohne sie auskam.

Erika bog in eine Seitenstraße ein und fuhr jetzt nach Süden, tiefer ins Herz des urbanen Sprawl. Die Fenster waren vergittert oder vernagelt. Tätowierte Freudenmädchen und -jungen boten auch zu dieser Tageszeit ihre Dienste an, während grimmige Leute in ballistischen Dustern und Metamenschen jeder Rasse in beschlagenen Lederjacken auf den abfallübersäten Gehsteigen um die Vorherrschaft rangen. Alle paar Meter schossen SimSinn-Theater und die obligatorischen Rock-Bars aus dem Boden, jede ein wenig lauter als die vorherige, so kam es ihr in ihrem Abscheu jedenfalls vor. Graffiti versuchten ihr Bestes, um den Drek auf den Wänden der Häuser und der wenigen Geschäfte zu verbergen.

Der Miami-Sprawl umfaßte einen Großteil dessen, was einmal die Millionen-Dollar-Meile an der Goldküste gewesen war, und zog sich bis Coral Gables. Doch die Zeiten ändern sich, wie sie das immer tun, und jetzt waren die majestätischen Hotels halb leer und zu Bienenstöcken für Chipper und Organschmuggler geworden. Rattennester für Gossenpunks, Penner und Gangs, deren Beute die Hoffnungslosen und halb Verhungerten waren, die zu schwach waren, um sich wehren zu können.

Die DMZ Overtown, Heimat der Verzweifelten und Verlorenen. Dieser Ort müßte bis auf die Grundmauern niedergebrannt werden, dachte Erika Johnson zum tausendstenmal. Schmerzliche Erinnerungen an ihre eigene Kindheit in solch einer demilitarisierten Zone schossen ihr durch den Kopf, doch sie drängte sie wieder in die Tiefen ihrer unglücklichen Jugend, aus der sie gekommen waren. Sie war jetzt aus dem Drek heraus und würde nie wieder zurückkehren. Außer natürlich zur Arbeit. Hier, wohin das Gesetz sich nicht wagte, konnte ein gewitzter Unternehmergeist ein Vermögen verdienen und sich schließlich an einen sauberen Platz zurückziehen. Wenn es noch irgendwo einen sauberen Platz gab. Außerhalb der Konzernenklaven.

Schwärze kennzeichnete die Mitte des nächsten Blocks, wo eine Reihe von Straßenlaternen erloschen waren. Als der Caravaner sich ihnen näherte, erwachten die Lampen zum Leben und ließen Dutzende von Anwohnern zu weniger auffälligen Orten huschen.

Johnson fuhr den Caravaner auf den rissigen Randstein und dann weiter auf die geschlossenen Türen einer Garage zu. Das mit einer Jalousie gesicherte Tor öffnete sich und schloß sich so rasch hinter ihr, daß nicht einmal ein Elf mit verchippten Reflexen ihr hätte folgen können. Ein paar Sekunden später rollte ein schnittiger schwarzer Mitsubishi Jaguar auf der anderen Seite der Garage auf die nächste Querstraße. Die schwarzhaarige Frau mit dem blauen Seidentuch von Majeure um den Hals hinter dem Steuer gab Gas und fuhr mit quietschenden Reifen aus der Stadt heraus, während Musik der klassischen Gruppe Queen aus den sechzehn Zwillingslautsprechern dröhnte.

Sie erreichte die 95 und war Kilometer von dem Lagerhaus entfernt, als eine Explosion den Horizont färbte und orangefarbene Flammen in den Himmel schossen. Ein Blick auf ihre Digitaluhr. Genau nach Plan. Alles lief gut heute nacht. Dies war der dritte versuchte Überfall ihrer Shadowrunner-Teams auf die Komplexe in Miami des Shatogunda-Konzerns gewesen und zugleich der letzte, der nötig war. Die erste Infiltration war über die Matrix erfolgt und hatte die Shatogunda-Einheiten veranlaßt, drei Örtlichkeiten zu schützen: ein Büro auf der 57. Straße Ost in der Innenstadt, ein unterirdisches Labor in den Sümpfen und ein Lagerhaus an der Küste. Der zweite Überfall war ein magischer Angriff von einem Schamanen gewesen, bei dem die Lohnmagier Shatogundas vier gänzlich verschiedene Örtlichkeiten hatten schützen müssen, zwei davon Wiederholungen vom erstenmal. Der heutige Angriff war in erster Linie von schwer bewaffneten Wachmännern abgewehrt worden, und zwar an fünf Stellen – eine davon eine Wiederholung von den anderen Überfällen. Aus und erledigt. Jetzt wußte sie, wo sich der Hauptdatenspeicher Shatogundas befand und konnte diese Information auf hundert verschiedene Arten ausnutzen, die alle dazu führen würden, daß sie einen Haufen Nuyen bekam. Und Macht. Immer mehr Macht.

Sirenen der Feuerwehr, die so dumm oder so mutig war, den Sprawl herauszufordern, jaulten in der Ferne, als die dröhnende Musik abrupt endete, da das Telekom des Wagens summte. Sie starrte mit milder Neugier auf die Kommunikationseinheit unter ihrem automatisch auf Pause geschalteten Chip-Player. Um diese Uhrzeit? Ein Druck auf einen Knopf, und auf einer kleinen Flüssigkristallanzeige erschien die Nummer des Anrufers. Es war eine Nummer aus den leitenden Büros des Gunderson-Konzerns. Um diese Uhrzeit? Erika gab den Zugangscode ein und aktivierte den Lautsprecher.

»Johnson«, sagte sie, indem sie sich mit einer Hand eine Zigarette anzündete und mit der anderen durch den dichter werdenden Verkehr steuerte.

»James Harvin«, erwiderte der unsichtbare Anrufer.

Erika starrte auf ihren Entzerrer, und der Monitor bestätigte, daß dies tatsächlich ihr Boß und keine virtuelle Simulation war. Die Tech war ziemlich selten, aber Erika benutzte eine solche Simulation, wenn sie an ihren eigenen Nebengeschäften arbeitete. Wenn sie ihre VR-Simulation benutzte, sah sie aus und klang auch wie ein kauziger alter Norm, der in Gehabe und Sprechweise direkt von der Straße zu stammen schien.

»Sir!« sagte sie. »Was für eine angenehme Überraschung. Wie kann ich Ihnen heute morgen behilflich sein?«

»Was ich von Ihnen brauche, ist wichtig«, sagte er. »Und vertraulich.«

»Selbstverständlich«, sagte Erika. Sie war ehrgeizig, aber nicht verrückt. Dem Gunderson-Konzern gehörte Miami, und soweit es Erika Johnson betraf, bedeutete dies, daß auch sie ihm gehörte. James Harvin war Gundersons Geschäftsführer.

»Gut«, sagte Harvin. »Ich zähle immer auf Sie, Erika.«

Sie drückte ihre Zigarette aus. Es sah ihm gar nicht ähnlich, so um den heißen Brei herumzureden.

»Ich will Ihnen eine Frage stellen, Erika«, sagte er schließlich. »Was wissen Sie über einen Ort oder eine Person namens IronHell?«

2

Eine Stunde, nachdem er an diesem Morgen geöffnet hatte, war die gemischte Besucherschar lachender Einheimischer in Walt's Crypt, die in unregelmäßigen Kreisen über das Oval der Kunsteisbahn fuhren, bereits so zahlreich wie Fliegen auf einem toten Gossenpunk. Adam Two Bears, der gemütlich in seinem Büro saß, beobachtete die Kundschaft auf der anderen Seite des riesigen kugelsicheren Armorlite-Fensters, wie sie sich mühte, auf den Beinen zu bleiben, während die Kinder sich drüben am Tresen von seinem Neffen und seiner Nichte Eiskremwaffeln holten und ein paar ältere Leute auf den Bänken saßen und in der Kühle schwelgten. Es würde wieder ein glühendheißer Tag in Miami werden, und das bedeutete, daß die Geschäfte gehen würden wie geschmiert.

Was für eine Goldgrube dieser Laden war, gratulierte Two Bears sich stolz. Walt's Crypt hatte als legale Fassade begonnen, um sein Einkommen als Schieber und aus dem einen oder anderen Shadowrun hier in Miami zu verbergen, aber das verdammte Ding war abgegangen wie eine Rakete und mittlerweile so profitabel, daß sich Two Bears schon seit Jahren nicht mehr persönlich an einem Run beteiligt hatte. Bei seinem letzten war es gegen die Brick Boys gegangen, einer Gang aus der Nachbarschaft, die geglaubt hatte, seinen Laden zu ihrem Revier machen zu können. Two Bears wollte jedoch, daß Walt's Crypt strikt neutrales Gebiet blieb, und nachdem er an mehreren Bricks mit seinem Lieblingsvorschlaghammer ein wenig korrektive Knie-Chirurgie vorgenommen hatte, erkannte die Motorrad-Gang die Weisheit seiner Position, und seitdem war alles Sahne. Er und sein Fünf-Kilo-Hammer waren ein Team, dem man schlecht widersprechen konnte. Oder auch entkommen. Die Lady aus rostfreiem Stahl hatte ihn als präzise Verhandlungshilfe bisher noch nie im Stich gelassen.

»Was ist nun, Chummer?« hakte der Johnson nach, dessen schroffe Visage den Schirm des alten Telekoms ausfüllte, das auf einer Ecke seines Makroplast-Schreibtisches stand. Die Kamera des Telekoms war so ausgerichtet, daß ein Anrufer nur Two Bears vor der leeren Rückwand, nicht aber die Kunsteisbahn hinter dem Bürofenster sah. »Wissen Sie etwas darüber oder nicht?«

»Iron Hell?« wiederholte Adam Two Bears, indem er sich am Kopf kratzte. Ein wenig verlegen glättete er sein dünner werdendes Haar und versuchte die Strähnen so anzuordnen, daß sie die kahle Stelle verbargen.

Der grimmige Norm auf dem Schirm verzog ungehalten das Gesicht. »Es ist ein Wort. IronHell.«

Der helle Wahnsinn. Okay, IronHell. Adam Two Bears lehnte sich in seinen verschlissenen Sessel zurück und zupfte an dem goldenen Stecker in seinem Ohrläppchen, um besser nachdenken zu können. Da er heute nicht mit geschäftlichen Anrufen gerechnet hatte, trug er Freizeitkleidung und lediglich eine leichte gepanzerte Weste darunter und eine legale Narcoject in einem Hüfthalfter. Nicht sein bestes Outfit, aber zum Glück auch nicht sein schlechtestes. Gut, daß er beschlossen hatte, Louie erst morgen bei der Reparatur der öffentlichen Toilette zu helfen und nicht schon heute. Two Bears kaute an seiner Unterlippe und schüttelte dann den Kopf. »Nein. Tut mir leid. Den Burschen kenne ich nicht.«

»Das dachte ich mir«, knurrte der Norm mit kummervoller Miene.

»Soll ich den Chummer finden und einkassieren?« fragte Two Bears. Dann richtete er sich auf. »Wetwork mache ich nicht. Ist nicht mein Metier.«

Der Bursche auf dem Schirm akzeptierte das mit

einer Japse-Verbeugung. »Terminierung ist weder erforderlich noch erwünscht, mein Freund. Finden Sie nur heraus, wer oder *was* hinter diesem Namen steckt. Und wo er oder es sich befindet. Dann erstatten Sie mir Bericht. Alle weiteren Aktionen hängen dann von Ihren Erkenntnissen ab.«

»Honorar.« Two Bears formulierte es nicht als Frage.

»Achtzigtausend Nuyen. Die Hälfte sofort, die andere Hälfte bei Erledigung. Zufriedenstellend?«

Im Geiste pfiff Two Bears durch die Zähne. Nicht schlecht. »Klingt gut. Bis wann?«

»So schnell wie möglich.«

Ach, in Eile, wie? »So schnell wie möglich kostet extra, Mr. Johnson.«

Es gab kein Zucken oder Zögern, als habe der Anrufer mit ein wenig Feilschen gerechnet. Es spielte keine Rolle, wie der Knabe aussah, Two Bears wußte, daß es VR-Programme gab, die einen Mann auf dem Telekomschirm in eine Frau, einen Elf in einen Zwerg oder sogar einen verdammten Drachen in eine Meerjungfrau verwandeln konnten. Obwohl es schwer zu glauben war, daß jemand so hübsch wie ein Zwerg sein konnte! Und danach zu urteilen, wie dieser Johnson mit Nuyen um sich warf, steckte wahrscheinlich ein Konzern dahinter.

»Dann also einhundertzwanzig«, sagte der Mr. Johnson. »Aber nicht mehr.«

Two Bears, der für einen Augenblick seine Fingernägel inspizierte, gelang es, seine Hochstimmung hinter einem Pokerface zu verbergen, ein Gesichtsausdruck, den er im Laufe der Jahre durch beständige Versuche, so zu tun, als seien seine vier Asse totaler Drek, vervollkommnet hatte. Einhundertundzwanzig K? Oh, Mutter!

»Akzeptiert«, sagte er. »Regelmäßige Berichte?«

»Rufen Sie an, wenn Sie etwas haben.« Oder rufen Sie überhaupt nicht an, lautete die Botschaft. Und das war Sahne, soweit es Two Bears betraf. Nichts haßte er mehr, als einem Kunden einen Haufen Nichts anzubieten.

»Wie setze ich mich mit Ihnen in Verbindung?«

Eine Nummer wanderte über den unteren Rand des Telekomschirms. »Haben Sie die Nummer gespeichert?«

Dieser spezielle Schaltkreis funktionierte an dem alten Telekom nicht, schon seit Monaten nicht mehr, also nickte Two Bears nur, während er im Geiste beständig die Nummer aufsagte.

»Dann also auf Wiedersehen«, sagte Johnson. »Ich rechne damit, bald von Ihnen zu hören.«

Mit stoischem Gleichmut nickte Two Bears und verbeugte sich förmlich, und sobald der Schirm erloschen war, gab er die Telekomnummer eiligst in seinen Taschensekretär ein. Dann lehnte er sich zurück, starrte an die Decke und dachte nach. Hmm, IronHell. Könnte alles mögliche sein, der Name eines Schiffs, der Spitzname eines Straßensamurais, der Titel eines Buchchips, ein europäischer Wagen – Drek, wo anfangen? Hey, Amigo, sagte er sich. Am besten, man fängt immer ganz simpel an.

Two Bears drückte einen Knopf auf seinem Schreibtisch und hörte seine Worte über der leisen Jazzmusik, die für die Schlittschuhläufer spielte. »Louie ins Büro, bitte. Louie ins Büro.«

Augenblicke später steckte ein alter Zwerg seinen massigen Kopf durch die Tür. Seine verzerrten Züge waren klobiger, als selbst Zwerge attraktiv fanden. Mit Schultern wie ein Troll und Fäusten wie Ambosse war Louie ein ehemaliger Schwergewichtsmeister gewesen, bis er vier Kämpfe hintereinander durch brutale K.o. verloren hatte. Vielleicht waren die Kämpfe verschoben, vielleicht nicht. Two Bears war es nie gelungen, eine Bestätigung zu finden, weder für die eine Vermutung noch die andere. Also war Louie zurückgetreten, und manchmal kam er nicht zur Arbeit, weil er einfach vergaß, wo der Laden war. Two Bears sah über solche Aussetzer von Blue Lou hinweg, dem Miami Mauler, obwohl er kein Verwandter war, weil der Bursche so ein harter Arbeiter war, wenn er einmal da war. Außerdem standen die Kids auf seine Box-Geschichten, von denen die meisten sogar der Wahrheit entsprachen.

»Stimmt was nicht, Boß?« murmelte der Champ. Er schien weder ängstlich noch nervös zu sein. Nur neugierig.

Ein Lächeln. »Nee, ist alles in Ordnung, Lou. Nur eine Frage.«

»Klar, Mr. Two Bears. Welche?«

»Hast du je von irgendwas oder irgendwem namens IronHell gehört?«

Rheumatische Augen blinzelten verwirrt, und alte Synapsen feuerten wild, um auf biologische Datenbanken zuzugreifen, die arg mitgenommen waren. »Ist das der Rechtsausleger aus Hialeah?«

Two Bears hüstelte gezwungen, um sein Lachen zu verbergen. »Ich glaube nicht, daß er Boxer ist, Killer.«

Louies von der Anstrengung des Denkens verzerrtes Gesicht hellte sich plötzlich auf. »Ach ja. Jetzt fällt's mir wieder ein. Das is 'ne geheime Piratenbasis in der Karibik! Meine Oma hat uns immer Geschichten darüber erzählt.«

Ach, zum Teufel damit. Der alte Bursche war wieder auf dem magischen Geheimnis-Trip. Piraten waren Miamis Fluch. Sie überfielen sowohl Touristen- als auch Handelsschiffe. Aber was konnte Louie über sie wissen, von seiner Großmutter ganz zu schweigen? »Sahne! Danke, Louie. Hol dir 'nen Soykaf und mach zehn Minuten Pause.«

»Danke, Boß!« strahlte er und schloß die Tür hinter sich.

Piraten? Quatsch. Two Bears schüttelte den Kopf, während er sich das Hirn zermarterte. Wo sollte er es als nächstes versuchen? Bei Bad Billie? Nee, der Magier war aus familiären Gründen nicht in der Stadt. Irgendeine Tragödie in den Überresten Chicagos. Und Dogface war bis auf weiteres auf einem Run. Vielleicht BlackJack. Der Norm schuldete ihm den einen oder anderen Gefallen. Er wählte die Nummer des Runners, doch am anderen Ende meldete sich lediglich BlackJacks Anrufbeantworter, der ihm mitteilte, BlackJack sei fischen und würde in ein paar Tagen zurückkehren. Also war er ebenfalls auf einem Run. Die Schattengeschäfte schienen zu boomen.

Drek, wer dann? Bedauerlicherweise fiel ihm niemand anders ein. Die einzige Möglichkeit, die ihm noch blieb, war ziemlich weit hergeholt. Aber ein Versuch konnte nicht schaden, schließlich mußte er ja irgendwo anfangen, oder? Er wählte eine Nummer, und der Bildschirmschoner wich dem Bild eines kränklich aussehenden Norms, der einen steifen Anzug, einen lächerlichen Kneifer aus der Zeit vor der Sintflut, den er auf seiner Nasenspitze balancierte, und den abgespannten Gesichtsausdruck aller Angestellter der Stadt trug. Wahrscheinlich wurde er jede Woche zusammen mit ihrem lumpigen Gehalt und den Parkkarten ausgegeben.

»Öffentliche Bibliothek«, schnaufte der Norm, indem er ein höfliches Lächeln auf seine Lippen zwang. Er hielt sich ein Taschentuch vor die Nase und glänzte mit der hervorragenden Nachahmung eines Elefanten. »Wie kann ich Ihnen behilflich sein?« fuhr er fort, während er die Rotzfahne wieder in die Tasche steckte.

Der Anblick war widerlich, aber Two Bears blieb cool. »O hio, Sir. Tut mir leid, daß Sie unpäßlich sind. Ich bin auf der Suche nach der Herkunft eines Namens, könnte ein Ort oder auch eine Person sein, da bin ich mir nicht ganz sicher … IronHell?«

Ein fragender Blick. »Aus Dantes *Inferno?*«

»Keine Ahnung, Chummer. Sagen Sie's mir.«

Der Bibliothekar seufzte leise und machte sich an einer Tastatur zu schaffen. »Ich gehe der Sache nach, Sir. Noch einen Augenblick Geduld, Sir.« Es dauerte länger als einen Augenblick, und das Ergebnis war negativ. Offensichtlich war das Wort weder in etwas gefunden worden, das sich Don Tays *Inferno* nannte, noch in irgendeinem anderen berühmten Buch, in dem die Hölle vorkam.

»Metallurgie?« riet Two Bears mit einem wilden Schuß ins Blaue.

Blinzelnd und schniefend akzeptierte der Bibliothekar die hassenswerte Aufgabe. »Gewiß, Sir.« Nach einer weiteren längeren Wartezeit kehrte der Bibliothekar mit gleichermaßen negativem Ergebnis auf den Bildschirm zurück. Nichts in grundlegender Metallurgie, ihrer Geschichte, ihren Fortschritten in der Moderne, Biographien von für sie maßgeblichen Personen und auch nicht in *Mrs. Browns Wörterbuch des industriellen Wissenschaftsslangs* – weder in den zeitgenössischen noch in den antiquarischen Ausgaben.

So etwas gab es? Two Bears machte sich einen geistigen Vermerk, sich eine Kopie des Chips zu besorgen. Wenn man mit Konzernen zu tun hatte, mochte es ganz gelegen kommen, wenn man mit ihnen in ihrer Sprache reden konnte.

»Kann ich Ihnen sonst noch behilflich sein?« schniefte der Mann müde.

Wenn du mir behilflich gewesen wärst, dann wäre ich längst nicht mehr in der Leitung, Arschgesicht. »Ja, bitte. Wären Sie wohl so nett, mich mit der Handbibliothek zu verbinden?«

Ein Husten und ein Niesen. »Gewiß, Sir. Augenblick, bitte.«

»Handbibliothek, Ms. Sour* am Apparat.«

Two Bears merkte bei ihrem Anblick auf. Ihr Gesicht

* Sour = sauertöpfisch, mürrisch – *Anm. d. Übers.*

war alles andere als sauertöpfisch, und er starrte die knusprige Zwergin auf seinem Bildschirm lüstern an. Ein wenig grau an den Schläfen bedeutete nichts bei derart funkelnden Augen wie den ihren. Körper wurden alt, aber niemals die Augen. Sie erinnerte ihn ein wenig an Melinda, und dieser Gedanke kühlte seine Leidenschaft augenblicklich ab.

»*Buenos días, Señorita*«, sagte er in dem Versuch, ihr zu gefallen. »Ich suche nach Informationen zu dem Wort, Namen oder Ausdruck IronHell. Könnten Sie mir vielleicht helfen?«

»Gewiß«, erwiderte sie freundlich und mit einem schüchternen Lächeln. »Einen Augenblick.« Sie ließ ihn ebenfalls warten, aber längst nicht so lange wie zuvor der Bibliothekar.

»Tut mir leid, Sir«, teilte sie ihm mit. »Ich habe es mit einer globalen Suche im Bibliothekengitter, im öffentlichen Netz und in der weltweiten Matrix versucht, sogar mit dem Hunter-9.5-Programm, kann aber nirgendwo eine Erwähnung des Wortes finden.«

Er dachte einen Augenblick darüber nach. Hey, wäre es so leicht gewesen, hätte ihn der Johnson überhaupt nicht angeheuert.

»Ist sonst noch etwas, Sir?«

Da er mit seiner Weisheit einstweilen am Ende war, bedankte Two Bears sich überschwenglich, um sich ein paar Pluspunkte für später bei ihr zu verdienen, wenn er sie fragen würde, ob sie mit ihm ausging, dann legte er auf.

Drek. Nichts, jedenfalls nicht im öffentlichen Netz. In den privaten Gittern konnte es natürlich schon ganz anders aussehen. Aber das bedeutete, daß er seine Quellen auf der Straße anzapfen mußte, und dadurch würde seine monströse Profitspanne auf nur noch gewaltig zusammenschrumpfen, aber dieses Kreuz mußte er tragen.

Ein kleiner Aufruhr auf der anderen Seite seines

Bürofensters erregte seine Aufmerksamkeit, und Two Bears bekam gerade noch mit, wie Louie einem Experten im Ausleeren fremder Taschen beibrachte, daß Taschendiebstahl in Walt's Crypt keine so gute Idee war. Sekunden später war bereits alles vorbei, und die Schlittschuhläufer glitten unvermindert über das Eis und über die rote Stelle darauf.

Zurück zum Geschäft. IronHell, was konnte das sein? Vielleicht der Straßenname eines Profi-Söldners oder vielleicht sogar der Deckname eines Killers der Mafia oder Yakuza. In diesem Fall würde er niemals fündig werden, es sei denn, er fand durch irgendein Wunder einen Decker, der an den tödlichen schwarzen ICs vorbeikam, welche die Datenbanken von Lone Star oder auch Atlantic Security schützten. Diese beiden sorgten für die Sicherheit im Sprawl.

Das würde ein harter Run werden. Er brauchte jemanden, der laser-heiß war. Twist aus Seattle – nein, der deckte aus irgendeinem Grund nicht mehr. Vielleicht Shadowman, Leo die Eidechse oder nein, vielleicht diese neue Schnepfe, Sister Wizard aus Orlando. Für einen Neuling hatte die Elfe einen echt soliden Ruf in den Schatten. Außerdem kostete sie mehr als Gott auf Überstunden. Sein Profit wurde beschnitten wie die Kehle eines Kredithais. Drek.

Als er seine Entscheidung getroffen hatte, schloß Two Bears den Schreibtisch ab, hielt inne, um sich einen Hut zu schnappen, seufzte, quetschte sich den Hut auf den Kopf und ging zum Ausgang. Okay, er würde Sister Wiz aufspüren und sehen, was die privaten Gitter über IronHell zu sagen hatten. Two Bears wußte, daß er nicht das Büro-Telekom benutzen konnte. Zu riskant. Besser, er ging zu einem öffentlichen Telekom. Und blieb in Bewegung. Auf diese Weise würde es viel schwieriger sein, ihn anzuzapfen, falls dies jemand versuchen wollte. Was durchaus möglich war, da in diesem Drekloch immer irgend jemand einem anderen an den Kragen wollte. Blutfehden schienen populärer zu sein als Urban Brawl. Hey, willkommen in Blue City, Chummer, versuch bitte, nicht den Teppich vollzubluten, während wir dir deine Zähne klauen.

Thumbs stieg aus dem rattenfallenartigen Bus der Stadt Miami und trat auf den gesprungenen Gehsteig der 14. Straße Südwest, während ihm die sengende Sonne auf den tätowierten kahlen Schädel schien. Die Geräusche und Gerüche heimatlichen Geländes hüllten ihn ein wie Balsam. Nach sechzig knochenbrecherischen Tagen Haft in der feuchten Hölle der Zitadelle von Fort Lauderdale sehnte sich ein Troll aus der Großstadt wieder nach den heißen, offenen Straßen. Es war einfach wunderbar, wieder zurück zu sein; dort, wohin er gehörte, im Revier der Slammer.

An der Ecke sprang eine Ampel mit lautem Getöse auf Rot, und drei blonde Miezen auf Fahrrädern strampelten hektisch durch den hupenden Verkehr in dem Versuch, lebendig zum Meer zu gelangen. Ein ferngesteuerter Laster ohne Fahrer und Kennzeichen donnerte vorbei. Er brauchte auch nichts dergleichen, da Laster wie dieser normalerweise Maschinenteile oder Giftmüll transportierten, die in den Sümpfen im Norden abgeladen wurden. Zwei Orks, wahrscheinlich ein Ehepaar, schrien einander in einer ausländischen Sprache an. In der Luft lag das übermäßig würzige Aroma von Soydogs, das von einem Stand herüberwehte, der von einer blinden Norm-Frau betrieben wurde. Ihr knurrender Höllenhund hielt sowohl die Langfinger als auch die gefälschten Kredstäbe fern. Das Sonnenlicht glitzerte auf den uralten drei Messingkugeln einer Pfandleihe, die mit allem handelte, was durch die schwarze Stahltür paßte. Am rauhen Stamm einer Palme saß ein langbeiniges Freudenmädchen in einem fleckigen weißen Matrosenanzug und gähnte ausgie big, da es versuchte, zu dieser unchristlichen mittäglichen Stunde wach zu bleiben. Ein schnarchender Japs – der ausgerechnet einen Smoking trug! – lag auf dem verrosteten Wrack eines Jackrabbit ohne Räder mitten auf einem unkrautüberwucherten Platz. Der Betrunkene wurde von einem Haufen Troll-Kinder nach allen Regeln der Kunst ausgenommen, während belustigte Passanten stehenblieben und Wetten darüber abschlossen, ob er aufwachen würde, bevor sie damit fertig waren. Die Wetten standen sechs zu zwei dafür.

Thumbs blieb stehen, um sich einen Soydog zu kaufen, und kicherte über den Anblick, während er ihn heißhungrig verschlang. Für die Klamotten würden sie nicht viel Geld bekommen, aber es war eine gute Übung. Die beste Ausbildung, die ein junger Troll dieser Tage bekommen konnte. Dies war sein dritter Halt auf dem Weg zu seiner Bude in Riverside. Den ersten hatte er eingelegt, um sich ein paar Kredstäbe zu holen, die er nur wenige Augenblicke, bevor ihn die Lone Stars geschnappt hatten, gebunkert hatte. Wunder über Wunder, die Stäbe waren noch dagewesen und hatten nur auf ihn gewartet. Als nächstes hatte er die gestohlenen Nuyen in Dollars der Karibischen Liga getauscht, die sich nicht zurückverfolgen ließen, und auch damit hatte er Glück gehabt.

Jetzt schlich Thumbs durch Overtown, wo er checkte, was lief, und nach irgendeinem Chummer Ausschau hielt, der sich vielleicht mit dem Glückspaket in seiner Westentasche amüsieren wollte. Die Drogen/Chip-Kombination, die die SimSinn-Erfahrung von BTL-Chips verdreifachte, einem aber nicht wie 2XS das Hirn ausbrannte, war ein echter Fund – zu gut, um ihn zu verkaufen, da Thumbs im Augenblick flüssig war. Und der ursprüngliche Elfenbesitzer war nicht in der Verfassung, sich zu beschweren. Die dämlichen Organschmuggler hatten der Konzernfee zwar alle lebenswichtigen Organe herausgeschnitten, aber nicht seine Taschen durchsucht. Unglaublich dämlich. Umwerfend blöd. Nein, dieser besondere Leckerbissen blieb ausschließlich seiner Motorrad-Gang vorbehalten. Doch wenn Thumbs nicht bald ein paar Interessenten fand, würde der Rest des Tages ausschließlich ihm und den netten Mädchen gehören, die ihm vorschwebten. Gar keine schlechte Idee. Thumbs hatte insgeheim eine Vorliebe für Gruppengeschichten.

Für ein paar Augenblicke flog der Schatten eines Sportwagens wie eine dolchförmige Wolke über die geschäftigen Straßen. Thumbs schnaubte verächtlich. Verdammte Touristen, die sich mit fünfzig Stundenkilometern die amüsanten Einheimischen ansahen. Die meisten der verfallenen Häuser in diesem Teil des Sprawl waren nur noch Hüllen, seit jener feurigen Nacht vor drei Jahren ausgebrannte Ruinen. Die Nacht des Gesetzes hatte die Regierung sie genannt. Aber auf der Straße hieß sie anders. Die verdammten Cops waren aus ihren Löchern gekrochen und hatten mit allem um sich geschossen, was sie hatten. Und seitdem hatten es nicht allzu viele Leute gewagt, Touristen zu belästigen. Geschweige denn, einen zu essen, wie die Morlocks es getan hatten.

Hey, das war doch nur ein Ritual, um in die Gang aufgenommen zu werden. Mitglieder der Morlocks hatten den komischen Stunt irgendeiner abgedrehten Biker-Gang aus Philadelphia von vor dem Erwachen der Sechsten Welt kopiert. Klang Sahne, also machten sie's einfach nach. Nur spielende Kinder. Sie bissen keinen Einheimischen an und auch kein hohes Tier. Aber, Jesus, machte die Stadtverwaltung einen Aufstand deswegen.

Sie schickten Panzer und Laster und Hubschrauber voller Lone Stars, Atlantic Security und allen anderen, die sie rekrutieren konnten, und zwar mit dem Befehl, sie zu erschießen und zu verbrennen. Gefragt wird erst später. Tausende Einheimischer, die nichts mit dem

Vorfall zu tun hatten, starben in jener Nacht im Feuer: Norms, Trolle, Elfen, Kinder, Hunde, alle. Vergewaltigung und Raub waren offenbar akzeptable Gefahren für Touristen, aber Kannibalismus war schlecht für den Ruf der Stadt.

Am nächsten Tag kam eine schwerbewaffnete Anstrich-Kolonne, um alle noch stehenden Mauern in den seidenglänzenden monotonen Farben Blau und Rosa zu besprühen. Außerdem deckten sie die zerstörten Gebäude mit einem Plastikfilm ab, so daß der Sprawl für die Touristen gut aussah, die noch immer zum Sonnenbaden und Surfen in die Küstenstadt strömten.

Das heißt, aus der Luft gut aussah. Hier auf den rissigen Gehsteigen und stinkenden Straßen wurde keine derartige Illusion aufrechterhalten. Metakrebse suchten die Palmen heim, welche die Straßen wie abgenagtes Unkraut säumten, während Gang-Graffiti und Poster von SimSinn-Theatern oder einheimischen Krach-Combos die aufgesprühte Farbschicht zu einer durcheinandergewürfelten Collage machten, während der Plastikfilm von der Sonne gebleicht und vom sauren Regen verätzt wurde, bis nur noch schlaffe Fetzen verrottenden Plastiks von den grellen Wänden hingen. Die mit Plastikfilm versiegelten Dächer boten zumindest den in den Ruinen lebenden hungernden Pennern ein wenig Schutz vor den tödlichen Regenfällen, die sich aus den Sümpfen im Norden über die Stadt ergossen.

Nur ein paar von den vergitterten Läden und Geschäften auf der breiten Allee hatten Mauern, die noch einigermaßen heil und stark genug waren, um die Metakrebse und Teufelsratten fernzuhalten, die regelmäßig um alles Eßbare kämpften, was sich nicht bewegte, und daher blieben diese Läden geöffnet. Die gepanzerten Türen wurden mit scharfkantigen Brocken von rosa Korallen offengehalten, um Kunden zu verlocken, die Hitze zu verlassen. Die einzigen Ausnahmen waren die stets geschlossenen Stahltüren des Havana Gun Shop und des Penguin Air Parlor, wo man sich für eine Dublone fünf Minuten kühle Luft kaufen konnte. Und wenn irgendein gieriger Dreksack versuchte, seine Zeit zu überschreiten, wurde die Klimaanlage automatisch abgeschaltet, bis ihn die anderen Gäste rauswarfen. Ganz oder in Stücken, das blieb ihnen überlassen. Aber Thumbs mochte es, wenn ihm die Hitze auf die nackte Brust knallte und seine ballistische Weste frei in der heißen Meeresbrise flatterte. Eine dunkle Sonnenbräune war ein netter Kontrast zu seinen kurzen weißen Hauern, ließ einen Burschen gesund aussehen und sorgte dafür, daß man bei einem nächtlichen Run viel schwerer auszumachen war. Miami war eine heiße Stadt, schon immer gewesen und würde es auch immer sein.

Diese Gedanken wurden jäh unterbrochen, als Hilferufe aus einer Gasse in der Nähe Thumbs Aufmerksamkeit erregten. Er zog den großen Ares Predator aus seinem Innenhalfter und sah erst einmal nach, was los war, bevor er sich hineinstürzte. Weder ein Tourist noch einer von seinen Slammers. Also ging es ihn nichts an.

Was Thumbs sah, war ein verängstigter Zwerg. Mit Jeans und einem weiten Baumwollhemd bekleidet, wich die halbe Portion vor einem ganz gewöhnlichen Telekom zurück und starrte das Ding an, als erwarte er allen Ernstes, jeden Augenblick mit Säure bespritzt zu werden. Seine Hände bewegten sich auf eine Art über seinen Körper, in der Thumbs eine Suche nach Waffen erkannte. Waffen gegen ein Telekom?

Der Zwerg zuckte vor Schreck zusammen, als er Thumbs sah, aber das war normal. Thumbs war sogar für einen Troll groß. Ein Eindruck, den er dadurch verstärkte, daß er Cowboystiefel mit Fünfzehn-Millimeter-Absätzen trug und Gewichte hob, die einen Norm zerquetscht hätten.

Der Zwerg fuhr mit einer Hand in die Hosentasche und suchte hektisch nach etwas. Thumbs spannte als Reaktion darauf die Unterarme, so daß die Karbonklingen seiner Cyberware einen Millimeter aus den Unterarmen lugten. Die halbe Portion konnte keine Waffe haben, sonst hätte er sie mittlerweile längst gezogen. Hey, das war ein beglaubigter Kredstab, den der Zwerg soeben aus seiner Jacke geholt hatte und Thumbs mit einem stämmigen Arm hinhielt.

»Du, hundert Nuyen!« bellte er mit einer Stimme, die sich fast überschlug. »Erschieß das Telekom. Sofort!«

Erschieß was? Die Vorstellung war lächerlich, aber sogar Irre besaßen Kredstäbe, also sagte Thumbs automatisch, »Zwei«, um einen Sekundenbruchteil später hinzuzufügen: »Fünfzig.«

»Drei!« schrie der Zwerg hektisch. »Aber TU ES GLEICH!«

3

Die Knie gebeugt, um einen besseren Schußwinkel zu haben, schlug Thumbs seine Fransenweste zurück und riß den Predator heraus. Die große Automatik donnerte bei der ersten Berührung des ultraempfindlichen Abzugs los, und die Telekomeinheit explodierte in einem Regen aus Plastik, Drähten und Chips. Dann, nur um ganz sicherzugehen, drückte Thumbs noch zweimal ab und machte die Zerstörung damit vollständig.

Nur ein paar Bewohner der Gasse schenkten dem bizarren Ereignis der Terminierung einer Telekomeinheit mit extremer Voreingenommenheit, wie die Söldner zu sagen pflegten, überhaupt Aufmerksamkeit.

»Danke«, japste der Zwerg vor Erleichterung. Während er sich mit einem Hemdsärmel den Schweiß unter der Krempe seines Hutes abwischte, wühlte er mit der anderen Hand in einer Tasche herum, grub einen Kredstab aus und warf ihn Thumbs zu, der ihn mit einer Hand auffing.

Thumbs blinzelte, als er den Stab in seine Weste schob. »War mir ein Vergnügen«, erwiderte er, während er die gewaltige Automatik durchlud, so daß ein frisches hülsenloses Geschoß zur sofortigen Benutzung in der Kammer war. Das war eine alte Angewohnheit, in grimmigen Straßenkämpfen auf die harte Tour erlernt und eine, die er niemals ablegen würde.

Ohne ein weiteres Wort wandte der Zwerg sich ab und entfernte sich, so schnell er konnte, ohne zu rennen. Doch an der Einmündung der abfallübersäten Gasse blieb er stehen und drehte sich noch einmal um. »Hier ist noch ein Bonus für dich, Chummer. Heiße Daten, frisch von der Börse. Mach dich dünne.«

In der Ferne konnte Thumbs ganz schwach Sirenen

jaulen hören. So schnell? Weil auf ein stinkendes Telekom geschossen worden war? Er spürte es auf seiner Kopfhaut kribbeln, als er dankend nickte und dann auf die belebte Straße ging, wo er dem Verkehr mit geübter Leichtigkeit auswich, während er sich bereits die chemischen und fleischlichen Vergnügungen vorstellte, die jetzt verfügbar waren. Die am leichtesten verdienten Nuyen seines Lebens. Was für ein Tag das war! Was! Für! Ein! Tag!

Den Abfallhaufen und Duraplastkisten in der Gasse ausweichend, ließ Adam Two Bears den Troll hinter sich und mischte sich zwischen die hoch aufragenden betrunkenen Norms und mageren Elfen-Chipper, die zu den geheimen Rhythmen der Drähte in ihren Hirnen vibrierten. Alle ignorierten ihn. Niemand versuchte ihn aufzuhalten oder anzuschnorren. Schüsse gefolgt von einer rennenden Person bedeuteten immer echten Ärger, und der einzige Weg, auf der Straße zu überleben, bestand darin, ihm auszuweichen.

Götter und Dämonen, wo war er nur hineingeraten? Hatte er all das wirklich über ein öffentliches Telekom mit angesehen? Jemand hatte Sister Wizard kaltgemacht, als sie in die verdammte Matrix eingestöpselt war. Und während er zugesehen und darauf gewartet hatte, daß sie sich ausstöpselte. Mit seinen eigenen Augen hatte er gesehen, wie die IC zuerst ihr Deck und dann ihr Hirn gegrillt hatte. Live und in voller Lebensgröße. Das einzig Gute daran war die Tatsache, daß er vor einem öffentlichen Telekom auf der anderen Seite der Stadt gestanden hatte und nicht in ihrer Bude gewesen war.

Drek hoch zehn! Wo war sie gewesen, in wessen Dateien? Offenbar gehörten die Dateien jemandem, der nicht gern belästigt wurde. Und es mußte jemand Großes sein. Atlantic Security? Gunderson? Aber die einzige Person, die diese Frage beantworten konnte, war eine Leiche, die immer noch in die rauchende Ruine ihres Fuchi-9 eingestöpselt war, während ihr das Hirn aus den Ohren tropfte. Gunderson war einer der mächtigsten Multis in Miami, und da er ein Konzern wie jeder andere war, konnte er seine Finger in praktisch allem haben.

Gratuliere, machte Two Bears sich mürrisch Vorhaltungen. Eine Stunde am Ball, und sein bester Decker war getoastet worden. Ein neuer persönlicher Rekord. Er mußte irgendwohin, wo er sich die ganze Geschichte in Ruhe durch den Kopf gehen lassen konnte, und sich dann so schnell wie möglich Rückendeckung besorgen.

Two Bears blieb am anderen Ende der Gasse stehen und schaute an dem hupenden Verkehr vorbei auf das Telekom, das dort ganz offen und frei zugänglich stand. Es war mit Graffiti übersät und stank wahrscheinlich wie eine Toilette, aber das Funktionslicht auf dem Dach blinkte, also funktionierte es noch. Hilfe war nur einen Anruf entfernt. In wenigen Minuten konnte er hundert Runner bei sich haben. Doch er zögerte, zum Telekom zu gehen. Wagte er es, einen seiner Stamm-Runner anzurufen? Rattlesnake, ChrisCross, Omni, Jimmy 2 Cool. Oh, Mann ... Wenn sie Sister Wiz so schnell erledigen konnten, dann hatten sie gewußt, daß ihr Telekom eingeschaltet und mit welcher Nummer es verbunden war.

Mach dir nichts vor, Chummer, du bist in Panik geraten, sagte er zu sich selbst. Wenn Gott Zwerge liebte, hatte der Troll das Telekom zerstört, bevor der Anruf zurückverfolgt werden konnte. Aber was war, wenn ein Decker irgendwo der Verbindung gefolgt war, bevor Sisters Hirn gegrillt worden war? Was, wenn wer zum Teufel auch immer – IronHell? – ihm auf den Fersen war, die ganze Gegend abriegelte und seine Bude und seine Chummer überwachte? Zu einem seiner bevorzugten Schlupfwinkel zu gehen, konnte dazu führen, daß er sofort gegeekt wurde. Und jeder, den Two Bears kannte, war möglicherweise bereits von IronHell kompromittiert. Profis waren schnell. Wenn er zu Dogboy ging, konnte sein Klopfen mit einer Ladung Schrot in den Hals beantwortet werden.

Während Two Bears sich zwang, angelegentlich weiterzugehen, anstatt zu rennen, spürte er Blicke auf sich ruhen, wie er sich von der geschäftigen Menge, die ihn überragte, treiben ließ. Verzweifelt hielt er nach einem anderen Zwerg Ausschau, beinahe geneigt, sich an einen völlig Fremden zu wenden, solange es jemand von seiner Art war, so groß war seine Not. Aber auf der Straße waren nur Norms und Orks und Trolle unterwegs. Toll. Einfach toll. An seinem Ohrläppchen zupfend, fragte Two Bears sich, was er jetzt tun, wohin er sich wenden sollte.

Er konnte es sich einfach nicht verkneifen, sich ständig umzusehen, was die Aufmerksamkeit eines Freudenmädchens in amerindianischem Hirschleder und Federn erregte. Sie rief ihm etwas Schlüpfriges zu, aber er verstand die Worte nicht, nur den Tonfall. »Nekro«, antwortete er, um sie schnell loszuwerden. Es war ein Trick, der selten versagte. Wie erwartet, zuckte sie vor Abscheu zurück. Nur wenige Fleischhausierer würden sich an jemanden verkaufen, der es gerne mit Toten trieb.

Allein auf dem überfüllten Gehsteig hielt Two Bears in den Fenstern der ersten Stockwerke nach den Schalldämpfern von Präzisionsgewehren Ausschau, während sich seine Gedanken überschlugen und die Pläne kamen und gingen wie die Einheimischen ringsumher. Vielleicht sollte er zurückgehen und den Troll suchen. Der Bursche war nur allzu bereit gewesen, etwas völlig Verdrehtes zu tun, wie zum Beispiel für einen Kredstab ein Telekom in seine Bestandteile zu zerlegen. Er kannte ihn nicht, aber vielleicht konnte er ihm so weit vertrauen, wie er ihn bezahlen konnte.

In dem Bemühen, stets eine Wand im Rücken zu haben, zog Two Bears seinen Hut so tief wie möglich in die Stirn und ging rasch weiter. Nein, das war zu riskant. Und außerdem war der Augenblick dafür vorbei. Seine einzige Hoffnung bestand darin, schnell unterzutauchen. Danach mußte er einfach sehen, welche Chancen sich ihm boten. Immer noch gemessenen Schritts, aber doch zügig, als komme er etwas zu spät zu einer Verabredung, bog er um die nächste Ecke und ging auf der 17. Straße Südwest nach Osten.

Weit draußen auf dem Meer trieb ein Handelsschiff unter der Flagge von Aztechnology im Wind und in den Strömungen des Atlantiks.

Antriebs- und steuerlos folgte das Schiff dem Diktat der Wellen. Meistens fuhr es im Kreis. Gelegentlich klatschte ein Brecher auf das Vorderdeck und riß einen weiteren der leblosen Körper mit sich, die dort in dunkelbraunen Pfützen lagen. Hunderte von Patronenhülsen wurden vom Ausläufer eines Brechers gegen den vorderen Aufbau gespült, um dann geräuschvoll die klebrige Stahltreppe herunter und auf das Deck des offenen Hauptladeraums zu regnen, wo sie den Schaukelbewegungen des Schiffes folgten und von Wand zu Wand rollten. Nichts hinderte sie an ihrem Hin und Her, nichts außer ein paar Seilen und Ketten und einem summenden Hercules-Aufzug, der immer noch betriebsbereit unter der offenen gepanzerten Luke in dem Deck darüber stand.

Im Steuerhaus war der Navigationscomputer dunkel, und das manuelle Ruder drehte sich bei jeder Welle in rasendem Tempo. Im Schott zum Kartenraum achtern von der Brücke lagen die verkohlten Überreste des Kapitäns und des Ersten Offiziers, deren Waffen mit den schwarzen Knochen ihrer eingeäscherten Hände zusammengebacken waren. Und unter dem Schreibtisch des Kapitäns lag versteckt ein toter Ork

Koch, dem der größte Teil der Brust fehlte. Die Schrotladung, von der er aus nächster Nähe getroffen worden war, hatte zwei Dutzend Löcher in dem antiken Kirschbaumholz des Schreibtisches hinterlassen. Die braungefleckten Finger des Kochs waren durch den Schock seines gewaltsamen Ablebens weit gespreizt. Doch hinter der Leiche versteckt war mit dem Blut der beiden verkohlten Offiziere ein einzelnes Wort auf das Holz gemalt.

Es war Ork-Spanisch, Seefahrerslang, das für jeden, der nicht in den idiomatischen Abweichungen umgangssprachlicher metamenschlicher Dialekte bewandert war, nur ein sinnloses Gekritzel war. Als Aztechnology schließlich einen Universitätsphilologen an Bord des Schiffs brachte, übersetzte der Gelehrte das blutrote Wort mit *Grüße*.

Als Laura Redbird endlich vor ihrer Wohnung stand, nachdem sie in Erfahrung gebracht hatte, was mit BlackJack passiert war, stellte sie fest, daß das Schloß aufgebrochen und ihre Bude ein Trümmerhaufen war. Der große, aus einer industriellen Makroplastspule für Draht gefertigte Tisch lag umgestürzt in einer Ecke neben den aufgeschlitzten Ruinen des Sofas und den Überresten des Trideos. Ihre Bude war gründlich verwüstet worden. Konnte es sich bereits herumgesprochen haben, daß Redbird und BlackJack im Zuge eines mißglückten Runs gegeekt worden waren? Alles von Wert war verschwunden, und alles andere war auseinandergenommen worden, falls sich darin etwas von Wert verbarg. Von Türen und Fenstern abgesehen, war nicht mehr viel unversehrt. Doch vielleicht hatten sie ihr Versteck nicht gefunden.

Laura kniete sich neben dem Spulentisch auf den Boden und schnitt mit einem Küchenmesser an den Begrenzungslinien der sauberen Fläche entlang, auf der zuvor der Tisch gestanden hatte, durch den alten

Teppich. Die Rückseite war zäh, aber die Klinge war scharf, und schließlich nahm sie das ausgeschnittene Stück Teppich weg, unter dem die Dielen des alten Holzfußbodens zum Vorschein kamen. Sie stocherte mit dem Messer in einem Spalt zwischen zwei Dielen herum, bis ein Kreischen rostiger Nägel ertönte und sie eine Diele entfernen konnte. Die so entstandene Öffnung im Boden bot ihr einen guten Ansatzpunkt, so daß sich die anderen Dielen wesentlich leichter entfernen ließen, und kurz darauf kniete sie vor einem Loch, in dem die Stützen des Bodens zu sehen waren. Nicht zu vergessen ein längliches Bündel aus Stoff und Plastik, das mit Klebeband umwickelt war. Amateure. Sie hatten Kleidung und ein paar Chips gefunden, aber den interessanten Kram übersehen.

Laura riß das Klebeband ab und brachte einen Kredstab mit tausend Nuyen, einen alten Colt-Revolver mit Munitionsschachtel – besser als gar nichts, dachte sie –, einen Erste-Hilfe-Koffer und ihr erstes richtiges Deck, ein Fuchi-2 samt Fiberglaskabel zum Vorschein.

Zuallererst überzeugte sie sich von der Funktionstüchtigkeit des Colts, dann lud sie die Kammern der Stahltrommel von Hand, indem sie sechs einzelne Patronen vom Kaliber .38 hineinschob. Das verfluchte Ding war nicht einmal ein Autolader und hatte weder eine Smartverbindung noch ein Laserzielrohr, rein gar nichts. Es war nur ein toter Metallklumpen. Aber die öligen Kugeln waren Explosivgeschosse mit Hohlspitze, die geeignet waren, einem Norm den Kopf wegzupusten und einen Troll zur Aufmerksamkeit zu zwingen. Für heute reichte die Waffe, bis es ihr gelang, eine bessere zu klauen oder auch, falls es absolut nicht anders ging, zu kaufen.

Mit der Waffe in der Hand schob sie den Tisch vor die Tür und versicherte sich davon, daß die Fenster verschlossen waren. Und daß sich niemand in den Schränken oder im leeren Kühlschrank verbarg. Überzeugt, daß sie für den Augenblick allein war, schloß Laura das Fuchi an und startete ein Diagnoseprogramm. Das veraltete Deck summte glücklich vor sich hin, da es Sekunden brauchte, um diese simple Aufgabe auszuführen, meldete aber schließlich, daß alle Parameter stimmten und alle Systeme okay waren.

Bei diesem Dinosaurier dauerte alles eine Ewigkeit, und als erstes sah sie nach ihrer Post. Haufenweise Nachrichten von Freunden und Chummers, die sie mit Gerüchten über den verpfuschten Run von letzter Nacht versorgten. Das meiste wußte sie schon, da sie einiges auf der Straße aufgeschnappt hatte. BlackJack war tot, erschossen, zermalmt und verbrannt. Ein Geist! Nicht einmal die Yaks legen einen dreimal um. Offensichtlich ein Wetjob von ihrem eigenen Johnson, der versucht hatte, den Run als Gegenschlag eines anderen Konzerns zu tarnen. Lone Star hatte es geschluckt, weil es ihnen egal war, aber auf der Straße war man schlauer. Vom eigenen Johnson gegeekt, der schlimmste Alptraum eines jeden Runners. Der einzige Schönheitsfehler an diesem ansonsten perfekten Rundumschlag war die Tatsache, daß Laura Redbird noch lebte, und obwohl sie nicht wußte, wie der Johnson aussah, wußte sie immerhin, daß das Miststück für Gunderson arbeitete. Gesichter und sogar Stimmen konnte man verändern, aber Laura bezweifelte sehr, daß jemand Vorsichtsmaßnahmen ergreifen würde, um sich vor einer toten Deckerin zu schützen.

Ich werde dich finden, *Omae,* schwor Laura dem Universum. Und dann lege ich dich auf der Stelle um, direkt vor deinen Leibwachen. BlackJack war viel mehr als mein Bettpartner und Chummer. Geliebte kommen und gehen, aber wir waren Freunde. Zwischen uns war etwas so Sauberes, das uns nicht einmal der Sprawl stehlen konnte. Aber du hast es getan, Johnson. Und mein Leben kann erst wieder neu beginnen, wenn deines beendet ist, Drekstück. Ende der Durchsage.

In dem uralten Deck waren nur ein paar grundlegende Programme gespeichert. Sie konnte nichts Großartiges unternehmen, aber immerhin doch eine ganz wichtige Sache. Im Speicher des Decks befand sich eine RTG-Nummer, die ihr legalen Zugang zu den Hauptdatenbahnen des Miami-Gitters gewährte.

Wer wußte schon, was für eine Nummer das war? Vielleicht hatte sie eine alte Frau einmal zufällig erwähnt oder ein ortsansässiges Geschäft, das sie in einer Anzeige benutzt hatte, oder vielleicht war es auch die Nummer irgendeines dämlichen Penners, der ihr gesagt hatte, sie solle ihn am Morgen anrufen. Woher die Nummer kam, spielte keine Rolle, weil sich die Leitung öffnete…

…und sie auf einer der Hauptdatenbahnen stand, die nach Miami führten. Die Daten flossen um sie herum wie Stromschnellen in einem Fluß. Nach allem, was letzte Nacht geschehen war, jetzt war sie endlich zu Hause. Sie gehörte in die Matrix.

Sie hatte sich sogar die Mühe gemacht, ihre Persona in dieses alte Deck einzuprogrammieren, und so sah sie in der konsensuellen Halluzination der Matrix wie ein glitzernder silberner Falke aus. Ein Decker konnte sich sein Icon aussuchen, und Laura benutzte das modifizierte Totem ihres Choctaw-Stammes.

Sie mußte aus dieser zu öffentlichen Datenbahn heraus. In der Matrix konnten zu viele Daten ebenso lästig sein wie zu wenige. Sie würde niemals in der Lage sein, mit diesem alten Deck so durch die Datenströme zu navigieren, wie sie es wollte, also würde sie diese Leitung verlassen und sich zu den privateren Knoten begeben. Nachdem sie sich ein paarmal ein- und ausgeloggt hatte, strebte sie dem Herzen Miamis auf einer Route entgegen, die sich nicht zurückverfolgen ließ.

Bis jetzt war alles koscher. Sie machte einen Bogen um die öffentlichen Knoten und strebte geradewegs den privaten Geschäftsleitungen entgegen, indem sie von Verbindung zu Verbindung hüpfte, wie sie es schon hundertmal zuvor getan hatte, wenn sie ihr Lieblingsspiel spielte. Rasch war Laura allein, da sie tiefer und tiefer in das potentiell tödliche Revier der Konzerne eindrang.

In der Ferne konnte sie die Dekaeder der Stadtverwaltung Miamis erkennen, die unregelmäßigen klobigen Blasen der Datenbanken des Gunderson-Konzerns und daneben eine Ansammlung flacher Stumpen, die mit gefährlich aussehenden stacheligen Dornen ohne bekannte Funktion bedeckt waren. Es sah so aus, als hätten die Gunderson-Decker mit Hochdruck an neuen Abwehr-ICs oder einem neuen Alarmsystem gearbeitet. So oder so merkte sie es sich. Es mochte von einigem Interesse sein, wenn sie das nächstemal im Virtual Cabana einkehrte, einem Knoten, wo sie und einige von Miamis geileren Schatten-Deckern gerne abhingen.

So gern sie auch direkt gegen Gunderson vorgegangen wäre, um herauszufinden, wer sie reingelegt hatte, sie wandte sich widerstrebend von den Dornengebilden ab und flog weiter durch einen Wald transparenter Bäume und ein Durcheinander farblich codierter Würfel für verschiedene öffentliche Dienste und Ämter.

Laura schoß hoch in den Elektronenhimmel und erstarrte dann reglos über dem endlosen Horizont der Matrix. Dieser Teil der konsensuellen Halluzination des weltumspannenden Gitters gehörte der Regierung der Karibischen Liga und hatte eine vage Ähnlichkeit mit etwas von einem alten Maler namens Salvador Dali, ein Liebling der Decker, welche die ausgestaltenden Programme erstellt hatten.

Der Boden bestand aus durchsichtigem rotem Glas mit Milliarden von Sternen – Daten – darin, die wirbelten und flossen wie gefangene Galaxien von Glühwürmchen. Hoch in den Himmel schossen leuchtend grüne Polyeder-Wolkenkratzer, die so groß waren, daß sie fast den Horizont verdeckten. Sie waren mit unzähligen winzigen dreieckigen Gebilden gefüllt, die sich beständig öffneten und schlossen, als ob Millionen winzige Münder Besucher – Daten – aufnahmen oder verschlangen, und weißen Dampf unbekannter Funktion ausspien. Der sich windende Himmel war ein Meer aus Quecksilber, das unendlich in sich selbst zurückfloß und sich Nanosekunde um Nanosekunde neu bildete, eine wahnsinnige verspiegelte Ebene, vor der, wie sie hoffte, ihr Chrom-Icon nicht auszumachen war.

Auf dem Boden wirbelten etwa ein Dutzend Konzern-Icons unterschiedlicher Art und Herkunft neben einem kleinen unbedeutenden Geyser aus sprudelndem Licht herum, der einen Springbrunnen in einem unregelmäßigen Krater im Datenstrom bildete. Das internationale RTG. Von dort konnten Verbindungen zu fast jedem Land hergestellt werden, obwohl dieser Punkt in erster Linie eine Verbindung zu Afrika, Südamerika, Amazonien, Aztlan und den Antarktischen Kolonien war. Außerdem wurde er von der Karibischen Liga für ›offizielle Regierungsangelegenheiten‹ benutzt, und das bedeutete, daß sich dort nichts von Wert befand. Die Liga verfolgte, was politische Entscheidungen betraf, die Politik, eine Stimme pro Insel, aber die übrige Zeit schienen sie sich gegenseitig an die Kehle zu gehen. Jedes Mitglied hatte seine eigenen individuellen Knoten und eigene private Verbindungen zueinander. Piraten verfügten ebenfalls über Decker.

Laura liebte diesen Knoten. Er war ein Spielplatz für Decker ... Satellitenverbindungen waren nur ein Augenzwinkern entfernt, und sie konnte in Nanosekunden jeden Ort auf der Welt erreichen. Und die Sicherheit war praktisch immer zu schlagen. Das gefiel ihr am besten.

Sie wollte gerade verschwinden, als ihr etwas ins

Auge fiel. Aus dem Datenstrom tauchte ein Icon auf, dann noch eines und noch eines, insgesamt fünf oder sechs. Sie blieb auf Distanz und beobachtete, wie die Icons zuerst das Aussehen der Datenprozessoren bei dem Springbrunnen annahmen – Metamenschen in den für Miami typischen neonfarbenen Overalls und mit Sonnenbrillen. Doch als sie sich von dem Springbrunnen über eine der Telekomleitungen entfernten, verwandelten sich die Icons in schwarze Haie.

Die Haie rasten unglaublich schnell durch das öffentliche Telekomgitter, und fast kam es Laura so vor, als gingen ihnen die Daten in diesen Leitungen tatsächlich aus dem Weg. Ihr Ziel war eine öffentliche Telekomeinheit. Oder jedenfalls mußte es sich darum gehandelt haben, bevor jemand sie auseinandergenommen hatte. Die Icons errichteten einen neuen Knoten daneben und verwandelten sich dann erneut, diesmal in die Icons von Deckern der Telekomgesellschaft. Die Kom-Einheit konnte erst kürzlich beschädigt worden sein, weil der Knoten noch aktiv war, aber Laura wurde nicht schlau daraus. Öffentliche Telekom-Knoten waren in der Regel untätig, bis ein Decker einen benutzte und gegrillt oder der Knoten geschlossen wurde. Diese Art von Aktivität war untypisch. Sie fragte sich, was das zu bedeuten hatte, aber im Moment hatte sie Wichtigeres zu tun.

Laura Redbird würde Tag und Nacht durch die Matrix düsen und das Gitter, die Infonetze und virtuellen Treffpunkte abklappern, bis jemand verlauten ließ, daß Decker für einen gefährlichen Run gesucht wurden. Was für ein Run, das war ihr egal, solange er in der Umgebung stattfand und groß war, je größer, desto besser. Irgendwann würde sie an einen Job für Gunderson geraten oder, noch besser, an einen Run *gegen* den Konzern. Laura würde diese Verbindung benutzen, um an den Killer-Johnson heranzukommen. Es würde einige Zeit dauern, aber eine andere Möglichkeit gab es nicht. Irgendwann würde der Johnson versuchen, ein weiteres Team von Shadowrunnern anzuheuern, das er abservieren konnte, und Laura würde Gewehr bei Fuß stehen.

Drek! Ihr Name. Sie mußte einen anderen Namen benutzen. Der Johnson wußte ebensowenig, wie sie in Fleisch und Blut aussah, wie dies umgekehrt der Fall war, aber vielleicht kannte die Schnalle ihren Namen. Sie schlug verärgert mit ihren Chromflügeln. Es war leicht, ihr Aussehen zu ändern – sie konnte ihre Haare färben und Kontaktlinsen tragen und wahrscheinlich für eine sonnengebräunte Europäerin anstatt der hellhäutigen Amerindianerin durchgehen, die sie tatsächlich war. Null Problemo. Was sie nicht verändern wollte, war ihr Icon. Alle ihre Programmchips und Utilities waren so programmiert, daß sie es sofort erkannten. Es würde Tage dauern, die Software umzuschreiben. Aber war das überhaupt nötig? Es gab haufenweise Vogel-Icons im Gitter, würde es da nicht reichen, wenn sie einfach ihren Namen in Talon oder Raptor oder Falcon änderte? Nein, irgend etwas Allgemeineres, Unschuldigeres. Immer langsam und vorsichtig. Sollte der Johnson zu ihr kommen. Hmm, wie wäre es mit Silver? Ja, perfekt, nett und nichtssagend. Silver war ausgezeichnet.

Hier bin ich, verkündete Silver lautlos der ganzen Welt. *Bitte wirb mich an, Mr. Johnson, damit ich dich umlegen kann!*

4

Mit einem Halstuch um den Kopf, um seine Gang-Tätowierung zu verbergen, tauchte Thumbs aus dem Wrack eines alten, einstmals ferngesteuerten Lasters auf – mittlerweile ein Heim für zwölf, Kinder und Hunde eingeschlossen. Er hielt sich bedeckt und folgte dem Zwerg. Geld stinkt nicht, und wenn die halbe Portion einmal Muskeln benötigt hatte, brauchte er sie vielleicht noch einmal. Und der Job konnte leicht an den nächstbesten Burschen gehen, der zufällig in der Nähe war. Was er sein würde.

In letzter Zeit hatte die Piraterie sowohl vom Schiffsverkehr als auch vom Tourismus ihren Tribut gefordert. Die Wichser waren rücksichtslos und aalglatt, um so schwerer zu fangen, da es so viele unterschiedliche Gruppen verschiedener Größe gab. Klar, Atlantic Security verfolgte den Fall, schien aber nicht recht voranzukommen. Das setzte der einheimischen Wirtschaft ziemlich zu, was wiederum dazu führte, daß jedermanns Geschäfte schlechter gingen. Während Shorty vor ihm nach Geld und Ärger roch. Thumbs Lieblingsdinge neben Bier und Sex. Was praktisch ein und dasselbe war: Geld-Ärger, Bier-Sex, eines führte immer zum anderen. Oder jedenfalls kam es ihm so vor.

In den Knien gebeugt, um so geduckt wie möglich zu gehen, beobachtete Thumbs, wie der Zwerg in einen Laden huschte, der Kleidung aus zweiter Hand verkaufte. Er kannte den Laden. Er wurde von einem alten Ork geführt, der bei einem verpfuschten Run beide Beine verloren und es nie geschafft hatte, genügend Nuyen zusammenzubekommen, um sich neue zu kaufen. Lucky Pete war alles andere als das. Aber er schuldete Thumbs mehr als einen Gefallen, einen Haufen, und jetzt würden keine dämlichen Punks den

Krüppel mehr belästigen, nachdem Thumbs sich den einen oder anderen rauheren Spaß mit ihnen erlaubt hatte. Ist mächtig schwer, 'ne Scorpion oder Harley zu fahren, wenn man die Hände nicht mehr richtig um den Lenker schließen kann.

Auf dem Weg in die Gasse, die zur Hintertür des Secondhandshops führte, erstarrte Thumbs plötzlich, als der Zwerg wieder herauskam. Er trug jetzt Sandalen, grellweiße Shorts, ein Urlaubshemd, eine Sonnenbrille und einen Bart, der fast so groß war wie er selbst. Tatsächlich so groß, daß er fast die Nikon & Howell verbarg, die um seinen Hals hing. Thumbs hielt nach dem verräterischen Stadtplan Ausschau, und da war er. Er ragte aus der Gesäßtasche der Shorts wie die Rückenflosse eines Hais. Der offizielle Aufkleber, der besagte: ICH BIN EIN VERDAMMTER TOURIST.

Schlauer Zug. Bei Tag würde ihn keiner, der halbwegs bei Sinnen war, belästigen. Also war er einigermaßen sicher, solange er niemandem begegnete, der ihn kannte und nicht mochte. Wenn die Einheimischen herausfanden, daß er eine Fälschung war, würden sie durchdrehen und den Zwerg mit bloßen Händen in der Luft zerreißen, um anschließend seine verdammten Knochen zu verbrennen als Warnung für alle anderen Hirntoten, die es wagten, das ungeschriebene Gesetz von Overtown zu brechen.

Thumbs mußte lächeln, als er die Straße überquerte, um hinter dem Johnson zu bleiben. Der kleine Kerl mußte ziemlich verzweifelt sein, um es damit zu versuchen, und er hatte offenbar noch mehr Nuyen, viel mehr, wenn er Lucky dazu bringen konnte, für einen Fremden so schnell eine Verkleidung rauszurücken. Einen Moment lang erwog Thumbs, in den Laden zu huschen, um sich von dem Ork ins Bild setzen zu lassen. Aber der Johnson bewegte sich nun, da er verkleidet war, äußerst zielstrebig, und Thumbs wußte, daß er ihn verlieren würde, wenn er trödelte.

»Nimm ein Taxi, Schwachkopf«, befahl er dem anderen im Geiste. Es würde viel leichter sein, die halbe Portion im Sitzen zu verfolgen. Aber der Zwerg ging weiter und knipste dabei alles und jeden mit seiner dämlichen Kamera. Was mehr als nur ein paar Einheimische dazu veranlaßte, in Deckung zu gehen. Das letzte, was ein SIN-loser Stromer wollte, war, daß irgendein Fremder die Tatsache aufzeichnete, daß er zwar lebte, aber keine Systemidentifikationsnummer besaß. Das konnte einen hier das Leben kosten.

An einer abfallübersäten Ecke hob ein Trollmädchen von den Slammers den Arm, um ihn zu grüßen. Thumbs gab ihr rasch ein Handzeichen und runzelte die Stirn, hielt jedoch nicht inne. Das Mädchen setzte augenblicklich eine gleichgültige Miene auf und lehnte sich gegen die bröckelnde Ziegelfassade des alten Kinos, das jetzt ein Stundenhotel für Freudenjungen war, und fing an, sich mit einem langen Messer japanischen Designs die Nägel zu säubern.

Auf Draht. Talia machte sich echt gut. Und nicht nur, weil sie langsam erwachsen wurde. Große Trolle wie er hatten haufenweise Betten, in denen sie sich wärmen konnten, aber verdammt wenige Chummer, die wußten, wann sie ihr verdammtes Maul zu halten hatten. Wenn diese Sache hier ins Rollen kam und es hart auf hart ging, würde Thumbs sie als Verstärkung holen und sehen, ob sie tatsächlich das Zeug hatte. Er fragte sich, ob sie eine Kanone besaß. Wenn nicht, konnte er dem abhelfen. Natürlich nicht umsonst. Nichts war umsonst.

Warum würde jemand ein Telekom zusammenschießen wollen?

Während er sich einen Weg durch den dichter werdenden Verkehr der Lohnsklaven auf dem Heimweg bahnte, fiel ihm plötzlich die Antwort darauf ein. Um eine mögliche Zurückverfolgung des Anrufs zu verhindern. Keine Telekomverbindung bedeutete keine ID. Sogar ein Spitzen-Decker konnte nicht mehr rekonstruieren, was nicht mehr da war. Dann fiel ihm wieder ein, wie schnell die Sirenen gejault hatten. Lone Star würde niemals wegen eines zusammengeschossenen Telekoms nach Overtown rasen. Die Polizisten hatte größere Probleme, zum Beispiel in dieser Stadt einfach nur am Leben zu bleiben. Aber nein, sie waren unterwegs gewesen. Also hatte irgendein brandheißer Decker den Anruf des Zwerges bereits zurückverfolgt. Könnte er sich doch nur vergewissern.

Sie passierten einen weiteren Block, bevor der Zwerg an einem Nudelstand stehenblieb, und zwar als dritter in der Warteschlange. Thumbs erspähte ein Telekom und beschloß spontan, einen Chummer anzurufen, der praktisch auf dem besagten öffentlichen Telekom wohnte. Er wählte die Nummer, wobei er den Zwerg nicht aus den Augen ließ. Auf dem Schirm nahm das Bild eines schläfrigen Trolls mit schmierigen Klamotten, zerzausten Haaren und einem übel abgebrochenen Hauer Gestalt an. An der Wand hinter ihm hingen regenverschmierte Sex-Poster und klafften Krebslöcher. Möbel waren keine zu sehen.

»Ja, wer, zum Teufel, ist da?« wollte der Troll wissen.

»Beaver, ich bin's«, knurrte Thumbs. »Rede schnell und verdien dir 'nen Fünfziger.«

Beavers schläfrig dreinschauende Augen weiteten sich vor Habgier. »Mann, für 'n Fünfziger würd ich von 'ner Brücke springen, ohne vorher nachzugucken, ob Wasser da is. Was darf's denn sein, Thumbs?« plapperte er eifrig.

»Wohnst du immer noch Ecke Siebzehnte und Cuban?«

»Klar. Brauchst du 'ne Bleibe?«

Er hätte das Gefängnis dem Drekloch vorgezogen. Der einzige Grund dafür, warum es in der verkommenen Bude keine Schaben gab, war der, daß die Krebse mit ihnen ihre Mahlzeiten aus Teufelsratten garnierten. »Danke für das Angebot. Aber nein.«

»Was willst'n dann?«

»Öffne deine Vorhänge nicht, aber schau nach draußen und sieh nach, wer sich an dem zerschossenen Telekom in der Nähe der Pfandleihe zu schaffen macht.«

Beavers Gesicht verzog sich zu einer ganzen Reihe ungestellter Fragen, aber er nickte nur, um sich dann mit dem Ärmel die Nase zu putzen. Der Hauer kehrte eine Minute später zurück. »Mann, da unten läuft 'ne richtige Party!«

»Lone Stars?« fragte Thumbs, indem er im Geiste Anteile überschlug.

»Die waren da. Aber 'n paar Pinkel in so 'nem Pinkelschlitten ham sie verjagt. Soll ich runtergehen und ganz locker tun? Mal sehen, was ich mitkriege?«

Jesus, Buddha und Zeus, nein! Selbst an einem guten Tag, was dieser offenbar nicht war, besaß Beaver die Schlagfertigkeit und die schauspielerischen Qualitäten eines zerbrochenen Stuhls. Vielleicht sogar noch weniger.

»Kein Grund. Alles Sahne«, erwiderte Thumbs, wobei er sich mit dem Handrücken den Schweiß von der Stirn wischte. Die winzigen Wülste der Cyberware-Ausgänge an seinem Arm rieben ihm auf angenehm vertraute Weise übers Gesicht. Also war nicht nur Lone Star der halben Portion auf den Fersen. Eine Limousine am Tatort mußte bedeuten, daß auch ein Konzern daran beteiligt war. Und das bedeutete echten Ärger und echtes Geld. Thumbs' Preis hatte sich soeben verdreifacht.

»Äh… Thumbs, wann kriege ich meine Nuyen?« fragte Beaver, indem er sich über den Stummel seines abgebrochenen Hauers leckte.

Auf der anderen Straßenseite bekam der Zwerg seinen Imbiß und ging weiter, wobei er die Nudeln halb gekaut in sich hinein schlürfte. Es war eine gute Tarnung – Flüchtlinge blieben nicht stehen, um sich ein Mittagessen zu holen. Sein eigener Magen knurrte mitfühlend. Thumbs hatte das Frühstück verpaßt, und es sah nicht so aus, als würde er in absehbarer Zeit etwas zum Mittag bekommen. »Hol sie dir von Lucky Pete. Sag ihm, ich hätte gesagt, es wär cool.«

»Null Probleme. Danke!«

Ohne sich zu verabschieden, legte Thumbs auf und folgte dem rasch in der Menge untertauchenden Zwerg. Das konnte der Job seines Lebens werden. Vielleicht sollte er gar nicht abwarten, ob der Zwerg mehr Arbeit für ihn hatte, sondern den Burschen zu seinem Versteck laufen lassen und ihn dann an diejenigen verkaufen, die hinter ihm her waren. Dabei mußte ganz einfach eine Belohnung für ihn rausspringen.

Thumbs haßte die Vorstellung, mit einem Konzern ins Geschäft zu kommen, und sei es auch nur für eine Minute und indirekt, aber von dieser Seite aus mochte es sicherer für ihn sein und würde wahrscheinlich auch mehr einbringen. Wenn die Zeit reif war, würde er der halben Portion Gelegenheit geben, ihn anzuheuern, und wenn er sich weigerte, würden ihn die Konzern-Schläger als Geschenk verpackt bekommen. So oder so war der Bursche so gut wie ein Bankkonto. Dann wandte der Zwerg sich nach Nordosten in Richtung General Gomez Park.

Drek! Thumbs ging langsamer, blieb aber in Bewegung. Der Idiot war auf dem besten Weg, das Revier der Slammers zu verlassen und auf das Revier der Latin Kings zu wechseln. Eingeschworene Blutfeinde von Thumbs' Gang und tollwütige Policlubber. Bewaffnete Rassisten, nicht gerade die Sorte von Kerlen, mit denen er sich momentan anlegen wollte. Der Zwerg hatte bereits Lone Star und die Sicherheit irgendeines Konzerns am Hals.

Im Zeitraum eines Herzschlags traf er seine Entscheidung. Okay, Zeit, mit der halben Portion zu reden und ihm sein Geschäftsangebot zu machen. Thumbs manövrierte seine gewaltige Körpermasse behende durch den dichten Verkehr aus langsam fahrenden Wagen, dröhnenden Motorrädern und flinken Strandbuggys, als er versuchte, den hastig gehenden Zwerg zu erreichen, dessen winzige Gestalt inmitten der geschäftigen Menge immer wieder verschwand.

Die halbe Portion wich einigen Straßenbauarbeitern aus, die aus kleinen Schlaglöchern große machten, und betrat den General Gomez Park. Thumbs konnte ihn nicht rufen. Das hätte unerwünschte Aufmerksamkeit auf sie beide gelenkt. Komm schon, Shorty, laß dir Zeit! Thumbs wurde immer angespannter, ließ sich aber nichts anmerken. Der kleine Kerl konnte überallhin gehen. Bleib cool. Kinder spielten auf den Betonfliesen, ein paar alte Knacker, die offensichtlich nichts bei sich hatten, was man stehlen konnte, sonnten sich auf abgenutzten Bänken, und die Mitglieder einer Ork-Gang in ballistischen Westen schwitzten die Mittagssonne im Schatten der wenigen Eichen aus, die zwar ein wenig welk aussahen, sich ansonsten aber tapfer gegen die Sonne von oben und die Hundepisse von unten wehrten.

Der Zwerg, der geradewegs durch die DMZ des Parks stürmte, wurde von hundert Augenpaaren beobachtet, doch niemand rührte sich aus dem kühlen Schatten, um einen Touristen zu überfallen. In der Nacht hätte er es niemals heil und lebendig zu dem alten Marmorspringbrunnen geschafft, der längst ausgetrocknet und jetzt voller Seemöwen war. Sie waren laut, stanken und schmeckten furchtbar, egal wieviel Ketchup man nahm.

Unterwegs streckte ein Dutzend Gossenpunks eine Hand aus, um den Zwerg anzubetteln oder ihm eine Führung, Sex, Waffen, Chips und andere Dinge anzubieten, bei deren Erwähnung der durchschnittliche Besucher zusammengezuckt wäre. Und hier verriet sich die halbe Portion, da er ob der Angebote nicht erbleichte. Nur ein Einheimischer konnte so abgebrüht sein, und einige der gerisseneren Penner wichen zurück, da sie ihn vermutlich für einen verdeckt ermittelnden Cop von Lone Star oder der städtischen Sicherheit hielten, der eine weitere der berüchtigten Razzien vorbereitete, bei denen alle zwecks eines Verhörs in der Zitadelle landeten und verdammt wenige je wieder herauskamen.

Überall nach den verhaßten Latin Kings Ausschau haltend, die Hand in der Weste am Kolben seines Ares Predator, seufzte Thumbs erleichtert, als die Halbe Portion über die 19. Straße Südwest flitzte. Trotz größter Anstrengung verlor Thumbs ihn einen Augenblick später im Gewühl der Leute, die über die Straße gingen, aus den Augen. Thumbs ging rasch an den Ladenfronten vorbei, um aufzuholen, und erspähte den Zwerg dann durch die klaffende Tür eines rosa angemalten verfallenen Hauses. Durch die Türöffnung sah er, wie der Zwerg ein glitzerndes weißes Gebäude betrat, das mit Kokosnüssen und Flamingos geschmückt war und in einer Reihe weniger schmucker Häuser in der nächsten Querstraße stand. Die Sunshine Bowlinghalle. Kein SimSinn-Theater, sondern richtiges Bowling. Mit Kugeln und Kegeln. Echt retro. Natürlich nur für Kinder und Nostalgie-Freaks.

Als Thumbs durch die Tür ging, beschloß er, eine Minute oder so langsam zu gehen, um dem Zwerg nicht auf die Zehen zu treten. Doch bevor er Shorty in die Bowlinghalle folgen konnte, kam die halbe Portion wieder heraus, wobei er den Reißverschluß seiner Shorts schloß, während er zur Tür direkt nebenan ging. Sie gehörte zu einem nicht weiter gekennzeichneten Gebäude mit allen charakteristischen Merkmalen einer billigen Bar, aber ohne Schild.

Die Casa Cabana. Kein Wunder, daß der Bursche

aufs Klo gegangen war, bevor er hineinging. Thumbs verspürte plötzlich dasselbe Bedürfnis. Die Bar war der Treffpunkt der Latin Kings. War die halbe Portion ein Selbstmörder? Drek. Vielleicht war der Zwerg doch ein Irrer. Thumbs kannte sich zu wenig mit Magie aus, also wußte er nicht, ob ein Tarnzauber, der einen Norm als Zwerg ausgab, in jeder Hinsicht so perfekt sein konnte. Aber warum, zum Teufel, würde ein Zwerg versuchen, geradewegs in die Höhle der LKs zu stiefeln? Um zu sehen, wie schnell sie ihn geeken konnten? Nein, Thumbs mußte sich in dem Burschen getäuscht haben. Die halbe Portion mußte völlig durchgedreht sein. Ein Traumtänzer. Software hinüber. Oberstübchen zu vermieten. Besser leben durch Chemie.

Thumbs zuckte die Achseln. So mußte es sein. Minuten verstrichen, und als keine Explosionen aus dem Laden dröhnten, die vom abrupten Ableben der halben Portion kündeten, taten sich ganz neue Möglichkeiten auf. Als er durch das verfallene Gebäude ging, um besser sehen zu können, stieß Thumbs plötzlich mit einer Jammergestalt in Lumpen zusammen, die hinter einem Haufen verrotteter Matratzen auftauchte und ihn mit einem Speer angriff, der aus einem Besenstiel und der Hälfte einer gesplitterten Bierflasche improvisiert war. Das scharfkantige Glas zielte auf seine verwundbare Kehle, doch Thumbs wich dem plumpen Angriff mühelos aus. Als der Möchtegern-Killer an ihm vorbeilief, hieb Thumbs ihm einmal mit der Faust so groß wie das Kopfkissen einer Fluggesellschaft auf den Kopf, und sein Angreifer brach zu seinen Füßen mit einem Stöhnen zusammen.

Thumbs ignorierte die Leiche und ging zu einer Stelle, von wo er eine bessere Aussicht auf die Casa Cabana hatte. Vielleicht, nur vielleicht, war der Zwerg kein Spatzenhirn, sondern ultraclever und hatte *Cojones* aus Berylliumstahl. Wer würde einen Zwerg auf der Flucht je im Hauptquartier eines Policlubs suchen?

Jesus, Buddha und Zeus, das war verdammt genial. Abgefahren! Einstein auf Überstunden! Und wenn der Bursche wirklich so verzweifelt war, dann hatte sich Thumbs' Preis soeben wiederum verdreifacht.

Das wispernde Seufzen eines sich abrollenden Seils kitzelte seine Ohren, und Thumbs fuhr gerade noch rechtzeitig herum, um ein halbes Dutzend für den Straßenkampf ausgerüstete Gestalten von der Decke herabgleiten zu sehen. Von einer der Gestalten ging ein stetes Blitzen aus, und in dem staubigen Drek rings um ihn spritzten kleine Geyser auf. Dann pfiff etwas an ihm vorbei und traf ihn gegen die Brust, und seine Weste schlug mit der Gewalt eines Vorschlaghammers gegen seine rechte Seite. Thumbs sank auf ein Knie, einen Moment lang unfähig zu atmen. *Madre mia!* Eine schallgedämpfte Schnellfeuerpistole. So dicht an der Casa Cabana mußten es Posten der Latin Kings sein. Drek! Niemand läßt Penner in seinem Ausguck leben, also hatte er natürlich angenommen, daß die Anwesenheit des Gossenpunks bedeutete, das Haus sei freies Gebiet. Der verdammte Penner war nur eine Ablenkung gewesen!

Einen Augenblick später war der Predator in seiner Hand und dröhnte zweimal auf, wobei die Mündungsblitze das trübe Innere des ausgebrannten Hauses für einen Sekundenbruchteil taghell erleuchteten. Jedesmal fiel eine Gestalt von dem Seil, und eine explosionsartige Fontäne roten Blutes aus dem ungepanzerten Hals kündete von einem tödlichen Treffer.

Schnellfeuerpistolen sind einen Drek wert, wenn man das Ziel nicht trifft, dachte Thumbs selbstzufrieden, während er sich zum Atmen zwang und in Bewegung blieb, damit sie sich nicht auf ihn einschießen konnten. Verbring deine Zeit auf dem Schießstand oder für immer im Drek, hatte sein Daddy gesagt. Genug gequatscht.

Die vier, die noch verblieben waren, erreichten den

Boden und schossen jetzt was das Zeug hielt, hoch und niedrig. Thumbs duckte sich hinter einen Klumpen aus geborstenem Beton, knöpfte hastig seine ballistische Weste zu und hörte zweimal Kugeln von seiner improvisierten Deckung abprallen. Übel. Das war echt übel. Drei sichtbare Ausgänge, aber er war nicht einmal in der Nähe von einem. Keine Rückendeckung, keine Granaten, nicht viel Muni, und es war ihr Revier. Vielleicht war bereits Verstärkung unterwegs. Er zog die lange Monofilament-Klinge aus seinem Stiefel, hackte ein Stück Beton von dem Klumpen ab und warf es durch das verfallene Gebäude. Es schlug mit lautem Getöse irgendwo auf, und zwei seiner Angreifer fuhren herum, um in die Richtung zu schießen, während die anderen beiden ihr Feuer wie erfahrene Profis auf die entgegengesetzte Richtung konzentrierten und damit seinen Versuch, zur Türöffnung zu rennen, im Ansatz unterbanden.

Die Wand hinter Thumbs und sein Betonschutzschild wurden mit Dutzenden von Kugeln eingedeckt, und seine Weste schlug ihn noch zweimal auf den Rücken, aber nun war sie zugeknöpft, und die Treffer waren lediglich ein Ärgernis. Normalerweise wäre sie auch schon zuvor geschlossen gewesen, aber es war so verdammt heiß heute! Ballistischer Stoff war dicker als die Milchsuppe, die Ende des Jahres heraufzog, und ein Troll mußte atmen. Nun, nicht, wenn es nach den Latin Kings ging.

Die Policlubber behielten ihre Kreisformation bei, schwärmten jetzt aber aus, wobei sie nur noch in unregelmäßigen Abständen schossen, um Munition zu sparen. Niemand forderte ihn auf, sich zu ergeben, oder versprach, ihn zu verschonen. Thumbs wußte, daß er ein Metamensch in rassistischem Revier war. Wenn sie ihn erwischten, würden seine spitzen Ohren an ihre Trophäenwand genagelt, seine Hörner zu Pistolengriffen verarbeitet, seine Hauer an Touristen verkauft und der

Rest von ihm den Hunden und Alligatoren als Leckerbissen zum Fraß vorgeworfen werden, um in den Biestern eine Vorliebe für metamenschliches Fleisch heranzuzüchten. Als hätten die verdammten Viecher noch zusätzlicher Ermutigung bedurft.

Thumbs schnitt noch zwei Stücke Beton ab, steckte die Klinge ein, warf dann ein Stück nach links und wartete aufrecht stehend. Als die Policlubber auf dieselbe Art reagierten wie zuvor, holte er aus und warf das zweite Stück mit allem, was er hatte. Es traf einen der LKs mitten ins Gesicht, und der Kopf des Mannes ruckte so heftig in den Nacken, daß Thumbs sein Genick brechen hörte. Als der Mann zu Boden ging und die anderen sich für einen Augenblick umdrehten, da ihr Kamerad rätselhafterweise fiel, wechselte Thumbs die Stellung und zog sich hinter den stinkenden Müllhaufen zurück, hinter dem der Gossenpunk sich versteckt hatte. Okay, drei erledigt, drei übrig. Ohne Zweifel hatte er sich in seinem Leben schon oft amüsiert, aber dies hier konnte man nicht dazurechnen.

Er schoß zweimal und dann noch einmal und noch einmal, dann sah er einen LK fallen und einem anderen, einer Frau, das Knie wegfliegen, bevor sie alle anfingen, in seine Richtung zu schießen. Als Untermalung fing die verwundete Frau an, in jeder ihr bekannten Sprache Flüche zu brüllen.

Thumbs lud hastig nach und steckte das leere Magazin ein, als irgend etwas rings um den heißen Lauf seines Predators zischte und knisterte und ihm die Kanone brutal aus der Hand gerissen wurde. Seine Augen mühten sich, die Dunkelheit zu durchdringen, als er die Stellung wechselte und es wieder zischte. Betäubungsstab? Drek! Verstärkung mußte eingetroffen sein! Thumbs zog sein Messer und tastete sich so weit zurück, bis er die schmutzige Wand im Rücken spürte, während er hektisch nach einer Fluchtmöglichkeit Ausschau hielt, aber er sah nur Dunkelheit und daß er von Feinden umringt war. Also blieb ihm keine andere Wahl. Sahne. Er berührte den dritten oberen Backenzahn auf der rechten Seite mit der Zunge und spürte, wie sein Körper vor Kraft vibrierte. Der Reflexbooster, den er soeben aktiviert hatte, würde seine Reaktionen auf dreifaches Tempo beschleunigen.

»Rock and Roll!« schrie er, während er sich dreimal so schnell wie gewöhnlich direkt auf die LKs stürzte und dabei seine Cyberklingen schwang wie hundert Sensen.

5

Nachdem Adam Two Bears sich davon überzeugt hatte, daß sein Fichetti-Nadler entsichert war, der sich im übrigen perfekt dazu eignete, Leute umzulegen, aber bei Telekomen lausig war, schob er die Doppeltür zu der Bar auf und trat beherzt ein.

Eisige Luft empfing ihn, und er unterdrückte einen Schauder, der nur zum Teil durch die niedrigen Temperaturen verursacht wurde. Jegliche Unterhaltung verstummte in dem Augenblick, als er eintrat, und ein Dutzend Gesichter wurden grimmig wie der Tod, während Hände unter Tischplatten und in Jacken zuckten. Two Bears wußte, der einzige Grund, warum er noch atmete, war der Stadtplan in seiner Hosentasche, ein dezenter Hinweis darauf, daß die Regierung Miamis die Angewohnheit besaß, jeden auszuräuchern, der Touristen zu nahe trat. Trotzdem bewegte er sich hier auf ganz dünnem Eis. Er brauchte nur die Grenze zu überschreiten, Drek, ihr nahe zu kommen, und sie würden sein Hirn vom Boden aufwischen.

Der Laden war im Stil des frühen Plunders eingerichtet, mit den üblichen Fischernetzen, Plastikkrebsen und Korksachen, die man in den meisten Bars der Stadt sah. Die verdammten Touristen erwarteten einfach, daß die ganze drekige Stadt irgendwie seemännisch war. Two Bears ging langsam zur Bar, die Hände ein gutes Stück von seinen Seiten entfernt, hievte sich auf den für Norms gedachten Barhocker und bedachte den Barmann mit einem Lächeln, der es nicht erwiderte, sondern fortfuhr, ein sauberes Glas noch sauberer zu polieren, während er so aussah, als würde er Two Bears gleich ins Gesicht spucken.

»Fat Jake da?« fragte Two Bears, indem er beide Hände flach auf die Theke legte.

»Wer will das wissen, Gnom?« antwortete der Barkeeper, wobei er verächtlich eine Lippe hochzog.

Soviel zu seinem Versuch, nett zu sein. »Der Mann, der ihn vor einer Morlock-Axt gerettet hat, Arschwischer.«

Die Augen des Barmanns weiteten sich, und er ließ das Glas auf den Boden fallen. »Du bist kein Mann, Crit!« schrie der Norm, indem er eine Faust von der Farbe eines gekochten Huhns schwang. »Du bist ein stinkender Metafreak!«

Two Bears tat gar nichts. Er saß einfach nur da und wartete. *Crit*. Das war neu. Die Kurzform von Critter, nahm er an. Also nannten sie die Metamenschen jetzt Tiere. War ja auch logisch für sie. Tiere lebten mit Jungen in Rudeln, nicht mit Kindern in Familien. Dadurch konnte man sie leichter umlegen und nachts trotzdem ruhig schlafen. Ich habe heute keinen Menschen umgelegt, Schatz, nur ein ekliges aufrechtgehendes Tier. Das stinkende Ding hatte die Frechheit, Kleider zu tragen.

»Ansichtssache«, sagte Two Bears gefährlich leise. »Aber wenn du Jake nicht zügig herschaffst, sitzt du tiefer im Drek als ohnehin schon.«

Augenblicke verstrichen, in denen der Barmann lediglich schwer atmete und die anderen Gäste ringsumher Stühle rückten und mit ihren Stiefeln scharrten. Wechselten sie die Plätze, damit sie nicht ins Kreuzfeuer gerieten? Two Bears wußte, daß er ein verdammt großes Risiko eingegangen war. Aber niemand würde je hier nach ihm suchen, und er brauchte schnell Unterstützung. Er konnte sie bekommen, wenn Fat Jake sich noch an alte Schulden erinnerte und die Angst und der Haß nicht den letzten Funken Ehre weggebrannt hatten, der früher einmal in ihm gesteckt hatte.

Vor langer Zeit, mittlerweile kam es ihm wie eine Million Jahre vor, waren sie Chummer gewesen und hatten gemeinsam Shadowruns unternommen. Seite an Seite, gegen die Morlocks, jene Motorrad-Gang, die vor ein paar Jahren den verdammten Touristen verspeist hatte, was dazu führte, daß halb Overtown im Schlaf geröstet worden war. Einschließlich Melinda. Die süße Mel war bei der brutalen Vergeltungsaktion – in der sogenannten Nacht des Gesetzes – ums Leben gekommen. In eben jener Nacht, in der die verschiedenen rivalisierenden Gangs alle Differenzen auf Eis gelegt und einen Bluteid des Friedens geschworen hatten, bis sie jeden stinkenden Morlock erwischt, umgelegt und angemessen zugerichtet haben würden. Für diesen Job gab es ganz besondere Chummer – Ausgerastete und Durchgeknallte, die in der Kanalisation und in den Sümpfen lebten und zu verdreht im Kopf waren, um zu etwas anderem nütze zu sein, als ihnen einen verhaßten Feind zum Spielen vorzusetzen. Dorthin waren die Morlocks einer nach dem anderen gewandert und nie wieder gesehen worden. Die Gerechtigkeit der Straße. Unerbittlich und von Dauer. Ende der Durchsage.

Als sie eine Falle gestellt hatten, um die letzten Mitglieder der Gang zu erwischen, war Fat Jake, der mager wie ein Laser war, daher sein Name, auf ihrem ghulischen Eßtisch gelandet. Die Rache der Morlocks. Two Bears hatte einen Messerstich in den Bauch abbekommen, als er Fat Jake, immerhin ein Mitglied einer rivalisierenden Gang, aus ihrem Kochtopf geholt hatte, und Jake hatte ein Ohr verloren, aber sein Leben behalten. Zusammen hatten sie den Rest der Motorrad-Gang erledigt und sich dabei den Obermagier, einen verfluchten Insektenschamanen, bis zuletzt aufgehoben. Der ausgeflippte Wichser hatte ein paar fliegende Dinger, eine Mischung aus Hornissen und Fledermäusen oder so ähnlich, auf sie losgelassen, aber keine Chance gehabt, die Ladungen C10-Plastiksprengstoff zu überleben, die sie mitgebracht hatten. Es war eine tolle Party gewesen und wäre ein noch besseres Trideo der Woche geworden. Der Schamane starb in einem chemisch erzeugten Feuerball, der besser war als alles, was er beschwören konnte, und Two Bears und Jake, die beide das Bewußtsein verloren hatten, waren ausgerechnet von den Feuerwehrmännern der Stadt aus den brennenden Ruinen gerettet worden. Dann hatten sie wegen Zerstörung öffentlichen Eigentums und Besitzes unerlaubten Sprengstoffs ein Jahr in der Zitadelle abgesessen. Lone Star wußte, was abgegangen war, weigerte sich aber, jede unabhängige Aktion zu billigen, die sie schlecht aussehen ließ. Willkommen in Miami, Chummer.

Es wäre viel einfacher gewesen, den Schlupfwinkel der Gang abzufackeln. Die Morlocks und Jake sofort zu erledigen. So simpel wie Krebse von den Bäumen zu schießen. Aber auf der Straße war der Wert des Wortes, das man gab, gleichbedeutend mit Geschäftskapital. Das einzige, was ein Chummer sich nicht kaufen konnte, war sein Ruf. Also hatte Two Bears den Mann gerettet, der seine einzig wahre Liebe bekommen hatte. Melinda. Er versuchte, sich nicht zu fragen, ob sie bei ihm geblieben wäre, wenn er sich nicht verwandelt hätte. War sie bei Jake geblieben, weil sie ihn mehr geliebt hatte oder weil Adam Two Bears sich verändert hatte? Two Bears würde es nie erfahren. Manchmal war es besser, die Wahrheit nicht zu kennen. Lügen konnten sehr tröstlich sein.

Der plötzlich lächelnde Barmann griff unter die Theke und zog etwas Längliches, Metallisches darunter hervor, als eine Stimme ihn aufhielt.

»Hoi, Two«, grollte ein Mensch, der in der Tür zum rückwärtigen Lagerraum stand. Licht fiel aus dem Lagerraum auf ihn, und Two Bears konnte den Norm erst deutlich erkennen, als dieser die Tür schloß.

Die Jahre waren nicht freundlich zu Jake gewesen. Er war immer noch dürr wie eine Bohnenstange und dunkel und trug ein ärmelloses T-Shirt, das ein Netz dünner Narben auf beiden Armen enthüllte. Sein linkes Ohr, das halb hinter ergrautem Haar verborgen war, strahlte in makelloser Gesundheit. Ein Plastikohr mit zusätzlicher Verdrahtung. Ob verchippt oder Talentsofts, wußte Two Bears nicht. Doch in seiner Jugend hatte der andere Mann sich über beides als Krücken für die Schwachen und Dummen lustig gemacht. Offenbar kam Jake langsam in die Jahre. Andererseits war er schon erwachsen gewesen, als Two Bears noch ein rotznäsiger Jugendlicher war, der noch nicht den Unterschied zwischen Kugeln und Kungeln kannte. Wie alt war der Norm jetzt, fünfzig? Älter? Egal. Es war am besten, die körperlichen Veränderungen nicht zu erwähnen. Beiß niemals die Hand, bevor sie dich füttert.

»O-hio, Jake«, erwiderte Two Bears gemütlich, indem er die angelegentliche, unter Freunden übliche Begrüßung der Japse benutzte. Ein kleiner Denkanstoß konnte hier nicht schaden.

»Du kennst dieses … Ding?« knurrte der Barmann, indem er das, was er unter der Theke hervorgeholt hatte, wieder zurücklegte. Die übrigen Gäste taten dasselbe mit ihren eigenen Eisenwaren. Langsam und widerwillig.

So fühlt sich also eine Tontaube, dachte Two Bears.

»Ja, der Gnom gehört zu mir«, sagte der grauhaarige Norm. Die beiden alten Freund-Feinde sahen einander an, und der Norm rang sich die Andeutung eines Lächelns ab. »Hast du die Daten, die du beschaffen solltest, Crit?«

Innerlich versteifte Two Bears sich, ließ sich seine Wut jedoch nicht anmerken. Dieses Spiel wollte der Zwerg nicht spielen, aber Jake hatte es ohne Vorwarnung begonnen, und was konnte er tun? Den Norm hier mitten unter seinen Chummers herausfordern? Jake würde ihn geeken müssen, um sein Gesicht zu wahren. Schluck deinen Stolz herunter und lebe noch einen Tag. Es war Drek-Sandwich-Zeit. Aber er merkte sich die Demütigung für die Zukunft.

»Ja, Sir«, erwiderte Two Bears unterwürfig und mit einer knappen Verbeugung. »Natürlich, Sir. Ich habe sie bei mir, Sir.«

Jake winkte mit der Hand und wandte sich ab, ohne die Antwort abzuwarten. »In mein Büro, Meta. Sofort.«

»Bist du sicher, daß er stubenrein ist?« spottete ein Ledermädchen an einem Tisch voller Bierkrüge.

»Warum sollte er?« kam die Antwort. »Du bist es ja auch nicht.«

Die anderen Gäste der Bar brüllten vor Lachen, und dann schloß sich die massive Tür, so daß alle Geräusche abrupt verstummten.

Im Büro der Casa Cabana richtete Two Bears sich aus seiner gebückten Demutshaltung auf und funkelte seinen Gastgeber an. »Hat's Spaß gemacht?«

Jake lehnte sich auf dem Stuhl hinter seinem Duraplast-Schreibtisch zurück und legte die Füße auf die verkratzte Oberfläche. Seine Stiefelabsätze glitten wie von selbst in zwei furchenartige Vertiefungen. Offenbar nahm er diese Haltung jeden Tag ein.

»Absolut«, schnaubte er. »War an der Zeit, daß du lernst, richtigen Respekt vor echten Menschen zu haben.«

Hoffentlich gaben die Dämonen des Chaos Two Bears die Kraft, den Mann nicht schon zu erwürgen, bevor sie miteinander geredet hatten.

»Ich habe meinen Leuten nicht gesagt, daß du kein echter Tourist bist, also dürften wir quitt sein«, fügte Jake kalt hinzu.

Das Abtasten der Positionen. So fing es immer an. »Wenn du das glaubst, okay, betrachte die Sache als erledigt«, sagte Two Bears, indem er die Arme verschränkte. »Dann gehe ich mit meinem Problem woandershin … Nachdem ich etwas gegessen habe«, fügte er gedämpft hinzu. »Irgendwelche empfehlenswerten Läden im Ohr?«

Fat Jake zuckte bei diesen Worten zusammen, und

seine rechte Hand fuhr mechanisch an die Seite seines Kopfes. »Schon verstanden«, knurrte er leise und bedrohlich. »Dann klär mich mal auf.«

»Ich tauche unter und brauche Rückendeckung. Sofort. Will heißen, vor einer Stunde.«

»Du steckst also in der Tinte. Das erklärt den Bart und den Stadtplan. Muß ziemlicher Ärger sein, wenn du das riskierst. Mußt du dich verstecken, oder sind sie dir auf den Fersen?« fragte er argwöhnisch.

Two Bears zog eine Augenbraue hoch. »Was glaubst du?«

Jake entspannte sich. »Also schön. Dir hängt kein Sturmtrupp im Genick, du versteckst dich nur davor. Wo ist das Problem? Brauchst du 'ne Waffe? Ich habe ein paar nette Mag-Fünfs und eine 88V im Hinterzimmer. Auch schwereres Zeug, wenn's sein muß, aber der Kram ist nicht billig.«

Two Bears zog sich einen Stuhl heran und setzte sich. »Ich habe eine Waffe und weiß, wie ich mehr bekommen kann. Ich brauche Leute.«

»Was für Leute?«

»Alles drei.«

»Muskeln, Mana und Maschinen?«

Ihr Götter, ja. Was Two Bears eigentlich wollte, war eine kleine Armee, aber mehr als drei Profis konnte er sich nicht leisten, bis er mehr Geld aus seinem Johnson herausquetschte. Der alte Mann war bei dem Handel nicht ehrlich zu ihm gewesen, und das würde ihn eine Stange Geld kosten.

Aber Gott, wie er das haßte! Er müßte seine eigenen Entscheidungen treffen und seine normalen, soliden Chummers kontaktieren können, denen er vertraute. Aber nachdem Sister das Hirn gegrillt worden war, wußte er nicht mehr, wem er trauen und an wen er sich wenden sollte. Hätte er doch nur gewußt, in welche Konzern Datei sie eingedrungen war, das hätte ihm schon geholfen, aber er tappte völlig im dunkeln.

Seit er als Kind allein durch die Straßen von Overtown gerannt war, hatte er sich nicht mehr so allein und verletzlich gefühlt.

»Du hast die Nuyen, um sie zu bezahlen, *kemo sabe?*« fragte Jake.

Der alte amerindianische Ausdruck für Freund erinnerte ihn an längst vergangene Zeiten, was mehr schmerzte als jede Beleidigung. Gottverdammter Norm. Eine Ehrenschuld einzufordern, sollte keine Lektion in Demut und Bescheidenheit sein. »Ich habe Codes für die Decker, sie mir zu holen.«

»Frisch von einer Leiche?« kicherte der Mann.

Ein energisches Kopfschütteln. »Ich habe seit Jahren keine Leiche mehr ausgenommen. Die Codes sind meine eigenen. Aber ich wage mich nicht in die Nähe meiner Konten. Sie könnten mich dort erwarten. Ich muß mir von außen Zugang verschaffen.«

»So heiß bist du?« keuchte Fat Jake.

Two Bears zuckte die Achseln.

Der Mensch nahm die Stiefel vom Schreibisch und beugte sich vor. »Was, zum Teufel, hast du gestohlen, Two? Oder wen hast du umgelegt? 'nen Mafia-Boß oder 'nen *Oyabun* der Yaks?«

Two Bears nahm seinen Hut ab, inspizierte die Krempe und sagte gar nichts.

Keine Prahlereien, keine Dementis, keine Lügen, keine Ausflüchte. Fat Jakes Gesichtsausdruck schmolz wie Eis am Strand und wurde dann gemein. »Wenn irgendwas schiefläuft, verkaufe ich dich«, warnte er ihn eilig. »Ich muß meinen Laden schützen.«

»Ich verstehe. Neue Kundschaft ist leicht zu bekommen, aber diese Plastikkrebse müssen ein Vermögen kosten.«

»Spar dir das«, erwiderte der Norm. »Die Sache stinkt, und das weißt du ganz genau. Warum kommst du damit zu mir? Du bist doch jetzt Schieber. Kennst du nicht 'n Haufen Leute?«

Two Bears schüttelte den Kopf. »An die kann ich mich nicht wenden. Sie könnten kompromittiert sein. Ich brauche neue Gesichter. Keine Grünschnäbel. Keine Gruppen. Alles Einzelkämpfer. Dann ist die Wahrscheinlichkeit höher, daß sie keine faulen Eier sind.«

»Verräter?«

»Oder Regierungsleute. Ich zahle Spitzenpreise und dazu ein Stück vom Kuchen, also will ich beste Qualität.«

»Ein Stück vom Kuchen? So hart ist die Sache?«

»So geradlinig wie 'n Laser.«

Eine Vielzahl von Empfindungen wanderte über das Gesicht des Norms, keine davon fröhlich oder zufrieden, also fügte Two Bears rasch hinzu: »Ich habe eine Versicherung.«

Das ließ Jake aufhorchen. »Ja, wen?«

»Frag ihn, wenn er seine Drohnen mit flammenden Geschützluken reinschickt.«

»Drek«, schnaubte der Norm. »Aber es ist 'ne gute Lüge. Mal sehen, wer Arbeit sucht.« Jake zog ein Datenkabel unter dem Schreibtisch hervor, steckte das eine Ende in die Buchse in seiner Schläfe und ließ die Finger über das in die Tischplatte eingebaute Deck huschen.

Der Vorgang bestürzte Two Bears irgendwie. Fat Jake ein Decker, das war ebenfalls neu. Was hatte sich sonst noch an ihm verändert? Gott, er erkannte plötzlich die ganze Welt nicht wieder.

Nach ein paar Minuten zog Jake das Kabel aus seiner Stirn und legte es zwischen sie. Two Bears deutete diese Geste als eine Art Schlußstrich unter ihre Beziehung.

»Erledigt«, sagte Jake, indem er das Kabel zusammenrollte. »Ich habe, was du wolltest, und habe als Treffpunkt den alten Laden an der Ecke Palm und Cove angegeben. Die Tanzhalle im ersten Stock. Weißt du noch?«

»Klar.« Dort hatten sie sich betrunken, berauscht und Pläne geschmiedet, die Herrschaft zu übernehmen. Jugendliche Träume der Habgier.

Two Bears erhob sich zufrieden und bot dem anderen nach einem Augenblick seine stämmige Hand an. Jake starrte sie an, als sei sie mit Krebsen übersät, dann erhob er sich ebenfalls und nahm sie. Die beiden ließen praktisch sofort wieder los.

»Jetzt sind wir quitt, Two«, sagte Jake, indem er zur Wand ging und die mit einem Handflächenscanner versehene Tür öffnete. Sie führte nach draußen. Two Bears erinnerte sich schlagartig an die Geheimtür. Sie war ein Fluchtweg aus den alten Zeiten, der eindeutig noch benutzbar war. Wahrscheinlich nur für den Fall, daß die alten Zeiten mit Macht wiederkehrten.

Jake starrte den Zwerg an. »Jetzt sind wir quitt. Wenn ich dir auf der Straße begegne, ignoriere ich dich. Aber wenn wir uns auf einem Run treffen und du bist auf der anderen Seite, *finito.*«

Two Bears verzog das Gesicht. »Klar, wir sind quitt. Alle Schulden sind beglichen.«

»Abgemacht.«

Two Bears ging an dem größeren Mann vorbei und blieb dann in der Tür stehen. »Mit einer Ausnahme.«

»Was?« wollte Jake barsch wissen. »Irgendeine Lieblingsbar? Ein Treffpunkt? Ich gehe niemals in Walt's Crypt, also kannst du das vergessen.«

»Ach, ein Jammer, meine Jungens würden dich zu gern kennenlernen«, erwiderte Two Bears, um dann in ernsthafterem Tonfall hinzuzufügen: »Nein, Jake, ich meine Melindas Grab. Ich lege ab und zu Blumen darauf …«

Ein Aufbrüllen unterbrach ihn. »Also du bist das!« bellte Jake, wobei er feine Speicheltröpfchen verspritzte. Sporne sprangen aus seinen Händen, und Fat Jake ging auf Two Bears Hals los. Der Zwerg duckte sich und wich in die Gasse zurück, um mehr Raum zum Manövrieren zu haben. Was, zum Teufel, ging hier vor?

»Daß du mich ja richtig verstehst, du Krüppel«, knurrte der Mensch schwer atmend durch zusammengebissene Zähne. »In vierundzwanzig Stunden ist unser Handel abgeschlossen, und dann gehört dein Arsch mir. Was ist das für ein Gefühl, ein toter Mann zu sein, Arschloch?«

Two Bears, der darauf achtete, außer Reichweite zu bleiben, war mehr als perplex über Jakes Reaktion. »Aber Jake, ich...«

»Und wenn ich dich je an ihrem Grab erwische, geeke ich dich auf der Stelle und anschließend deine ganze verdammte Familie!«

Benommen stand Two Bears einfach nur da und starrte den tobenden Norm an.

»RAUS! MACH, DASS DU RAUSKOMMST, VERDAMMT! UND WAG DICH JA NICHT WIEDER IN IHRE NÄHE, DU STINKENDES TIER!«

Die schiere Tiefe der Gefühle in den Worten des Norms ließ Two Bears weiter in die Gasse zurückstolpern, und die zuschlagende Tür unterband jedes weitere Gespräch. Als er allein auf dem sonnenbeschienenen Beton stand, fragte er sich, warum es Jake so sehr auf die Palme brachte, daß er einer guten Freundin gedachte. Sie hatte Jake genommen, nicht ihn. War Jake so egoistisch, daß er sie selbst im Tod nicht teilen konnte?

Two Bears setzte sich rasch in Bewegung, warf den Stadtplan in einen Müllcontainer, den Bart in einen anderen, tauschte seine Kamera bei einem Penner gegen einen schmutzigen Duster ein, der mehr Flicken als Stoff aufwies, und veränderte sein Aussehen so gut wie möglich, während er dem Treffpunkt entgegenstrebte. So durchgeknallt, wie Jake sich angehört hatte, war es durchaus möglich, daß er es sich noch anders überlegte und den Handel rückgängig machte. Von jetzt an war alles eine Frage des Glücks und des Tempos.

Jake ließ sich auf seinen Stuhl fallen und mühte sich, sein Zittern zu unterdrücken. Der Hurensohn! Der drekfressende Penner! Er fuhr sich mit steifen Fingern durch sein schütter werdendes Haar, biß ohnmächtig die Zähne zusammen und nahm dann einen gläsernen Briefbeschwerer von seinem Schreibtisch, um ihn gegen die Wand zu werfen. Tränen traten ihm in die Augen, und er ließ den Kopf auf die Arme sinken und schluchzte hemmungslos vor sich hin.

Der große Plan hatte immer darin bestanden, genügend Nuyen zusammenzubekommen und sich dann zu einem der unabhängigen Keys abzusetzen. Nach Key Largo vielleicht. Gute Küstenbatterien, ein Haufen Bäume, dazu Nichtangriffspakte mit den anderen Keys und einem Teil der Karibischen Liga. Klang wie der Himmel. Und wenn er hätte töten müssen, um dorthin zu gelangen, gab es einen besseren Ort, um Buße zu tun, als das Paradies? Aber als Mel starb, war alles bedeutungslos geworden. Sein Leben war bedeutungslos geworden.

Fat Jake hatte Two Bears nie erzählt, hatte niemandem je erzählt, daß Melinda ihre Wahl am Nachmittag vor ihrem Tod getroffen hatte. Sie wollte zu Adam zurückgehen, obwohl er sich verwandelt hatte und ihre Kinder wahrscheinlich Zwerge würden. Ihre Kinder! Die beiden zusammen, wie sie lachen, sich lieben, in einem Bett liegen. Gemeinsam. Melinda mit einem Crit! Ein Aufschrei bildete sich in seiner Kehle, und Jacob Anderson biß die Zähne zusammen und schluckte den Aufschrei herunter, aber die furchtbaren Visionen tobten immer noch durch seine Gedanken wie ein Wirbelsturm aus der Hölle. Two Bears hatte gewonnen, reichte das nicht? Aber nein. Sie war tot und begraben, und immer noch kämpfte er gegen Jake um ihre Aufmerksamkeit. Verwehrte ihm selbst den Trost der Lüge. Würde das je aufhören? Jemals?

Die Wirklichkeit drohte auseinanderzubrechen. Der schluchzende Mann wünschte sich inbrünstig, er könne zur Tür hinausgehen und das schmierige Ding geeken, welches das Herz seiner Frau gestohlen hatte. Aber sogar einem Tier gegenüber war sein Wort sein Wort. Unverbrüchlich. Heilig. Heute war der Gnom unberührbar. Geschützt.

Die Tränen flossen langsamer, als ein verbittertes Lächeln über seine Züge huschte und sein Gesicht einen raubtierhaften Ausdruck annahm. Heute war er sicher vor ihm. Mehr hatte er ihm nicht garantiert. Einen Tag. Vierundzwanzig Stunden. Morgen sah die Welt schon ganz anders aus. Ah, morgen …

Danach würde er diese stinkende Stadt für immer verlassen.

6

Auf Patrouille in den königlichen Gärten fand Oswaldo Fontecchio das verknotete Seil, das von der Westseite des Ministerpavillons hing, und berührte sofort den Kommlink an seinem Kragen, was Alarmstufe Gelb auslöste. Vielleicht waren es wieder nur die Medien oder eines der zweiundzwanzig Kinder des Premierministers, das den Bewachern des Hauses wieder einmal einen Streich spielte.

Die Büsche teilten sich, und zwei andere Mitglieder der Kaiserlichen Hand, Hiko und Seami, kamen in Sicht. Beide Samurai trugen zueinander passende blaue Anzüge von exquisitem Schnitt, waren über zwei Meter groß und dabei von einer gelassenen Anmut, die man sich nur durch viele Jahre intensiven Kampfsporttrainings aneignen konnte. Ihr Schutzbefohlener, Minister Manjiro Nakahama, der Herr über die Elektrizität und das Licht in der königlichen Stadt Tokio, wurde von einem erstaunlichen Kontingent von Wächtern beschützt, sowohl von Menschen als auch von Maschinen. Doch diesem Kontingent gehörten keine Metamenschen oder veränderten Lebensformen an, da die Japaner jede Abweichung vom menschlichen Standard als äußerst abstoßend betrachteten. Und in der Erwachten Welt des einundzwanzigsten Jahrhunderts gab es keine reichere und mächtigere Nation als Japan.

Unglaublicherweise war Fontecchio ein Mitglied der Elitetruppe der Kaiserlichen Hand. Sogar einer von fünfen, die dem Minister persönlich zugeteilt waren. Daß einem Barbar, einem *Gaijin* aus den UCAS, der halb japanischer und halb italienischer Abstammung war, solch eine schwindelerregende Ehre zuteil wurde, war unfaßbar und einzig und allein auf seine unverchippten Fähigkeiten zurückzuführen. Politischer Einfluß und Nuyen bedeuteten weniger als nichts, wenn es um das Sicherheitspersonal für eine derart herausragende Person ging.

»Yuki und Kaye sind im Palast und nehmen eine Durchsuchung vor«, sagte Hiko. »Die Posten melden keine unbefugten Fahrzeuge.« Hiko galt selbst bei den emotional sehr beherrschten Bewohnern der Hauptinsel als unerschütterlich. Solider Stein. Eis der Härte 4. Er war der Sohn eines Sohnes eines Sohnes eines Regierungsleibwächters. Eine Familienverantwortung, die der Samurai nicht auf die leichte Schulter nahm, wie Fontecchio wußte. Hikos Tochter war zwei Jahre alt und stand bereits im Training.

»Hai«, beantwortete Fontecchio Yukis Meldung. Die Hand war per Kommlink vierundzwanzig Stunden am Tag miteinander verbunden. Eine Privatsphäre gehörte nicht zu den Privilegien ihrer Mitglieder.

»Wir haben nichts gefunden«, sagte sie.

»Kommt hierher«, sagte er schroff, um dann rasch hinzuzufügen: »Bitte.«

»Hai.«

Fontecchio wandte sich an Seami Motokiyo, einem weitläufigen Verwandten des legendären Dichters. Die verchromten Augen des stämmigen Mannes musterten den Wald ringsumher und suchten nach etwas Ungewöhnlichem. Insgeheim schrieb er ebenfalls Gedichte. In der Öffentlichkeit unterrichtete er Najuitsu-Klassen. Ein echter Krieger.

»Bruder, ich will einen Bericht über den Matrix-Status.«

Seami nickte, und sein Kopf setzte die Bewegung fort und fiel ihm vor die Füße, während eine blutrote Fontäne aus seinem Hals in die Luft schoß. Aus den Büschen hinter der zusammenbrechenden Leiche stürmten ein halbes Dutzend vollständig in Schwarz gekleidete Gestalten, deren Katanas im gefilterten Licht des privaten Gartens funkelten.

»Ninjas«, sagte Hito, als bestelle er eine Misosuppe, während seine Cyberware aus beiden Armen sprang. Er warf sich vorwärts und rollte sich über die Schulter ab, während die beiden Monofilamentklingen die Beine zweier Angreifer abtrennten. Im Fallen zerlegten die sterbenden Attentäter den Leibwächter mit der rasenden Geschwindigkeit verchippter Reflexe. Nur sein unorthodoxer Angriff hatte dem Krieger ermöglicht, so nah an die Ninjas heranzukommen, bevor er starb.

Während Fontecchio mit ansehen mußte, wie sein Freund starb und sich dessen Eingeweide auf den gepflegten Rasen ergossen, streckte er kühl und gelassen beide Arme aus, als wolle er die Ninjas umarmen. Augenblicklich zuckte von einem Gürtelhalfter eine kabelartige Rute aufwärts, an deren Ende eine gewaltige Pistole befestigt war. Der Colt Manhunter schlug gegen seine rechte Handfläche, schoß automatisch und zuckte dann in die linke, um noch einmal zu schießen, wieder in die rechte zurückzukehren und ein drittes Mal zu feuern. Drei der unsichtbaren Krieger gingen zu Boden, ihre Hälse scharlachrote Geyser.

Der letzte Ninja, der vorderste der Gruppe, schimmerte verzerrt wie ein unscharfes Hologramm und war dann verschwunden. Ein gewöhnlicher Trick. Eine kindische List für die Arglosen.

»Jadepalast, höchste Alarmstufe«, gebot Fontecchio, der seine Waffe mit Explosivmunition nachlud. Verchippte Ninjas, der schlimmste Alptraum eines jeden Leibwächters. »Höchste Aufmerksamkeit auf die Seeseite, *wakarimas?*«

Schweigen.

»Palast, melden!«

Statisches Rauschen, leise, kaum verständliche Worte, dann Schreie.

»Yuki!«

Nichts.

Fontecchio lief augenblicklich zwischen den zierlichen Bäumen hindurch, so schnell er konnte. Der Palast war kompromittiert, und zwei Mitglieder der Hand waren bereits tot, vielleicht sogar mehr. Dies war kein Rebellenangriff, sondern ein Attentatsversuch von einem der Alten Häuser oder einem noch gefährlicheren Gegner. Ein Busch bewegte sich in der Abendbrise, und Fontecchio schoß. Blätter explodierten zusammen mit Blut und grauer Gehirnmasse, die von silbrigen Drähten durchzogen war. Fontecchio, der neben dem Waldweg herlief, zog ein kleines Gerät aus der Tasche und schaltete es mit dem Daumen ein. Der Signalgeber würde das Militär binnen Minuten herführen und sie wissen lassen, daß dies keine Übung, sondern der Ernstfall war. Aller Wahrscheinlichkeit nach mochte ihn das Eintreffen der übereifrigen Soldaten das Leben kosten. Aber das gehörte zu seinem Job. *Hai?* fragte er sich. *Hai,* antwortete er ernst.

An den Baumstämmen und Büschen waren rote Bänder befestigt, die lustig im Wind flatterten. Fontecchio stürzte aus dem Blattwerk hervor, blieb auf dem reinweißen, makellosen Sand des künstlichen Strandes stehen und warf einen besorgten Blick auf das Haus.

Ein winziges hölzernes Gebäude thronte allein auf einer grasbewachsenen Insel in der Mitte eines kleinen Sees von derart raffinierter Anlage, daß niemand sagen konnte, ob er künstlich angelegt oder natürlichen Ursprungs war. Noch waren solche flegelhaften Unterscheidungen in bezug auf das alte Teehaus von Bedeutung. Es war ein äußerst privater Ort, wohin Minister Nakahama, der für seine Unbeherrschtheit seiner Familie gegenüber berüchtigt war, sich rituell zurückziehen und um Vergebung bei jener Ehefrau bitten konnte, die er in dieser Woche gekränkt hatte. Es war eine tausend Jahre alte Zeremonie, sehr feierlich und heilig. Nur Schurken würden es wagen, sie zu stören.

Bevor er auf den Plattenweg trat, der zu der winzigen lackierten Brücke führte, gestikulierte Fontecchio und gab einen Schuß auf die Steinplatten ab. Zehn Meter hohe Speere aus einer Stahllegierung schossen aus dem Boden, und kleine Klingen schnappten aus den Schäften und begannen sich zu drehen. Ein im Wind treibendes Blatt wurde in den Strudel der Maschinerie gesogen und in nichts zerhackt. Drek! Die Abwehranlagen des Teehauses waren aktiv. Es handelte sich lediglich um oberflächliche Schutzvorrichtungen, um hitzige Familienmitglieder abzuhalten, die bei weitem nicht ausreichten, einem entschlossenen Attentäter Einhalt zu gebieten. Man hatte nicht geglaubt, daß jemand so weit vordringen könnte. Unmöglich. Undenkbar!

Während Fontecchio auf die Papierfenster starrte, erwog er ernsthaft, einen Schuß darauf abzugeben, um den Minister zu warnen, aber ohne zu wissen, wo sich sein Schützling aufhielt, mochte er ihn damit töten. Und die Wände waren so dünn, daß sie kaum einen Schutz vor einer Waffe boten. Drek, verfluchter, verdammter Drek! tobte er im stillen. Womit hatte er sich heute morgen gewaschen? Er konnte sich nicht mehr daran erinnern. Aber ihm blieb keine andere Wahl. Und ohne weiteres Zögern sprang er in den See.

Die Elektrizität, die durch das klare Wasser geleitet wurde, ließ feurige Ameisen über seinen Körper krabbeln. Es war schmerzhaft, aber nicht entkräftend. Zweimal näherten sich ihm unnatürlich große Karpfen mit gewaltigem, weit aufgerissenem Maul, wichen aber zurück, als sie die Duftreste der königlichen Familienseife auf seiner Haut wahrnahmen. Minen verschiedener Art, die im Seegrund vergraben waren, reagierten nicht, nachdem sie sich seiner Identität anhand der codierten Signale versichert hatten, welche die in seine Haut implantierten Schaltkreise abstrahlten.

Als er das Ufer erreichte, zog Fontecchio seinen Mantel aus, dessen ballistischer Stoff mit Wasser vollgesogen war und aufgrund seines Gewichts seine Reaktionen verlangsamte. Doch als er das Gras betrat, wurde er von einer unsichtbaren Barriere auf die Knie gezwungen. Ob Mana oder Technologie, hatte man ihm nie verraten. Er halfterte seine Waffe und verhielt sich absolut ruhig, bis seine Identität bestätigt war und sich die Barriere teilte, so daß er weitergehen konnte.

Eine Geste mit der Hand, und der Manhunter schmiegte sich wieder in seine Handfläche. Fontecchio nahm zwei Schritte Anlauf und landete einen brutalen Sprungtritt; die Tür des Teehauses flog auf. Vor einer kleinen Kohlenpfanne, auf der leise eine Teekanne aus Porzellan pfiff, saßen sich mit überkreuzten Beinen Minister Nakahama und dessen Erste Frau Murasaki gegenüber. Sie hielten extrem kleine Teetassen in den Händen, die reglos in dem Vorgang erstarrt waren, sie die erforderlichen drei Male zu drehen, bevor drei Schlucke mit einer dreisekündigen Pause zwischen jedem genommen wurden.

Stirnrunzelnd verlangte der Minister eine sofortige Erklärung, während Murasaki sich von dem Leibwächter entfernte, wie sie es immer tat, wenn ein Mitglied der Hand unerwartet hereinplatzte. Dies gab sowohl ihrem Mann die Illusion von Abgeschiedenheit als auch den Leibwächtern ein Minimum an Raum für den Kampf.

»Der Affe und der Tiger«, sagte Fontecchio, indem er näher trat und die Codebezeichnung für einen im Gange befindlichen Attentatsversuch nannte.

Der Minister stellte seine Tasse beiseite und erhob sich, um sich die weiteren Informationen stehend anzuhören, als in Fontecchios Rücken ein unerträglicher Schmerz explodierte und er brutal vorwärts zu Boden gestoßen wurde.

Vorwärts gestoßen wurde ... vorwärts ... vorwärts, die Leiche, das Blut, die Schreie, das Krankenhaus, das Grab. Das winzige kalte Grab.

Schweißgebadet wachte Oswaldo Fontecchio in der Dunkelheit nach Luft schnappend auf, beide Hände in einer automatischen Abwehrreaktion ausgestreckt. Doch der Manhunter schlug nicht in seine geöffnete Handfläche. Im trüben Licht der Lampe über dem Waschbecken im Zimmer des Apartmentsilos sah er den VPR2 neben dem Klapptisch liegen. Die Erinnerungen kehrten zurück, während er sich langsam von dem Traum befreite, der von zu viel Sake hervorgerufen worden war. Winzige Schweißbäche rannen ihm über die Haut, als Fontecchio die Hände vor das Gesicht schlug und versuchte, die Erinnerungen an seinen Tag der Schande zurückzudrängen. Wie hatte er nur so dumm sein können? Er hatte seinen nassen Mantel ausgezogen, weil er ihn verlangsamte. Dummkopf.

Er griff sich unter sein klammes T-Shirt und befingerte die wulstige Narbe unter dem rechten Arm, wo die großkalibrige Kugel seinen Körper verlassen hatte. Hätte ihm die Gewehrkugel des Attentäters nicht das Schlüsselbein zerschmettert, hätte sie den Premierminister getroffen. Da sie mit einem Bio-Toxin überzogen war, das speziell auf seine Körperchemie zugeschnitten war, wäre er Sekunden später tot gewesen.

Statt dessen traf sie Fontecchios Schlüsselbein, zerschmetterte es wie Glas, wurde von dem Aufprall abgelenkt und durchschlug seinen Brustmuskel, um dann die Lady Murasaki in die rechte Schläfe zu treffen. Kein Bio-Toxin war nötig. Bevor sie zu Boden sank, war das Leben bereits aus ihrem winzigen Körper gewichen und ihr Gehirn buchstäblich auf die lackierte Wand hinter ihr verspritzt.

Fontecchio wäre selbst beinahe gestorben, während die Medtechs gegen das Gift in seinem Körper kämpften. Da das Bio-Toxin nicht auf seine Körperchemie zugeschnitten war, wurde seine Wirkung so weit abgeschwächt, daß er überlebte. Doch alles hatte seinen

Preis. Da seine Vorgesetzten einen Sündenbock brauchten, beschuldigten sie natürlich ihn, den einzigen Überlebenden der Hand, der Pflichtverletzung, doch der Kaiser selbst wandelte das Todesurteil in ewige Verbannung um. Der Tod wäre eine mildere Strafe gewesen.

Während er zum General Dynamics SV250 Suborbital ging, wartete unglaublicherweise ein ganz in Weiß gekleidetes kleines Mädchen auf ihn, dessen Haar zu einem schmerzhaft festen Knoten zurückgebunden war. Es war Tusiato, die Tochter von Hiko-*san*. Das Kind reichte Fontecchio schweigend einen rot lackierten Kasten und kehrte ihm dann den Rücken. Er war sprachlos angesichts dieser außerordentlichen Beleidigung.

Mit wackligen Knien bestieg er das Suborbital nach Nordamerika zusammen mit den Touristen und Execs. Auf seinem Sitz angelangt, öffnete Fontecchio das Cyberschloß des gepanzerten Kastens. Darin lagen sein VPR2 und sein bevorzugter Manhunter auf einem Polster aus weißem Samt. Ein Geschenk zum Todestag eines Mannes, der für seine Freunde nicht mehr am Leben war. Und sie hatten ein Kind geschickt, um es abzugeben. Unter dem schrecklichen Eindruck des Geschenks wurde Fontecchio in seiner Entschlossenheit schwankend, und er weinte zum erstenmal seit dem Tod seiner Eltern.

Nachdem er ohne Geld und ohne Freunde in Nordamerika eingetroffen war, hatte Fontecchio Jahre gebraucht, um die Hälfte der für das Rückflugticket erforderlichen Summe zusammenzusparen, obwohl er zusätzlich Geld sparte, indem er in Löchern wie diesem wohnte.

Er griff nach der Flasche Synth-Sake und schrak zusammen, als das Telekom summte. Wer konnte wissen, daß er hier in Miami war? Sein letzter Wetwork Auftrag hatte ihn erst vor ein paar Stunden hergeführt.

Fontecchio warf einen Blick auf die schmutzige Wanduhr. Falsch, er war gestern eingetroffen. Der New Yorker Yakuza-Schieber, der ihm Aufträge vermittelte, würde mittlerweile über die Matrix von seiner Ankunft in Miami erfahren haben. Vielleicht war es geschäftlich.

Er nahm einen Schluck aus der Flasche, aber nur ein paar Tropfen der gräßlichen lauwarmen Flüssigkeit liefen in seine Kehle. Bah, nichts schmeckte so schlecht wie warmer Sake. Doch die Tatsache, daß er keinen Schnaps mehr besaß, bedeutete, daß er sich wieder an die Arbeit machen mußte. Mehr als eine Nacht betrunkenen Vergessens gestattete er sich nach einem Job nicht. Danach weiterzutrinken, war immer eine Versuchung, gegen die er oft ankämpfte, aber es mochte seine Reaktionsfähigkeit beeinträchtigen und somit das Risiko erhöhen, daß er hier mitten unter den Barbaren getötet wurde, wo niemand an seinem Grab singen und für seinen Geist Blumen in einem Shinto-Schrein verbrennen würde. Er war zwar allein, aber wenn er hier getötet wurde, war er wahrhaftig für immer und ewig allein. Und dieser Gedanke war noch unerträglicher als seine Schande.

Fontecchio schwang die Beine von dem winzigen Bett, schob es gegen die Wand und streifte eine fadenscheinige Robe mit dem kaiserlichen Wappen Japans über. Dann setzte er sich vor die winzige Telekomeinheit und drückte auf einen Knopf, um das Gespräch entgegenzunehmen. Es bedurfte zweier Versuche, bevor sich der Bildschirm erhellte und ein grauhaariger Norm erschien, der fast so dünn wie ein Skelett war. Ein Decker.

»Hier ist Delphia«, sagte Fontecchio, indem er sich aus der Packung in der Tasche seiner Robe eine Kräuterzigarette in den Mund steckte. »Und wer sind Sie?«

»Mr. Johnson. Ich habe von Dr. Salvatore und Raincloud von Ihnen gehört. Sie haben die allerbesten Referenzen.«

Fontecchio zündete sich die Zigarette mit einem kleinen Plastikfeuerzeug an. Die stechenden Dämpfe brannten wie Feuer in seinen Lungen, aber die Nebelwolke des Katers verflüchtigte sich rasch unter der rauhen Einwirkung der Kräuter. »Wie lautet der Job, und was bringt er ein?«

»Ich habe Arbeit für Sie bei einem Zwerg namens Two Bears«, sagte der Norm, dessen Hände auf dem alten Makroplastschreibtisch vor ihm sehr weiß waren. Dann schilderte er rasch, was er wußte und was dabei herumkommen würde.

»Interessiert?« fragte der Schieber.

Fontecchio starrte nachdenklich auf den Bildschirm. Wie hatte er nur so tief sinken können? Für eine Nanosekunde flammte ein Funke in ihm auf, aber er drückte ihn rasch aus wie seine Zigarette. Er zündete sich eine neue an, sog den Rauch tief in seine schmerzenden Lungen und blies den weißen Dunst gegen die rostfarbenen Flecke an den Deckenplatten.

»*Hai*«, sagte er, um dann hinzuzufügen: »Wo und wann?«

7

Two Bears und Thumbs saßen in einem großen Zelt im neunten Stock des Wohnkomplexes an der Ecke Palm und Cove vor einem Tisch und reinigten verschmutzte Waffen. Wo erforderlich, ölten sie die Waffen ein, und wo möglich, versahen sie diese mit Nylonpfropfen, so daß ein späteres Einölen nicht mehr nötig sein würde. Das Licht in dem kühlen Zelt war auf den geräumigen Tisch gerichtet, der mit Pistolen, Magazinen, einigen Messern, mehreren Granaten und ein paar blutverkrusteten Kredstäben überhäuft war.

»Die Latin Kings haben sich nicht sonderlich gut um ihre Waffen gekümmert«, stellte Two Bears fest, indem er den Lademechanismus einer Ceska betätigte. »Dämliche Penner.«

»Aus diesem Grund bin ich noch am Leben und diese Posten nicht«, grinste Thumbs, während er verächtlich in den Lauf einer Beretta lugte. »Eine schmutzige Kanone hat immer genau im falschen Moment Ladehemmung. Gesetz der Straße Numero vierzehn.«

»Da ist was daran«, stimmte Two Bears zu, indem er ein neues Magazin in die Maschinenpistole rammte und sie dann beiseite legte. »Wie nett von den Kings, mit diesen schicken Waffen zu unserem Run beizutragen.«

Mit einem Zischen glitten die vier langen Monofilamentklingen aus Thumbs' linkem Unterarm. »Sie haben's nicht freiwillig getan.«

»Das habe ich mir schon gedacht«, murmelte Two Bears.

Ein Achselzucken. »Ich habe darauf geachtet, die Waffen so wenig wie möglich zu beschädigen, aber ich muß zugeben, daß ein paar von den Pennern einfach nicht loslassen wollten, wie tot sie auch waren.«

»Und ihre Kredstäbe haben wir auch!«

»Die? Das sind Fälschungen, um Touristen abzukochen«, sagte Thumbs. »Gute Arbeit, aber nutzlos.«

»Schade.« Two Bears fing an, eine Light Fire 70 auseinanderzunehmen. »Fat Jake wird nicht sehr glücklich darüber sein.«

»Glaubst du, er wird sich trotzdem an die Abmachung halten?« fragte Thumbs mit einem besorgten Unterton in der rauhen Stimme. Nachdem er mit den Posten der Latin Kings den Boden aufgewischt hatte, war er in der Gegend geblieben, bis die halbe Portion wieder aufgetaucht war und er ihn hatte ansprechen können. Er hatte dem Zwerg nicht lange gut zureden müssen. Dieser hatte gesagt, er hieße Adam Two Bears und stelle ein Team zusammen, das ihm dabei helfen solle, die Identität von IronHell herauszufinden.

»Klar. Er weiß nicht, daß wir zusammenarbeiten, also warum sollte er es nicht tun?« sagte Two Bears, indem er die Einzelteile behutsam auf ein sauberes Tuch legte. »Aber halt dich für alle Fälle bereit, alle zu geeken, die eintreffen, bis ich mich davon überzeugt habe, daß sie okay sind.«

»Du bist der Boß.«

»Ja, genau.« Two Bears warf einen verstohlenen Blick auf den großen Troll, der in seine Arbeit vertieft war. »Weißt du, ich hätte fast einen Herzanfall bekommen, als du mit einem Haufen Waffen unter dem Arm in der Gasse hinter der Casa aufgetaucht bist.«

»Du hast tatsächlich ziemlich blaß ausgesehen«, sagte Thumbs, der jetzt ebenfalls eine Pistole auseinandernahm. »Ach, Drek, die Feder ist hinüber. Also weg damit.« Er warf sie auf den kleinen Haufen in der Makroplastkiste in der Ecke des Zelts. »Aber ich dachte mir, du würdest dafür bezahlen, das mit der Konzernlimousine zu erfahren. Und wenn ich Nuyen dafür bekommen kann, ein paar Schwachköpfe aus der Innenstadt anzuschwärzen, ist das Sahne. Fröhliche Weihnachten.«

»Info ist Gold. Sag mal, warum behältst du die?« fragte Two Bears, indem er auf einen Stapel Magazine zeigte. »Nett, aber wir haben keine Waffen dafür.«

»Hey, weniger Spielzeug in den Händen der Unfähigen. Außerdem kenne ich ein paar Leute, denen wir sie für einige Extra-Nuyen verkaufen können.« Thumbs zwinkerte ihm zu.

»Gute Idee, *Omae*.« Two Bears war beeindruckt. »Übersiehst du auch mal 'ne Möglichkeit, Profit zu machen?«

»Gib mir 'ne Dublone, dann sag ich's dir.«

Two Bears kicherte über die Touristenbezeichnung für Nuyen und wischte sich mit einer Serviette das Silikon von den Händen. Dann biß er in einen dampfenden goldenen Burrito, der auf einem Blatt Wachspapier lag. »Der ist gut«, sagte er eifrig kauend. »Von Father John?«

Thumbs betätigte dicht neben seinem Ohr den Abzug einer ungeladenen Pistole und lauschte angestrengt dem Mechanismus. »Etwas zu straff. Ich muß die Feder neu einstellen. Wo ist das Werkzeug?«

»Hier. Von Father John?«

»Klar. Gibt's sonst noch 'nen Burrito-Stand in der Stadt, wo ein Chummer was Anständiges zu essen kriegt?«

»Nur, wenn man auf Teufelsratten steht.« Two Bears verschlang den Rest, wischte sich das Fett von den Händen und machte sich dann über die nächste Waffe her, eine nette Crusader mit Schalldämpfer. »Die ist für mich.«

»Gemacht. Überprüf den Abzug. Schien mir etwas zu viel Spiel zu haben, als ich sie dem Burschen aus der Hand riß.«

»Ja, ist ziemlich locker. Gut beobachtet. Sechskantschlüssel?«

»Hier. Drek, wir haben keine Pfropfen mehr. Gib mir mal das Silikonspray.«

Two Bears gab ihm die Dose. »Wenn der verdammte Decker kommt, gehen wir erst mal der Limousine auf den Grund, die vorgefahren ist, nachdem du das Telekom erledigt hast. Vielleicht hat IronHell sie geschickt.«

»Wird ziemlich hart.«

»Weil IronHell Sister Wizard so schnell umgelegt hat?« Two Bears schüttelte den Kopf. »Die Dateien, die sie sich angesehen hat, müssen von ziemlich heftigen ICs geschützt werden.«

»Nee, es wird ziemlich hart, weil ich die Zulassungsnummer des Wagens nicht habe.«

Two Bears grunzte, beide Hände mit der Einstellung der Spannung der Feder am Abzugsbolzen beschäftigt. »Drek. Irgendwelche besonderen Merkmale?«

»Welche zum Beispiel?« fragte Thumbs, der die mechanischen Teile einer Pistole zusammensetzte, ohne hinzusehen. »Meinst du so etwas wie ein schönes großes Neonschild mit der Aufschrift: ›Das ist ein Wagen für Spezialunternehmen. Bitte übersehen Sie die Männer mit den Kanonen.‹? Nein, tut mir leid.«

Two Bears stocherte mit einer dünnen Drahtbürste im Lauf der Crusader herum, und Kohlenstoffablagerungen rieselten heraus wie schwarze Schneeflocken. »Schade«, seufzte er. »Wäre Sahne gewesen.«

»Klar. Es ist so schön leicht, Idioten auszutricksen.« Thumbs griff nach der nächsten Kanone, aber der Stapel war abgetragen, also nahm er eines der Messer, die den Kampf unbeschadet überstanden hatten, und fing an, die Klinge an einem Wetzstein aus seiner Westentasche zu schärfen. »Übrigens, Boß«, sagte er. »Was soll das Zelt hier im Haus? Leckt das Dach so stark?«

»Primitive Stealth-Technologie. Der Stoff unterdrückt unsere Wärmeabstrahlung, so daß man von außen nicht sehen kann, wie viele wir sind«, antwortete Two Bears, indem er seine Taschen mit Magazinen für die Crusader vollstopfte. Er warf sich den Tragegurt der MP über die Schulter, und die Waffe hing auf Höhe seiner Knie. »Norms«, murmelte er. Er nahm die Waffe wieder ab und korrigierte die Gurtlänge. »Und es erschwert das Abhören von Gesprächen mit Lasermikrophonen.«

»Ja, mir ist auch schon aufgefallen, daß die Fenster angestrichen sind. Bringt das irgendwas?«

»Etwas, aber nicht viel«, räumte Two Bears ein. »Das hier war mal ein alter Treffpunkt für die hiesigen Gangs, neutrales Gebiet, für jeden verfügbar.« Ein wehmütiges Grinsen. »Was natürlich nicht hieß, daß die Chummers sich nicht hin und wieder gegenseitig bespitzelt hätten.«

Thumbs prüfte die Schärfe der Schneide mit dem Daumen und sah sich noch einmal um. »Ich hab schon in schlimmeren Löchern geschlafen. Und verglichen mit meinem kleinen Aufenthalt in der Zitadelle ist es erste Sahne.«

»Ja, aber wir haben keine magischen Schutzvorrichtungen«, sagte Two Bears. Die Crusader hing jetzt auf Hüfthöhe. »Ohne magische Vorsichtsmaßnahmen sitzen wir hier nackt im Glashaus.«

»Kein angenehmer Gedanke, echt uncool.«

Two Bears räumte das Werkzeug in einen Plastikkasten, schloß den Deckel und stellte den Kasten auf den Boden. »Ganz deiner Meinung. Wir brauchen schnell einen Decker und danach den besten Magier, den wir finden können.«

»Aber niemanden von deinen üblichen Leuten«, überlegte Thumbs, der das Metall in einem steten Rhythmus bearbeitete. »Da bist du ganz sicher?«

»Absolut.« Two Bears nahm sich einen Behälter mit Soykaf, öffnete den Deckel und trank einen Schluck. »Bäh, das ist ja furchtbar! Schmeckt wie Waffenöl.«

Thumbs schob das Messer in seine Stiefelscheide

und sagte mit ernster Miene: »Das ist das Waffenöl. Womit hast du die Kanonen geschmiert?«

In diesem Augenblick kam ein musikalisches *Ping* vom Fahrstuhl am Ende des Raumes, und die Türen öffneten sich. Beide Männer saßen aufrecht und mit geladenen Waffen in den Händen da, während sie durch die Öffnung zusahen. Eine Frau verließ die Kabine und zögerte einen Augenblick, bevor sie sich dem Zelt näherte. Sie trug einen Overall mit dazu passender Weste und eine braune Schultertasche, die groß genug war, um ein mittelgroßes Space Shuttle darin unterzubringen. Ihr Haar war pechschwarz, und ihre Haut hatte eine nette Sonnenbräune.

»Sie sieht wie eine Touristin aus«, sagte Two Bears ungläubig, während er den Schalldämpfer auf den Lauf der Crusader schraubte.

»Ja, aber die Tasche ist so groß, daß sie mühelos ein Deck oder auch ein Maschinengewehr darin unterbringen könnte.« Thumbs entsicherte seinen Predator und schob die Waffe unter den Tisch, so daß sie nicht mehr zu sehen war.

»Kleine Kanone im Hüfthalfter.«

»Rechte Seite. Erkannt. Und ihr Haar glänzt nicht.«

»Gefärbt. Vielleicht ist sie der Magier. Oder kommt mit einer Bombe.«

»Glaubst du?«

»Keine Ahnung. Aber wenn der Drek zu dampfen anfängt, verpaß ihr einen Kopfschuß, damit sie keinen Zauber mehr wirken kann. Für alle Fälle.«

»Wird das reichen?« fragte Thumbs. Er wußte so gut wie gar nichts über Magie.

»Keine Ahnung. Aber es ist wenigstens ein Plan.«

Die Frau blieb vor dem Zelt stehen und wartete einen Augenblick. Vielleicht fragte sie sich, ob sie am richtigen Ort war. Drinnen warteten Two Bears und Thumbs gelassen ab, was sie als nächstes tun würde.

Ein Zelt in einer Bude? dachte Laura Redbird. Dann schalt sie sich selbst. *Silver, du heißt jetzt Silver, Chica! Vergiß das nicht.* Andernfalls würde irgendwann ihre Tarnung auffliegen.

Nervös fummelte sie am Gurt ihrer Schultertasche herum, bis sie bequemer saß. Laura ... Silver hatte ein paar Gefälligkeiten eingefordert und sich einige tausend Nuyen von einem Elfen-Anwalt geliehen, den sie gelegentlich von seinen Problemen mit dem Finanzamt erlöste, so daß sie ihr veraltetes Deck gegen ein heißes Fuchi-8 hatte eintauschen können. Es war kein Fairlight und auch kein Fuchi-9, aber sie gehörte schließlich auch nicht zu Babbet's Bastards, der Gang wilder Decker, die jeden Tag mehr Ice zerschnitten als ein Eiskunstlaufprofi. Das Fuchi-8 würde reichen.

»Hoi, Two Bears?« rief sie.

Es folgte ein Augenblick unbehaglicher Stille.

»Komm rein«, sagte eine leise Stimme.

»Langsam«, fügte eine tiefere, schroffere Stimme hinzu.

Sie trat ein, ohne sich zu ducken. Von innen war das große Zelt geräumig und gut beleuchtet, da mehrere EverBrights am Mittelpfosten hingen. Auf einer Seite stand ein Pokertisch, an dem ein älterer Zwerg und ein verdammt großer, mit Tätowierungen übersäter Troll Seite an Seite saßen. Sie kannte keinen der beiden – Fremde, Gott sei Dank. Auf dem Tisch lag Einwickelpapier für Essen, und in der Luft lag der stechende Geruch nach Waffenöl, Metakrebs-Burritos und billigem Soykaf. In einer Makroplastkiste in einer Ecke lag ein Haufen defekter Waffen. Hausputz?

»Schönen guten Tag«, sagte sie. Die Eröffnungszeremonie beim ersten Zusammentreffen war immer sehr heikel, und daher blieb sie dort, wo beide sie sehen konnten. Sie trug Touristen-Freizeitkleidung und hatte sich ihr amerindianisches Haar schwarz gefärbt, um wie eine Latino auszusehen. Es war die klassische

Spiegel-List. Wenn eine Person von Natur aus beispielsweise schwarze Haare hatte und sie dann schwarz färbte, fiel jedem geschulten Beobachter der Mangel an natürlichem Glanz auf, woraus er schließen mußte, daß die Haare nicht von Natur aus schwarz, sondern gefärbt waren, was die Tatsache verbarg, daß Schwarz tatsächlich die ursprüngliche Farbe war. Auf der Straße nannte man diese Art der Vorgehensweise einen Spiegel. Der Trick funktionierte oft bei den echt Paranoiden und den Dummköpfen. Womit die Erfolgsquote in Miami ziemlich hoch lag. Doch Silver fühlte sich ein wenig unbehaglich in ihrer Verkleidung, und mit einer guten, verläßlichen Handfeuerwaffe hätte sie sich wesentlich besser gefühlt, aber sie hatte sämtliche Kreds benötigt, um das gebrauchte Deck in ihrer Tasche zu bekommen. Außerdem hatte sie den Achtunddreißiger Colt, obwohl das kalte Gewicht des plumpen Trommelrevolvers an ihrer Hüfte nicht sehr tröstlich war.

»Setz dich«, befahl der Zwerg, indem er die Hände offen auf den Tisch legte. Der Troll behielt die Hände unter dem Tisch. Sie hielt ihn für einen Straßensamurai. Verchromt? Wahrscheinlich. Und diese Male an seinen Armen sahen genauso aus wie die von BlackJack. Der Straßensamurai war natürlich eine Messerklaue. Gefährlich.

»Roger hat dich geschickt?« fragte der Troll ohne Vorrede.

Silver, die sich gerade hinsetzen wollte, hielt inne. »Nein. Fat Jake hat mich angerufen. Tut mir leid. Habe ich die falsche Adresse?«

Der Zwerg lächelte und bedeutete ihr, sich zu setzen. »Das ist der richtige Name. Ich wollte nur sichergehen.«

»Null Problemo. Kings«, sagte sie und wartete.

Der Zwerg blinzelte überrascht.

Was, zum Teufel, war das? Sie schienen die Antwortparole nicht zu kennen, um ihre Identität zu bestätigen. Adrenalin überflutete ihren Magen wie Eiswasser, und ihre Hand tastete sich wie von selbst näher zu dem Colt. War das eine Falle? Hatte der Killer-Johnson sie gefunden anstatt sie ihn? Gott, nein … Nein, denk an die Beteiligten. Ein Policlubber und ein paar Metas. Drek, Jake erlaubte sich ein Spiel mit ihnen! Ein verdammtes Spiel, das Schwein. Er hatte ein Treffen vereinbart und dem Johnson die Antwortparole verschwiegen. Innerlich über die Idiotie schäumend, wahrte sie ihre ausdruckslose Miene, während sie darauf wartete, daß der Zwerg korrekt antwortete oder mit der Schießerei begann.

Der Zwerg atmete tief ein und dann langsam wieder aus. »Morlock«, sagte er gelassen.

Ja! Vor Erleichterung lächelnd, nickte sie und setzte sich. »Ich bin Silver. Ich hörte, ihr sucht einen Decker.«

»Two Bears«, knurrte er.

»Und ich bin Thumbs«, sagte der Troll, indem er mit dem Daumen auf seine Brust zeigte.

»Hoi. Mir gefallen deine Tätowierungen«, sagte Silver, indem sie eine Haarsträhne zurückstrich, die über die verchromte Buchse in ihrer Schläfe gefallen war.

»Meine Gang-Tätowierung«, erwiderte Thumbs, indem er sich mit der Hand über den kahlen Schädel strich. »Die Slammers.«

»Ah, die legendären Slammers. Die härtesten Trolle in der Stadt.«

»Stimmt genau.« Er plusterte sich vor Stolz auf. »Du kennst uns?«

Silver lächelte honigsüß. »Nie von euch gehört.«

Die Blicke der beiden trafen sich für einen Augenblick. Thumbs legte seinen Predator offen auf den Tisch und wandte sich an den Zwerg. »Die ist in Ordnung, Boß.«

Aha, eine leichte Veränderung in der Sprechweise. Dieser Bursche stellte sich dumm und griff dann von hinten an. Gut. Das gefiel Silver. Besonders bei jemandem, mit dem sie vielleicht einen Run unternahm. Die Cleveren lebten länger.

»Längst bemerkt«, sagte Two Bears.

»Also«, sagte sie, indem sie es sich gemütlich machte. »Worum geht es bei dem Run?«

»Datensuche und Beschaffung. Vierzig K.«

Drek. Der normale Tarif für einen Standard-Run. Wahrscheinlich nichts Besonderes oder die Art Run, die sie ihrem Ziel näher bringen würde. Trotzdem, Nuyen waren Nuyen.

»Akzeptiert«, sagte sie ausdruckslos. »Was liegt als erstes an?«

Two Bears befingerte mehrere Kredstäbe auf dem Tisch, als sei nur einer davon etwas wert. »Du mußt dir Zugang zu meinem Konto bei der CitiBank Central verschaffen und es leerräumen.«

»Dein eigenes Konto?«

»Ja.«

Sie spitzte die Lippen. »Hast du die Zugangscodes?«

»Natürlich.«

»Kinderspiel«, erwiderte Silver, indem sie ihrer klobigen Schultertasche das Fuchi-Deck entnahm. Thumbs stand auf und fegte Einwickelpapier, Granaten und Pistolen beiseite, um eine Telekombuchse in der Wand neben dem Tisch freizulegen. Sie setzte sich auf den Boden, legte sich das Deck auf den Schoß und stöpselte sich ein. Sie tippte ein paar Befehle ein, und einen Augenblick später blinkten alle Anzeigen grün. Die Leitungen waren erste Sahne, keine Interferenzen, keine Statik. Cool.

»Die Codes bitte«, sagte sie, während ihre schlanken Finger auf der Tastatur ruhten.

Two Bears räusperte sich, beugte sich vor und flüsterte sie ihr ins Ohr. Silver schloß die Augen, und ihre Finger huschten über die Tasten des Fuchi. »Kredstab«, sagte sie einen Moment später. Two Bears gab ihr einen. Sie nahm ihn und schob ihn in ihr Deck. Ein Licht wechselte die Farbe, dann zog sie den Kredstab wieder heraus. »Erledigt. Was kommt als nächstes?«

Er starrte den Kredstab an, dann sie. »So schnell?«

Silver bedachte ihn mit dem kühlen Lächeln des Profis. »Du hast mir die primären Codes gegeben«, sagte sie. »Ich habe einfach einen Umweg genommen, eine Hintertür geöffnet, mir unter falschem Namen Zugang verschafft und das Konto abgeräumt. Leicht. Du hast jetzt doppelt soviel wie vorher.«

»Das habe ich nicht verlangt«, bellte Two Bears wütend. »Verfluchter Drek! Die verdammte Bank im Genick hat mir gerade noch gefehlt!«

»Sie können das Geld nicht zurückverfolgen. Ich habe aus einem öffentlichen Telekom in der Zitadelle darauf zugegriffen.« Sie grinste. »Ich habe dort irgendwann mal einen Verwandten besucht und mir die LTG-Nummer gemerkt. Dann habe ich den Hauptzugangscode für dein Konto benutzt, aber nicht deinen persönlichen. Wenn du den primären Code und das Paßwort hast, ist der Rest leicht. Aber anstatt die Nuyen abzuheben, was immer zurückverfolgt wird, habe ich sie einfach gestohlen. Ich habe dein Konto schlicht und einfach leergefegt.«

»Brillant«, kicherte Thumbs beeindruckt. »Da die Nuyen gestohlen wurden, wird ihn die Bank für den Verlust entschädigen. Vielleicht verschweigen sie ihm sogar den Vorfall, um die Illusion aufrechtzuerhalten, daß der Laden sicher ist. Also ist dein Kontostand immer noch derselbe wie vorher.« Blaue Augen funkelten belustigt, und er lächelte sie an. »Netter Schwindel.«

»Danke.«

Two Bears steckte den Kredstab ein und schwieg.

Zufrieden, daß zumindest der Troll ihre Kunstfertigkeit zu schätzen wußte, sagte sie: »Und? Erwarten wir noch jemanden, oder ist das unser Team?«

»Drei Personen? Kaum. Ich erwarte noch einen Samurai und einen Magier«, erwiderte Two Bears, indem er auf die Wanduhr sah. »Es ist jetzt 17:15 Uhr. Wir haben noch zwanzig Stunden, bis meine Schonfrist abläuft. Bis dahin müssen wir von hier verschwunden sein, und zwar spurlos. Klar?«

»Klar.«

Two Bears lehnte sich auf seinem Stuhl zurück, griff nach dem Soykaf und stellte den Behälter dann beiseite. »Folgendes läuft: Heute morgen wurde ich von einem Johnson angeworben. Ich sollte herausfinden, wer oder was zum Henker IronHell ist. Ich habe mir zuerst die öffentlichen Datennetze vorgenommen, aber dabei ist nur ein Haufen Drek herausgekommen. Dann habe ich einen Chummer von mir, Sister Wizard, damit beauftragt, sich in der Matrix umzutun und zu sehen, was sich in den weniger öffentlichen Datenbanken findet.«

»Ich kenne sie«, sagte Silver. »Sie ist sehr, sehr gut.«

»War«, korrigierte Two Bears ernst. »Jetzt ist sie sehr, sehr tot. Keine Ahnung, welche Dateien sie anzapfen wollte, um etwas über IronHell herauszufinden, aber sie haben ihr das Gehirn schneller gegrillt, als sie Drek sagen konnte.«

»Glaubst du, IronHell hat sie gegeekt?« fragte Thumbs.

Two Bears breitete vielsagend die offenen Handflächen aus.

»IronHell«, murmelte Silver, während sie an ihrer Unterlippe nagte. »IronHell, IronHell. Wo habe ich den Namen schon mal gehört?«

Die beiden anderen musterten sie überrascht.

»Weißt du irgendwas darüber?« fragte Thumbs neugierig. Die Zeltleinwand erbebte leicht im sanften Strom der gefilterten Luft aus dem Öko-System des Hauses.

»Ja«, flüsterte sie nachdenklich. »Ich glaube schon.«

8

Also, raus damit!« verlangte Two Bears von der Deckerin. »Was weißt du über IronHell?«

Silver zog das Datenkabel aus ihrem Deck, während sie die Stirn in Falten legte. »Ich bin nicht sicher ...«, begann sie zögernd. »Ich habe einen ... äh ... einen Cousin, der als Nachtwächter in den Docks arbeitet. Er läßt mich einmal im Monat oder so die Lagerhäuser ... äh ... besuchen. Souvenirjagd. Ihr wißt schon.«

Verständnisvolles Nicken von beiden Männern.

»Etwas Ähnliches läuft bei mir im Transportwesen. Von diesen ferngesteuerten Lastern fällt oft Zeug herunter«, sagte Thumbs mit breitem Grinsen.

Ein schelmisches Lächeln. »Cousins sind immer nützlich.«

»Ich habe selbst ein paar beim Flughafenzoll«, warf Two Bears ein. »Aber dieser eine, der in den Docks arbeitet, hat er dir was erzählt?«

Silver fuhr mit den Fingerspitzen über das Deck und zermarterte sich das Hirn, da ihr der genaue Wortlaut nicht einfallen wollte. »Er hat nur einmal davon gesprochen, und als ich ihn später noch einmal darauf ansprach, stritt er es ab, was der Grund dafür ist, warum ich mich noch daran erinnere. Ich glaube, IronHell stammt aus der Seemannssprache und hat irgendwas mit ... Piraten? Ja, mit Piraten zu tun.«

»Piraten?« wiederholte Two Bears, wobei er die Hände um die Tischplatte krampfte. »Genau das hat Louie auch gesagt!« meinte er mehr zu sich selbst.

»Louie wer?« fragte Thumbs.

Two Bears schüttelte den Kopf, wütend auf sich selbst, weil er den Champ nicht ernst genommen hatte. »Ein alter Chummer von mir, der für mich arbeitet und ziemlich weich in der Birne ist. Aber ich schätze, daß er noch ein paar Tassen im Schrank hat. Wer hätte das gedacht?«

»Mit Piraten will ich nichts zu tun haben«, stellte Thumbs mit Entschiedenheit fest, indem er seine Herkules-Arme vor der nackten Brust verschränkte. »Diesen Wichsern ist es egal, was sie tun und wen sie umlegen müssen, um sich das zu holen, was sie haben wollen. Wenn sie mit einem fertig sind, würde sich bei deinem Anblick nur noch ein Organschmuggler freuen. Atlantic Security hat es nicht geschafft, auch nur in ihre Nähe zu kommen. Das kannst du dir hinter die Ohren schreiben.«

»Und den Megakonzernen ist es egal«, knurrte Two Bears, »weil die Piraten zu gerissen sind, um sich eines von ihren Schiffen vorzuknöpfen!«

»Da hast du recht, *Omae*. Irgendein Megakonzern gegen die Piraten der Karibik.« Thumbs entblößte beide Hauer. »Also den Kampf würde ich wirklich gerne sehen.«

»Aus großer Entfernung. Wie zum Beispiel aus dem All.«

»Mit Sicherheit«, sagte Thumbs mit einem dünnen Grinsen. »Aber ich wüßte nicht, mit welcher Seite ich halten sollte.«

»Okay, es hat also irgendwas mit Piraten zu tun«, sagte Two Bears. »Jesus, Buddha und Zeus, was sagt uns das?« Er wandte sich an Silver. »Ein Schiff, ein Kapitän, ein Nachschublager, eine Hauptbasis, ein Erzfeind?«

»Tut mir leid«, sagte sie. »Ehrlich, ich erinnere mich nicht. Aber es hat etwas mit Piraten zu tun.«

»Können wir diesen Louie fragen?« erkundigte sich Thumbs. Er schlug sich mit einer gewaltigen Faust auf eine genauso gewaltige Handfläche. »Vielleicht können wir seinem Gedächtnis auf die Sprünge helfen?«

»*Ichi*, er ist ein Chummer«, sagte Two Bears wütend, um dann einzulenken: »Außerdem ist er so daneben, daß er manchmal vergißt, wo er wohnt. Ein einfacher Tritt in den Hintern könnte seinen Hirnwindungen den Gnadenstoß verpassen. Und wenn sie meinen Anruf zu Sister Wizard zurückverfolgt haben, wissen sie, wer ich bin, und überwachen wahrscheinlich meinen Laden.«

»Telekom?« Silver starrte sie an. »Und das ist alles heute morgen passiert?«

»Ja«, sagte Two Bears zögernd. Thumbs sah sie nur an.

»Du hast jemandes Aufmerksamkeit erregt«, sagte sie. »Ich war selbst in der Matrix und habe ein paar Decker gesehen, die zum Knoten eines öffentlichen Telekoms geeilt sind.«

»Drek!«

Two Bears rieb sich mit der Hand über das Gesicht. »Wer war es? Lone Star?«

»Nein. Ich habe so etwas noch nie zuvor gesehen«, sagte Silver.

»Das ist wahr. Leute, die Sister Wizard so schnell grillen konnten, müssen irgendwelche Konzern-Bastarde sein. Wahrscheinlich Atlantic Security – sie schreiben ihre eigenen Programme, und ihre Decker sind echte Granaten. Spitzenleute.«

»Ja«, sagte Silver zögernd. »Novaheiß, und ihre Codes sind noch heißer.«

»Außerdem importiert Atlantic einen Haufen Knallzeug aus den Konföderierten Amerikanischen Staaten«, fügte Thumbs mit einem Seitenblick auf den Stapel von Waffen hinzu, die sie vorher gereinigt hatten.

»Also, was meinst du? War es AtSec oder vielleicht sogar Gunderson, der Sister gegrillt hat?« fragte Two Bears.

»Eher nicht«, sagte Silver. »Gunderson gehört zwar Atlantic Security, aber ich glaube nicht, daß Sister so verrückt war, ohne größere Schutzvorkehrungen einen Run gegen die Mainframes von TGC zu versuchen.

Das tut man nicht mal so eben aus dem Handgelenk oder aus einer verdammten Laune heraus. Ich würde drei, vier Decker als Rückendeckung wollen und eine ganze Wagenladung novaheißer Programme, um überhaupt einen Versuch zu starten.«

»Ja, ich schätze, damit hast du recht.« Thumbs öffnete einen Behälter mit irgendwelchem Soykaf, den sie mitgebracht hatten, und trank ihn aus. »Vielleicht ist es einer von den Megakonzernen, der versucht, Gunderson in die Schranken zu verweisen, weil sie zu hoch hinaus wollen?«

»Alle Multis wollen Megakonzerne sein. Was ist daran neu?«

Thumbs knautschte den Soykaf-Behalter zusammen und warf ihn durch das Zelt in eine Makroplastkiste, die als Mülleimer diente. »Dann hat Gunderson vielleicht einen Weg gefunden.«

»Gegen die großen Jungens zu kämpfen?« Two Bears schnaubte verächtlich. »Erde an Thumbs, versuch's noch mal, ja?«

»Wenn IronHell tatsächlich etwas mit Piraten zu tun hat«, beharrte Thumbs, indem er sich das Kinn rieb und dabei ein Geräusch wie Schmirgelpapier verursachte, »wer könnte dann mehr darüber wissen als Atlantic Security? Schließlich ist das ihr Job, Piraten zu jagen.« Atlantic Security hatte Verträge mit vielen von Miamis Privatkonzernen und Kleinunternehmen, aber ihre Schiffe patrouillierten auch im Meer rings um den Sprawl.

»Oder ist vielleicht das große Geheimnis, daß sie selbst die Piraten sind?« fragte Silver leise.

»Und auf beiden Seiten des Zauns arbeiten?« setzte Thumbs ihren Gedanken fort. »Und IronHell wäre der Codename für das Unternehmen? Auf die Gefahr hin, mich bei dir unbeliebt zu machen, Silver, aber mir gefällt deine Art zu denken nicht.«

Two Bears pfiff durch die Zähne. »Drek, aber wenn

das wirklich abgeht ...« Seine Gedanken wurden durch das *Ping* des Fahrstuhls unterbrochen. Die Türen öffneten sich. Niemand war in der Kabine zu sehen.

»Achtung«, schnappte Two Bears, indem er die MP auf den Fahrstuhl richtete und den Hebel von Einzelfeuer auf Vollautomatik stellte.

Thumbs schloß seine ballistische Weste, dann hob er den Predator und entsicherte ihn.

Den Colt in der Hand musterte Silver den Fahrstuhl. Der Sicherheitsspiegel in der Ecke war abgewinkelt und zeigte nur die Deckenplatten. Dann trat ein hochgewachsener Norm aus dem Bereich hinter der Tür, der normalerweise im Spiegel zu sehen war. Dunkle Haare, dunkle Augen, Koteletten und Schnurrbart. Er trug einen locker sitzenden Tropenanzug aus Kunstfaser. Eine große mattschwarze Kanone steckte in einem Überkreuzhalfter an der linken Hüfte. Das Metall war nicht reflektierend. Das Licht, das durch die Fenster fiel, schien von dem schwarzen Lack verschluckt zu werden. Irgend etwas aus Keramik hing an einem dünnen geflochtenen Band um seinen Hals, war jedoch unter seinem weichen Leinenhemd verborgen.

Langsam und mit stetem Schritt näherte der Norm sich dem Zelt, als sei er vollkommen sicher, daß jeder wußte, wer er war, und nachts wach blieb, um sich Gedanken deswegen zu machen. Ohne auch nur innezuhalten, betrat er das Zelt und blieb im grellen Licht der EverBrights stehen. Er ignorierte das Waffenarsenal, das offen auf dem Tisch lag, und betrachtete statt dessen die drei Personen, die dort saßen, wobei er den Hals steif und ruckartig bewegte wie ein Roboter, der ihre Positionen auf den Millimeter genau ermittelte und speicherte.

»Schönen guten Tag auch, ich suche Adam Two Bears«, sagte er. »Ist einer von Ihnen dieser Herr?«

Two Bears grunzte.

»Fat Jake sagte, Sie suchen einen professionellen Mechaniker.« Der Norm sprach mit merkwürdigem Akzent und im dozierenden Tonfall eines Professors oder hochrangigen Konzernpinkels.

»Das hängt davon ab«, erwiderte Two Bears schroff. Der Lauf seiner Crusader war direkt auf den Bauch des Mannes gerichtet. »Morlocks.«

»Kings.«

Two Bears ließ langsam die Waffe sinken, und die anderen taten es ihm stufenweise nach. »Okay, du bist koscher«, sagte er, indem er einen Stuhl herauszog und mit einem Tritt in Richtung des Mannes beförderte. »Setz dich erst mal und laß uns reden.«

»Sie können mich Delphia nennen.« Der Norm nahm den Stuhl und drehte ihn um, so daß er mit dem Gesicht zur Lehne saß. »Worum geht's?«

»Datenbeschaffung.«

»Die Bezahlung?«

Two Bears zückte seinen Kredstab. »Vierzigtausend. Wenn du gut mit 'ner Kanone bist.«

»Das bin ich«, erwiderte Delphia. »Sogar sehr gut.«

»Ach ja?« Thumbs legte den Predator auf den Tisch.

Delphia zuckte die Achseln.

»Captain Cool, hm? Bist du so gut?« fragte Two Bears schroff. »Oder verschwende ich hier meine Zeit mit einem ausgebrannten Chip-Dealer?«

»Vielleicht eine kleine Demonstration«, sagte Delphia in gelangweiltem Tonfall. Er stand geschmeidig auf und streckte einen Arm zu Two Bears aus, als wolle er ihm die Hand schütteln. Sein Arm war voll ausgestreckt und der Ärmel hochgeschoben, so daß man die nackte Haut seines Handgelenks sah, als er einen Finger krümmte. Two Bears sah plötzlich nichts mehr auf seinem rechten Auge, als ein Klicken ertönte. Er schüttelte den Kopf, und als sein Blickfeld wieder klar war, zuckte der Zwerg zurück, da er erkannte, daß er in die schwarze Mündung eines Colt Manhunter blickte und das Klicken vom Abschießen einer ungeladenen Kammer stammte.

»Heiliger Drek«, flüsterte Two Bears. »Niemand ist so schnell! Das ist unmöglich, selbst mit Reflexbooster!«

»Pah, es ist nur ein Trick«, sagte Thumbs hitzig. »Ein Hologramm oder so. Ganz netter Versuch, aber ich habe Chummer, die lieber über ihre Schießeisen quatschen als mit ihren Schnallen bumsen. Und wenn es irgendwas in der Art gäbe, hätten sie sich längst bis zum Erbrechen darüber ausgelassen. Eine Kanone, die sich selbst zieht? Schwachsinn.«

Delphia zog ein Magazin aus der Tasche und lud den Manhunter. »Wenn Sie das sagen.« Er lud durch und steckte die geladene Pistole in das Halfter an seiner Hüfte. Als er die Hand wegnahm, sah jeder, daß der Kolben der schwarzen Waffe mit einer dünnen Rute aus Metall an eine Energiezelle an seiner rechten Hüfte angeschlossen war.

»Dieser Bursche ist echt, Chummers«, sagte Silver leise. »Ich weiß das, weil ich so etwas schon einmal gesehen habe.«

»Tatsächlich?« fragte Delphia, indem er sich zu ihr umdrehte und sie ansah, als bemerke er sie erst jetzt.

»Hai«, murmelte sie.

Einen Moment lang herrschte Schweigen. »In der Tat«, sagte er leise.

»Es ist ein VPR2, richtig? Ich habe davon gehört – alles Schattengerede, also dachte ich, es sei ein Haufen heiße Luft für die Pistolenfreaks und Schießgeilen. Feuchte Träume für Möchtegerns. Irgendeine Geschichte über verbotene Forschung. Geheimwaffen für Leibwächter von Megakonzern-Execs und Regierungsattentäter.«

»Ich bin kein Attentäter«, erwiderte Delphia mit leiser Stimme und ausdrucksloser Miene.

»Und ich glaube dir«, sagte Silver. »Aber so etwas

fällt nicht einfach vom Himmel oder taucht wunderbarerweise aus dem Land Oz auf.«

Der dunkelhaarige Mann zuckte weder zusammen noch bekam seine Maske Sprünge, aber Silver sah es an seinen Augen, daß sie mit dieser Bemerkung ins Schwarze getroffen hatte. Also stimmten die Gerüchte im Gitter. Oswaldo Fontecchio war nicht für seine Unfähigkeit hingerichtet worden, einen Kaiserlichen Minister Japans zu schützen. Und jetzt war er ein Straßensamurai in Miami? Muskeln, die man mieten konnte? Ausgezeichnet.

»Du meinst, das Ding ist echt?« fragte Thumbs, indem er auf die Waffe zeigte.

Silver nickte nachdrücklich. »O ja.«

»Wo kann ich so eins bekommen?« wollte Thumbs aufgeregt wissen. »Für wieviel und wo? Nenn mir den Preis.«

»Sie kosten nur zehn Nuyen, acht, wenn man sie im Dutzend kauft. Ich habe meinen in einer Pfandleihe auf der Vierzehnten Straße West erstanden«, sagte Delphia hölzern. »Aber der Laden ist vor zehn Minuten abgebrannt. Tut mir leid.«

Thumbs ließ sich mit verärgerter Miene auf seinen Stuhl zurücksinken, dann lächelte er plötzlich. »Das habe ich wohl herausgefordert, wie?«

»Ja, das haben Sie«, sagte Delphia.

»Waffenstillstand?«

»Ich bin die Friedfertigkeit in Person, Sir.«

»Waffenstillstand?« hakte Thumbs nach.

Ein Augenblick verstrich. »Waffenstillstand«, stimmte Delphia zu.

»Two Bears, du wolltest etwas Besonderes für diesen Run, und da hast du es«, sagte Silver eifrig. »Dieser Bursche ist echt. So viel wert wie zwanzig Schläger von der Straße.«

»Ob echt oder nicht, ich mag keine Angeber«, schnappte Two Bears. »Sie haben die unangenehme Eigenart, sich bei einem Kampf aufzuspielen und daher nachlässig zu werden. Und dieser Run wird auch so schon hart genug.«

»Dann verzichten Sie auf meine Dienste«, sagte Delphia ohne jede Emotion, indem er ein Stäubchen von einem Ärmel wischte. »Aber ich kann Ihnen versichern, daß ich ein Musterbeispiel für Gewissenhaftigkeit bin, sobald ich mich einer Sache widme.«

»Also keine Spielchen mehr?«

»Sir, ich bin immer ernst.«

»Tja ...«, Two Bears zögerte. »Okay, abgemacht. Du bist dabei.«

»Mit der Maßgabe«, fügte Silver rasch hinzu, »daß du ein Teil dieses Teams bist, einer von uns, und zwar mit allem, was daraus folgt.«

Schweigen von dem Norm auf dem Stuhl.

»Einverstanden?«

Kommentarlos erhob sich Delphia, als wolle er gehen. Dann setzte er sich wieder, diesmal förmlich und richtig herum. »Ich gehöre zu euch bis zum Tod«, sagte er ruhig.

»Das trifft sich gut«, sagte Two Bears, indem er ihm einen Kredstab zuwarf. »Weil wir als erstes mich töten werden.«

9

Die Nachmittagssonne stand bereits niedrig am Himmel, brannte aber immer noch wie ein Feuerball aus der Hölle, und alle, die auf der Straße waren, bewegten sich so wenig wie möglich. Die Nacht konnte nicht früh genug kommen. In sporadischen Abständen fuhren geschlossene Fahrzeuge vorbei, deren Klimaanlagen zwar bewirkten, daß die Passagiere es nett und gemütlich hatten, aber dafür Abwärme abstrahlten, welche die sengende Sommerhitze noch verstärkte und die Straße vorübergehend in einen Glutofen verwandelte.

Wesley schwitzte in seiner Makroplastkiste vor sich hin, als er sie vorbeigehen sah, schnell und sicher, als gehöre ihnen die Welt. In regelmäßigen Abständen blieb einer stehen und ließ die anderen vorbeigehen, und dann wiederholte sich das Spielchen. Wie im Trideo. Rotationsüberwachung oder irgendein abgefahrener Drek in der Art. Eine militärische Klamotte. Mit starrer Beiläufigkeit bezogen die sechs Stellung gegenüber der Biscayne Bar. Einer der massigeren Kerle, ein Ork, stand direkt in der Sonne und schwitzte keinen Tropfen. Als sei er aus Granit gegossen. Oder als habe er eine eigene Kühlanlage. War das möglich? Wesley nahm es an. Drek, heutzutage war alles möglich. Man brauchte nur Rich die Rutsche zu fragen. Das war mal 'n Chummer, der in Gegenwart einer Schamanin nie wieder das Maul aufreißen würde.

Konnte es ein Überfall sein? Nee. Hier? In dieser Gegend? Was wollten sie sich greifen, die Spinnweben? Jedenfalls war das nicht die hiesige Gang auf der Suche nach Einzelgängern, die ihnen die Tour vermasselten. Überhaupt haftete ihnen nicht der Geruch der Straße an. Also auch keine rivalisierende Gang. Irgendeine große Sache ging ab, und er hatte den besten Platz im ganzen Haus. Wesley wickelte sich enger in seine vor Schweiß steifen Lumpen und duckte sich noch tiefer in seine Kiste.

Eines Tages würde er Shadowrunner sein, und dann würde ihn die ganze Welt kennen und fürchten. Er hatte sich sogar schon einen Namen ausgesucht: Attila. Irgendein Kriegerhäuptling aus der Steinzeit. Aber der Name hatte was, hörte sich nach was an. Attila. Ja, echt solide. So solide wie Stahl.

Als plötzlich in der Bude Schüsse fielen, überraschte ihn das nicht weiter, und das Geballer dauerte auch nicht lange. Aber dann fing das Geschrei an. Kein wütendes Kampfgeschrei, auch nicht der schrille Aufschrei eines Verwundeten, nein, ein langgezogenes Heulen von jemandem, dem bei lebendigem Leib die Haut abgezogen wurde. Ein paar Leute auf der Straße warfen einen Blick auf das alte Wohnhaus, aber das war alles. Solche Dinge kamen in Overtown vor. Solange sie nicht ihnen zustießen, ging das Leben weiter.

Das markerschütternde Geschrei steigerte und milderte sich in Wellen und wurde rasch zum unartikulierten Kreischen unvorstellbarer Qualen. Vor Mitleid selbst leise wimmernd, schloß Wesley ganz fest die Augen, hielt sich die Ohren zu und betete inbrünstig zu jedem, der ihn hören mochte, bitte-bitte, laß diesen armen Chummer sterben. Niemand hatte verdient, so abgemurkst zu werden, was er auch getan haben mochte.

Die Sonne verschwand endlich hinter den Wolkenkratzern der Innenstadt von Miami, und der grellbunte Anblick, der sich ihr durch die Fenster bot, war wie ein Miniatur-Dynarama im World Park. Nur in einen Hauch von Seide gehüllt, stand Erika Johnson vor den Armorlite-Fenstern und nippte an einem perfekt gekühlten Gin-Tonic, dessen Limonenscheiben frisch und mit einem Silbermesser geschnitten waren. Gewöhnlicher Stahl ruinierte den Geschmack. Wie viele Barkeeper hatte sie schon wegen dieses offensichtlichen und wichtigen Punktes gefeuert? Zu viele. Welch eine Ironie, daß sie auf der Straße kompetente Hilfe für einen Run finden konnte, aber hier für ihr Penthouse? *Ichi.*

Das eichenvertäfelte Wandtelekom summte leise, und Erika schlenderte hinüber, wobei sie das Bändchen um ihren Hals ein wenig lockerte. Wenn das ihr gegenwärtiger Bettpartner war, wollte sie für ihn etwas… ordinär aussehen. Er brachte heute abend vielleicht einen Freund mit, und wenn sie das Spielzeug von ein paar bösen Jungens sein würde, wollte sie auch angemessen nach Gosse aussehen. Natürlich nur andeutungsweise. Niemand wollte wirklich auf der Straße spielen, nur so tun als ob.

Dann summte der zweite Kreis, und Johnson wurde kalt. Die Privatleitung. Sie schloß ihr Gewand und legte den ersten Anruf in die Warteschleife, während sie ihren Drink auf ein Regal voller BTL-Chips stellte. Nachdem sie den VR-Modus und den Zerhacker eingeschaltet hatte, setzte Erika sich vor das Telekom, wobei sie sich fragte, ob der Zwerg bereits etwas zu berichten hatte. Wenn ja, war das gute Arbeit. Wenn nein, konnte es nur Ärger bedeuten.

Doch die Pixel auf dem Bildschirm zeigten nicht die halbe Portion aus Overtown, den sie angeheuert hatte, sondern einen unwahrscheinlich gutaussehenden Norm in einem maßgeschneiderten Anzug. Mattgelb, fast weiß, dazu eine Krawatte aus Rohseide und etwas an seinem Gürtel, das wie ein Gibraltor VPR2 aussah. Unmöglich. Niemand außerhalb Japans besaß so etwas. Und noch dazu ein *Gaijin?* Es war mehr als unmoglich, es war phantastisch. Außerdem schien er aus einem Zelt anzurufen. Wo, zum Teufel, war das?

»Es sind Ihre Nuyen«, sagte sie schleppend. Eine schlechte Angewohnheit von ihr, in der Art der VR-Simulation zu reden, die der Anrufer sehen würde – einen schmuddeligen alten Norm, unrasiert und mit vielen Narben. Laß das Gerät die Arbeit machen, verflucht, schalt sie sich. Dafür ist es schließlich da.

»Two Bears ist tot«, sagte der Mann frei heraus. »Von einem Attentäter umgelegt, den ein örtlicher Policlub auf ihn angesetzt hat. Ich bin sein Partner und jetzt für den Job verantwortlich.«

Das war interessant. Falls es stimmte. »Haben Partner auch Namen?« fragte Erika höflich und in dem Wissen, daß ihr Alter ego so etwas sagen würde wie: »Das haut mich um, Chummer. Hat Ihre Mutter Ihnen auch'n Namen gegeben?«

»Delphia.« Die kohlschwarzen Augen des Mannes verrieten keinerlei Gefühlsregung, aber er schien angestrengt den Hintergrund des Bildes zu mustern, das sie ihm schickte. Wenn er nach einer Möglichkeit Ausschau hielt, ihren Aufenthaltsort auszumachen, mußte er schon Hellseher sein, um das zu schaffen. Die VR-Bude, die gezeigt wurde, war eine reine Erfindung, ein Mischmasch aus hundert oder mehr interessanten Inneneinrichtungen, die der *Architectural Digest* in Jahrzehnten abgebildet hatte. Kein Gossen-Samurai konnte daraus irgend etwas entnehmen. Sie straffte sich auf ihrem Stuhl und konnte sich gerade noch davon abhalten, nachdenklich an ihrem Ohrläppchen zu zupfen. Ihr anderes Selbst hätte diese Geste kopiert, und Erika wollte nicht, daß dieser Delphia ihre persönlichen Eigenheiten mitbekam. Eine ganze Reihe von Möglichkeiten tat sich auf, die meisten davon unangenehm. Wußte er aus irgendeinem Grund, daß dies ein VR-Telekom war?

Auf dem Bildschirm holte Delphia einen blutverschmierten Kredstab aus der Innentasche seiner Jacke. Erika wäre beinahe vor dem gräßlichen Gegenstand zurückgezuckt. Offensichtlich einem Toten abgenommen. Jemandem, der zu Hackfleisch verarbeitet worden war. Oder belog er sie?

Mit stoischer Ruhe erzählte der Shadowrunner ihr von Sister Wizard und der umgehenden Ankunft Lone Stars und der Konzern-Limousine.

Erika spitzte die Lippen, lehnte sich zurück und dachte über diese Neuigkeiten nach. Es konnte nur Atlantic Security sein. Die Deckerin mußte dort herumgeschnüffelt haben. Dieser ganze Run klang langsam nach einer schlechten Idee, die verworfen werden sollte. Aber das lag nicht an ihr. Sie arbeitete für James Harvin, und er war derjenige, welcher ihr den Befehl gegeben hatte, Runner anzuwerben und IronHell zu finden. Aber wenn AtSec irgendwie in die Geschichte verwickelt war, warum würde Harvin dann Runner anwerben lassen? Atlantic Security befand sich schließlich im Besitz Gundersons. Alles, was AtSec wußte, würde auch Harvin wissen. Verfolgte er vielleicht ganz andere Ziele?

»Natürlich tut es mir leid, von seinem Ableben zu hören«, stellte sie verbindlich fest. »Hat diese Veränderung Auswirkungen auf unsere Vereinbarung?«

Delphia stieß ein kurzes, humorloses Lachen aus und rammte den Kredstab in sein Telekom. Erikas Telekom summte gleich darauf und zeigte die Rücküberweisung fast aller Nuyen zu ihr an. »Es sollte eine Datenbeschaffung werden, kein Härtetest.« Sie wußte, daß dies ein Straßenausdruck für Krieg war. »Die Vereinbarung ist hinfällig. Ich steige aus. Sie haben Ihren Vorschuß zurück. Einen schönen Tag noch.« Und er streckte tatsächlich die Hand aus, um die Verbindung zu unterbrechen.

»NEIN!«

Auf dem Bildschirm blieb Delphias Hand über der Tastatur hängen, und sie verfluchte sich insgeheim. Zeig dem Personal niemals, daß man es braucht. Drek hoch zehn! Konnte sie schnell genug ein anderes Team darauf ansetzen? Nein, die Zeit lief gegen sie. Also gut.

»Das kommt sehr unerwartet«, sagte sie den Umständen entsprechend glatt. »Vielleicht ist es an der Zeit, die Bedingungen neu auszuhandeln.« Das Telekom tat sein Bestes, ihre Worte in Straßenslang zu übersetzen.

»Der Run ist nicht mehr nach meinem Geschmack«, erwiderte Delphia, unternahm jedoch nicht den Versuch, die Verbindung zu unterbrechen.

Aha, lächelte Erika innerlich. »Vielleicht sollte ich die Vereinbarung versüßen, so daß sie mehr nach dem Geschmack Ihres empfindlichen Gaumens ist?«

»Ihre Nuyen, Chummer«, sagte Delphia noch einmal, während er den blutverschmierten Kredstab anhob. Sie verstand den Wink. Keine Ausflüchte. »Sprechen Sie sich aus.«

Während Johnson zu ihrem Schreibtisch ging, mußte sie sich eingestehen, daß sie die Art des Mannes mochte. So subtil wie ein mit Samt überzogener Vorschlaghammer. Sie fragte sich kurz, wie er wohl im Bett war, verdrängte dann jedoch diesen irrelevanten Gedanken, holte einen Kredstab aus ihrem Schreibtisch aus Kirschholz und schob ihn in die Konsole. »Das Doppelte des ursprünglichen Preises und eine Überlebensprämie von … zusätzlich zwanzig K pro Kopf.«

Delphia wartete zwei Herzschläge lang mit so ausdrucksloser Miene wie der eines toten Krebses, bevor er sagte: »Das Dreifache.«

Erika hielt inne. Bluffte er oder war es ihm ernst? Sie wartete eine ganze Minute, bevor sie antwortete: »Einverstanden.« Er sollte ruhig wissen, daß von ihr nichts mehr zu erwarten war. Die Grenze war erreicht.

Doch dann fügte er hinzu: »Und wir brauchen immaterielle Hilfe.«

Ein Magier? »Sollten Sie nicht selbst für derartige Unterstützung sorgen?«

Delphias Hand verschwand aus dem Bild und kehrte mit einer Tasse Soykaf zurück. Er trank einen Schluck, bevor er sagte: »Es hat sich bereits herumgesprochen, daß Two Bears umgelegt wurde. Und jetzt...« Er breitete vielsagend die Hände aus.

Erika verstand vollkommen. Die Straße war genauso wie eine Aufsichtsratssitzung. Wenn sich bereits herumgesprochen hatte, daß der Run praktisch vom Start weg schiefgelaufen war, würde es ihnen verdammt schwerfallen, jemanden anzuwerben, der clever genug war, um dem Team etwas zu nützen. Die Ähnlichkeiten zwischen ihren Welten waren oft verblüffend. »Vielleicht kann ich Ihnen aushelfen.«

»Haben Sie einen Sänger zur Hand, Sir?« Vor dem letzten Wort zögerte er unmerklich, und Erika fragte sich, ob das seine Art war, ihr mitzuteilen, daß er wußte, daß er nicht mit einem männlichen Norm sprach.

Bei dieser Erklärung schlug ihr Herz unwillkürlich schneller, und sie traf eine Entscheidung. »Ja«, sagte sie in den Bildschirm, während sie sich am Kinn kratzte, wie es ein unrasierter Mann tun würde. Die Einzelheiten, die sie dabei übersah, würde das VR-Programm einfügen. »Sie mag Katze. Verstehen Sie?«

»Kein Grünschnabel?«

Ein kurzes Lachen, und Erikas VR-Bild strich sich über einen nichtexistenten Schnurrbart. Sie dachte daran, wie Delphia sich wohl auf ihrer Haut anfühlen würde. »O nein, sie hat schon viele... Aufträge für mich und meine Geschäftsfreunde erledigt.«

»Hat die Magierin auch einen Namen?« fragte Delphia barsch. »Oder nennen wir sie einfach Katze?« Welch ein sarkastischer Mann. Er gefiel Erika Johnson immer besser. Und die Breite seiner Schultern legte Vergnügungen persönlicherer Art nahe. Sie mimte das

Anzünden einer Zigarre. Die Anzeige, daß der erste Anrufer noch in der Leitung war, erlosch. Ein Jammer. Aber die Geschäfte gingen vor.

Die Verhandlungen über die Schamanin waren so glatt gelaufen, daß Silver in zufriedenes Gelächter ausbrach, als der Bildschirm erloschen war. Sie stöpselte sich aus.

»Der Johnson hat sich bereit erklärt, das Dreifache zu zahlen!« rief Two Bears, der ebenfalls vor Freude strahlte. »Das Dreifache! Plus einen verdammten Bonus! Wir haben das große Los gezogen!«

»Ja, die Bezahlung ist ziemlich zufriedenstellend«, sagte Delphia, der gerade aus dem Zelt trat. Er wandte sich an den Zwerg, der allein und in sicherer Entfernung von der Videokamera des Telekoms in einer Ecke saß. »Du hattest recht, mein Freund. Der Johnson hat vermutlich besser auf einen Pinkel reagiert als auf jemanden wie Thumbs in seiner eher funktionalen Straßenkleidung.«

»Pinkel stehen auf Pinkel«, pflichtete Two Bears ihm mit einem wissenden Lächeln bei. »Das einzige, was mich daran stört, ist die Bereitwilligkeit, mit der er mehr gezahlt hat. Ich glaube, daß er uns etwas Wichtiges verschweigt, was bedeuten könnte, daß wir auf größere Schwierigkeiten stoßen könnten. Hinzu kommt, daß Honorare in dieser Größenordnung nach Konzern schreien.«

Delphia nickte zustimmend und zwirbelte nachdenklich seinen Schnurrbart. »Der Johnson wird sich in der Matrix umsehen, um eine Bestätigung für Two Bears' Tod zu finden, aber Silver hat uns versichert, daß das Leichenschauhaus die heraufgeladenen Dateien als Bericht der Gerichtsmedizin schlucken wird. Das dürfte den Vergeltungsdrang des Policlubs dämpfen, uns den Job erleichtern und außerdem unser Honorar erhöhen.«

»Und vergeßt den Bonus nicht!« krähte Thumbs.

Two Bears sah auf die Uhr. »In weniger als einer Stunde geht die Sonne unter. Sahne. Laßt uns von hier verschwinden, die Sängerin auflesen und IronHell knacken.«

»Wie?« fragte Thumbs lakonisch.

»Ich habe eine Idee«, erwiderte Two Bears. Er nahm das Magazin aus der Crusader, überprüfte es und rammte es dann wieder hinein. »Ich kenne ein Mädchen, das uns vielleicht helfen könnte.«

Und was für ein nettes Mädchen sie war, dachte Two Bears, als er sich an ihre wunderschönen Augen erinnerte. Er hatte sie erst einmal gesehen, aber jetzt würden sie sich wiedertreffen. Und viel eher, als er gedacht hatte.

10

Das Geschrei hatte vor über einer Stunde aufgehört, und schließlich konnte Wesley seine Neugier nicht mehr bezähmen und schlich die Treppe zum Eingang des alten Wohnhauses hinauf. Vor einer Million Jahren war es das Sommerhaus irgendeines reichen Pinkels gewesen. Niemand erinnerte sich an ihn oder interessierte sich noch dafür. Die Bude hatte ein solides Dach, und das reichte.

Die Seitentür war zu alt, um noch richtig zu schließen, und Wesley glitt rasch hinein. Auf der Treppe blieb er wie angewurzelt stehen, als er das winzige Rinnsal roten Blutes vom letzten Treppenabsatz volle drei Stockwerke über ihm auf das nackte Holz tropfen sah.

Der starke Motor des großen schwarzen Toyota Elite lief ruhig und ökonomisch und blies seine giftigen Abgase genauso in die Dämmerung, wie es hunderttausend andere Fahrzeuge an diesem Abend in der wunderschönen Innenstadt von Miami taten. Das war es, was die Sonnenuntergänge so erstaunlich farbenprächtig machte und die Tauben vom Himmel fallen ließ wie geplatzte Wasserballons.

Delphia saß hinter dem Steuer und handhabte den Wagen, als habe er sich wie ein Rigger in die Kontrollen eingestöpselt. Auf dem Beifahrersitz hatte Two Bears die Crusader auf dem Schoß liegen und fragte sich, woher der Samurai so schnell dieses feudale Pinkelmobil bekommen hatte. Es hatte keine Zulassungsnummern einer Mietwagenfirma. Tatsächlich sogar überhaupt keine Zulassungsnummern. Und wie zu vielen anderen Fragen schwieg sich der mysteriöse Samurai auch zu dieser aus. Wahrscheinlich hatte er ihn geklaut. Oder war es sein eigener? Wer wußte das schon?

Two Bears hielt die Sphinx im Vergleich zu diesem schick gekleideten Norm geradezu für geschwätzig. Er war nicht geneigt, nach Einzelheiten zu fragen, da ihm dies nicht zustand. Und es spielte im Grunde auch keine Rolle. Der Motor unter der Haube war solide, die Fenster waren getönt und der Tank war voll. Eine gut gefüllte Bar wäre nett gewesen, aber Two Bears hatte nicht mit Wundern gerechnet. Solange keine Einsatzkommandos von Lone Star über sie herfielen, um den Wagen zurückzuholen, war es ihm vollkommen egal, wer vorher der Besitzer des Wagens gewesen war.

»Ecke Coral und Brickel«, verkündete Delphia, indem er an den Randstein fuhr und anhielt.

»Rotschopf aus zwei Uhr«, sagte Thumbs von hinten.

»Ich sehe sie.« Silver öffnete die hintere Tür auf der Fahrerseite.

Eine schlanke Norm-Frau mit einer leuchtend roten Haarmähne stieg ein. Sie trug eine hautenge, an den Beinen abgeschnittene Jeans und ein bauchfreies T-Shirt, das eine Menge wertvoller Aktivposten enthüllte, und sie sah nicht wie eine brandheiße Schamanin, sondern eher wie eine lockere Strandmieze aus.

Als sie die Tür hinter sich zuzog, änderte Two Bears seine Meinung. Über einen Arm und einen Teil des Rückens zog sich eine hochwertige Tiger-Tätowierung. Sehr kostspielige Arbeit. Außerdem trug sie Armreifen, Ringe und Halsketten. Fetische? fragte er sich. Ihr Make-up ließ die Augen schlitzförmig wie die einer Orientalin oder auch einer Katze erscheinen. Ihre Fingernägel waren sehr lang, spitz und in jeder Farbe des Spektrums und noch einigen dazu lackiert. Einen seltsamen Kontrast dazu bildete ein um die Brust geschlungener Patronengurt.

Delphia fuhr los und fädelte sich in den Verkehr

ein, der aus der Innenstadt herausfuhr. Er sah Two Bears fragend an, der als Erwiderung die Achseln zuckte. Was sollte er dazu sagen? Alle Magier waren verrückt. Das brachte ihre Begabung irgendwie mit sich. Wer wußte schon, welche Auswirkungen es auf den Verstand hatte, auf magische Energien zuzugreifen und sie einzusetzen, wie es nur die Magier konnten?

Die Schamanin sah sich in dem Elite um und stieß einen Ausruf der Überraschung aus, als sie Two Bears sah. »Du!«

Er wandte sich zu ihr um. »Ja, was?«

»Ich hörte, du seist tot!«

»Die Gerüchte über mein Ableben waren stark übertrieben«, sagte Two Bears.

»Offensichtlich«, knurrte die Schamanin tief aus der Kehle.

»Wie hast du ihn in der Verkleidung erkannt?« fragte Silver. »Er ist kahl, und die Bauchpolster machen ihn um Jahre älter.«

»Ich sehe alles«, schnurrte die Schamanin, indem sie eine mysteriöse Geste beschrieb. »Ich heiße Moonfeather und singe für Katze.«

Die allgemeine Vorstellung wurde mit einem Minimum an Theater über die Bühne gebracht.

»Dann klärt mich mal auf«, sagte Moonfeather, wobei sie ihre Sandalen abstreifte und die zierlichen Füße unter sich einklemmte.

»Eins nach dem anderen«, sagte Delphia, der sie im Rückspiegel beobachtete. »Überprüfe bitte den Wagen.«

»Ist mir ein Vergnügen.« Moonfeather lächelte herzlich, und ihre Zungenspitze fuhr leicht über die dunkelroten Lippen.

»Keine Panzerung?« fragte Silver mit großen Augen. Die Magierin trug offensichtlich nichts unter ihrem T-Shirt. »Das ist nicht besonders klug.«

»Ich habe meine Zauber«, sagte Moonfeather, wobei sie lächelte wie die Katze, die gerade den Kanarienvogel verspeist hatte. »Und meine Beretta.« Sie schloß die Augen, summte ein paar Sekunden lang leise vor sich hin und öffnete sie dann wieder. »Der Wagen ist sauber.«

Delphia betrachtete sie wieder im Rückspiegel, sagte jedoch nichts.

»Dann also zum Geschäftlichen«, sagte Thumbs. »Du sollst den Zwerg in einen Ork verwandeln.«

»Bekommen wir es mit Kameras oder Scannern zu tun?«

»Kann ich mir nicht vorstellen«, knurrte Two Bears. »Nicht in Dorsey Park, wohin wir gehen. Die ganze Gegend hätte schon vor Jahren niedergebrannt werden müssen, aber dann hätten die Schaben keinen Ort mehr für die Flitterwochen gehabt.«

»Mach einen Afrikaner aus ihm oder einen Schweden«, sagte Delphia. Er überholte einen langsam fahrenden Laster und starrte plötzlich auf das Heck eines Streifenwagens von Lone Star. Das stählerne Hotel im Fond war leer, und die beiden Norms auf den Vordersitzen polierten eifrig ihre Aufruhrbekämpfungsausrüstung. Offenbar waren sie in der Stimmung, ein paar Köpfe in Overtown einzuschlagen. Delphia verstärkte die Tönung der Scheiben und wurde allmählich etwas langsamer, bis sich durch den natürlichen Verkehrsfluß ein paar Wagen zwischen sie und den Streifenwagen geschoben hatten.

»Verändere ihn einfach«, sagte Silver, die beide Hände fest unter den Gurt ihrer Schultertasche geklemmt hatte.

»Wir werden einem Ork einen kleinen Besuch abstatten«, sagte Thumbs, dessen MP hüpfte, als sie durch ein Schlagloch fuhren. »Wenn er in nicht allzu gesprächiger Stimmung ist, könnte ihn der Anblick eines anderen Orkgesichts ein wenig auflockern.«

»Das reicht schon.« Moonfeather schloß die Augen, legte die Hände mit der Innenseite nach oben auf die Knie und formte mit den Fingern Kreise. Sie summte leise vor sich hin, während sie eine Hand um eine einzelne Bernsteinperle legte, die sie an einer Lederkordel um den Hals trug.

Sie atmete tief ein, lächelte zufrieden und nahm die Halskette ab. Dann beugte sie sich vor und legte sie dem Zwerg um den Hals, wobei sie Delphias Schulter mit ihrer weichen Brust streifte.

Two Bears befingerte die Kette neugierig.

»Erledigt«, sagte sie grinsend, indem sie sich wieder setzte.

Der Zwerg schaute in den Rückspiegel, konnte jedoch keinerlei Veränderung an sich feststellen. Doch als er sich zu den anderen umdrehte, zuckten alle unwillkürlich zusammen.

»Es hat geklappt?« fragte er.

»Natürlich hat es geklappt«, sagte Moonfeather, wobei sie einen wohlgeformten Arm auf die Lehne des Fahrersitzes legte und mit einem Finger Delphias muskulösen Hals streichelte. »Sagt ihm, was ihr seht.«

Thumbs verzog das Gesicht. »Ich sehe den verdammt häßlichsten Ork auf der ganzen Welt!«

»Das kann ich nur bestätigen«, sagte Silver. »Du bist kohlschwarz und hast das gräßliche orangefarbene Haar eines Junkpunkers auf einer einwöchigen Bumstour.« Sie beugte sich vor. »Dein Gesicht ist übersät mit Säurenarben, du hast ein blaues Auge, ein paar Zahnlücken und einige ziemlich mies ausgeführte Knasttätowierungen, dein linkes Ohr ist bis auf den Knorpel abgefressen, und du hast Pickel.« Silver schaute nach unten. »Infolge irgendeiner Hautkrankheit, die vielleicht geheilt ist, vielleicht auch nicht, sind deine beiden Hände entfärbt, jeder Fingernagel ist abgebrochen und weist einen Schmutzrand auf, der sich auf ewig im Nagelbett festgesetzt hat.«

»Wollt ihr mich hochnehmen?« fragte Two Bears argwöhnisch.

»Gute Arbeit«, sagte Delphia, indem er die Augen von der Straße nahm und einen raschen Blick auf den Zwerg warf. »Er ist so häßlich, daß er fast Cop bei Lone Star sein könnte.«

»Der Freudenjunge eines Insektenschamanen«, korrigierte Thumbs grinsend. »Teufelsratten würden vor dir davonlaufen, *Omae*.« Thumbs brach in brüllendes Gelächter aus und schlug der Schamanin auf den Rücken, so daß deren Armreifen klirrten. »Sagenhaft!«

»In diesem Aufzug solltest du nie nach Kingston fahren«, bemerkte Delphia trocken, während er auf seinem Sitz herumrutschte. »Die Zombies würden dich als Gott verehren.«

»Oder sich als Pin-up an die Wand nageln«, fügte Silver hinzu, indem sie ihr Deck aus der Schultertasche holte.

»Ha!«

»Das sollte so lange halten, bis du möchtest, daß ich es wieder rückgängig mache«, sagte Moonfeather, die sich der allgemeinen Heiterkeit nicht anschloß. »Dann kann ich es wiederholen, aber es wird ziemlich anstrengend sein, es für längere Zeit aufrechtzuerhalten.«

»Ich brauche es höchstens für ein paar Stunden«, knirschte Two Bears rauh.

»Du mußt mit tieferer Stimme reden«, wies ihn Thumbs an. »Und mehr fluchen.«

»Scher dich zum Teufel, Dreksack.«

Thumbs grinste. »Ausgezeichnet. Wie wär's mit Psycho Pete?«

»Hm? Ach so, der Name. Der klingt nicht macho genug«, sagte der Zwerg.

»Cannon?« versuchte es Silver.

»Nitro?«

»Mackle?«

»Sehe ich wie'n verdammter Schotte aus?« wollte Two Bears wissen.

Thumbs verneinte das. »Aber wir können sagen, du hättest einen Zusammenstoß mit einem Mack-Laster gehabt und gewonnen. Na ja, auf eine Art.«

Alle fingen an zu lachen.

»Du bist unglaublich abstoßend«, stimmte Delphia zu, indem er sich den Nacken rieb. »Niemand wird dich erkennen.«

»Drek, vielleicht reden sie nicht mal in Dorsey mit dir!«

»Gut. Also dann, Mackie.«

»Wir fahren nach Dorsey Park«, sagte Moonfeather, die aus dem Fenster sah. Der Elite fuhr unter der Hochbahn her, die Miami umkreiste. Springbrunnen und farbiger Sand unterstützten den üblichen Wald aus gesunden krebsfreien Palmen. »In diesem Teil der Stadt kenne ich mich nicht besonders gut aus.«

»Du weißt schon, Dorsey Park«, sagte Two Bears, der sich versuchsweise im Rückspiegel selbst Grimassen schnitt. Er war immer noch er. »In der Nähe des Friedhofs.«

»Aufklärung?«

Delphia schaltete den Elite auf Autopilot. Plötzlich lag der Manhunter in seiner Hand, und er schraubte mit geübter Leichtigkeit einen Schalldämpfer auf die Mündung. »Datenbeschaffung«, korrigierte er. Dann konzentrierte er sich für einen Augenblick auf seine Arbeit, während der Elite Kurs und Geschwindigkeit hielt.

»Ah, mein zweitliebster Zeitvertreib«, schnurrte Moonfeather, indem sie die Finger streckte, so daß die regenbogenfarbenen Fingernägel glänzten. »Wie nett.«

»Ach ja. Hier, die ist für dich«, sagte Thumbs. Er griff in seine Fransenweste und holte eine Pistole heraus, die er Silver gab.

»Ich habe bereits einen Colt«, sagte sie, indem sie die

schlanke ergonomische Pistole in die Hand nahm, die er ihr reichte. »Hey, die ist aber leicht!«

»Aber du hast nichts Zuverlässiges in der Hinterhand.« Thumbs deutete auf die Pistole. »Das ist eine Seco LD 120, geladen mit panzerbrechenden Leuchtspurgeschossen. Sie bläst Löcher in einen Wendigo und steckt das verdammte Vieh zusätzlich in Brand. Mit deinem primitiven Trommelrevolver kannst du nicht mal 'ne kranke Teufelsratte aufhalten.«

»Danke.« Silver entfernte das Magazin und inspizierte die hülsenlose Munition darin. »Ich hoffe, es macht dir nichts aus.«

Thumbs winkte ab. »Natürlich nicht. Die einzigen Leute, denen du trauen solltest, sind deine Feinde, weil du weißt, was du von ihnen zu erwarten hast.«

»Sehr wahr«, stimmte sie zu.

»Das ist Bushido«, sagte Delphia.

»Ach ja? Hier in dieser Gegend wird das *Gesetz der Straße* genannt.«

Silver zog den Abzug der nicht geladenen Seco ein paarmal durch, dann rammte sie das Magazin hinein. »Gute Kanone. Hervorragend ausbalanciert. Wenn du sie hergibst, würde ich sie dir nach dem Run gern abkaufen.« Sie nahm den Colt aus dem Gürtelhalfter, stopfte ihn in die Schultertasche unter das Deck und steckte die Seco ins Halfter. Es war ein wenig eng, paßte aber.

»Behalt sie«, sagte Thumbs. »Ein Geschenk der Latin Kings.«

Silver schloß ihre Jacke über der Waffe. »Sahne. Hast du noch mehr Spielzeug anzubieten?«

»Willst du 'ne Granate?« fragte er, indem er ihr eine anbot.

»Klar.« Silver nahm die mattglänzende Metallkugel und wog sie in der Hand. »Ist immer nett, einen ordentlichen Bums in der Tasche zu haben. Was für eine ist es? Schock, offensiv, Leucht, Brand?«

»Äh…« Thumbs wirkte verlegen. »Tatsächlich weiß ich es nicht. Sie war nicht gekennzeichnet, als ich sie geklaut habe.«

Silver sah die Granate an, als könne sie jeden Augenblick in ihrer Hand hochgehen. »Willst du mich verarschen?«

»Sie war nicht gekennzeichnet?« wiederholte Delphia von vorn. »Welche Farbe hat sie? Die meisten Waffen sind farbcodiert.«

»Grün«, sagte Two Bears, der sich umdrehte und einen Blick darauf warf. »Mit Streifen.«

Delphia verstellte den Rückspiegel, um einen Blick darauf zu werfen. »Grüne Streifen? Es gibt keine gestreiften Granaten.«

Moonfeather kicherte.

»Ein Überraschungsei. Das verdammte Ding könnte alles anstellen!« Silver fügte die Granate widerwillig den Waffen in ihrer Schultertasche hinzu. »Ich spare sie mir für eine besondere Gelegenheit auf. Wie zum Beispiel, wenn ich bereits gegeekt bin und den anderen Hurensohn mitnehmen will.«

»Hey, besser als gar nichts«, grollte Thumbs.

»Richtig. Aber nicht viel.«

»Dorsey Park«, sagte Delphia, der abbremste und den Elite an den Randstein fuhr. Der Wagen schubste beinahe ein dösendes Ork-Freudenmädchen mit krausen grünen Haaren von ihrem prekären Sitzplatz auf einer defekten Parkuhr. Die herumlungernden Anwohner starrten das Pinkelmobil an, das in ihr Revier eindrang, näherten sich ihm aber nicht. Ganz im Gegenteil. Viele von ihnen schlenderten davon, beiläufig, aber rasch.

Two Bears konnte es ihnen nicht verdenken. Eine Limousine mit getönten Scheiben bedeutete eines von zwei Dingen, Konzern oder Shadowrunner, und in beiden Fällen war es nicht ratsam, in der Nähe zu sein, wenn der Drek zu dampfen anfing.

Thumbs knöpfte seine Weste zu und starrte Löcher in einen Lederbubi, der eifrig ihre Räder begutachtete. Der Punk lächelte ein wenig schief und schlenderte unschuldig pfeifend davon, die Hände tief in den Hosentaschen vergraben.

»Umgebung sauber«, verkündete Thumbs. »Wie hieß der Ork noch gleich?«

»Gordon, Scott Gordon«, antwortete Two Bears. »Bibliothekar bei der Stadtverwaltung. Jetzt im Ruhestand.« Er hatte die reizende kleine Zwergin aus der Bücherei angerufen. Beim erstenmal hatte sie ihm nicht helfen können, aber diesmal war sie fündig geworden.

»Und dieser Bursche hat irgendein Buch über die Piraten im Atlantik geschrieben?«

Two Bears nickte.

»Sahne. Genau der Chummer, den wir brauchen.«

»Exactamundo.«

»Ist nicht mehr weit«, sagte Thumbs. »Einen Block hoch, dann einen Block zur Seite. Achtzehnte Straße Nordwest, Nummer Einundzwanzig-vierundsiebzig, vierter Stock.«

»Ich hätte nicht gedacht, daß irgendein Haus in dieser Gegend so hoch ist.«

»Dachgeschoß.«

»Aha.« So weit, wie sie von der Adresse entfernt waren, konnte dieser Gordon ihren Wagen unmöglich vorfahren gesehen haben. Wenn er aber tatsächlich etwas über IronHell wußte, war er vielleicht ein wenig nervös, was Fremde mit Kanonen betraf.

»Meine Suche hat ergeben, daß diese Bude viel zu alt ist, um Sicherheitskameras oder Sensoren oder irgendwas zu haben«, sagte Silver. »Es überrascht mich, daß es überhaupt fließendes Wasser gibt.«

»Angrenzende Gebäude?« fragte Delphia, der eine dunkle Brille aufsetzte.

In der Nacht? Two Bears fand das merkwürdig, bis er einen Blick von der Seite darauf warf und sah, daß sie eingebaute Lichtverstärker besaß. Für den Samurai würde es keine Schatten geben. Woher bekam er solche Spielzeuge? Wie kam er überhaupt an sie heran? Wer war dieser Norm?

»Keine regulären Sicherheitspatrouillen und keine bekannten alarmgesicherten Gebäude«, sagte Silver, die das Ergebnis ihrer kleinen Erkundungstour durch die Nachbarschaft via Matrix verkündete.

»Fluchtwege?« fragte Thumbs.

Die Dämmerung war bereits hereingebrochen, und die Zivilisten eilten vor der nahenden Dunkelheit heimwärts, während die Raubtiere ihre Höhlen verließen. Motorrad-Gangs auf ihren aufgemotzten Maschinen, Messerklauen in Leder und Chrom, das vollständige Sortiment der Gosse Miamis. Doch dies war eine Wohngegend. Keine grellen Bars, Oben-Ohne-Arenas, SimSinn-Theater, nichts von wirklichem Interesse. Die Muskeln würden bessere Jagdgründe ansteuern. In kurzer Zeit würde das Gebiet sauber sein.

Silver schloß die Augen, als sie sich an den Grundriß zu erinnern versuchte, den sie in den Archiven der Stadt eingesehen hatte. »Vordertür, Hintertür. Fenster zu klein. Kohlenrutsche zugeschweißt. Feuerleiter solider Rost. Man würde eine Woche brauchen, um sie auszufahren.«

»Dann scheidet das Dach aus. Irgendwelche Schwimmbecken in der Nähe, in die wir springen können?«

»Nein.« Sie runzelte die Stirn. »Und du bist paranoid. Dieser Ork ist fünfundfünfzig. Wir können von Glück sagen, wenn er nicht senil ist.«

»Ja, aber wenn er schwach auf der Brust ist, hat er sich vielleicht Schutz von den hiesigen Gangs gekauft«, sagte Thumbs. »Er schreit um Hilfe, und schon fliegen uns blaue Bohnen um die Ohren.«

»Ich gebe Thumbs recht. Der weise Mann bereitet

sich auf die Katastrophe vor«, sagte Delphia, indem er seine Krawatte zurechtrückte.

»Willst du dir später noch 'ne Braut aufreißen?« fragte Moonfeather leise.

»Zivilisten sind immer schockiert, wenn ihnen eine gut gekleidete Person mit einer Waffe ins Gesicht schlägt«, antwortete er, während er sich die Haare kämmte. »Bringt sie geistig völlig aus dem Gleichgewicht. Eine grundlegende Verhörtechnik. Wenn der Ork nicht mitspielt oder sich nicht kaufen läßt, werden gröbere Methoden nötig sein.«

»Du bereitest mir echt Kopfzerbrechen, Chummer«, gestand Two Bears. »Bist du wirklich auf unserer Seite?«

Delphia lächelte. »Natürlich.«

Ja, klar. »Fertig?« fragte Two Bears, die Hand am Türgriff.

»Halt!« schnappte Moonfeather, die aus dem Fenster auf die Menge der Passanten starrte. Ein ältlicher Elf in zerlumptem Leder und einem bestickten Duster blieb stehen, um ihren Wagen anzustarren. Hinter den von außen undurchsichtigen Fenstern schien Moonfeather in Trance zu fallen, dann beschrieb sie eine Geste. Merkwürdigerweise wiederholte der Elf die Geste und ging dann weiter.

»Eine Wache?« fragte Silver, die ihre Seco durchlud.

»Nein. Nur ein Hundeschamane«, sagte sie, wobei sie einen Armreif rieb. »Wir kommen nicht sehr gut miteinander aus, und er hat ... sagen wir meine Witterung aufgenommen. Aber ich habe ihm gesagt, dies hier hätte nichts mit ihm oder den Seinen zu tun, und wir sind in Frieden auseinandergegangen.«

»Sahne. Also los.«

Die vier Türen öffneten sich, und alle stiegen aus bis auf Silver, die auf den Fahrersitz glitt und die Schlüssel von Two Bears entgegennahm. »Fahr immer um den Block, aber sei bereit, wenn wir um Hilfe rufen«, sagte er zu ihr.

Sie nickte. »Verstanden.«

»Bleibt cool, Leute.« Two Bears klemmte sich sein Segeltuchbündel unter den Arm. »Wir sind hier, um Informationen zu beschaffen, nicht um zu kämpfen.«

»Captain Freundlich, das bin ich«, grinste Thumbs, indem er sich mächtig reckte.

»Bestätigt«, sagte Delphia, der sich auf seine verrückte mechanische Art umsah.

Moonfeather gähnte gelangweilt. »Ja, ja, klar, sicher. Warum schleppt ihr dann so viele Kanonen mit euch herum?«

»Einen hat es bereits erwischt«, sagte Two Bears. »Ich habe nicht die Absicht zuzulassen, daß es noch mehr werden. Auf geht's.«

Die Gruppe ging über die Straße und in Richtung des Wohnhauses in der Nähe des Friedhofs. Two Bears hoffte insgeheim, daß es kein Ausblick auf ihre Zukunft war.

11

Die Dämmerung hüllte die Straßen in ein immer dunkler werdendes Violett, und die Sommermoskitos kamen in summenden Schwärmen. Weit auseinandergefächert und abgesehen von Moonfeather beständig um sich schlagend, legte die Gruppe die kurze Strecke zu dem Haus zurück, einem grauen Steinmonolith mit der ästhetischen Wirkung eines Holzschuhs. Die Stufen waren mit Gang-Graffiti und Speichel besprüht. Sie versuchten beidem auszuweichen. Die Runner traten durch die Vordertür in den Hausflur, der von einer einzelnen EverBright in einem Drahtkäfig erhellt wurde. Die Briefkästen waren lediglich Löcher in den rissigen Gipswänden.

Die Löcher waren nicht mit Namen bezeichnet. Offenbar wußte jeder Bewohner, welches seines war. Die Innentür war gesprungen und hing nur noch an einer Angel. Der Boden bestand aus verblichenen spanischen Fliesen aus der Zeit lange vor dem Erwachen. An einer Wand stand ein ramponierter Kinderwagen, vor ihnen befand sich ein von Schußlöchern gezeichneter Aufzug, und auf beiden Seiten wartete eine dunkle Treppe. Ein gesprungener Teller mit Metakrebsgift stand unberührt neben dem schweißfleckigen Endpfosten des Treppengeländers. Natürlich war der Aufzug kaputt, also nahmen sie die Treppe. In dem Haus roch es nach Kohl, Urin und Knoblauch.

»Erinnert mich an Brooklyn«, sagte Moonfeather angewidert. »Vor dem großen Beben.«

»Von dort kommst du?« fragte Thumbs, der beobachtete, wie unter jedem Türspalt das Licht erlosch, wenn sie daran vorbeigingen.

»Nein«, war alles, was sie dazu sagte.

Ein zweiter Treppenabschnitt führte zu vielen weiteren und schließlich zu der klapprigen Tür der Dachgeschoßwohnung. Der Flur war eng, kaum einen Meter breit, nicht mehr als ein nachträglicher Einfall des Architekten. Sie bezogen beiderseits der Tür Stellung, dann versuchte Two Bears es mit einem Klopfen an der Tür. Die Antwort bestand lediglich aus dem Echo. Er stieß Moonfeather an.

»Mr. Gordon?« rief sie mit reizender Stimme, wobei sie den südlichen Akzent dick wie Honig auftrug. »Scott Gordon? Ich komme vom Wohlfahrtsausschuß der Stadt. Ich habe einen Verrechnungsscheck für Sie!«

Nichts.

Nach einem Augenblick des Wartens bedeutete Two Bears Delphia vorwärts, um das Magnetschloß mit einem Spielzeug aus seiner Tasche zu knacken. In einer Bude wie dieser würde das mit Sicherheit keinen Alarm auslösen. Das Schloß öffnete sich mit einem leisen Klicken, und dann trat Two Bears die Tür mit einem sanften Tritt weit auf.

Sofort hatte jeder eine Waffe in der Hand. Den Predator in der rechten, ballte Thumbs die linke zur Faust, und vier Klingen fuhren aus seinem Arm zu einer Länge von vollen neunzehn Zentimetern aus. Sie sahen, daß die Wohnung groß war und den Platz in Anspruch nahm, der noch ein weiteres Stockwerk darüber hätte sein sollen. Die Bude war groß genug, um mühelos einen Hubschrauber darin landen zu können. Sie folgten einem trüben Flur mit einer Reihe geschlossener Türen, der zu einem Buntglasfenster mit der Darstellung eines vom Meer umgebenen Leuchtturms bei Nacht führte. Im Licht der Straßenlaternen sah es wunderschön aus. Über dem Flur bildete eine Galerie eine zweite Etage mit verhangenen Fenstern zu beiden Seiten eines zweiten Flurs. Echt feudal. In besseren Zeiten mußte das hier eine Luxusbude für hohe Tiere wie Majestäten auf Besuch und andere Dreksäcke gewesen sein. Heutzutage war es ein Schlafplatz.

Die Bude war völlig zertrümmert, die Polster aufgeschlitzt, das Telekom aufgebrochen, der Teppich in Stücke geschnitten, unter dem alte Holzdielen aus einer anderen Ära zum Vorschein kamen. Überall lagen Scherben und Fetzen herum wie Konfetti auf einer Party. Die Regale an den Wänden waren leer, die zerfetzten Überreste von Büchern stapelten sich brusthoch. Richtige Bücher aus Papier. Echte in Leder gebundene Wälzer, die man in der Hand halten und lesen konnte.

Einige Bücherregale waren von der Wand gerissen und dahinter war die Vertäfelung entfernt worden, so daß die Leitungen zu sehen waren. Nur eine Wand war diesem unwürdigen Schicksal entgangen. Gordon war mit ausgestreckten Armen und geschlossenen Beinen an die rußfleckige Vertäfelung genagelt worden. Gekreuzigt. Handgelenke und Hals waren bis auf den Knochen aufgeschlitzt, und das Blut hatte sich unter der Leiche gesammelt und rann in einem dünnen Rinnsal unter der Küchentür hindurch. Bei den weißen Gegenständen in der dunklen Lache schien es sich um seine fehlenden Finger und andere Körperteile zu handeln.

Schweigend näherten sich die vier dem Toten, wobei sie einen Bogen um seine Möbel und Besitztümer machten. Niemand sah nach, ob er vielleicht wiederbelebt werden konnte. Nur ein DocWagon-Fanatiker wäre auf diese Idee gekommen.

»Wichser«, flüsterte Thumbs, wobei er sich ehrerbietig bekreuzigte. »Ich habe auch schon Leute umgelegt, aber so noch nie! Sind die Morlocks wieder da?«

»Auf keinen Fall«, sagte Two Bears, der den toten Ork musterte. »Das war weder ein Raubüberfall noch eine Racheaktion. Die Bude ist ein einziger Trümmerhaufen.«

»Dann hatte er etwas, das er nicht haben durfte«, folgerte Moonfeather, die ihre Beretta ebenfalls gezückt hatte. »Vielleicht einen Chip, den er gefunden hat.«

»Aber sie haben es nicht gefunden«, sagte Delphia, den schallgedämpften Manhunter in der rechten Hand.

Moonfeather sah ihn an. »Und woher, zum Teufel, weißt du das?«

Two Bears zeigte auf die Trümmerhaufen. »Seine Blutspritzer bedecken alles. Sie haben zuerst die Bude zerlegt und ihn dann in Stücke geschnitten. Dazu hätte kein Grund bestanden, wenn sie etwas gefunden hätten.«

»Wenn sie was gefunden hätten?« fragte sie nervös.

Two Bears öffnete sein Segeltuchbündel und lud dann seine Crusader durch. »Mal sehen, ob wir das nicht herausfinden können.«

Als Antwort darauf schlug die Tür hinter ihnen mit einem lauten Knall zu, und ein Kugelhagel ließ die Vorhänge wie unter einem plötzlichen Windstoß erzittern. Geschirr explodierte beiderseits von Thumbs, und er grunzte laut, als Kugeln seine Weste trafen, sie jedoch nicht durchschlugen.

»Falle!« rief Two Bears, indem er das Feuer mit seiner Maschinenpistole erwiderte und das Wohnzimmer und den Flur mit Kugeln eindeckte.

»Jules Verne!« rief Delphia, der Mitte des Raumes entgegenstrebend. Er warf sich auf den Boden und sah zu seinem Ärger, daß die anderen sich teilten und hinter Tischen und Säulen Deckung suchten. Verdammte Zivilisten... Nein, es war seine Schuld. Sie kannten seine verschlüsselten Kampfsignale nicht. Wenn sie hier lebend rauskamen, würde er ihnen ein paar kritische Kommandos beibringen. Doch jetzt hieß es erst einmal, die Anweisungen im Klartext zu brüllen, so daß der Feind mithören konnte. Nicht gerade seine Lieblingsbeschäftigung.

Eine ganze Minute lang tobte Dauerfeuer, da beide Seiten versuchten, sich in den ersten kritischen Sekunden einen Vorteil zu verschaffen. Querschläger jaulten in alle Richtungen, und ohnehin schon völlig zertrümmertes Zeug wurde in noch mehr Einzelteile zerlegt. Delphia, der ständig in Bewegung war und schoß, um den Angreifern kein leichtes Ziel zu bieten, hörte seine Zeiss-Brille summen, als sich der Lichtverstärker an die schlechten Lichtverhältnisse anpaßte. Plötzlich sah er in der Bude so klar und deutlich wie am hellichten Tag, wenn auch schwarz-weiß. Bei dem ungefähren Dutzend Gegner handelte es sich um Norms in Jeans und Leder mit Irokesensicheln und Motorrad-Gang-Tätowierungen. Typische Straßensamurai. Abgesehen davon, daß sie mit Mossberg Schnellfeuer-CMDTs herumballerten und überall die leuchtend roten Punkte ihrer Laserzielrohre über die Wände huschten. Nicht die üblichen Ballermänner für einen Haufen Punks.

Delphia riß den Schalldämpfer vom Manhunter und gab rasch eine Serie von Schüssen auf die Dachträger an der Decke ab. Das Splittern alten Holzes war zu hören, dann fiel ein riesiger Deckenventilator herunter, dessen rotierende Blätter zwei Gegner zerschmetterten und verstümmelten.

Das wird sie lehren, sich zu massieren, dachte er grimmig. Ein Jammer, daß es nicht mehr Ventilatoren gab.

Thumbs war einigermaßen sicher in einer Ecke hinter einer Barrikade aus einem Tisch, mit seiner MP und dem Predator blieb er den CMDTs nichts schuldig. Two Bears tauchte unter den Laserzielpunkten hindurch und kroch durch die Blutlache auf dem Boden in Richtung Küche, um den Gegner ins Kreuzfeuer zu nehmen. Delphia streckte die linke Hand aus, so daß der Manhunter hineinsprang, schoß, wechselte die Waffe dann in die rechte Hand und schoß erneut. Er stellte absichtlich sein Tempo zur Schau, um die Gegenseite zu schockieren.

Doch die Punks ließen keinerlei Überraschung angesichts dieser Demonstration seiner Fähigkeiten erkennen. Nicht die geringste. Drek! dachte Delphia. Sie haben nicht damit gerechnet, daß *irgend* jemand auftaucht – sie haben uns persönlich erwartet! Straßengang, am Arsch, das war Konzernsicherheit. Diese Wichser hatten hier auf sie gewartet. Und das war extrem schlecht. Delphia wollte die anderen warnen, aber wie?

Plötzlich hallte das donnernde Dröhnen einer Vindicator aus dem Flur herein, als eine Frau mit Ganzkörperpanzer und Pferdeschwanz aus einem Schrank trat. Möbel und Trümmer lösten sich unter dem monströsen Beschuß ihrer Minikanone einfach auf, die hülsenlose Geschosse ausspie wie einen Wasserstrahl. Bücher wirbelten davon, Regale zersplitterten, Spiegel zerbrachen, Gips fiel von den Wänden. Es war eine Feuerwand, ein Kugelgewitter aus der Hölle! Dann hörte sie auf zu schießen und schrie entsetzt auf, als ihr Körper plötzlich hilflos aufwärts schwebte.

Thumbs, Delphia und Two Bears beharkten ihren Rumpf mit Kugeln auf der Suche nach verwundbaren Gelenken, bis Blut zu sehen war. Sie ließ die Vindicator fallen und wurde schlaff. Angesichts dieses Gemetzels verminderten die anderen ihren Beschuß, da sie unsicher zu sein schienen, wie sie weiter verfahren sollten. Hatten sie zufällig den Anführer getötet? fragte sich Delphia, als er ein frisches Magazin in den Manhunter rammte. Das wäre äußerst zufriedenstellend.

Dann explodierte der Kopf des ersten toten Mannes ohne erkennbaren Grund. Delphia nahm den merkwürdigen Vorfall mit Interesse zur Kenntnis. Was ging da vor?

Erwischt, dachte Moonfeather, als die Waffe eines Norms explodierte, als habe etwas ihren Lauf verstopft, nachdem sie mit dem Finger auf ihn gezeigt hatte. Doch seine ballistischen Handschuhe retteten seine Hände, und er zog eine LightFire 70 und schoß einfach weiter.

Verärgert sammelte Moonfeather Mana für einen größeren Zauber, als eine Faust aus Eis ihr Herz umschloß und ihr den Atem raubte. Sie blieb wie angewurzelt stehen. Auf der Galerie stand ein Mann, der selbst für den Sprawl merkwürdig gekleidet war: enge Hose, ein offener langer Mantel, ein Hut aus Nerz oder einem anderen Pelz, unter dem Dreadlocks hervorschauten wie die haarigen Tentakel einer Krake, goldene Ohrringe und ein großer Goldzahn. Er gestikulierte mit einem dicken, kunstvoll geschnitzten Stab, der mit Perlen, Federn und Knochen besetzt war. Ein Juju-Stab. Seine haarlose Brust war weiß bemalt und mit roten Runen und Symbolen bedeckt. Ein kleiner Lederbeutel hing an einer Kette um seinen Hals. Er war ein Voodoopriester, und der Beutel war ein Voodoo-Seelenbeutel.

»Er ist schlecht«, dachte Moonfeather. »Voodoo ist schlecht.«

Sie hob beide Hände, um eine wirbelnde Welle von irgendwas abzuwehren, die ihr der Voodoopriester schickte. In einem perfekten Kreis rings um sie herum erbebte alles unter dem Anprall unsichtbarer Messer, Nadeln, Stacheln und allen anderen spitzen Formen, die er seinen Manapfeilen gab. Unwichtig. Sie sang ein kurzes Lied für Katze und fuhr dann mit den Fingernägeln durch die Luft, als wolle sie jemanden kratzen. Der gegnerische Magier wankte zurück, als sich plötzlich dunkelrote Furchen auf seinem hübschen Gesicht und seiner Brust öffneten. Er schien zwar fassungslos zu sein, hielt sich aber trotzig auf den Beinen. Drek!

Der Voodoopriester erholte sich, seine Augen wurden völlig schwarz, da die Pupillen sich ausdehnten. Er untersuchte ihre Aura und hielt nach Schwächen Ausschau. Mit einem Aufschrei stieß er den Stab nach vorn wie einen Degen, und ein Feuerball flog ihr vom Balkon entgegen, der die Bude mit blendendem Licht erfüllte. Moonfeather fauchte das Ding an und gestikulierte. Der Feuerball zerplatzte über den Leuten des Voodoopriesters, und zwei von ihnen schrien, als sie zu Boden gingen und sich herumwälzten, um die Flammen zu löschen, in die sie gehüllt waren, bevor die Munition in ihren Waffen explodieren konnte.

Die Galerie unter Dreadlocks sackte ab und fiel ein Stockwerk herunter. Moonfeather klatschte ein Stimulanzpflaster auf ihren Oberschenkel, da sie alles nur noch verschwommen sah, aber dann setzte die Wirkung der Aufputschmittel ein, und ihr Blick klärte sich. Sie opferte die Macht eines Ringes und eines Armreifens, und in der Wohnung wurde es eisig kalt. Das Blut auf dem Boden gefror, und dann wurde es noch kälter. Der Voodoopriester, auf dessen zerkratztem Gesicht jetzt Altersfalten zu sehen waren, schrie, in eine Wolke seines kondensierenden Atems gehüllt, unaussprechliche Worte, und ein Stuhl raste plötzlich wie ein gepolsterter Meteor durch die Wohnung. Mittlerweile schmerzte Moonfeather jeder Muskel im Leib, und sie mußte sich zu der Ausweichbewegung zwingen, als sie sich unter dem tödlichen Geschoß hinwegduckte, das ihren Kopf nur knapp verfehlte.

Sie gab ein paar Schüsse mit ihrer Beretta ab, aber nur zwei Kugeln trafen den Voodoopriester, die auch noch von seinem gepanzerten Mantel aufgehalten wurden, während er sich aus den Trümmern der herabgebrochenen Galerie löste. Der Aufprall schien ihn erfrischt zu haben, und gerade als er über ihren jämmerlichen Angriff zu lachen begann, explodierte die hölzerne Brüstung vor ihm. Die Explosion riß ihm beinahe seinen Stab aus den Händen und spickte seine nackte Brust mit blutigen Splittern. Der Voodoopriester sank zu Boden.

Moonfeather kämpfte gegen das Gefühl der Übelkeit in ihrem Magen an, wußte aber, daß sie nicht mehr kämpfen konnte. Sie tastete nach einem Kristall, der um ihren Hals hing, und sprach ein paar Worte. Der Unsichtbarkeitszauber in ihrem ältesten und am meisten geschätzten Fetisch wurde aktiviert, und sie konnte wieder atmen. Jetzt konnte sie nur noch abwarten.

Thumbs, dessen Hals von einem Kratzer blutverschmiert war, schoß mit seiner knatternden MP auf alles, was sich bewegte. Nach einem Schuß nach rechts sah Delphia aus dem Augenwinkel eine Bewegung auf der anderen Seite, und sein linker Arm ruckte vor. Der VPR2 beförderte den Manhunter in einer Nanosekunde in die andere Hand. Er dröhnte einmal auf, und eine Normfrau in Körperpanzer wurde förmlich aus ihren Stiefeln geblasen. Sie flog über einen Tisch und landete mit dem Gesicht nach unten auf dem Boden.

Delphia ließ das leere Magazin seines Manhunter fallen und hechtete über einen zerschmetterten Tisch, um hinter einem zerfetzten Sofa zu landen, wo er ein neues Magazin in die Waffe rammte. Er wünschte, er hätte eine Granate aus dem Elite mitgenommen. Sie hatten es mit einer Drei-drei-Formation und einer Leiche als Ablenkung zu tun. Die Tür war verriegelt, und es gab keine Fluchtmöglichkeit. Es auch nur zu versuchen, war gleichbedeutend mit dem Tod. Es war eine nette kleine Falle, und sie saßen tief im Drek. Im stillen schalt er sich wütend, aber der Zwerg hatte es zuerst auf die weiche Tour versuchen wollen. Mit Blumen und Lächeln. Hallo, Nachbar! Soviel zur verdammten Raffinesse.

Wieder explodierte der Kopf eines Toten, und Blut und Hirnmasse spritzten überallhin.

Thumbs wischte sich graue Klumpen vom Gesicht, ließ die leergeschossene MP fallen und stürzte sich auf einen Trümmerhaufen. Seine Unterarmklingen schnitten durch den Schutt wie durch Butter. Von der anderen Seite ertönte ein Aufschrei, und dann stolperte ein

Mann aus seiner Deckung hinter dem Haufen, dem an der Schulter ein Arm abgetrennt worden war. Thumbs hob die Mossberg auf, die der Mann fallen gelassen hatte, und fing sofort wieder an zu schießen, als hinter ihm ein weiterer Punk auftauchte, der eine Laseraxt schwang. Er versuchte die CMDT herumzureißen, um der knisternden Klinge zu begegnen, als der Lederbubi zusammenzuckte und wie ein nasser Sack zu Boden ging. Aus einem Loch in seinem Kopf quoll Blut.

Aus der Küche jagte Two Bears, der hinter dem Kühlschrank in Deckung gegangen war, noch einen Feuerstoß aus seiner schallgedämpften Crusader in den Lederbubi und richtete sein Augenmerk dann wieder auf die Vindicator, die so verführerisch mitten in dem blutigen Gemetzel lag. Dann erspähte er ein Deck inmitten der Papiere und blutigen Körperteile. Ein antikes Fuchi-2. Irgend jemand hatte darauf getreten oder geschossen, und das Deck war gesprungen, aber Decks bedeuteten Daten, also klemmte er sich das Deck unter den Arm und tastete sich weiter vor, wobei er gezielte Feuerstöße abgab.

Die Luft über den Kämpfenden schimmerte und flimmerte von dem, was die beiden Schamanen einander antaten. Dann war die Bude von einem donnernden Regenbogen erfüllt, als das Buntglasfenster in Millionen Scherben zerbrach, die durch die Wohnung schossen und alles und jeden in ihrem Weg zerfetzten. Ein paar Punks schrien, als sie zerlegt und die Galerie in Stücke gerissen wurde.

»Ich habe ihn erwischt!« schrie Moonfeather.

Thumbs riskierte einen kurzen Blick und stieß einen Siegesschrei aus, der sogar das Dröhnen seiner Mossberg übertönte, um dann zum Ausgang zu laufen.

»NEIN!« schrie Delphia, als plötzlich ein Trümmerhaufen explodierte und er einer Messerklaue gegenüberstand, der einen Tunnel bis zu ihm gegraben hatte. Die Hurensöhne waren in diesem Chaos wie Landminen vergraben. Der Bursche in Leder war grell bemalt und triefte vor Chrom, aber er trug die Sachen wie ein Kostüm, nicht wie seine gewöhnliche Kleidung. Sporne ragten aus beiden Händen wie Kaktusstacheln, und er war mit einer Netzkanone bewaffnet. Keine Waffe, um jemanden zu töten, sondern eine Waffe, um jemanden lebendig zu fangen. Beide schossen, und Delphia gewann. Doch als der Mann zusammenbrach, gab eine Frau hinter ihm einen Schuß aus ihrer Mossberg ab, und Delphia wurde in Arm, Bauch und Oberschenkel getroffen. Er ging schießend zu Boden.

Inmitten des Gestanks und der Verwüstung explodierte abermals der Kopf einer Leiche.

Two Bears verzichtete auf die Vindicator und rannte aus der Küche und an der blutbespritzten Wand entlang bis zu der Tür, die in den Flur führte. Er riß sie auf und blieb ruckartig stehen, da plötzlich der elegante Griff eines Wakizashi, des japanischen Kurzschwerts, aus seinem Bauch ragte. Überall war Blut. Sein Blut.

Die Crusader fiel dem Zwerg aus den Händen, als der Troll im Flur die Klinge aufwärts riß und ihn wie einen Fisch aufschlitzte. Mit einem bebenden Seufzer kippte Two Bears vornüber auf den schmutzigen Boden. Katana und Wakizashi in beiden Händen, versetzte ihm der Troll-Samurai den Todesstoß und stürmte so schnell in die Wohnung, wie es nur mit verchippten Reflexen möglich war.

Nachdem er seinem letzten Angreifer das Gesicht weggeschossen hatte, taumelte Delphia zur Tür, als ein verschwommenes Schemen ins periphere Gesichtsfeld seiner Brille huschte. Er schoß blind, ohne sich umzudrehen. Die Gestalt blieb stehen und fiel zu Boden.

»Jetzt!« schrie Moonfeather, die plötzlich wie aus dem Nichts auftauchte. Gleichzeitig bildete eine schimmernde Barriere aus knisternder Elektrizität eine Wand zwischen ihnen und den verbliebenen Angreifern. Die beiden waren gerade aus der Tür heraus, als der Flur in ein grelles Licht getaucht wurde und das Gebäude erbebte wie unter dem Tritt eines Titanen.

»Grün bedeutet hochexplosiv«, sagte Thumbs grinsend. Der Troll war praktisch unverletzt.

»*Hai*, ist mir auch aufgefallen«, keuchte Delphia, der sich sein blutendes Bein hielt. Er war von einer gemischten Ladung getroffen worden. Das Leuchtspurgeschoß hatte ihn an der Hüfte getroffen, dabei aber nicht seine Kleidung in Brand gesetzt, weil er für den entsprechenden Schutz zusätzlich bezahlt hatte. Ein Dum-dum-Geschoß hatte ihn in den Bauch wie ein Güterzug getroffen. Die ballistische Kleidung hatte es aufgehalten, aber die kinetische Energie mußte irgendwohin entweichen. Nummer drei und vier waren panzerbrechende Geschosse gewesen, die nicht nur seine Kleidung, sondern auch ihn selbst durchschlagen hatten. Um ein Traumapflaster aufzulegen, mußte er die Hose ausziehen, und das hier war nicht der Ort dafür.

»Ich stütze dich, *Omae*«, sagte Thumbs, der einen mächtigen Arm um die Schultern des kleineren Norms legte. »Wir verschwinden.«

»Was ist mit ...«, fragte Moonfeather, die einen Blick auf den reglos auf dem Boden liegenden Zwerg warf. Er hielt etwas in den Händen. Ein Deck. Sie lief zu ihm, um es zu holen.

»Laß ihn, er ist tot«, keuchte Delphia, der sich mühte, seinen Manhunter mit einer Hand nachzuladen, falls draußen noch mehr auf sie warteten. Seine Finger gehorchten ihm nicht, und er ließ ein volles Magazin fallen, während sie die Treppe herunterstolperten. Niemand machte sich die Mühe, es aufzuheben.

Und niemand versuchte sie aufzuhalten. Der Hausflur war ebenso leer wie zuvor, und als sie die Straße erreichten, wartete der Elite am Randstein, Silver hinter dem Steuer, die Seco in der Hand. Beide Türen sprangen auf, und die Runner fielen in den Wagen wie betrunkene Touristen in das letzte Taxi aus Overtown.

»Runter!« rief Silver, indem sie mit der linken Hand etwas Rundes, Grüngestreiftes über das Dach des Elite warf. Kugeln prallten von der leichten Panzerung des Elite ab, und ein Seitenfenster überzog sich mit einem Netz aus Sprüngen, als der Wagen von einem massiveren Geschoß getroffen wurde. Sie fuhr los, und Augenblicke später ließ eine ohrenbetäubende Explosion den Elite seitwärts schleudern, und die Vorderseite des alten Wohnhauses verschwand in Rauch und Flammen.

Sirenen jaulten in der Ferne, und Silver wich Fußgängern, Motorradfahrern und anderen Wagen aus, da sie den Elite rasch beschleunigte. Hupen erfüllten die nächtliche Dunkelheit mit einer Lärmorgie.

Delphia lag blaß und blutüberströmt auf der Rückbank. Moonfeather zog ihm die Hose aus und klebte auf jede Wunde ein Traumapflaster. Thumbs fummelte unbeholfen mit einem TaschenDoc herum, ein Gerät, das er noch nie zuvor benutzt hatte. Silver ließ die Scheinwerfer ausgeschaltet, um ein möglichst schlechtes Ziel zu bieten, bis der ramponierte schwarze Toyota Elite im nordwärts fahrenden Verkehr des Sprawls von Miami untertauchte.

Der Kampflärm in der Bude war längst verstummt, als Wesley die Hintertür der Dachgeschoßwohnung so vorsichtig öffnete, als erwarte er Widerstand. Die verrosteten Angeln quietschten gräßlich, und als die Tür schließlich einen halben Meter weit aufstand, erstarrte er beim furchtbaren Anblick des Gemetzels in der Wohnung. Doch noch während Wesley sich übergab, tasteten seine Hände sachkundig über die verstümmelten Leichen und nahmen Waffen, Kredstäbe, Chips und alles andere an sich, was er in die Taschen seiner geflickten Hose stopfen konnte. Der Gestank nach Fäkalien und Blut war überwältigend, doch er ignorierte ihn. Auf der Straße war er schon wesentlich Schlimmerem begegnet. Es war nur nie so frisch gewesen. Einige der Leichen waren noch warm. Das war das schlimmste. Die Andeutung von Leben, wo keines mehr war.

So schwer beladen, daß er kaum noch laufen konnte, glitt Wesley lautlos zur Hintertür hinaus, zog sie hinter sich zu und verschloß sie mit einem Schlüssel, den er von der Wand genommen hatte. Zusätzlich klemmte er ein Messer aus gutem, solidem Stahl als Keil unter die Tür, um die Verfolger aufzuhalten, von denen er wußte, daß sie kommen würden.

Minuten später stürmte eine uniformierte Abteilung Lone Stars mit gezogenen Waffen durch die Vordertür, die auf alles vorbereitet war, nur nicht auf das, was sie vorfand: nackte Tote, zertrümmerte Möbel, unzählige kleine Feuer und einen gekreuzigten Ork. Als die Beamten schließlich mit der Durchsuchung der zwei Etagen fertig waren und beschlossen, die Hintertür aufzubrechen, fanden sie lediglich eine Spur aus blutigen, barfüßigen Fußabdrücken auf der Treppe, die in die Hintergasse führte. Sie verloren die Spur im stachligen Unkraut eines leeren Hinterhofs. Als Verstärkung von Lone Star und ein Team von DocWagon eintrafen, war alles von Bedeutung längst verschwunden.

12

Vor dem Schlafzimmerfenster blinkte beständig pinkfarbenes Neon. An – aus – an – aus. Primitive Morsezeichen, die besagten, sieh mich an. Der einzige Tisch in dem spärlich möblierten Raum war mit Draht und Einzelteilen aus einem Dutzend verschiedener Decks, Radios und sogar einem Telekom übersät. Wenn Walter Gibson und Rube Goldberg ein Kind gehabt hätten, wäre dies ihre erste Schöpfung gewesen. Ein 3D-Jackson-Pollock.

Der Trideo war zur Wand gedreht und zeigte der Tapete den klassischen Film ›Vampirjäger D!‹. Der Lärm übertönte ihre leise Unterhaltung, so daß sie von jenseits der dünnen Wände nicht belauscht werden konnten.

»Klappt es?« fragte Thumbs voller Hoffnung.

»Psst«, sagte Silver. Sie saß mit geschlossenen Augen auf einem ungemütlichen Makroplaststuhl und war über ein Glasfaserkabel mit ihrem Fuchi-8 und der Ruine des Fuchi-2 verbunden, das Moonfeather Two Bears' starren Händen entwunden hatte.

»Warum hat Two Bears für dieses Ding sein Leben riskiert?« murmelte sie, ohne die Aufmerksamkeit von dem zusammengeschusterten Frankenstein abzuwenden. »Dateien unvollständig, Wiederherstellungsprogramme verstümmelt, und die Daten fliegen so zufällig herum wie Schneeflocken im Wind! Ihr Götter, das Teil ist völlig hinüber. Totale Zeitverschwendung… Augenblick, was war das?«

Silver wurde absolut reglos mit Ausnahme ihrer Finger, die über die Tastaturen beider Fuchi-Decks huschten. »Ich gehe rein!«

Nur mit Boxershorts und einem T-Shirt bekleidet, stand Delphia vor dem Waschbecken und rasierte sich mit der Hotelseife und einem billigen Rasierer. Seine Wunden brannten immer noch wie die Hölle, aber für einen Mann, auf den erst vor wenigen Stunden ein halbes Dutzend Mal geschossen worden war, ging es ihm prächtig. Auf dem Weg hierher hatte Moonfeather ein heilendes Lied für ihn gesungen, und als Silver den Elite auf den Parkplatz des Miami Domino Motel gefahren hatte, war er mit den anderen aus eigener Kraft herausgestolpert. Ausgehungert, aber lebendig. Gott, war er hungrig!

Das Domino war ein klassisches Stundenhotel. Und obwohl weder Samstagabend noch ein Feiertag war, erregten vier Leute verschiedener Rassen und Geschlechter, die ein Zimmer für die ganze Nacht mieteten, das Interesse des Empfangsangestellten. Ein Kredstab dämpfte nicht nur seine Neugier, sondern auch seinen Argwohn, und sie bekamen ein Zimmer. Es war billig und relativ sauber.

Delphia spülte den Rasierer mit lauwarmem Leitungswasser ab und fragte sich, was ihn die Heilmagie kosten würde. Er hatte bereits einen vagen Verdacht, was die Katzenschamanin von ihm wollte.

»Was unternehmen wir wegen Two Bears?« fragte Thumbs, der Silver bei der Arbeit zusah.

»Im Gitter heißt es, daß er gestern den Löffel abgegeben hat«, sagte Moonfeather. »Jetzt stimmt es.« Sie saß auf dem Bett, ihre Armreifen, Ringe und Ketten vor sich ausgebreitet. Manchmal sang sie zu ihnen oder summte nur vor sich hin. Nichts schien zu geschehen, aber sie sah zufrieden aus.

»Die Beisetzung ist morgen«, fügte Delphia hinzu, während er sich das Gesicht abtrocknete.

»So bald? Wie kommt's?«

»Irgendeine religiöse Sache. Er muß binnen vierundzwanzig Stunden unter die Erde gebracht werden.«

»Ich mochte ihn«, sagte Thumbs ohne erkennbaren Grund.

Delphia zuckte die Achseln, während er frische Kleidung anzog, die er aus dem Kofferraum des Elite geholt hatte. »Er war ein Johnson. Er hat es verpfuscht. Jetzt ist er Wurmfutter. Passiert jedem irgendwann.«

»Was machen wir, wenn wir noch irgendwelche brauchbaren Daten in der Ruine finden?« fragte Moonfeather. »Den Johnson anrufen und das Honorar kassieren?«

»Wir haben die Nummer«, bestätigte Thumbs, indem er in eine Styroporkiste griff und ein eiskaltes Bier herausnahm. Er öffnete die Dose mit einem schwieligen Daumen und nahm einen Schluck. »Wer ruft an?«

»Ich«, sagte Delphia in seinem ernsten Tonfall, während er sich das Hemd zuknöpfte. »Ich bin derjenige, der mit dem Johnson geredet hat. Wenn ihn jemand anders anruft, können wir den Deal möglicherweise vergessen.«

»Und damit auch all diese netten Nuyen«, fügte Moonfeather hinzu.

»Hey«, sagte Silver leise und stöpselte sich aus. Sofort hatte sie die Aufmerksamkeit der anderen. »Ich lade jetzt herunter.« Sie hatte geflüstert, als befürchte sie, ein lautes Geräusch könne die wacklige Verbindung unterbrechen. Alle versammelten sich rings um sie, kamen der Anordnung auf dem Tisch aber nicht zu nah.

Sie redete leise weiter. »Ich habe etwas gefunden. Mein Fuchi-8 kann tausendmal schneller herabladen, als es dieses alte Ding im brandneuen Zustand konnte.« Finger huschten über Tastaturen. »Ja, es geht los. Das ist viel leichter als ein Matrixrun. Ich brauche nur einen Bruchteil der Konzentration. Aber wenn ich zu ungeduldig werde, stürzt mir das improvisierte System ab, und all die Nullen und Einsen werden verstümmelt. In diesem Fall wäre nur noch ein halb geschmolzenes Gehäuse übrig, für das ein paar Leute mit ihrem Blut bezahlt haben.«

Die anderen standen da und sahen zu, wie die gesprungenen Kontrollämpchen an dem alten Fuchi die Farbe im technologischen Rhythmus der Deckerin wechselten, die wie ein Pianist auf beiden Tastaturen spielte. Nach ein paar Sekunden stieg eine dünne Rauchwolke von dem Fuchi-2 auf, und alle Lämpchen erloschen.

»Das war's«, verkündete Silver. »Das Wiederherstellungsprogramm hat das Deck ausgebrannt. Es konnte die Belastung einfach nicht mehr verkraften.« Sie zog das Glasfaserkabel aus ihrer Schläfe und musterte das technologische Rattennest vor ihr mit neugieriger Miene. Im Hintergrund stellte sich Vampirjäger D dem finsteren Shogun und enthüllte, wer er wirklich war. Augenblicklich brach ein Kampf zwischen den Titanen aus.

»Bier?« fragte Thumbs höflich.

»Gibt es auch Kaf?«

»Nein.«

»Bier ist okay, danke.«

»Nun?« fragte Delphia, der gerade seine Manschetten richtete. »Gibt es irgendwas?«

»Ja und nein«, sagte Silver, während sie sich mit der kalten Dose über das Gesicht fuhr. »Es gab eine Aufzeichnung der ursprünglichen Transaktion hinsichtlich des Buch-Chips. Nicht über den Vertrag mit dem Herausgeber, sondern über den privaten Vertrag zwischen Gordon und dem Autor.«

»Sag das noch mal.« Thumbs bleckte seine Hauer.

Silver hielt sich immer noch die Bierdose an die Wange. »Gordon hat das verdammte Buch gar nicht geschrieben. Das war eine Lüge. Er war ein Strohmann für den wirklichen Autor.«

»Warum sollte jemand verheimlichen, daß er ein Buch geschrieben hat?« fragte Moonfeather, die dabei das Gesicht verzog.

Thumbs zerdrückte eine leere Bierdose. »Warum

überhaupt ein Buch schreiben, das ist doch die eigentliche Frage.«

»Weil der Typ viel zu erzählen hatte und eigentlich nicht reden durfte«, meldete sich Delphia zu Wort, der seine Hosenträger richtete. »Es muß jemand gewesen sein, der ein paar Geheimnisse kannte und nicht darüber reden durfte.« Er fing an, auf und ab zu marschieren. »Das ist ein weit verbreitetes Problem in der Spitze jeder Behörde und jedes Konzerns. Jemand platzt vor verbotenem Wissen und heuert einen Niemand an, der als Strohmann für seine öffentliche Beichte dient. Er muß sich ausquatschen, will sich aber nicht in Gefahr bringen.«

»Und Gordon hat einen Haufen Nuyen und einen tollen Namen bekommen, ohne im Grunde irgendwas dafür getan zu haben«, stellte Moonfeather fest. »In meinen Ohren klingt das nach einem guten Deal.«

Thumbs beugte sich vor, die Ellbogen auf den Knien, und schnaubte verächtlich. »Ja, klar, wenn man von der Kreuzigung am Ende absieht. Echt toller Deal.«

Im Trideo krachten Blitze, als die Mutanten entkamen und Norms Vampire angriffen, während die große Burg im Bürgerkrieg der Blutsverwandten auseinanderfiel.

»Wurde ein Name genannt?« fragte Delphia.

Silver trank einen Schluck Bier. »Ja. Der eigentliche Autor des Buchs ist ein Chummer namens James Harvin.«

Moonfeather starrte sie ungläubig an. »*Der* James Harvin?«

»Vielleicht gibt es noch einen anderen«, knurrte Delphia. »Aber ich habe bisher erst von einem in dieser Stadt gehört.«

Thumbs hielt darin inne, eine Dose Bier mit einem Hauer zu öffnen. »Harvin«, sagte er.

»James J. Halbgott-diese-Stadt-gehört-mir-leckt-mich-alle Harvin. Der Geschäftsführer des Gunderson Kon zerns. Der Bursche, der die Nacht des Gesetzes angeordnet hat. Dieser James Harvin hat insgeheim ein Buch über Piraten geschrieben?«

»Anscheinend«, sagte Silver, die damit begann, Draht aufzuwickeln und Schalter umzulegen.

»Warum?«

»Vielleicht steht er auf Piraten.«

»Vielleicht ist er ein Pirat. Oder war mal einer.«

Thumbs leerte die Dose Bier und öffnete rasch eine neue.

»Wie sollen wir mit einem derart hohen Tier wie ihm ein Treffen vereinbaren?« fragte Moonfeather, die ein Schmuckstück in Form eines Katzenauges auf ihrem T-Shirt polierte.

Thumbs lachte bitter. »Gott braucht einen Termin, um Harvin zu sprechen. Wir? Keine Chance.«

»Silver, glaubst du, du kannst in ihr System eindringen und ein paar Informationen ausgraben?« Moonfeather hauchte den Stein an und polierte weiter. »Ich wette, was Harvin weiß, weiß auch sein Mainframe.«

»Ja, unter genug Ice vergraben, um die Titanic II zu versenken. Die Mainframes von TGC plündern?« Silver schüttelte den Kopf. »Auf keinen Fall.«

»Was ist mit Atlantic Security? Wie wär's damit als Hintertür?« fragte Delphia, der sich hinsetzte. »Der eine gehört dem anderen. Sie müssen ein Abkommen haben, um ihre Daten zu tauschen.«

»Das läuft ebensowenig. AtSec schreibt die ICs, die die meisten Konzerne und Multis in der Karibischen Liga schützen«, sagte Silver, indem sie ihr Deck wie ein Haustier tätschelte. »Niemand kommt an ihrem schwarzen Ice vorbei, wenn er nicht mindestens einen sicheren Zugangsknoten hat oder das Hauptterminal in Harvins Privatbüro benutzen kann.«

Delphia nahm sich ein Bier und dachte laut nach: »Wahrscheinlich ist das System dreifach gesichert. Das ist so üblich. Wenn es nicht Harvin ist, der sich Zugang zum Mainframe verschafft, stürzt es ab und alarmiert damit eine ganze Wagenladung von Wachen mit Schrotflinten, verchippten Höllenhunden und weiß der Himmel was sonst noch. Gesegneter Yomi, es wäre schon ein Wunder, überhaupt in sein Büro zu kommen!«

Silver erschauerte.

»Ja? Nun, ich kann uns die Zugangscodes beschaffen«, sagte Thumbs, indem er sein Bier abstellte. »Vielleicht sogar mehrere. Frisch, heiß und sauber.«

Für einen Augenblick fehlten allen die Worte. Vampirjäger D zählte seine Kreds, und sofort begann Mobilesuit Gundham mit seiner schnellen, jazzigen Erkennungsmusik mit haufenweise Bläsern und Bässen.

Irgend etwas krachte von der anderen Seite gegen die Zimmerwand. »Schaltet die verdammten Comics ab!« schrie eine gedämpfte Stimme. »Es ist drei Uhr morgens, ihr Penner!«

Silver schaltete noch zusätzlich das Radio ein.

»Aaahhh!« schrie ihr Nachbar, und dann plärrte die Kampfmusik von Xabungle aus seinem Trideo. »Ha! Wie gefällt euch das?«

»Willst du damit sagen, du kannst uns in Harvins Dateien einschleusen?« fragte Moonfeather verächtlich.

Der Boden knirschte unter seinem Gewicht, als Thumbs durch den Raum ging und durch das Fenster auf das blinkende Motelschild schaute. Er stand da, von einem pinkfarbenen Neonschein umgeben, so daß die gekrümmten Hörner auf seinem glatten Kahlkopf deutlich hervortraten.

»Ja, das will ich damit sagen. Habt ihr schon mal einen Aufruhr angezettelt?«

13

Mit zwei Ork-Leibwachen vor ihr, zwei hinter ihr und einer an der Spitze ging die Konzern-Exec mit ihrem Begleiter die Rampe des unterirdischen Parkhauses hinunter. Sie trug ein Kleid aus Spinnenseide der allerneusten Mode, wobei der Stoff fließendem Wasser nachempfunden war und sich bei jedem Schritt kräuselte. Die hochhackigen Schuhe paßten perfekt zu ihrem langen Schal und dem kunstvoll frisierten Haar. Er war in seinem schwarzen Smoking weniger bemerkenswert, wie es seinem niedrigeren Status auch zukam. Seine blonden Haare waren glatt zurückgekämmt, und zu viel Champagner und zu wenig Essen ließen ihn ein wenig schwanken.

Die Ork-Leibwächter trugen nüchterne ballistische Anzüge, deren Hemden wegen der Panzerplatten darunter viel zu weit waren. Sie waren untereinander per Komlink verbunden und hatten schallgedämpfte Maschinenpistolen an Schulterriemen hängen, dazu Reservepistolen mit Smartgunverbindung an der Hüfte und Leuchtgranaten am Gürtel. Es war eine durchschnittliche Nacht, nichts Besonderes. Ihr Pinkel war ausgegangen, und jetzt brachten die Leibwächter sie und ihren Lover wieder zum Penthouse zurück. Keine Riesenklunker, keine Konzerndaten, kein unbekanntes oder gefährliches Gelände, keine Gegend mit hoher Verbrechensrate. Kinderkram. Zum Gähnen.

Die Leibwächter gingen in normaler Zwei-zwei-Formation zum Mitsubishi Nightsky, wobei der fünfte Mann an der Spitze einen eventuellen Beschuß auf sich zog. Ihnen folgte das Paar. Der Mann war gut gelaunt und lachte viel, wahrscheinlich voller Vorfreude auf die fleischlichen Genüsse, die ihn in der Wohnung erwarteten. Sie war ernster und verzog das Gesicht, als sie die Limousine mit ihren getönten Scheiben betrachtete.

Der Fahrer war nicht zum Eingang des Restaurants gekommen, als sie ihn angepiept hatte. Völlig unakzeptabel. Er hatte dies schon einmal getan, als er sich großzügig aus der Bar der Limousine bedient hatte und anschließend eingeschlafen war. Das hatte ihm eine Degradierung und eine Gehaltskürzung eingebracht, was für diesen Ausrutscher Strafe genug hätte sein müssen. Nun, der alte Norm hatte den letzten Tropfen von ihren Spirituosen getrunken. Sie würde ihn gleich hier auf der Stelle feuern, und er konnte zu Fuß durch Overtown nach Hause gehen. Es geschah ihm ganz recht, wenn die Gangs ihn umbrachten.

Sie standen im Schatten und warteten schweigend. Silver hatte die Reservierungen jedes Restaurants in Miami eingesehen, und dies war das Paar, das sie sich ausgesucht hatten. Eine Gunderson-Exec und ihr Spielgefährte. Delphia flüsterte Moonfeather etwas zu, und sie wirkte den Zauber, den sie längst vorbereitet hatte.

Augenblicklich wurden alle bis auf sie in ein Mananetz gehüllt, das die Reaktionen erheblich verlangsamte. Mit einem hörbaren Klatschen zuckte eine Narcoject in Delphias Hand, und er gab rasch sechs Schüsse ab. Dann noch zwei. Langsam, als seien sie in unsichtbarem Sirup gefangen, sanken das bewußtlose Paar und die Leibwächter auf den Boden des unterirdischen Parkhauses. Aus ihren Hälsen ragten winzige Pfeile.

Delphia und Moonfeather stiegen über die Leibwachen hinweg, hoben die Frau auf und zerrten sie in die Limousine, wo sie ihr so schnell wie möglich die Kleider auszogen. Der Chauffeur lag bewußtlos im Kofferraum. Es blieben noch zwei Stunden Dunkelheit bis zum Morgengrauen, und sie lagen exakt im Plan. Del phia und Moonfeather stiegen in die Limousine und fuhren zu ihrer nächsten Zwischenstation.

Thumbs lehnte an der bebenden Hausmauer des Fiesta Grande Nachtclubs und beobachtete, wie sich die Straße mit den Wesen der Nacht füllte – Raubtiere und ihre Opfer, die Verlorenen, die Einsamen, die Chipheads, Drogis, Idioten und Gossenpunks. Er hatte einen Arm um Silver gelegt, und sie schmiegte sich an ihn, als sei sie seine Braut. Dies war Slammer-Revier, und an jeder Ecke, in jedem Hauseingang, auf jeder Veranda standen Gangmitglieder, aber niemand wagte es, sich Thumbs und Silver genauer anzusehen.

Ein leises Klingeln in seiner Weste ließ Thumbs reflexhaft nach seinem Predator greifen. Ein wenig verlegen ob dieser Überreaktion zog er statt dessen das Mobiltelekom heraus und schaltete es ein. Der Bildschirm erhellte sich und zeigte einen Blick durch die Windschutzscheibe eines Wagens.

»Dreißig Sekunden«, sagte eine vertraute Stimme, und die Verbindung wurde unterbrochen.

»Dreißig Sekunden«, gab Thumbs an Silver weiter, während er das Telekom wieder wegsteckte.

Augenblicke später fuhr die gestohlene Limousine vor einem leerstehenden Gebäude vor. Moonfeather, die hinter dem Steuer gesessen hatte, stieg mit einem Keiderbündel unter dem Arm aus. Delphia stieg ein wenig mühsam auf der Beifahrerseite aus, dann zog er eine nackte Normfrau an den Knöcheln aus dem Wagen und warf sie sich über eine Schulter.

Niemand auf der Straße beachtete sie, auch nicht, als Moonfeather Kleiderfetzen auf die Straße warf und damit eine Spur hinterließ, die vom Wagen zu dem leerstehenden Gebäude führte. Es war eine ausgebrannte Ruine, aber mit einem soliden Dach. Was noch wichtiger war, die Kanalisation führte zu einem Einstiegschacht, der nur ein paar Schritte von dem Haus entfernt war.

Der früher einmal polierte Mosaikboden war jetzt von Schutt und Müll bedeckt. Thumbs und Silver folgten ihnen einen Augenblick später. Thumbs bezog Stellung am Fenster, beobachtete die Straße und wartete auf das, was bald kommen würde. Silver fand einen einigermaßen sauberen Fleck in einer Ecke, setzte sich dort mit ihrem Deck hin und stöpselte sich ein. Delphia, der immer noch die reglose Gestalt der Konzern-Exec trug, und Moonfeather nahmen die Treppe in den Keller.

Minuten später waren sie wieder zurück und stanken jetzt nach dem Klärschlamm der Kanalisation, wo sie die Exec abgeladen hatten. Silver stöpselte sich gerade wieder aus.

»Ist bereits bestätigt«, sagte sie. »Als ihre Zentrale die Verbindung mit den Leibwächtern der Exec verlor, löste sie einen Alarm aus. Atlantic Security verfolgt die Limousine aus der Luft, und ein Hubschrauber von ihnen ist hierher unterwegs. Geschätzte Ankunftszeit fünf Minuten.«

Delphia streckte den Arm aus, und eine Kanone klatschte in seine Hand. Diesmal nicht die Narcoject, sondern der Manhunter ohne Schalldämpfer. »Dann los.«

Thumbs ging nach draußen, steckte zwei Finger in den Mund und pfiff: lang, kurz, kurz, lang. Einen Augenblick später ertönte der ohrenbetäubende Lärm von Schüssen und Explosionen auf der Straße, während überall die rennenden, heulenden Mitglieder der Slammers, die nach Kämpfen, Spaß und Ärger Ausschau hielten, über die Straße hinwegfegten, wie nur sie es beherrschten.

Der Pilot des gewaltigen Hughes Sky Stallion von Atlantic Security sah den Aufruhr auf der Straße, lange bevor er in Schußweite war. In der Dunkelheit blitzten unzählige Lichtpunkte aus Handwaffen und Automatikgewehren auf, die offenbar beständig auf alles und jeden schossen. Fenster zersplitterten, Alarmanlagen von Geschäften jaulten, und eine dicke, wallende Wolke aus stechendem Qualm von brennenden Autoreifen verbarg einen Großteil der Straße.

»Gab's heute Drogen umsonst?« fragte einer der Polizisten an Bord, nachdem er das Visier seines Helms hochgeklappt hatte. »Jedenfalls ist kein Vollmond.«

»Weiß der Geier«, erwiderte der Sergeant. Auf dem kleinen Schild auf seiner gepanzerten Brustplatte stand ›Tanner‹. »Aber wir haben die Bestätigung für eine Gunderson-Exec, Sharon Palmer. Sie ist irgendwo da unten.«

Der Hubschrauber geriet in den Auftrieb einer warmen Luftströmung, da die Straßen die gespeicherte Tageshitze abstrahlten, und mehr als nur ein paar Kugeln prallten jaulend von dem gepanzerten Rumpf ab. Der Kanonier, der neben dem Pilot saß, reagierte darauf mit einer Salve weicher Gelgeschosse aus der Zwillingskanone am Bauch der Maschine, was die Menge schneller verschwinden ließ als Drek in einem Klo. Niemand wollte zu intimen Kontakt mit Gelgeschossen, die mit einer Geschwindigkeit von über Mach 1 heranflogen. Auf diese Entfernung stachen sie wie eine kubanische Feuerbiene. Etwas näher, und sie würden die Leute wie ein Hagel von Vorschlaghämmern treffen und dabei Knochen und Schädel zerschmettern, wenn der falsche Körperteil im Weg war.

»Sahne, irgendeine Exec-Schnalle macht eine Vergnügungstour durch die Slums und fängt einen Straßenkrieg an«, schnaubte ein gelangweilter Polizist.

Ein anderer sagte: »Wahrscheinlich ist es ein Kampf um ihre Knochen.«

»Die bio-medizinischen Signale besagen, daß sie

noch lebt«, meldete der Pilot, »aber das Peilsignal ist unregelmäßig.«

»Wird es gestört?« fragte Sergeant Tanner, der sofort auf der Hut war.

»Kann ich nicht sagen. Vielleicht wird es auch nur durch starke Magnetfelder verstümmelt, zum Beispiel durch die Lautsprecheranlage des Dröhnschuppens da unten, oder durch dichtes Metall abgeschwächt.«

»Landung in fünf Sekunden«, verkündete der Pilot ohne Vorrede über Bordfunk. »Vier, drei, zwei, eins!«

Ein Wirbelsturm fegte durch die Straße, als der Sky Stallion mitten auf der Kreuzung landete, nicht weit von dem parkenden Mitsubishi entfernt. Gleich nach dem Aufsetzen stürmte das Team von neun AtSec-Polizisten mit ihrem Kommandeur hinaus und nahm eine halbkreisförmige Defensiv-Formation an. Sie wurden beschossen, erwiderten das Feuer aber nicht, solange sie ihre Zielperson noch nicht gefunden hatten. Irrtümlich den Kunden zu erschießen, würde eine Woche Suspendierung ohne Bezahlung nach sich ziehen.

Die Türen der Limousine standen weit offen, niemand war darin zu sehen. Doch die Einsatzbeamten bemerkten rasch Fetzen eines zerrissenen Kleides und dann weitere Kleidungsstücke, die zu einem ausgebrannten Gebäude führten.

Während sie ihr weiteres Vorgehen überlegten, wurde einer der Männer schmerzhaft am Kopf getroffen. Der Aufprall der Kugel ließ ihn schwanken, doch sein Kampfhelm hielt ihm stand, obwohl er verbeult war. Die übrigen nahmen eine aggressivere Haltung an, indem sie einen Doppelkreis bildeten, und gaben ein paar Feuerstöße in die Fenster der umliegenden Häuser ab, um weitere Zwischenfälle dieser Art durch Einschüchterung zu verhindern. Für ein oder zwei Minuten klappte diese Taktik.

»Tanner an Basis, wir befinden uns in einem Kampf der Stufe zwei«, meldete der Sergeant über Komlink.

»Klientin Sharon Palmer ist nicht in ihrem Wagen oder in seiner unmittelbaren Umgebung. Haben zerrissene weibliche Kleidungsstücke gefunden, die zu einer ausgebrannten Häuserruine führen. Vermute, daß ein persönlicher Angriff der Stufe vier im Gange ist. Werden vorrücken, fordern aber Unterstützung an. Ende.«

Ein statisches Knistern in seinem Kopf, dann kam die Antwort.

»Roger, Tanner, hier spricht die Basis. Bestätigung. Gunderson hat zusätzlichen Notfall-Aufwand genehmigt. Weitere Teams sind unterwegs. Geschätzte Ankunftszeit in fünfzehn Minuten.«

»Woher, zum Teufel, kommen die? Bermuda?« murmelte ein Corporal. Er trat die Tür der Ruine auf, und der Strahl seines Ziellasers huschte über die zerstörten Überreste von etwas, das wie ein ehemaliger illegaler Operationssaal aussah. »Die müssen sich beeilen, sonst können wir unsere Rettungsprämie vergessen.«

»Vorwärts Marsch, Leute!« sprach Tanner in sein Kehlkopfmikro, und die Worte donnerten über seinen Helmlautsprecher. »Los-los-los!«

Der Pilot und der Kanonier des Sky Stallion saßen bei geschlossenen Luken in ihrem Tandem-Cockpit nebeneinander, während die Videoscanner die Straße beobachteten. Direkt unter dem Hubschrauber öffnete sich langsam ein Kanalisationsdeckel, und Thumbs stieg heraus, gefolgt von Delphia, Moonfeather und Silver. Als alle dicht am gepanzerten Rumpf des Kampfhubschraubers hockten, gab Silver den anderen ein Zeichen.

Moonfeather schwenkte einen ihrer Katzen-Fetische und fing leise an zu singen. Ein paar Sekunden später sanken der Kanonier und der Pilot in dem Hubschrauber vornüber. Sie schliefen tief und fest. Delphia erhob sich und benutzte ein bleistiftdünnes Gerät, um die

Backbordtür zu öffnen. Doch der Innenriegel war geschlossen und weigerte sich nachzugeben. Thumbs packte den Griff, stemmte einen Fuß gegen den Rumpf und riß fest daran. Die Tür gab nach, und er fiel rückwärts zu Boden, da er die Tür losließ, um sie nicht aus der Verankerung zu reißen.

Einen Augenblick später war Thumbs wieder auf den Beinen. Der Pilot rührte sich träge. Als sich seine Augen öffneten, starrte er in die riesige Mündung eines schwarzen Manhunter.

»Nicht«, sagte Delphia leise. Doch der benommene Pilot griff dennoch nach seinem gehalfterten Colt. Ohne jedes Zögern pustete Delphia dem Mann das Gesicht weg, und Blut und Hirnmasse wurden über Cockpit und Windschutzscheibe verspritzt. Thumbs zerrte die Leiche und die reglose Gestalt des Kanoniers aus dem Cockpit. Er warf sie mit seinen riesigen Armen beiseite wie zusammengeknülltes Einwickelpapier von MacHugh's.

Silver bestieg den glitschigen Sitz und stöpselte sich in die Kontrollkonsole ein. Dies war der riskante Teil. Thumbs hatte ihnen die Geschichte eines schwerverwundeten Beamten von Atlantic Security erzählt, der halb bewußtlos in einen Hubschrauber gefallen war, welcher dann von allein zur Basis zurückgeflogen war. Nicht, daß AtSec sich wirklich etwas aus seinen Leuten machte, man wollte nur den teuren Hubschrauber retten. Doch eine Geschichte wie diese verriet den Runnern, daß sich ein Autopilot an Bord befand. Irgendwo.

Delphia wischte mit einer Hand die Windschutzscheibe sauber und schmierte Blut über die Videokameralinse in der Konsole, um ihre Identität nicht zu verraten. In der Zwischenzeit schloß Thumbs die halb herausgerissene Tür und band sie mit einem Sicherheitsgurt fest.

»Besser als gar nichts«, stellte er fest. »Sie wird zumindest einen Teil des Rauchs draußen halten. Wie läuft's?«

Nach einem Blick auf Silver zuckte Delphia die Achseln. Die Deckerin begutachtete stirnrunzelnd die Kontrollen.

Sie spitzte die Lippen und drückte auf einen Knopf. Die Heckmotoren erwachten zum Leben, und die Rotoren über ihnen beschleunigten auf Fluggeschwindigkeit. Wieder tobte ein Wirbelsturm, als der Kampfhubschrauber schwerfällig abhob und durch die Lücke zwischen zwei Wohnkomplexen flog, wobei er langsam, aber stetig an Höhe gewann.

Thumbs grinste Delphia breit an, aber dieser ließ Silver nicht aus den Augen.

»Basis an Hubschrauber Sechsundachtzig«, knisterte der Konsolenlautsprecher. »Was ist los mit Ihnen? Warum verlassen Sie die Landezone auf Autopilot?«

Thumbs schnappte sich das Kopfset des toten Piloten und gurgelte etwas von Lasern und Nervengas, während Delphia einen Schuß auf das Funkgerät abgab. Es explodierte mit einem Funkenregen.

»Laser und was?« übernahm der Deckenlautsprecher. »Wiederholen, Nummer Sechsundachtzig, was haben Sie für ein Problem? Hauptsender ausgefallen. Reservegerät über Funk aktiviert. Erwarte Autorisierungscode.«

Moonfeather flüsterte eine Obszönität, Thumbs schlug sich mit der Handfläche gegen die Stirn und Delphia richtete seine Kanone auf alles, was einem Funkgerät ähnelte, schoß jedoch nicht. Jetzt hing alles von Silver ab.

14

Die Spur aus Kleiderfetzen führte das Rettungsteam von Atlantic Security durch einen Gitterrost in die mit Schutt angefüllten Überreste des Kellers und in die Kanalisation der Stadt. Die Wände bestanden aus schlammbedeckten Ziegeln und schimmelüberwachsenem Stahlbeton, und der Gestank war stark genug, um darauf zu kauen.

»Sir!« rief ein Beamter, der neben der offenen Abwasserrinne stand. Das Licht seiner Taschenlampe war auf einen Kredstab gerichtet, der im stinkenden Abwasser der Stadt trieb.

»Sie haben ihr den Kredstab nicht abgenommen?« fragte ein Mann. »Drek. Sie ist tot, Chief.«

»Vielleicht«, knurrte Tanner, der mit seiner Lampe in die stygische Dunkelheit des Tunnels leuchtete. »Aber das werde ich erst dann melden, wenn wir es ganz genau wissen.«

Nicht weit von ihnen war eine verrostete Eisenleiter an der Wand befestigt. Einer Eingebung folgend, ging Tanner hin, um sie sich genauer anzusehen. Als er feuchten Drek auf den Sprossen sah, die hinauf zur Straße führten, winkte er seinen Männern aufgeregt zu, ihm zu folgen, und schrie: »*Diese verdammten Wichser!* Es ist alles Schwindel! Zurück zum Hubschrauber!«

Die Männer kletterten hastig die Leiter empor, wobei das Geräusch ihrer Stiefel auf den verrosteten Sprossen durch die Dunkelheit hallte.

»Wenn wir den Hubschrauber verlieren, sind wir hier gestrandet, bis Unterstützung eintrifft«, fluchte ein Corporal. »Bewegt euch, Leute. Bewegt euch!«

»O'Malley, es ist ein Hinterhalt!« sendete Tanner per Komlink dem Hubschrauber, während er hektisch die

Stufen erklomm. »Höchste Alarmbereitschaft, *Omae!* Palmer ist erledigt. Wir sind reingelegt worden! Schießt auf alles, was sich bewegt! Legt die ganze Gegend in Schutt und Asche, geekt, wen ihr wollt, aber hebt nicht ab, bevor wir zurück sind. Verstanden?«

Statisches Rauschen.

»O'Malley, haben Sie verstanden?«

Mehr statisches Rauschen.

»Hubschrauber Nummer Sechsundachtzig, melden!«

Nichts, nicht einmal eine Trägerwelle.

»Basis, hier spricht Tanner. Hauptfunkgerät gestört. Hubschrauber Sechsundachtzig möglicherweise kompromittiert!« Immer noch keine Antwort. »Der verdammte Kanaldeckel blockiert das Signal!«

In der Dunkelheit sagte eine Stimme: »Oder der Hubschrauber ist schon weg.«

»Maul halten!«

Der vorderste Beamte schob den Deckel beiseite, und das Rettungsteam kletterte in ordentlicher Formation auf die Straße. Ein schnarchender Kanonier und ein Pilot ohne Gesicht lagen auf dem Boden, wo der Hubschrauber mit den Kanonen und der Panzerung hätte auf sie warten sollen.

»Verdammter Drek!« explodierte Tanner. »Hölle und Verdammnis!« Der Aufruhr hatte sich gelegt, und auf den Straßen war es seltsam ruhig. Rauchschwaden von den brennenden Reifen hüllten sie ein, während Glühwürmchen den Sternenhimmel über ihnen zu imitieren versuchten. Dann fielen Dutzende Miami-Cocktails von den Dächern ringsumher auf sie herab, und die Bomben der Marke Eigenbau explodierten zu Pfützen aus flüssigem Feuer, wenn sie auf den Asphalt fielen.

Während Sergeant Tanner mit seiner Mossberg CMDT in den Himmel schoß, spielten seine Helmsensoren verrückt, da sie anzeigten, daß seine Männer von

Schwarzpulver, Kordit, Thermit, medizinischem Alkohol, Seifenflocken, Allzweckreiniger, Bleichmittel, Ammoniak, Lauge, Benzin, Salpetersäure und jedem verfluchten Drek beworfen wurden, der in eine Plastikflasche paßte und explosiv war!

Nach kurzer Zeit herrschte das nackte Inferno auf der Straße.

»Aber wir sind nicht Lone Star!« rief ein Mann über das Knattern seiner MP hinweg.

»Das kümmert sie einen Drek! Wir verschwinden!« befahl Tanner, der ein frisches Magazin in seine Waffe rammte. »Die erste Abteilung gibt uns Deckung. Los-los-los!«

Hustend und keuchend ballerten sechs Männer mit allem los, was sie hatten, während sich die anderen in die Kanalisation zurückzogen. Der Rest folgte rasch, wobei die Leute darum kämpften, als erste hineinzukommen. Johlend und heulend kamen die Einheimischen aus ihrer Deckung hervor und warfen ihre selbstgebastelten Bomben direkt in den Schacht. Mehr als einer wurde von den Kugeln der Beamten durchlöchert und fiel, aber die anderen ließen sich dadurch nicht abschrecken.

»Nacht des Gesetzes! Nacht des Gesetzes!« hallte es in Sprechchören durch die Straßen. Im Fiesta Grande donnerte der Slaprock weiter, da die Besucher des Clubs sich ins Vergessen tanzten, tranken und chippten und ihnen glücklicherweise entging, daß heute abend interessantere Dinge im Sprawl vorgingen.

Zwanzig Stockwerke über den Straßen Overtowns schwebte der Sky Stallion auf der Stelle, da die Stimme der Basis erneut eine unmittelbare Identifikation und die Nennung der Codes forderte.

Delphia formulierte stumm, nur mit den Lippen: Können sie uns hören? Die in die Kontrollkonsole des Stallion eingestöpselte Silver schüttelte den Kopf.

»Gut«, sagte er laut. »Welche Möglichkeiten haben wir?«

»Ich weiß nicht. Ich kann den verdammten Code nicht finden«, schnauzte Silver, deren Gesicht eine Maske der Konzentration war. »Ich kann versuchen, mich über den Autopilot hinwegzusetzen, aber sie aktivieren die Systeme zur Abwehr von Eindringlingen.«

»Halte sie auf«, befahl Delphia kühl.

Ihre Finger huschten über die Tasten ihres Decks, als hätten sie ein Eigenleben. »Ich versuch's ja, verdammt! Ich kann nicht gleichzeitig dieses Ding fliegen, sie aufhalten und versuchen, die Satellitenverbindung zu benutzen, um Zugang zu ihrem Knoten zu bekommen, damit ich mich in ihr System einklinken kann. Niemand kann das!«

Delphia stand auf und warf einen Blick in das Heckabteil. »Sie holen uns rein, wenn wir nicht bald etwas tun«, sagte er grimmig. »Wir springen ab, sobald wir über dem Kanal sind.«

Thumbs fing damit an, sich seiner schwereren Ausrüstungsgegenstände zu entledigen, während Moonfeather hektisch unter den Sitzen zu suchen begann.

»Was machst du da?« fragte Thumbs stirnrunzelnd.

»Ich kann nicht schwimmen«, erwiderte sie auf Händen und Knien, die Hände in einem Ablagefach. »Wo sind die Fallschirme?«

»An Bord von Hubschraubern gibt es keine«, sagte er zu ihr.

Moonfeather ruckte hoch. »Willst du mich verarschen?«

»Nein.«

»Drek!«

Delphia zog seinen Mantel aus ballistischem Stoff aus, faltete ihn ordentlich und legte ihn auf einen leeren Sitz. »Wie ist unsere Höhe?« fragte er nach einem Blick durch das Backbordfenster. »Es sieht so aus, als wäre es ziemlich weit bis nach unten.« Er nahm seine

Sonnenbrille ab und wandte sich an Silver. »Bist du fertig? Kannst du herausfinden, ob es eine maximale Höhe gibt, aus der man abspringen und überleben kann? Unbeschadet natürlich.«

Silver sagte nichts, sondern starrte auf ihre reglosen Hände. Lebhafte Erinnerungen an ihre gegeekten Chummer aus BlackJacks Team schossen ihr durch den Kopf, und sie keuchte auf, als sie für einen Sekundenbruchteil die Schmerzen überfielen, die sie beim Angriff der Haie empfunden hatte. *Nein, nie wieder.*

»Silver?« hakte er nach, da die Konsole stetig summte.

»Könnte es so simpel sein?« fragte sie sich laut. »So leicht? Es einfach rückwärts zu versuchen?«

»Ja!« schnappte Delphia, indem er sie schüttelte. »Was es auch ist, versuch es.«

Bedächtig holte Silver einen Chip aus der Tasche ihrer blutverschmierten Jacke. Sie legte den Chip in ihr Deck ein und gab die Befehle ein. Augenblicklich öffnete sich die Satellitenverbindung. Sie konnte den Springbrunnen sehen, ihren Lieblingsort im Gitter Miamis, und dann erlosch jeglicher Widerstand. Sie flog mit dem Datenstrom. Keine ICs, kein Systemalarm, nichts. Sie hatte die goldenen Codes, und die brachten sie direkt in den Mainframe von Atlantic Security.

Ja! Sie entriß dem Mainframe die Einsatzcodes und stahl dann noch alles, was sie in die Speicherbanken des heißen Fuchi auf ihrem Schoß stopfen konnte.

Mit einer gemurmelten Botschaft über Heckenschützen und Interferenzen schickte sie die Codes durch das Funkgerät und sah anschließend, wie der Alarm aufgehoben wurde und der Autopilot einsetzte.

»Wir sind durch!« rief sie eine Sekunde später über Bordfunk, als der Sky Stallion sich wieder in Bewegung setzte und an Höhe gewann.

»Roger, Hubschrauber Sechsundachtzig«, sagte der

Deckenlautsprecher. »Sie befinden sich auf unabhängigem Rückflug. Zu Ihrem Straßenteam ist Verstärkung unterwegs. Wir sehen uns in zehn Minuten.«

In der Heckkabine hörte der Wind auf, Thumbs' Kleider zu peitschen, da dieser dankbar die Seitentür schloß. »Den Göttern sei Dank.«

»Wie hast du es gemacht?« fragte Delphia, indem er sich schwer auf den Pilotensessel fallen ließ.

Sie strahlte ihn müde an. »Es war ziemlich riskant, aber ich habe ihnen die Kontrolle über den Hubschrauber überlassen und mich auf die Satellitenverbindung gestürzt.«

»Aber wie hast du es gemacht?« beharrte er. »Was war das für ein Chip? Irgendein ganz besonderer Dosenöffner?«

»Ein zehn Jahre alter Datenchip, mehr nicht.«

»Was sagst du da?« tönte Thumbs, der in der Tür stand. »Ach so, ich verstehe!«

»Gordon«, sagte Moonfeather, die hinter ihm stand. »Du hast seinen alten Chip benutzt.«

»Hai«, erwiderte Silver, indem sie sich aus dem Deck ausstöpselte. »Gordon hatte einen Zugangscode, um privat mit Harvin über das Buch reden zu können. Damit kam er durch die Matrix, um Geheimgespräche mit dem hohen Tier zu führen. Der verdammte Code hat auch über Satellit funktioniert, und ich bekam auch die Freigabe für Atlantic Security. Er hat mich an den ICs vorbeigeführt, so daß ich direkt mit ihnen reden konnte. Danach« – sie schnippte mit den Fingern – »war alles nur noch ein Klacks.«

»Zweifellos eine glänzende Demonstration, wie nicht-euklidische Logik die Routinen der Konzerne besiegt«, hauchte Delphia mit einem schiefen Grinsen. »Absolut außergewöhnlich.«

»Warum kannst du eigentlich nie Englisch reden?« fragte Thumbs, indem er seine Sonnenbrille wieder aufsetzte.

Der gewaltige Hubschrauber flog niedrig über die Dächer der Innenstadt Miamis, ohne Positionslichter und mit minimalem Motorenlärm, ein flüsternder Geist, der die Sterne verdeckte.

»Ich lande auf dem nächsten Dach und schicke diese Mühle mit George zum AtSec-Hauptquartier zurück«, sagte Silver. »Haltet nach einem geeigneten Dach Ausschau. Keine Stromleitungen und Antennen.«

Moonfeather, die Gegenstände in eine bereits ziemlich voll aussehende Segeltuchtasche packte, starrte die andere Frau an. »George?«

»Luftfahrt-Slang für den Autopilot«, erwiderte Silver fröhlich und verschränkte die Arme vor der Brust, als der Kampfhubschrauber eine hübsche Pirouette am Himmel beschrieb, bevor er mit dem Landeanflug begann.

»Großer Geist, ich liebe es, diese Schweinehunde zu besiegen!«

Alle Lampen in seinem Penthouse-Büro brannten, was jede Möglichkeit eines einsamen Schattens zunichte machte. James J. Harvin hatte Krawatte, Jacke und Schuhe abgelegt und einen Seidenkimono übergestreift. Ein unberührtes goldenes Tablett mit Essen darauf stand auf dem niedrigen Tisch zwischen den beiden Sofas. Ebenfalls unberührt auf seinem leeren Schreibtisch stand eine Karaffe mit gekühltem Wein.

Harvin saß mit dem Gesicht zu den Fenstern und betrachtete sein Spiegelbild in der Barriere aus dreifachem Armorlite. Ein kantiger Kopf, kurzgeschnittene graue Haare, ein winziger Rubin-Ohrring, große Hände und noch keine Altersflecken, aber er wußte, daß sie kommen würden. Vielleicht war es an der Zeit, seinen Körper zu vergewaltigen und sich verchippen zu lassen – Talentsofts konnten ihn augenblicklich zu einem Meister auf der Geige machen. Ersatzmuskeln würden ihm die Kraft eines Troll Gewichthebers geben. Er konnte wieder schnell und stark werden.

Aber das würde sich auf das Fleisch beschränken. Seine Seele war müde. Hatte er überhaupt noch eine Seele? Er hatte so viele Teile von anderen genommen, deren Organe in seiner Brust lebten und arbeiteten. Man hatte ihn auseinandergenommen und mit der Lebenskraft anderer Leute wieder zusammengesetzt. War er überhaupt noch Jim Harvin? Das Gesicht ähnelte ihm, aber das ließ sich ebenfalls in weniger als einem Tag ändern. Seine Krankheit war auf dem Rückzug. Er hatte gegen den Krebs gekämpft und gewonnen. So sagte man ihm jedenfalls. Warum fühlte er sich dann immer noch wie ein Sterbender?

Er goß sich ein Glas Wein ein und nahm einen Schluck, rollte ihn zwischen Zunge und Gaumen, wobei er durch die Nase atmete, um das Bouquet zu genießen, wie sein Vater es ihn vor Jahrzehnten gelehrt hatte. Wie man guten Wein genoß, der Konkurrenz das Wasser abgrub und Freundschaften mied. *Muchas gracias, padre.*

So viele düstere Gedanken in so einer wunderbaren Nacht.

Auf der anderen Seite der Fenster konnte Harvin schwach die glitzernden Lichter Miamis sehen. Hotels, Casinos, Ferienclubs, Bordelle, Luftabwehrzentren, alles sein. Ein Großteil davon gehörte dem Gunderson-Konzern oder wurde von ihm betrieben, was im Grunde dasselbe war. Welche andere Regierung in der Karibischen Liga konnte ihm etwas anhaben? Er regierte Miami. Das musikalische Summen des Telekoms riß ihn aus seinen Grübeleien.

»An«, sagte er, ohne sich umzudrehen. »Code vierzehn«, antwortete ein VOX, dessen künstliche Stimme tonlos und ohne Modulation war. Er drehte seinen Stuhl herum. »Akzeptiert. Keine Überwachung, Aufzeichnung und Zurückverfolgung. Uneingeschränkter Zugang auf meinen Befehl gewährt.«

»Bestätigt«, sagte die mechanische Stimme. Harvin hatte mit diesem Anruf gerechnet, seit er vor weniger als einer Stunde den Bericht über das Rettungsteam von Atlantic Security bekommen hatte. Diese Straßensamurai, die Erika Johnson angeworben hatte, waren angeblich bestenfalls zweitklassig. Und doch blieben sie in dem Spiel stets einen Schritt voraus. Er lächelte.

Die Anzeigen des Telekoms leuchteten auf, doch der Schirm blieb dunkel. »Berichte«, ertönte eine andere Stimme als zuvor, obwohl der Schirm kein Bild zeigte.

»Sie sind nah daran. Sehr nah«, sagte Harvin. »Sie haben sich die Dateien über IronHell angeeignet.«

»Wann?«

»Vor weniger als einer Stunde.«

»Die echten Dateien?«

»Nein. Nur die grundlegenden. Keine detaillierten Daten.«

»Wie?«

»Sie haben einen privaten Code benutzt, um sich Zugang zum System von Atlantic Security und dann zu ihrem zentralen Datenprozessor zu verschaffen. Sie haben die Piraten-Dateien.«

»Wessen Code?« fragte die gesichtslose Stimme.

»Meinen.«

Ein paar Augenblicke verstrichen. »Der Ork?«

»Ja«, sagte Harvin.

»Töte ihn.«

»Gordon ist bereits tot.«

»Aber nicht früh genug, wie es scheint.«

»Nein.« Harvin schüttelte traurig den Kopf, als er an Scott Gordon dachte. »Nicht früh genug.«

»Ich habe dich gewarnt, daß der Versuch, darüber zu schreiben, unser ganzes Unternehmen in Gefahr bringen könnte.«

»Trotzdem hast du in den wissenschaftlichen Zeitschriften mehrere Artikel über das Leben unter Wasser veröffentlicht«, erwiderte Harvin gelassen.

»Die uns nicht in Verlegenheit gebracht haben.«

»Noch nicht. Sogar du kannst nicht widerstehen, es jemandem mitzuteilen, wenn du ein äußerst schwieriges Problem gelöst hast.«

Ein paar Sekunden verstrichen. »Zugegeben. Aber das ist jetzt bedeutungslos. Wurde der Ork von unseren Leuten terminiert?«

»Nein.« Harvin atmete tief ein und hatte wieder den Geschmack des Weins auf der Zunge. »Mein Freund wurde von Unbekannten getötet. Gekreuzigt. Wenn wir die Täter finden, wandern sie sofort in die medizinischen Labors – tot oder lebendig.«

»Wie sind sie damit durchgekommen?«

»Sie hatten fähige Hilfe.«

»IronHell?«

»Das ist wahrscheinlich, oder…« Eine verlegene Pause. »Oder die Elfen haben ein Interesse an unserem Geschäft jenseits der Mauer entwickelt.« Die letzten Worte waren weder betont noch lauter ausgesprochen worden, und Harvin fragte sich, ob sein Gegenüber wohl die beabsichtigte Bedeutung heraushörte.

»Verstanden. Das wäre höchst bedauerlich«, stellte die Stimme ohne jede Gefühlsregung fest. »Das ändert alles. Die Untersuchung muß sofort abgebrochen werden. Zahl die Runner aus und gib ihnen eine Zusatzprämie.«

»Unmöglich. Sie sind nicht zu erreichen. Bis sie sich melden, um Bericht zu erstatten, habe ich keine Möglichkeit, Kontakt mit ihnen aufzunehmen.«

»Keine?«

»Keine.«

»Haben sie eine Erfolgschance?«

»Erwarte sie jeden Tag vor deiner Tür.«

»Sehr bedauerlich. In dieser chaotischen Situation könnten sie herausfinden, was tatsächlich vorgeht.«

»Ja.«

»Terminiere sie. Sofort.«

Harvin goß sich noch ein Glas Wein ein und lachte leise. »Du hast große Schwierigkeiten mit dem Wort ›töten‹, nicht wahr, liebe Schwester?«

»*Hai*, ich nehme es an.«

»Und was ist mit der anderen Sache – mit den Schwierigkeiten, die wir mit unserem System haben? Ist es wieder die Hitze?«

»Die Angelegenheit wird bereinigt.«

»Also auch kein Erfolg auf deiner Seite, wie?« sagte Harvin zu dem dunklen Schirm. »Gut. Das Scheitern liebt die Gesellschaft. Nur der Erfolg steht allein.«

»Das ist eine Interpretation der Tatsachen.«

»Hast du das notwendige Personal gefunden?«

»Ja. Und der Mann ist bereits unterwegs.«

»Die erste gute Nachricht des Tages. Tu dein Bestes.«

»Bestätigt, mein lieber Bruder. Ende.«

»Aus«, sagte er, wobei er mit dem vollen Glas spielte. Als die Verbindung unterbrochen wurde, erschien kurz das Bild eines blauen Dreiecks auf dem Schirm, das von einer unregelmäßigen roten Linie in zwei Hälften geteilt wurde. Die Bestätigung, daß der Anruf nicht zurückverfolgt worden war. Dann war auch dieses Bild verschwunden, und er war wieder allein an der Spitze der Welt.

SHADOWRUN

IN DEN ABGRUND

15

11:05 Standardzeit Ostküste, 5. Juli 2058
30,14 Grad Westlicher Länge, 70,29 Grad Nördlicher Breite, Atlantischer Ozean

Thumbs stolperte aus dem Wind, stützte sich an der verrosteten Wand ab und atmete ein paarmal tief durch die Nase ein und durch den Mund aus. Sie waren jetzt seit drei Wochen an Bord dieser Rostbeule auf See, und er kotzte sich immer noch die Gedärme aus dem Leib, wenn sie eine hohe Welle traf. Das Meer, der Himmel, das Deck und er selbst, alles schaukelte hin und her, auf und ab, wobei die Lampen an der Decke auf eine Übelkeit erregende Weise genau im Gegentakt quietschend hin und her schwangen. Aber er fühlte sich viel besser, nachdem er den Fischen des Atlantiks zu einem herzhaften Mahl verholfen hatte.

»Versuch das hier«, sagte Silver, indem sie ihm auf die Schulter klopfte.

Thumbs schaute herab und nahm die dampfende Tasse.

»Ich habe Moonfeather gebeten, es diesmal doppelt so stark zu machen«, sagte sie. »Vielleicht wirkt das.«

Thumbs nickte und trank das Kräutergebräu. Bemerkenswerterweise hörte sein Magen ein paar Sekunden später damit auf, Cha-Cha-Cha zu tanzen. »Besser«, sagte er um eine Zunge herum, die sich wie ein pelziger Klumpen in seinem Mund anfühlte. Er wiederholte das Wort. »Besser.«

»Noch eine?« fragte sie.

Thumbs schnitt eine Miene, die völlige Zustimmung ausdrückte, und stolperte davon. Silver griff nach einem haarigen Arm, der länger als ihr Bein war, und drehte ihn zu sich herum. »Dort ist der Maschinenraum, zur Kombüse geht es in die andere Richtung. Wir sind auf Deck fünf, nicht zwei.«

»Was, zum Teufel, tun wir hier draußen eigentlich?« wollte Thumbs wissen, während er versuchte, seine schmerzhaft pochenden Hörner zu ignorieren. »Ich bin ein Troll von der Gosse und nicht Popeye der Matrose. Mein Revier ist die Straße.«

»Hey, Chummer, das war deine Idee, weißt du noch?« Sie hielt ihm ein massives Schott auf.

Ja, ja, dieser brillante Einfall war tatsächlich auf seinem Mist gewachsen. Die Dateien, die Silver von Atlantic Security herabgeladen hatte, zeigten, daß sie ganz eindeutig Piraten für den Gunderson-Konzern jagten. In den Dateien waren außerdem haufenweise Gerüchte über versunkene Schiffe und in Bergen verborgene Städte aufgelistet. Wenn man alle Fakten nahm, sie in Granit meißelte und sich anschließend in die Nase stopfte, würde man nie bemerken, daß irgendwas da war.

Mit einer bemerkenswerten Ausnahme. Sie hatten die Bedeutung des Wortes *IronHell* erfahren. Laut AtSec-Dateien handelte es sich dabei um ein besonderes Codewort für das Hauptquartier einer der größeren Piratengruppen, die in diesem Teil des Atlantiks Jagd auf Schiffe machten. Die genaue Lage war sogar nach den Maßstäben der Schattenwelt sehr gut verborgen. Atlantic Security hatte keine Ahnung, von wo aus sie operierten und wer sie waren. Dabei schien das Wort IronHell einmal die Organisation und dann wieder ihre geheime Operationsbasis zu bezeichnen. Jubel, Trubel, Heiterkeit? Thumbs war nicht beeindruckt.

Aber anders als Queen O'Malley und ihresgleichen in den Gewässern vor der Küste des Freistaats Kalifornien oder die Gang Black Mariha in den Küstengewässern des Mittelmeers waren diese Piraten gut organisiert und schwer bewaffnet, und keiner war je lebend gefangengenommen worden. Nicht ein einziger. Jemals. Delphia hielt das für eine bedeutsame Tatsache. Silver hielt es für unnatürlich. Moonfeather sagte, es sei wahrscheinlich eine Lüge, um AtSecs Unfähigkeit zu vertuschen. Thumbs' persönliche Auffassung war die, daß die Burschen bisher noch nie von einem hartgesottenen Slammer mit Zugriff auf Handschellen und eine Käsereibe geschnappt worden waren.

Offenbar war eine raffinierte kleine Bombe chirurgisch in ihre Hirne implantiert. Nicht nur unter der Haut und den Knochen des Schädels – ein Haufen Leute stopfte sich dort mit Kom-Einheiten, Decodern und jedem nur erdenklichen Drek voll. Nein, diese Vorrichtung war tief im Gehirn untergebracht. Wenn ein Pirat lebend geschnappt wurde, explodierte sein Kopf, sogar wenn er bewußtlos war, was ein Verhör ziemlich schwierig gestaltete. Weder Decker noch Magier waren bisher in der Lage gewesen, diese Sicherheitseinrichtung zu umgehen. Röntgenstrahlen und CAT-Scanner ließen das Ding sofort hochgehen.

Wenn der Träger tot war, ging die Bombe ebenfalls hoch. Offensichtlich waren sie in Dorsey Park in einen Hinterhalt der IronHell-Piraten geraten. Wer derartige Schädelbomben baute, wußte anscheinend, was er tat. Thumbs glaubte nicht einmal, daß Aztechnology oder Fuchi es hätten besser machen können.

Den Dateien hatten sie weiterhin entnehmen können, daß Atlantic Security jede Insel und jede Bucht zwischen den Bermudas und dem Äquator abgesucht hatte. IronHell hatten sie nicht gefunden. Die Piraten versenkten rücksichtslos jede Suchexpedition, kaum daß die Schiffe den Hafen verließen, und bewiesen damit, daß sie einen Haufen Chummers hatten, die sie mit Insider-Informationen versorgten. Frachtschiffe wurden manchmal versenkt, manchmal nicht. Aber sie schienen sich auf militärische Schiffe spezialisiert zu haben, die sie immer direkt auf den Meeresgrund schickten. Gerüchte besagten, daß sie mit neuer experimenteller Ausrüstung arbeiteten, nova-heißem Zeug, das noch nie das Tageslicht erblickt hatte. Seeleute nannten es die Rückkehr von Atlantis, aber andererseits wußte Thumbs, daß Seeleute viel zuviel Zeit in der Sonne verbrachten.

Er hörte, daß Wind und Wellengang draußen wieder rauher wurden, aber sein Magen akzeptierte die Verschlechterung der Bedingungen ohne zu murren. Dankenswerterweise. Und die Hälfte ihres Jobs war erledigt. Sie wußten, was IronHell war. Delphia hatte den Johnson angerufen und ihm eine Nachricht hinterlassen. Jetzt mußten sie nur noch etwas bewerkstelligen, was dem Gunderson-Konzern, Atlantic Security, Lone Star und jeder unabhängigen Schiffahrtslinie bisher noch nicht gelungen war: herausfinden, wo, zum Teufel, IronHell war.

Das Team war zu dem Schluß gekommen, daß sie zum Kern der Sache vorstoßen mußten, wenn sie jemals die Wahrheit herausfinden wollten. Sie hatten sich in den Heuerstuben der Hafengegend herumgetrieben und Arbeit als Sicherheitsteam bekommen. Dies war ihre dritte Fahrt in ebenso vielen Wochen, aber sie hatten noch nichts zu Gesicht bekommen, was auch nur vage nach Piraten aussah. Die Fracht der *Esmeralda* hatte heiß genug ausgesehen, aber vielleicht hatten sie auf ihrer nächsten Fahrt mehr Glück.

Silver fand die anderen in einer Ecke der Kombüse, wo sie in ihrem Essen herumstocherten. Delphia trug seinen üblichen eleganten Anzug einschließlich Krawatte und Hut, während Moonfeather einen an den Beinen abgeschnittenen Overall trug, der sich eng an jede Kurve schmiegte.

Mürrische Seeleute, die meisten grauhaarige Norms und tätowierte Orks, saßen an anderen, weiter entfernten Tischen und unterhielten sich über die Dinge, über die Seeleute sich schon seit dem Anbeginn der Seefahrt unterhalten: wie sehr sie ihre Arbeit haßten und wie schnell sie wieder auf See kommen konnten, wenn diese Fahrt vorbei war.

»Man sollte meinen, El Segundo Lines würde seinem Sicherheitspersonal etwas Besseres zu essen anbieten als diesen Schweinefraß«, sagte Delphia, indem er sich die Serviette aus dem Hemdkragen zog und sie wie ein Leichentuch über das Essen auf seinem Teller legte. »Ach was. Schweinefraß ist noch ein Kompliment.«

»Ich bin sicher, daß sie das tun«, sagte Moonfeather, die an einem Soyriegel mit Schinkengeschmack knabberte. »Aber vergiß nicht, Hübscher, daß wir nur niedere Söldner sind. Kein Konzern und kein Kapitän macht sich einen Drek aus uns, bis der Hammer heruntersaust. Die Mannschaft hält Ballast für wichtiger als uns.«

»Der Arbeiter ist seines Lohns würdig«, sagte Delphia, der sich Hände und Schnurrbart mit einem Taschentuch abwischte.

»Blödsinn. Was glaubst du, warum auf einem Schiff dieser Größe nur wir vier als Sicherheit arbeiten? Wir sind einzig und allein aus dem Grund hier, um die Versicherungsprämien niedrig zu halten, das ist alles.« Sie beendete ihre Versuche, den unbeschadeten Soyriegel zu verzehren. »Vielleicht nähe ich mir ein paar von diesen Dingern als Panzerung in das Futter meines Dusters.«

Delphia lachte trocken. »Gute Idee. Müßte eine Neun-Millimeter-Kugel mühelos aufhalten, aber ich glaube nicht, daß irgendwas unterhalb einer Rakete die Pfannkuchen durchschlagen könnte.«

»Ich habe mir an einem Zwieback einen Zahn abgebrochen.«

»*Hai*, die Bezahlung ist armselig und das Essen erbärmlich.« Delphia schob den Teller mit Fischragout beiseite. »Drei elende Wochen auf See und keine Spur von Piraten. Die Ladung der *Esmeralda* hätte mittlerweile längst ihre Aufmerksamkeit erregen müssen.« Er warf einen Blick durch ein Bullauge in der Nähe. Das Wetter hatte sich beständig verschlechtert, seitdem der Frachter die Küstengewässer Afrikas verlassen hatte, um in Richtung Rio de Janeiro zu dampfen. Von dort würde es wieder nach Hause gehen.

Nach Hause? dachte er, während er einen Schluck von seinem Kaf trank. Seit wann war Miami sein Zuhause?

»Wer weiß, wonach sie im Augenblick Ausschau halten«, sagte Moonfeather, die sein Gesicht studierte. »Einen Nuyen für deine Gedanken.«

Delphia schüttelte den Kopf. »Schmeckt fast wie richtiger Kaffee. Unglaublich.«

»Das sollte er auch. Es ist richtiger Kaffee.«

Er hielt inne, während die köstliche braune Flüssigkeit in der Tasse mit den Schiffsbewegungen hin und her schwappte. »Wie bitte?«

»Er stammt aus meinem Privatvorrat, den ich mit an Bord gebracht habe.« Moonfeather deutete hinter sich. »Ich besteche den Kerl, den sie auf diesem schwimmenden Fettklumpen lächerlicherweise Koch nennen, jeden Tag mit einer Tasse, damit er ihn speziell für dich und mich aufbrüht.«

Moonfeather drehte sich um und schüttelte ihren Arm, so daß die Armreifen leise klirrten. Ein fetter Ork mit fleckiger Schürze und einem lächerlichen Hut auf dem Kopf hörte auf, Soyfett auf einen knisternden Grill zu schmieren, der bereits davon überfloß, um abrupt aufzuschauen und sie unschuldig anzulächeln. »Außerdem habe ich gedroht, ihn in eine Kröte zu verwandeln, falls er mich betrügt.«

Delphia trank noch einen Schluck und betrachtete sie durchdringend. »Und keinen für Silver und Thumbs?«

»Zum Teufel mit ihnen«, schnurrte sie, indem sie sich vorbeugte und dabei fast aus dem getigerten Trikot unter ihrem Overall platzte, während ein Wasserfall roter Locken ein lüsternes Grinsen einrahmte.

»Und wie kann sich eine einfache Schamanin aus dem Sprawl echten Kaffee leisten?« fragte er leise.

Ihr Lächeln verschwand. »Ich habe ihn gestohlen.«

»O-hio«, grüßte Silver, indem sie sich zwischen die beiden setzte. »Habt ihr schon herausgefunden, wie man die Suppe schneidet?«

Mit Bewegungen, als sei er aus Glas, ließ sich Thumbs auf dem vierten Stuhl nieder, wobei der billige Stahl bedrohlich quietschte. »War noch nie ein Troll auf diesem Kahn?« maulte er. »Hey, Schamanin. Danke für das Gebräu. Es hat mir sehr geholfen.«

»Null Problemo«, sagte Moonfeather, indem sie ihre Mähne schüttelte. »Fang in einem Kampf eine für mich bestimmte Kugel auf, und wir sind quitt.«

»Ha! Lieber würde ich mit einem tollwütigen Sumpfalligator ins Bett steigen.«

»Sahne.«

Eine Sekunde. Zwei Sekunden. »Wo soll ich die Kugel auffangen?«

»Also, jedenfalls haben wir uns gerade unterhalten über die …« Silver tippte sich vielsagend an den Kopf. »Ihr wißt schon, und wir fragen uns, ob es eine Möglichkeit gibt festzustellen, wer eine hat, bevor sie losgeht.«

Thumbs stieß Moonfeather an. »Kannst du nicht auf astralem Weg in ihre Köpfe sehen und so feststellen, wer eine hat?«

»Möglich. Ein Problem besteht dann, wenn sie nur etwas hinzufügen und nichts ersetzen.«

»Wie wär's mit einer Art Wahrheitszauber?« fragte Delphia.

Sie schnaubte. »Wenn wir einen lebendig in die Finger bekommen, kann ich seinen Geist sondieren, klar. Aber das entschärft die Bombe nicht und gibt uns auch keine Informationen. Der Zauber könnte bewirken, daß ihm der Kopf platzt, und ich persönlich würde nicht so nah bei ihm sein wollen, wenn das passiert.«

Mit knurrendem Magen wandte Thumbs sich an Silver. »Soviel dazu, einen Pirat insgeheim zu hypnotisieren, um ihn dazu zu bringen, alles auszuspucken, was er weiß.« Dann zeigte er auf Delphias mit der Serviette bedeckten Teller. »Ißt du das noch?«

»Das Fischragout?« Delphia verzog angewidert das Gesicht. »Nein. Bitte. Bedien dich. Guten Appetit.«

»Danke.« Thumbs nahm die Serviette weg und fing an, ernsthafte Breschen in das fettige Mischmasch zu schlagen.

»Wie ich sehe, ist dein Appetit wieder da«, sagte Silver trocken.

»Ja«, murmelte er undeutlich, den Mund voller Seegras und Gräten. »Ich bin total ausgehungert.«

»Es besteht zum Teil aus Metakrebsen.«

»Hey, feuert den Koch«, schmatzte Thumbs. »Ich hab keine Ahnung, was drin ist.«

Das Schiff legte sich auf die Seite, und eine mächtige Welle klatschte gegen ein Bullauge, so daß es aufgestoßen wurde und Wasser auf Deck flutete. Fluchend beeilten sich ein paar Seeleute, das Bullauge wieder zu schließen. Das Salzwasser lief zu den Wänden und die Treppe hinunter, und das Deck wurde an einigen Stellen unvermeidlich sauberer.

»Es ist blau gestrichen«, sagte Moonfeather verwundert.

Dann hallte ein Alarm durch den Gang und wanderte wie ein Echo von einer Sirene zur anderen durch das ganze Schiff. »Alarmstufe Rot«, erscholl es aus dem ramponierten Lautsprechersystem. »Sturm der Stärke fünf im Anmarsch. Wiederhole. Stärke fünf. Alle Leute auf Kampfstation.«

Die Mannschaft ließ Bier und Karten stehen und spritzte in alle Richtungen auseinander, um Waffen aus hölzernen Wandspinden zu holen und die Treppe zu den höheren Decks hinaufzustürmen.

»Zeit, daß ihr euch die Heuer verdient, ihr Landratten«, sagte der Erste Offizier O'Shanassey, eine grauhaarige Frau, der ein paar Zähne fehlten und die Seife nicht aus erster Hand zu kennen schien. Sie warf ihnen eine große Segeltuchtasche zu.

Thumbs legte seinen Löffel beiseite und öffnete die vom Salz steife Tasche. »Jesus, Buddha und Zeus!« Er schluckte. »Die ist voller Granaten!«

»Sollen wir den Sturm für Sie töten, Madam?« fragte Delphia ungerührt und trank einen Schluck Kaffee.

»Wir haben euch nicht als Ballast angeheuert«, schnaubte O'Shanassey. »Na ja, den Troll vielleicht.«

»Hör auf damit, Norm«, knurrte er gefährlich, eine Ananas in der Hand.

»Erschrick mich später«, sagte die Norm-Frau, indem sie sich ein Stück Kautabak von einem langen Streifen abschnitt. »Wir haben ernste Probleme. Der Sonar spielt verrückt. Starke Stürme wie dieser treiben sie manchmal aus der Tiefe in höhere Regionen. Und dann bricht die Hölle aus. Wir müssen darauf vorbereitet sein, für alle Fälle.«

»Worauf vorbereitet sein?« fragte Silver spitz.

»Auf Piraten?« wandte Moonfeather aufgeregt ein, während sie einen Onyxring an ihrem Zeigefinger drehte.

»Ha! Soviel Glück haben wir nicht«, sagte O'Shanassey, die zusammenzuckte, als ein weiterer Brecher gegen die Bordwand krachte. »Wißt ihr nicht, was ein Sturm in diesen Untiefen nach oben schwemmen kann?«

»Untiefen?« sagte Delphia stirnrunzelnd. »Das Meer ist hier tausend Meter tief. An manchen Stellen sogar tiefer.«

Silver nahm eine Granate aus der Tasche und betrachtete sie. »Ihr Götter, UCAS-Militär, hochexplosiv.«

»Auf der Straße ein Vermögen wert«, bestätigte O'Shanassey. »Also verliert keine. Sonst geht's euch an den Kragen.«

Von draußen ertönte ein Bellen, das den tosenden Sturm übertönte. Das Geräusch schien Donner zu beschwören, und der Sturm steigerte sich zu einem ohrenbetäubenden Heulen.

»Was, zum Teufel, war das?« fragte Thumbs, dessen Cyberklingen aus seinem Unterarm sprangen, während er zum nächsten Bullauge lief.

»Bleibt von den Bullaugen weg«, warnte O'Shanassey. »Sie können eure Umrisse sehen und zerbeißen dann schon mal das Glas.«

»Wer?« fragte Delphia, indem er seine Hand an spannte, als er sich erhob. Lautlos und geschmeidig schnellte der Manhunter an seinen gewohnten Platz.

Ein weiteres Bellen, lauter als zuvor und von den Schüssen eines Maschinengewehrs und dumpfen Explosionen von achtern und steuerbord begleitet.

»Schlangen«, erwiderte der Erste Offizier, indem sie sich bekreuzigte, während Schweißtropfen auf ihre schmutzige Uniform fielen. »Große Seeschlangen.«

16

Attila ignorierte den heulenden Sturm und den Lärm vor seiner piekfeinen Kabine und entspannte sich in dem sanft vibrierenden Ledersessel, so daß die mechanische Massage diejenige in ihrer Wirkung verstärkte, die er in Fleisch und Blut bekam. Er war nackt bis auf einen geöffneten Seidenkimono, der seine Magerkeit betonte. Attila trank Champagner aus einem Kristallglas und rauchte eine erlesene Havanna, er war die Zufriedenheit in Person. Zwischen seinen geöffneten Schenkeln kniete eine junge Frau aus Angola, an der noch die Ketten klirrten, die sie bei der Sklavenversteigerung getragen hatte. Ihre langen schwarzen Haare verbargen optisch, aber nicht akustisch die Tatsache, daß sie mit einer Handlung beschäftigt war, die sehr viel Ähnlichkeit mit dem Rauchen hatte.

Ein hektisches Klopfen an der Kabinentür, und dann stieß ein verängstigter Ingenieur aus den unteren Decks das Schott auf, zu verdammt aufgeregt, um sich von dem Anblick schockieren oder auch erregen zu lassen.

»Seeschlangen greifen das Schiff an!« Der Ingenieur warf eine Maschinenpistole und einen Gürtel mit gemischter Munition auf den Teppichboden. »Alle Passagiere auf das Vorderdeck, um bei der Verteidigung der *Emmy* zu helfen!«

Die Sklavin verlangsamte ihre Bemühungen. Doch Attila kicherte nur und füllte sein Glas nach. »Hat nichts mit uns zu tun, kleine Blume«, seufzte er, während er den stechenden Rauch der Zigarre tief einsog und langsam wieder ausblies. »Ich habe für eine Kabine erster Klasse bezahlt, und das bedeutet, sie kämpfen für mich und nicht umgekehrt.« Er nahm ein anderes Glas und bot ihr einen Schluck kühlen Wein an, dann schob er ihren Kopf wieder in seine frühere Stellung zurück. »Mach weiter.« Unterwürfig tat die Frau, wie befohlen, und ihre Ketten klirrten, als sie eine etwas bequemere Stellung einnahm.

Ah, das Leben war Sahne. Die Kredstäbe, die er den Toten in der Bude des alten Orks abgenommen hatte, waren ein kleines Vermögen wert gewesen. Ein Vermögen! Wie erwartet, hatte ihm der Hehler in Overtown nur zehn Prozent des Wertes geboten. Also hatte Wesley ein paar von den Kanonen hervorgeholt, die er sich ebenfalls angeeignet hatte, während ein Chummer von ihm, dem er vertraute, mit einer Vindicator-Minikanone aufgetaucht war. Plötzlich war der Preis auf die Hälfte gestiegen.

Nachdem er seinen Chummer bezahlt hatte, kaufte Wesley sich schicke Klamotten und verduftete nach Afrika. Die Stadt zu verlassen, war unbedingt nötig, und Afrika war der am weitesten entfernte Ort, den er kannte. In Casablanca wurde er ganz offiziell zu Attila Abelovzsky, einem ungarischen Waffenhändler, und es gelang ihm, den Rest der Waffen einschließlich der Vindicator an einige paramilitärische Pinkel im Kongo zu verkaufen, die echt versessen auf erstklassige Knarren waren. Merkwürdigerweise hatte ein arabischer Scheich für die Datenchips, die er in der Wohnung gefunden hatte, mehr bezahlt, als alle Waffen zusammen eingebracht hatten. Echt abgefahren.

Jetzt schwamm Attila in Geld, er hatte eine verdammte Million auf einer Bank auf den Kaiman-Inseln und fünfundachtzig K auf seinem persönlichen Kredstab, und er war ein anerkannter Chip-Händler. Er erkannte eine gute Sache, wenn er eine sah. Waffen zu schmuggeln, war Kleinkram im Vergleich zum Diebstahl von Industrie-Chips. In den Straßen von Addis Abeba hatte er großzügig mit Nuyen um sich geworfen und dafür ein paar Namen in Angola erfahren.

Dort hatte er einen überraschend glatten Handel mit ein paar Sklavenhändlern abgeschlossen. Jetzt gondelte er stilvoll nach Brasilien, und die Schnalle zu seinen Füßen hatte seine nächste Million in sich, die chirurgisch in ihre kollabierte linke Lunge implantiert worden war. Wenn die gestohlenen chinesischen Chips in Rio an den Mann gebracht waren, würde er die Schnalle an die dortigen Macher von Snuff-Movies* verkaufen und dann sehen, was Seattle in puncto Spaß und Geschäfte zu bieten hatte. Seattle war dieser Tage mächtig angesagt. Ja, das Leben war fast zu schön, um wahr zu sein. Und er sollte sich wegen irgendeiner Schlange Sorgen machen? Ha!

Schreie und Explosionen übertönten jetzt beständig das stetig steigende Heulen des Sturms. Wer angriff und, was noch wichtiger war, wer gewann, war völlig ungewiß. Im stillen schäumte die Frau, die den Jungen bediente, vor Wut über die Feigheit dieses Idioten. Wenn die Lage an Deck so schlimm war, daß sie die verdammten Passagiere rekrutierten, hing vielleicht ihr eigenes Leben von einer zusätzlichen Waffe in diesem Kampf ab! Warum hatte sie das Pech gehabt, von allen Käufern auf der Versteigerung ausgerechnet von diesem mutterlosen Penner gekauft zu werden?

Sobald sie von diesem Kahn herunter waren, konnte sie diesem Trottel endlich den Hals durchschneiden und sich in der Gesellschaft als wohlhabende Frau etablieren, da ihr die heißen Chips in ihrer Lunge ein Vermögen einbringen würden. Ein erlesenes Mahl, ein guter Wein, eine Massage, eine ordentliche Dosis von dem verdrehten Sex, auf den er so abfuhr, und danach würde der erschöpfte Junge einschlafen, ohne das Sicherheitssystem an ihrem Kragen einzuschalten, und nie wieder aufwachen. So war sie aus dem Gefängnis

---

* Snuff-Movies sind (Porno-)Filme, bei denen zumindest einer der Darsteller vor laufender Kamera umgebracht wird – *Anm. d. Übers.*

entkommen, und gab es einen besseren Weg, dem Todesurteil und den Richtern zu entkommen, als unter Ausnutzung der Nuyen und Beziehungen eines anderen von der Insel geschmuggelt zu werden?

Doch sie mußte ihre Sklaven-Maskerade fortsetzen, bis sie wieder an Land waren. Mit einem mädchenhaften Kichern täuschte Ruby lustvolle Begeisterung vor, während sie sich mit der Vorstellung tröstete, was sie dem nackten Fleisch ihres Herrn antun würde, wenn sie frei war. O ja, was sie und ihre nette kleine Klinge tun würden.

Silver und die anderen gingen nur kurz in ihre Kabine, um ihre persönlichen Waffen zu holen, dann stürmten sie die Haupttreppe zum Vorschiff hinauf und auf die Brücke des rollenden Frachters. In tropfendem Poncho und Hut war Captain Villiers am Ruder festgebunden und rief Einzelheiten ihrer Position und Lage in einen kleinen schwarzen Kasten. Seine Schuhe waren mit stabilen Stahlklammern an Deck befestigt. Silver erkannte in seiner Haltung die eines Todgeweihten. Mit einem Schock wurde ihr klar, daß er nicht mit einem Erfolg rechnete. Nicht einmal damit zu überleben.

Scheibenwischer mühten sich unermüdlich, aber wirkungslos, den Regen von den Armorlite-Fenstern der Brücke zu entfernen. Der Sturm tobte draußen uneingeschränkt, und Blitze zuckten über den Himmel, während hohe Wellen über dem Schiff zusammenschlugen und das Deck mit schaumiger Gischt überzogen. Und in diesem Mahlstrom wand sich eine dunkle Gestalt, die in dem strömenden Regen kaum zu erkennen war, ein S-förmiges Band aus Muskeln und Schuppen, das dicker als ein Baumstamm war. Vor Wut heulend, schlängelte die Bestie umher, zerquetschte Besatzungsmitglieder und Passagiere und zerschmetterte ein Rettungsboot, als sei es aus Balsaholz und nicht aus Duraplast. Der Beschuß setzte keinen Augenblick aus.

»Es geht rund«, murmelte Thumbs, der an einem seiner Hauer saugte, während er das Magazin der Mossberg CMDT überprüfte, die er seit der Schießerei in Scott Gordons Bude sein eigen nannte. »Ich hab schon Schlimmeres gesehen.«

»In letzter Zeit mal in Chicago gewesen?«

»Ja.«

Etwas krachte gegen die Brücke, erschütterte den ganzen Aufbau und beschädigte ein Fenster. Funken sprühten aus einer Konsole, als kaltes Meerwasser durch die dünnen Risse spritzte. Mit einem Aufschrei rannte Lieutenant O'Shanassey zur Hauptkontrolltafel, während sich ein Unteroffizier ein Mikrophon von der Konsole schnappte.

»Hauptgeschütze, Feuer frei!« schrie der Bootsmann, und von oben schoß ein Hagel feuriger Pfeile an dem Koloß vorbei, der sich um den Bug des Schiffes geschlungen hatte.

»Verschwinden Sie hier!« schnauzte O'Shanassey, indem sie den Mann beiseite stieß. »Es heißt: ausrichten, Ziel erfassen, Feuer, Sie dämlicher Hund!« Sie zeigte wütend auf die Kontrolltafel. »Sehen Sie sich das an! Die Hälfte unserer Raketen verschossen und keine Treffer!« Der Lieutenant öffnete den Verschluß des Gürtelhalfters, zog eine Pistole und legte den Finger um den Abzug. Beim ersten leichten Druck zeichnete der unter dem großen Lauf angebrachte Laser einen zitternden roten Punkt auf das Gesicht des Bootsmanns. »Raus!«

Er wurde weiß im Gesicht, und sein Blick huschte unwillkürlich zu dem heulenden Ding auf dem Vorderdeck. Einen Moment lang teilte sich die Wasserwand, so daß der gewaltige Kopf der Bestie zu sehen war: rautenförmige Augen, gelbliche Fänge und die blutigen Beine irgendeines Besatzungsmitglieds, die aus dem höllischen Maul ragten. »Aber, Sir, ich …«

Es klickte, als O'Shanassey die Waffe entsicherte. »Raus, oder sie sterben hier!«

Wimmernd öffnete der Bootsmann die Seitentür und eilte hinaus in das Chaos. Einen Augenblick später war er im peitschenden Regen verschwunden. Die Metalltür knallte hinter ihm zu und stieß dann immer wieder laut gegen den Rahmen, bis Moonfeather sie zuzog und verriegelte.

Ströme von Leuchtspurgeschossen jagten als glühende Punkte durch die Dunkelheit und beleuchteten das Meeresungeheuer, als der Phosphor gegen die Hautschuppen prallte, sie aber nicht durchdringen konnte.

»Unsere Bewaffnung richtet sich gegen Piraten«, überschrie Villiers den Sturm. »Die *Emmy* hat keine Chance gegen diese Bestie!«

Ein kreischender Ork-Matrose stolperte am Ruderhaus vorbei. Auf seinem Rücken saß etwas Schwarzes. Ein anderes Besatzungsmitglied fuhr herum und beharkte den sterbenden Ork mit Leuchtspurgeschossen, bis der Ork und der schwarze Klumpen nur noch blutige Fetzen waren.

»Was, zur Hölle, sind das für Dinger?« wollte Silver wissen, die das Magazin ihrer Seco überprüfte.

»Egel!« rief Captain Villiers.

»Sie leben in der Tiefsee auf den Schlangen. Oder auf Haien! Auf allem mit Blut. Hier oben auf uns!«

Delphia verzog das Gesicht, den Manhunter in der Hand. »Offenbar eine Metaversion der *Macrobdella valdriana*. Aber ihre Größe! Ich habe noch nie einen gesehen, der größer als einen Meter war. Das sind Riesen!«

Moonfeather deutete auf die geöffnete Luke. Ihre Hände glühten vor Mana, und einer der riesigen Egel, der durch die Öffnung kroch, ging plötzlich in Flammen auf und wurde von einer schäumenden Welle davongespült. »Wenigstens kann man sie toten«, sagte sie. »Anders als das riesige Ungetüm dort draußen.«

Moonfeather riß ein paar Magnesiumpatronen aus ihrem Brustgürtel und lud ihre Remington. Sie legte die Waffe an die Schulter und erstarrte dann. Sie stand ganz einfach da und beobachtete aus Augen, die sich zu Schlitzen verengt hatten, den heftigen Kampf inmitten des tobenden Unwetters.

»Das ist nicht der rechte Augenblick, um mystisch zu werden!« schrie Thumbs. »Los, schleudere einen Blitz oder einen Todeszauber oder einen Manapfeil von der Größe eines Laternenpfahls, aber leg das Biest um!«

Moonfeather schien ihn nicht zu hören, sondern blieb reglos stehen, einen roten Fingernagel gegen die vollen Lippen gepreßt und offenbar tief in Gedanken.

»Zur Hölle damit!« Blitzartig öffnete Thumbs einen Wandspind und holte ein langes, dickes Seil heraus. »Binde mich fest!« rief er, indem er Delphia das lose Ende zuwarf.

Delphia band dem Troll das Seil um den Bauch und verknotete es. Thumbs stapfte durch das Schott und kämpfte sich durch die sturmgepeitschten Wassermassen, bis er die Reling erreichte und dort das andere Seilende an einer Strebe befestigte. Er drohte beständig den Halt auf dem glitschigen Deck zu verlieren, und seine Kleidung war nach Sekunden völlig durchnäßt.

»Moonfeather?« Silver erhielt keine Antwort. Auch dann nicht, als eine Horde Egel auf den Troll losging.

»Delphia, Feuerschutz!« rief Silver, die mit ihrer Seco losballerte. Delphia nahm Kampfhaltung ein, riß seine japanische SCK 100 hoch und gab kurze, kontrollierte Feuerstöße ab.

Der Lärm schien Moonfeather aus ihrer Starre zu reißen. Sie schnappte sich die Tasche mit den Granaten und lief zum Backbordschott. Sie sagte etwas zu den Granaten und warf sie dann so schnell sie konnte auf die monströse Schlange. Die Explosionen erhellten die Nacht, fügten der Bestie aber kaum Schaden zu.

»Ausrichten!« rief Lieutenant O'Shanassey über das

Heulen des Sturms in das Mikrophon. »Ziel erfassen!« Doch das Abschußkommando kam nicht, da ein Egel durch die Windschutzscheibe brach und auf ihrem Gesicht landete. O'Shanassey fiel wild mit den Armen rudernd hintenüber.

Captain Villiers, der immer noch am Ruder festgebunden war, zog einen Colt und pustete seinem Ersten Offizier das Gehirn weg. In maßloser Gier hörte der Egel erst auf, der enthaupteten Leiche die Körperflüssigkeiten auszusaugen, als Villiers noch einmal und noch einmal schoß und die glatte gummiartige Haut des Egels durchlöcherte. Schwarzes Blut floß in Strömen, während das sterbende Ding weitersaugte und sich menschliches rotes Blut mit schwarzer Flüssigkeit vermischte.

»Captain im Kommandostand«, verkündete ein unrasierter Lieutenant, der zackig salutierte, als der Befehlshaber des Piratenunterseeboots *Manta* durch das Achternschott des U-Boots trat. Die zerknittert wirkenden Besatzungsmitglieder auf ihren Posten grunzten bei der Ankündigung lediglich und setzten ihre Arbeit fort. Die bunten Kontrollämpchen verliehen der Enge in der militärischen Tötungsmaschine fast so etwas wie eine Urlaubsatmosphäre.

»Weitermachen«, knurrte Captain, indem er verärgert an dem affektierten Homo vorbeiging. Dämlicher Arschkriecher. Sein Erster war ein Deserteur der UCAS-Navy und folgte noch immer Bestimmungen, die an Bord eines Piratenschiffs bedeutungslos waren. Wer scherte sich um so einen Drek? Solange die Besatzung seine Befehle befolgte, kümmerte es Captain nicht, ob sie sich wuschen oder strammstanden. Verdammter Idiot. Immerhin hatte der Penner damit aufgehört, sich jeden Tag zu rasieren. Es war eine Verschwendung von gutem heißem Wasser.

Als Captain sich der Piratengruppe IronHell angeschlossen hatte, fand er es bestürzend, daß die meisten Besatzungsmitglieder an Bord bei ihrem Job genannt wurden: Kanonier, Ingenieur, Koch, Rigger und so weiter.

»Haben wir sie schon gefunden, Nummer Eins?« Captain setzte sich in seinen Sessel, der nicht zur ursprünglichen Ausrüstung gehörte, was er dumm fand. Warum sollte der Kommandant stehen?

Doch das Schiff war sehr alt, ein *Acoola* der Red-Star-Klasse aus der Zeit vor dem Erwachen. Die ursprüngliche Besatzung war vor über zwanzig Jahren während eines Mana-Sturms im gefürchteten Dreieck aus dem verschlossenen U-Boot verschwunden. Es war erst kürzlich von einem Gunderson-Team, das nach Öl bohrte, entdeckt worden. Seine Bermuda-Kontakte waren dem Team gefolgt, und als es das U-Boot entdeckt hatte, verständigten ihn seine Kontakte, und er teilte IronHell wie üblich die Koordinaten des Bootes mit. Nuyen wechselten die Hände, wie es bei derartigen Aktivitäten immer der Fall war, genug Nuyen, um die Kontakte für ein ganzes Leben zu kaufen.

Binnen eines Monats war das Wrack überholt und in *Manta* umgetauft worden. Die Flüssigkristallanzeige am verrosteten Kommandoturm verwandelte sich auf Knopfdruck von der unschuldigen Seriennummer eines ozeanographischen Instituts, das nur auf dem Papier existierte, in einen flammenden Totenschädel mit gekreuzten Knochen. Erschreckte die Leute zu Tode.

Schließlich bekam seine Prise einen erlesenen Auftrag – ein Handelsschiff zu überfallen und IronHells neuestes HiTech-Spielzeug zu testen, irgendeine Laserkanone. Wenn alles gutging, konnte er sich vielleicht von IronHell trennen und seine eigene Truppe aufmachen. Vielleicht sogar ein Stück der Karibik für sich beanspruchen. Doch Captain war kein Narr. Er wußte, daß es nie billig war, sich einen Traum zu erfüllen.

»Aye, aye, Sir. Radarkontakt ist bestätigt.« Lieutenant gab ihm einen Taschencomputer mit einem bereits geladenen Datenchip. »Hier ist die Fracht- und Passagierliste.«

Captain ging die Liste durch, wobei ihn nur die Passagiere interessierten. Sie wußten bereits, daß dies ein reiches Schiff war, eine reife Pflaume. Ein Füllhorn italienischer Maschinenteile aus wertvollen Keramiklegierungen. Hinzu kamen asiatische Chips: SimSinn-Prototypen, militärische Hunter/Killer, Biochips und mehr. Ganz zu schweigen von dem geheimen Zeug, das aus angolanischen Labors herausgeschmuggelt worden war. O ja. Dieser Transport würde niemals seinen Heimathafen erreichen.

Jedoch keine Passagiere, für die man Lösegeld verlangen konnte, oder die so gut aussahen, daß sie auf dem weißen Sklavenmarkt verkäuflich waren. Nur die übliche Besatzung Unzufriedener und ein paar Söldner aus der Gosse. Kein Grund zur Sorge. Und keine Magier an Bord. Gut. Das letzte, was er an Bord seines U-Boots gebrauchen konnte, war ein Magier. Diese Mana-Freaks waren einfach unkontrollierbar.

»Wir nehmen uns alles auf diesem Schiff, also könnt ihr nach Belieben töten!« rief Captain der Besatzung zu. Sie murmelten Zustimmung. Aye, und wenn sie das Schiff leergeräumt hatten, würde er es mit einem Torpedo auf den Meeresgrund schicken. Immer ein wunderbarer Anblick. Seine Herren würden sehr zufrieden sein. Das würde innerhalb des Konzerns die Angst vor IronHell wieder auflodern lassen. Die verdammten Pinkel wurden wieder hochnäsig. »Was macht der Sturm?«

»Wellenhöhe nimmt zu«, verkündete Taktischer. »Windgeschwindigkeit noch einmal um zwanzig Stundenkilometer gestiegen.«

Der Sturm wurde schlimmer. »Alle Maschinen stop«, befahl Captain, indem er seine Mütze umdrehte. »Auf Periskoptiefe gehen. Stabilisatoren auf volle Leistung.«

»Aye, Sir.«

Bei fünfzehn Metern Tiefe befand sich ihr Periskop oberhalb der Wasseroberfläche, aber die beständig wogenden Wellen verbargen ihr Ziel in einem grauen Mahlstrom. »Fünf Meter höher«, sagte Captain, dessen Unterarme auf den Seitenstützen des Periskops ruhten. Eines Tages würde er sich eine Datenbuchse einsetzen lassen, und dann würde er sich einstöpseln und die Außenwelt durch die Außenbordkameras am Rumpf sehen können. Aber zuvor mußte er noch einen Chummer finden, dem er wirklich vertraute, damit dieser über ihn wachte, wenn er bewußtlos unter dem Laser lag.

»Aye, Sir«, sagte Lieutenant, indem er sich seine Bartstoppeln kratzte. »Ruder fünf aufwärts, null Schräglage.«

Rigger nickte. Er war in das Hirn des U-Boots eingestöpselt, so daß Mensch Boot und Boot Mensch war. Seine Hände schwebten über dem Hauptkontrollbord, während er aufmerksam die Instrumente vor sich betrachtete. »Bestätigt. Fünf bei null!«

Während die Periskoplinse die Brennweite an die Entfernung anpaßte, wählte der Captain der *Manta* zusätzlich Nachtsicht an. Der Frachter war von blitzenden Lichtpunkten umgeben. Was, zum Teufel, ging da vor? »Ach, Drek!« sagte er schließlich. »Sie kämpfen gegen eine Schlange!«

Die Brückenbesatzung nahm das mit Gemurmel auf.

»Eine Seeschlange«, korrigierte sich Captain grimmig. Dies war nicht Teil ihres Plans. Aber das Meer steckte immer voller Überraschungen. »Verdammt großes Biest. Vierzig, fünfzig Meter lang.«

»Egel?« fragte Lieutenant, der eine Grimasse schnitt.

»Tonnenweise.«

»Dann ist es eine alte Schlange. Verfluchter Drek.«

»Aye.« Die normale Vorgehensweise bestand darin zu warten, bis das Zielschiff einen Sturm überstanden hatte, und dann anzugreifen, solange die Besatzung vom Kampf gegen die Elemente noch geschwächt war. Aber eine Seeschlange!

»Torpedos klarmachen«, befahl Captain brüsk. »Nein, Kommando zurück. Firelance klarmachen.«

Der Waffenoffizier erwachte aus seinem Schlummer. »Sir?«

»Sie haben mich gehört, Waffe. Der große Laser. Und jetzt vorwärts! Geben wir dem Baby einen Testlauf. Dafür haben wir es ja bekommen!« Sogar für Piraten gab es Regeln auf See. Und eine der wichtigsten war, daß jeder Schlangen tötete. Nur aus verschiedenen Gründen, das war alles.

17

Delphia stand im offenen Schott der Brücke auf dem Vorschiff, die Augen zum Schutz vor dem Regen zu Schlitzen verengt. Er senkte die SCK und holte seine Zeiss-Brille aus der Jacke. Er setzte sie auf, und das Gestell summte leise, während die Farben über die Linsen wirbelten, und plötzlich jagte seine Maschinenpistole wieder Kugeln in die Dunkelheit.

Nur ein paar Schritte entfernt berührte Thumbs den dritten Backenzahn in seinem Mund mit der Zunge, und seine Reflexbooster wurden zugeschaltet. Er liebte es, den Auslöser zu betätigen, weil es ihm immer einen unglaublichen Kick gab. Seine Monoklingen, die in dem Regen nur verschwommen zu sehen waren, schlugen mit erhöhter Geschwindigkeit nach der Seeschlange. Der Rest der Besatzung kämpfte gegen die Egel, die wie Schaben auf einem nassen Küchenfußboden über das Deck der *Esmeralda* krochen. Schwarzgrüne Wellen erhoben sich höher als der Funkmast, um härter als Dampframmen auf das Deck zu krachen, die letzten Rettungsboote zu zerschmettern und alles und jeden von Bord zu spülen, der sich nicht aus Leibeskräften irgendwo festhielt.

Silver hatte in der Zwischenzeit ihr Ersatzdatenkabel gefunden und sich direkt in die automatisierte Waffenkontrolltafel des Schiffs eingestöpselt. Sie war kein Rigger, aber es hieß, jetzt oder nie. Den Göttern sei Dank war das Schiff nicht mit Riggervorrichtungen ausgerüstet, und sie brauchte nur eine Nanosekunde, um die Kontrolle über die Waffensysteme zu übernehmen. Die *Emmy* schien nur eine Abwehrbatterie zu besitzen, Klasse vier, Wabenformation, Hersteller Rockwell und Boeing. Mit zehn über vier Meter langen Raketen bestückt, in diesem Fall altmodische Amsterdams, die seit fast einem Jahrzehnt nicht mehr benutzt wurden, Allzweckraketen: Boden-Luft, Schiff-Schiff und Schiff-Land.

Drek! Nur noch drei waren übrig, und alle waren auf Explosion bei Aufschlag eingestellt, nicht auf Durchschlagen! Nutzlos gegen die stahlharten Schuppen der verdammten Schlange. Hektisch ging Silver das Menü durch und änderte die Codes, um eine andere Zündfolge für die 15-Kilo-Sprengköpfe einzugeben. Sie hoffte inbrünstig, daß ihr die anderen die Egel vom Leibe hielten. Mit seinen geöffneten Türen und der Festbeleuchtung schien das erhöhte Vorschiff die schmierigen Biester anzulocken. Blutsaugende Monsteregel. Ihr schauderte.

Moonfeather hatte alle Granaten verbraucht und schoß jetzt auf alle Egel, die sich Zugang zur Brücke verschaffen wollten. Doch gut die Hälfte ihrer Kugeln traf nicht, und ein großer Egel kam so nah, daß er sie fast mit seinem zahnbewehrten Rüssel gebissen hätte, bevor das Ding vor ihren Augen explodierte.

»Danke!« rief sie über die Schulter.

»Keine Ursache«, rief Delphia von der anderen Seite der Brücke zurück. »Kannst du in dem Regen überhaupt etwas erkennen?«

»Drek, nein!«

Vier weitere schnelle Feuerstöße. »Dann übernehme ich die Deckung! Laß du dir etwas anderes einfallen!«

»Aber was ganz Besonderes!« fügte Villiers hinzu.

Moonfeather nickte, steckte ihre Waffe ein und ging in die Mitte des Raums. Sie setzte sich, überkreuzte die Beine und nahm einen Lederfetisch aus ihrem Gürtel, den sie wie ein Schwert hielt. Dann holte sie tief Luft und erstarrte plötzlich.

Moonfeather stand in einer ausgedehnten Wüste, deren wandernde Dünen bis zum schimmernden Horizont reichten.

Ihre Kampfausrüstung war verschwunden. Sie trug ein fließendes Kleidungsstück aus weißer Seide und Ledersandalen. Der Sand unter ihnen war gekräuselt wie Wellen auf einem See, und Moonfeather sah, daß sich ihre Füße im Schatten befanden, an der Spitze eines Dreiecks aus Dunkelheit. Sie drehte sich langsam um und zuckte zusammen. Die Nachmittagssonne schien direkt hinter einem riesigen Bauwerk.

Seltsamerweise stieg die Sonne in den Himmel wie auf Schienen. Der Schatten zog sich auf das Bauwerk zurück und sie dabei mit sich, als sei sie an ihm festgebunden. Als die Sonne ihren Zenit erreichte, sah sie vom Kamm eines Hügels eine gewaltige Steinpyramide majestätisch vor sich aufragen. Sie war riesig, größer als alles, was sie bisher gesehen hatte, mindestens drei-, vierhundert Meter hoch. Der geometrische Körper, der die ganze Wüste beherrschte, schien brandneu zu sein, nicht alt und verfallen wie die Pyramiden in Ägypten und Mexiko.

Als Moonfeather ehrfürchtig weiter durch den Sand ging, entdeckte sie eine kleine Öffnung auf Bodenhöhe. Es war eine Metalltür, in deren steinerne Pfosten kunstvolle Hieroglyphen und Kartuschen eingemeißelt waren. Zu beiden Seiten des Eingangs standen Statuen, die den massiven Türsturz mit unmenschlich muskulösen Armen stützten. Anscheinend aus hartem Berggranit und nicht aus weichem Sandstein gemeißelt, stellten die Statuen Norms mit Katzenköpfen dar, und ihre schrägstehenden Augen funkelten in derselben Farbe wie die Tür. Bernstein? Nein, polierte Bronze oder Gold. Goldene Türen?

In der Ferne hörte Moonfeather leise Stimmen, die einschmeichelnde Loblieder sangen, und das silbrige Klingeln von Glöckchen. Eine leichte Brise wehte den Sand vor ihr weg, wodurch ein Weg aus poliertem Jade sichtbar wurde, der direkt zu der gewaltigen Tür führte.

Als sie sich der Tür näherte, fiel ihr auf, daß die Statuen sich bewegten, ihr bei jedem Schritt folgten, so daß sie ihr immer zugewandt waren. Ihre Granithände waren Klauen, und an den Gürteln hingen ebenholzfarbene Schwerter, aber Moonfeather empfand keine Furcht. Sie blickten wie belustigte Freunde oder vielleicht ältere Schwestern.

Die Entfernung hielt ihr Gefühl für räumliches Sehen zum Narren. Als sie vor der riesigen Tür stand, erstreckte sie sich wie eine goldene Klippe vor ihr. Sie sah weder Angeln noch ein Schloß. Moonfeather schritt näher, und als sie zwischen die Wächter trat, glitt die Tür lautlos zur Seite, in die Pyramide hinein. Dahinter war das Mauerwerk aus Sandstein, und ein normalgroßer Gang, ein winziges Mauseloch verglichen mit der riesigen Tür, führte ins Innere.

Tricks und Illusionen. Moonfeather wußte, daß man mit ihr spielte. Jedesmal, wenn sie ihr Totem besuchte, war die Landschaft anders. Ein ausgehöhlter Baum, größer als jeder Wolkenkratzer, dessen Äste und Zweige die Welt bedeckten, juwelenbesetzte Städte aus Papier und Seide, dampfende Savannen, immer anders und doch immer gleich. Tricks und Illusionen, Spiele und Prüfungen.

Als sie den Gang betrat, strich weiches Fell über ihre Wange, und die Tür schloß sich mit dem Flüstern verdrängter Luft. Es war viel kühler hier drinnen, obwohl in dem Gang Dutzende Fackeln rauchlos brannten. Das stete Licht erhellte einen langen schmalen Gang, dessen Wände, Decke und Boden vollständig mit Fresken feierlicher Zeremonien bedeckt waren, bei denen endlose Horden von Verehrern demjenigen, der jenseits des Ganges wartete, bereitwilligst Tribut zollten.

Die goldenen Türen am anderen Ende waren weit geöffnet und luden zum Eintreten ein. Moonfeather, die steten Schrittes voranging, konnte das Mana hier fast schmecken, so allgegenwärtig war es. Sie fühlte sich belebt, fast ein wenig schwindlig, kämpfte die Gefühle jedoch nieder. Eine weitere Prüfung. Vergiß die Würde nicht, immer die verdammte Würde!

Jenseits der Türen befand sich ein riesiges Gemach größer als jede Sportarena, und die gewölbte Decke erstreckte sich so weit das Auge reichte. Auf dem Boden lagen dicke Läufer und Kissen. Die Innenwände waren Spiegel, die alles reflektierten. Im genauen Mittelpunkt – und irgendwie wußte sie, daß es sich um den präzisen Mittelpunkt handelte – befand sich eine Erhebung aus Jade, die von Statuen muskulöser Menschen eingerahmt wurde, welche eine goldene, mit funkelnden Juwelen besetzte Laube in die Luft stemmten. In dieser Laube lag ein großer brauner Puma in beinahe obszönem Wohlbehagen auf einem Seidendiwan. Das Wesen schnurrte vor Vergnügen, aber seine schwarze Schwanzspitze schwang ungeduldig hin und her. Nur die übermäßig großen Augen beobachteten sie minutiös und zeigten dabei einen verblüffend menschlichen Ausdruck. Das war Katze.

»Kleine, ich habe es nicht so gern, wenn man mich warten läßt«, sagte Katze mit kehliger Stimme und einem trägen Willkommensblinzeln.

»Ich wußte nicht, daß ich erwartet wurde«, sagte Moonfeather aufrichtig.

»Meine Anhänger sollten vorausdenken.« Katze spannte die Schultermuskeln, als bereite sie sich auf einen Sprung vor, dann entspannte sie sich und neigte den Kopf. »Aber das sei dir verziehen. Als du gegen den Voodoopriester gekämpft und ihm mein Zeichen ausgedrückt hast, war das sehr gut. Seine Art hatte keine Furcht vor mir, aber das hat sich jetzt geändert. Ich bin zufrieden.«

»Danke, ich …«

»Du willst eine Gefälligkeit erbitten?« Smaragdgrüne Augen verengten und weiteten sich wieder. »Du hast mich seit vielen Jahren um nichts gebeten. Und doch bist du immer stolz auf meine Lieder, kündest von meiner Macht und trägst mein Zeichen. Selbst wenn es dein Leben in Gefahr bringt. Deine Bitte sei dir gewährt.«

Moonfeather war wie benommen. So leicht. Worte gingen ihr durch den Kopf, aber sie zwang sich dazu, sie nicht auszusprechen. Sie durfte das Spiel nicht vergessen. Man bat nicht um zwei Dinge, wenn einem eines angeboten wurde. Auch die Magie hat Grenzen.

»Geliebte Mutter, Schwester der Nacht, bitte lehre mich ...« Sie schüttelte den Kopf und begann von vorn. »Zeig mir ein Lied, um einen Meergeist zu beschwören und einen Sturm zu bannen.«

Katze schnurrte lauter und lächelte. Mit einem stillen Seufzer erkannte Moonfeather, daß sie ihre Frage richtig formuliert hatte. Wenn sich der Sturm legte, würde auch die Seeschlange verschwinden. Je nachdem, wie aufmerksam Moonfeather war, konnte es Stunden oder sogar Tage dauern, das Lied zu lernen. Es ging viel schneller, wenn Katze es ihr zeigte, und sie hatte fast keine Zeit mehr. Katze gab nur, was man verlangte. Das gehörte mit zum Spiel. Ohne Regeln, die man insgeheim brechen konnte, hatte das Leben an sich keinen Sinn.

Die große Katze sprang von dem Diwan herunter, ging zu Moonfeather und rieb ihre steifen Schnurrbarthaare an ihrer Handinnenseite. Moonfeather verkniff es sich, ihr den Kopf zu streicheln, oder sie hinter den Ohren zu kraulen, da sie noch keine Erlaubnis bekommen hatte, die Alte Mutter zu berühren.

Ein weiteres Schnurren, tiefer, fast ein Grollen.

»Du darfst mich berühren«, sagte Katze, während sie die Frau umkreiste.

Moonfeather streichelte zärtlich das samtweiche Fell und empfand dabei ein sinnliches Vergnügen. Nach ein paar Augenblicken hörte sie auf, obwohl sie sich danach sehnte, ihr Totem noch länger zu berühren. Katze erhob sich auf die Hinterbeine und legte Moonfeather beide Vorderpfoten auf die Schultern, so daß ihre Augen noch Zentimeter voneinander entfernt waren. Moonfeather versuchte ihr Bestes, keine Angst zu zeigen, doch sie spürte, daß ihre Ehrfurcht mit Ungeduld durchsetzt war. Tödliche schwarze Krallen glitten aus den weichen Ballen unter den Pfoten, und Moonfeather spürte die messerscharfen Spitzen auf ihrer Haut, sagte jedoch nichts. Es gab nichts zu sagen, denn dies war Katze. Unerbittlich wie der Wind. Man erhob keine Einwände und schmeichelte nicht, sondern akzeptierte, was einem angeboten wurde. Schmerz oder Vergnügen. Leben oder Tod.

»Ah, endlich Weisheit. Du bist kein Junges mehr«, sagte Katze, indem sie die Frau losließ. Ehrerbietig blinzelte Moonfeather und schnurrte ob des Lobes.

Katze setzte sich auf die Hinterbeine, den langen Schwanz auf dem Boden um sich gewickelt, und leckte sich mit rauher Zunge und eingezogenen Krallen die Pfoten.

»Ein Beschwörungslied, kleine Schwester? Also gut, hör zu und lerne.« Katze fing an, eine leise Melodie der Gelassenheit und Ruhe zu summen. Sie wurde beständig umfangreicher und machtvoller, und Moonfeather folgte, so gut sie konnte, wobei sie sich das Lied zu merken versuchte. Jenseits der Pyramide läuteten die silberhellen Glocken immer lauter, bis das Geräusch die Pyramide erzittern ließ wie urzeitlicher Donner.

Mit einem ohrenbetäubenden Knall durchzuckte ein Blitz die wallenden Gewitterwolken am Himmel. Im offenen Brückenschott stellte Delphia das Feuer auf die Egel ein, als eine Rakete über ihn hinwegzischte. Er hielt sich einen Arm vor das Gesicht und wich langsam zurück, um dann laut und ausgiebig zu fluchen, als die riesige Schlange im letzten Augenblick auswich und die Rakete im wogenden Meer verschwand.

»Knapp daneben! Versuch's noch mal!« rief er Silver zu, während das Schiff durch eine haushohe Welle pflügte. Das Schiff wurde nach oben geschleudert und blieb dann einen Augenblick lang auf dem Wellenberg stehen, bevor es wieder in den gähnenden Abgrund stürzte. Delphia griff mit beiden Händen nach einer Strebe in der Nähe des Schotts und verlor dabei die SCK. Weiter vorn schrie der fette Ork-Koch auf und war einen Augenblick später verschwunden.

Ein rotes Licht flammte auf der Kontrolltafel auf. »Allmächtiger Gott, es ist vorbei! Wir sind erledigt, Leute!« schrie der Captain, dessen dunkles Gesicht sich vor Anstrengung verzerrte, da er mit dem sturen Ruder kämpfte.

Der Manhunter klatschte in Delphias nasse Hand, als dieser sich zu ihm umdrehte. »Wovon reden Sie, Mann?«

»Die Stabilisatoren haben sich gerade verabschiedet! Wir sind dem Sturm hilflos ausgeliefert!«

Delphia sank die Kinnlade herunter. »Wir sind manövrierunfähig?«

Silvers Finger rasten über die alten Kontrollen der Brückenkonsole, als spiele sie auf einem stummen Klavier, während der Rest ihres Körpers so reglos wie eine Statue war.

Die Schlange verstärkte ihren Griff um das Schiff, als dieses von einer neuerlichen Welle herumgeworfen wurde, und ein knurrender Thumbs setzte zu einem weiteren Angriff an. Doch das Deck war glatt unter seinen Füßen, und er verlor wiederum das Gleichgewicht und wäre ins wogende Meer gefallen, hätte ihn das Nylonseil nicht gehalten.

Blitze erhellten die Finsternis, als Thumbs angriff

und seine Klingen durch die Schuppen tief in das weiche Fleisch rammte. Der Lärm des Sturms wurde von der Schlange übertönt, als Thumbs seine Arme drehte und ruckartig zog, so daß sich ein riesiger Fleischbrocken löste. Das ganze Schiff erbebte, als die Bestie erzitterte. Ein weiterer Feuerpfeil schoß vorbei, doch die Schlange schlug ihn mit dem Hals beiseite, und die Rakete traf die Winde neben der Ladeluke. Die Explosion riß ein Dutzend Seeleute in feurige Fetzen.

Blut sprudelte aus dem Loch im Rumpf der Seeschlange, deren gigantischer Kopf jetzt herumfuhr und auf Thumbs herunterschoß, die Kiefer weit aufgerissen, Reihen von Fangzähnen entblößt. Ihr klaffender Schlund füllte Thumbs' Universum aus.

»Zur Hölle mit dir, Wurm!« schrie Thumbs, indem er ausholte, um erneut mit seinen Klingen zuzuschlagen, als ein schillernder Strahl der Vernichtung durch den ohrenbetäubenden Sturm schnitt. Ein brennender regenbogenfarbener Stab blendender Intensität, der die Spitzen seiner Klingen wegbrannte und die Bestie direkt hinter den Finnen in ihren dicken Hals traf. Das Metall des Decks knirschte, als die Seeschlange vor Qual aufschrie, während eine Blutfontäne aus der klaffenden Wunde spritzte.

Thumbs taumelte benommen zurück und starrte auf die Spitzen seiner Klingen, die weniger als fünf Millimeter aus seinem Unterarm ragten. Die Klingen waren oberhalb des Handgelenks abgetrennt, und seine Haut war von der Hitze des tödlichen Strahls gerötet und warf Blasen.

»Meine Klingen!« schrie er schockiert und wütend. »Meine verdammten Klingen!« Er schaltete seine Reflexbooster mit einem Druck seiner Zunge aus.

Das schmerzerfüllte Kreischen der Seeschlange steigerte sich immer mehr. Die Egel fielen über die um sich schlagende Gestalt her und versuchten den Blutstrom mit ihren Leibern zu stillen. Der Energiestrahl schlug wieder zu, verdampfte diesmal aber nur Egel, da unzählige andere die Schlange wie ein lebender Schild bedeckten.

Der zitternde Thumbs gab einen Schuß mit seiner Mossberg ab und fiel gegen die Reling. Delphia halfterte seine Waffe und wollte einer Leiche gerade eine blutverschmierte Crusader-MP abnehmen, als Moonfeather ihn beiseite schob und kühn hinaus in den Sturm trat. Wie auf ein geheimes Stichwort wurde der Sturm merklich schwächer, und die Wellen krachten weniger heftig gegen den Bug des ramponierten Schiffs.

Während der Regen deutlich nachließ, tasteten noch zweimal schimmernde Energiefinger nach der Bestie, töteten jedoch nur Egel. Moonfeather stolperte über Leichen und Trümmer hinweg und griff die Seeschlange wie eine Wahnsinnige an. Sie erklomm die verbogenen Überreste des Lastkrans, holte tief Luft und sprang.

Sie prallte hart auf den Körper der Seeschlange auf und schnappte nach Luft. Während sie sich mit den bloßen Händen verzweifelt an den scharfkantigen Schuppen festhielt, versuchte sie sich zu konzentrieren. Aus ihren Händen sprang ein Blitz elektrischer Energie, den sie direkt auf das pulsierende Loch richtete. Augenblicklich verfärbte sich das Reptilienfleisch gelblich, und es bildeten sich große Blasen voller giftigen weißen Eiters. Die Meeresbestie krümmte sich vor Schmerzen, die Kiefer weit aufgerissen, die Augen in unerträglichen Qualen geweitet.

»Was zum ... sie hat den Verstand verloren!« schrie Captain Villiers.

»Das haben wir alle!« rief Delphia, während der Lauf der neuen Waffe nach einer Gelegenheit zum Schuß suchte.

Silver lächelte an ihrer Konsole.

Moonfeather ließ die Schuppen loß, fiel auf das von Trümmern übersäte Deck und rollte sich weg von der sich windenden Schlange und unter einen zerschmetterten Spind. Kaum hatte sie sich von der Schlange gelöst, als die letzte Amsterdam aus der Schiffsbatterie zischte und direkt in das weit aufgerissene Maul der Bestie schoß. Ein greller Feuerball riß der Schlange den Kopf ab, und heiße Fleischfetzen und Metallsplitter regneten auf die überlebenden Besatzungsmitglieder nieder. Der gewaltige Leib der Seeschlange erbebte so stark, daß man hätte meinen können, das Schiff sei auf Grund gelaufen.

Noch einmal stach der Laser durch den immer schwächer werdenden Sturm und schnitt die Schlange am Bug des Schiffs in zwei Hälften. Die beiden Teile der Metabestie glitten schlaff von der *Esmeralda* in die aufgewühlte See, während die Egel sich hektisch in den sterbenden Leib ihres ehemaligen Wirts bohrten.

Thumbs rappelte sich auf und lächelte müde. »Genau wie auf der Straße«, sagte er. »Dummheit ist gleichbedeutend mit Tod. Schön zu wissen, daß manche Dinge sich niemals ändern.«

»Amen«, sagte Moonfeather matt. Thumbs schlurfte durch die Trümmer, während sich die grauen Wolken am Himmel teilten und die Sonne das Schlachtfeld in ein goldenes Licht tauchte.

»Alarm«, rief Silver über das Lautsprechersystem, und der sengende Strahl tauchte wieder auf, der jetzt im Sonnenlicht matter aussah. An der Konsole zuckte Silver zusammen, als sei sie körperlich geschlagen worden. Heftig zitternd geriet sie ins Taumeln, und Delphia eilte zu ihr, um sie aufzufangen, bevor sie fiel.

»Bist du okay?« fragte er, als er sie in den Sessel des Navigators gesetzt hatte. Silvers zitternde Hand tastete nach ihrer Schläfe, und Delphia zog vorsichtig das Kabel heraus. Als es sich aus ihrer Schläfenbuchse löste, hörte sie auf zu zittern und wurde schlaff.

»Der Laserschütze muß gedacht haben, wir hätten noch Raketen.«

Captain Villiers ging auf das Promenadendeck und suchte den Ozean mit einem Zeiss-Fernglas ab.

»Cap'n, was sehen Sie?« rief ein Troll-Bootsmann, der blutig und zerschlagen aussah und eine zerbrochene Axt in der Hand hielt.

»Ein schwarzes Ding im Wasser, etwa einen Kilometer entfernt!« Villiers stellte die Schärfe nach. »Ein Floß, nein, ein U-Boot! Hat einen Haufen Funkantennen ...« Er senkte das Fernglas. »Antennen, am Arsch, das sind Geschützbatterien!«

»Eine Eskorte?« fragte ein Seemann hoffnungsvoll, der sich offenbar den Arm gebrochen hatte, da er ihn nah an der Brust hielt.

»Aztlan?« fragte ein anderer aus der Menge.

»Verfluchter Drek, nein«, schimpfte Villiers, indem er das Fernglas wieder in das Etui schob, das auf dem Promenadendeck hing. »Das sind Piraten, und sie haben es auf uns abgesehen!«

Der Laserstrahl blitzte wieder auf und trennte säuberlich die Funk- und Radar-Antennen ab.

»Das ist ganz eindeutig ein Laser«, stellte Delphia fest.

Silver war schockiert. »Aber das ist bei einer Waffe dieser Größenordnung unmöglich.«

»Ich vermute, jemand hat es möglich gemacht und beschlossen, die Waffe einer Piratenbande zur Verfügung zu stellen.«

»Alarmstufe Rot!« rief ein Fähnrich, indem er seine Kehle berührte, als das Lautsprechersystem seine Worte im ganzen Schiff wiederholte. »Alle Mann auf Abwehr einer feindlichen Entermannschaft vorbereiten!« Die Besatzungsmitglieder, die schlecht widerbelebten Zombies ähnelten, schlurften zu ihren Stationen, wobei sie unterwegs tote Egel über Bord warfen und fallengelassene Waffen aufhoben.

»Laserkanonen«, sagte Silver, die immer noch erschüttert war. »Und was kommt als nächstes, zweiköpfige Mondmenschen?«

18

Fast völlige Dunkelheit und ein Haufen Schallisolierung umgab Silver, Thumbs, Delphia und Moonfeather. Sie hatten sich zusammen mit Waffen, Sauerstoffflaschen, Lebensmitteln, Erste-Hilfe-Ausrüstungen, Flaschen mit flüssigem Gas, einer hydraulischen Winde und weiterer ausgewählter Ausrüstung in eine Transportkiste gequetscht. Und sie hatten vor, sich in dieser Kiste an Bord des Piratenschiffs bringen zu lassen. Schließlich war es die Fracht, hinter der die Piraten her waren.

»Warum haben die Piraten die *Emmy* vor der Schlange gerettet?« flüsterte Silver, die zwischen Thumbs und der Seitenwand der Kiste eingeklemmt war. »Weil sie das Schiff unversehrt in die Hände bekommen wollten?«

»Wahrscheinlich«, murmelte Thumbs, der sich unablässig den rechten Unterarm rieb.

»Aber sie haben ein U-Boot. Warum nicht einfach die Fracht vom Meeresboden bergen?« fragte Moonfeather leise. »Oder ist der Druck zu groß?«

»Er würde dich platter quetschen als einen Pfannkuchen«, sagte Delphia.

»Ich mag es nicht, mich zu verstecken«, brummte Silver mürrisch.

»In die weiße Sklaverei verkauft zu werden, würdest du noch weniger mögen«, sagte Moonfeather. »Es ist besser, wenn man sich selbst geekt, als lebendig von diesen Lederfreaks gefangengenommen zu werden.«

»Also können wir ungestraft töten«, sagte Delphia gelassen. »Lone Star mag korrupt sein und einen Haufen Bastarde in seinen Reihen haben, aber im wesentlichen sind es Polizeibeamte. Im Gegensatz dazu sind Piraten Freiwild.«

»Klar.«

»Thumbs, ist das dein Fuß in meiner Hüfte oder ein Gewehrkolben?« knurrte Moonfeather, die hin und her rückte.

Finger, so groß wie Fleischwürste vergewisserten sich. »Das ist eine Sauerstoffflasche. Ich kann sie gerne gegen die schicke Munitionskiste unter meinem Arsch tauschen.«

»Kisten haben scharfe Kanten. Ich bleibe bei der runden Flasche, vielen Dank.«

Ein Achselzucken. »Hey, fragen kostet nichts.«

»Psst!« zischte Silver, die ein Ohr an das weiche Material legte, mit der die Kiste von innen ausgeschlagen war. »Seid mal ruhig. Könnt ihr das hören?«

Eine Vielzahl gedämpfter Geräusche folgte.

»Keine Schüsse oder Explosionen«, sagte Thumbs.

»Hai«, stimmte Delphia zu. »Nun, da wir verschwunden sind, hat der Rest der Mannschaft wahrscheinlich kapituliert. Ich habe gehört, das tun sie meistens, wenn sie von Piraten geentert werden.«

»Ich fühle mich irgendwie schlecht deswegen«, knurrte Thumbs, der sich sein Kinn auf den Knien kratzte. »Nicht zu kämpfen, meine ich.« Thumbs und Moonfeather hatten Delphia und Silver geholt, gleich nachdem Moonfeather die Seeschlange erledigt hatte, und dann war das ganze Team unverzüglich in den Laderaum gegangen. Der Sinn, bei diesen Frachtschiffen anzuheuern, hatte einzig und allein darin bestanden zu warten, bis sie auf Piraten stießen, und auf diesen Fall hatten sie sich gründlich vorbereitet.

Moonfeather ließ sich zu einer Antwort herab. »Unser Vertrag besagt, daß wir kämpfen, bis es uns nicht mehr möglich ist, die Ladung, das Schiff oder die Mannschaft zu retten, und zwar in dieser Reihenfolge.«

Thumbs knurrte verächtlich. »Natürlich. Typischer Konzerndrek. Auch wenn El Segundo Lines nur eine kleine Gesellschaft ist. Was meinst du, Samurai?«

Delphia war anderer Ansicht. »Nein, es ist eine logische Klausel. Nur ein Narr würde sich bereit erklären, bis zum Tod für etwas zu kämpfen, an dem niemandem etwas liegt.«

»In der Matrix heißt es, daß die meisten Piraten die Besatzung am Leben lassen, wenn sie sich nicht zu heftig wehrt«, sagte Silver. »Wenn sie rücksichtslos jede Besatzung töteten, würde die Besatzung des nächsten Schiffs bis zum äußersten gegen sie kämpfen. Aber wenn sie die Männer am Leben lassen ...«

Eine Unterbrechung von außen, ein dumpfer Schlag und ein merkwürdiges Knirschen. »Und ihnen vielleicht sogar noch ein paar Nuyen zustecken, kämpft beim nächstenmal niemand ...«

»Ruhe«, zischte Delphia. Die Geräusche wurden jetzt lauter, und obwohl sie durch die dicken Wände der Kiste gedämpft wurden, konnten die vier Gesprächsfetzen verstehen. Etwas knallte gegen ihre Kiste, gefolgt von einem merkwürdigen mechanischen Geräusch, das aufhörte und gleich darauf noch einmal ertönte. Moonfeather tippte Delphia fragend auf die Schulter, und er antwortete mit einem Achselzucken. Von oben ertönte ein rumpelndes Krachen und danach das Klirren schwerer Ketten.

»Es klappt!« flüsterte Silver aufgeregt. »Willkommen auf dem Piratenexpreß.«

Delphia überprüfte das Magazin in seinem Manhunter. Moonfeather schloß die Augen und verschränkte die Arme vor der Brust.

Das Klirren verstummte für einen Augenblick. Plötzlich setzte die Kiste sich in Bewegung, hielt inne, bewegte sich wieder. Dann drehte sie sich um die eigene Achse, und sie hörten das gedämpfte Ächzen von Ketten und das Tuckern von Winden. Ihre Kiste wurde ruckartig immer höher gehievt, und dann schwangen sie eine Weile hin und her.

Silver fuhr mit der Fingerspitze über den haarfeinen

Umriß ihres Notausgangs. Auch nicht der geringste Lichtschimmer fiel von draußen in die Kiste. Sie hörten Schreie und weiteres Kettengeklirr, und dann wurde die Kiste heruntergelassen. Mehr Seile und Ketten. Ein stetes Rumpeln folgte, und dann Stille.

»Sind wir in dem U-Boot?« fragte Thumbs so leise, wie er konnte.

»Moonfeather?« fragte Delphia, indem er sie schüttelte.

Aus ihrem Nickerchen gerissen, gähnte Moonfeather. »Was? Sind wir schon da?«

»Sieh bitte nach.«

Sie murmelte eine Bestätigung, holte tief Luft und erstarrte.

Moonfeather verließ ihren Körper und verharrte inmitten der Ausrüstung der vollgestopften Kiste. Für das normale Auge unsichtbar schwebte sie durch die Wände der Kiste in einen großen Laderaum.

Der Boden war wie ein Gitter perforiert, die Decke eine Aneinanderreihung von Paneelen, die von Plastiknoppen an Ort und Stelle gehalten wurden, die Wände waren abgerundet. Alle Kisten von der *Esmeralda,* die auf der Frachtliste als militärische Chips und Maschinenteile ausgewiesen waren, standen in dem Raum, jedoch keines der Fässer, die Erdöl enthielten. Mehrere Kisten waren aufgebrochen und das Styropor darin verstreut worden, da die Piraten eine Bestandsaufnahme ihrer Beute gemacht hatten. Nur die Kiste der Runner war unberührt.

Belustigt rezitierte Moonfeather im Geiste die Aufschrift auf dem großen fluoreszierenden Schild auf ihrer Kiste: »Experimentelle Chips. Gefahr. Flüssiggasgekühlt. Nur unter sterilen Laborbedingungen der Klasse Vier öffnen.« Sie wußte, daß experimentelle Chips auf dem Schwarzmarkt ein Vermögen wert waren, besonders für die Mafia, die Tongs und die Yakuza, die immer darauf bedacht waren, die neuesten Errungenschaften in die Finger zu bekommen.

»Und die dämlichen Idioten haben es geschluckt.« Moonfeather grinste zufrieden.

Flüche und Gelächter im Außenkorridor erregten ihre Aufmerksamkeit, und sie glitt durch ein Schott. Ein gutaussehender junger Mann in einem dünnen Kimono wurde in Ketten durch den Gang gezerrt. Die nackte Frau, die an ihn gefesselt war, folgte unterwürfig. Also machten sie tatsächlich Sklaven.

Dann entdeckte sie eine vertraute Kiste mit Dosen auf einem Regal. Jamaican Mountain Blue, feingemahlen. Ihr Kaffee! Der gesamte Vorrat! Diese verfluchten Schweinehunde. Für diese Untat würden die Piraten büßen. Sie schwebte weiter, sah sich hier und dort um und machte sich im Geiste ein paar Notizen. Als sie genug gesehen hatte, kehrte sie zur Kiste zurück und glitt wieder in ihren Körper wie in ein paar alte bequeme Kleidungsstücke.

Moonfeather öffnete die Augen. »Überall sind Wachen, die Bestandsaufnahmen machen«, verkündete sie. »Sie haben ein paar Gefangene gemacht und meinen verdammten Kaffee gestohlen.«

Delphia setzte seine Sonnenbrille auf und sah sie direkt an. »Den ganzen Vorrat? Gut. Dann haben wir etwas zu trinken, wenn wir feiern, nachdem alles erledigt ist.«

»Kaffee?« erkundigte sich Thumbs. »Ich liebe echten Kaffee. Habe keinen mehr getrunken, seit ich ein Kind war. Woher stammt der?«

Moonfeather lächelte ihn an. »Überraschung!«

»Aua!« sagte Silver, die ihren Totschläger testete, indem sie sich damit auf die Handinnenseite schlug.

»Aua?« fragte Thumbs besorgt.

»Äh ... ein Splitter«, erwiderte Silver.

»In einer Makroplastkiste?«

»Erzähl mir von den Ausgängen«, sagte Delphia.

Moonfeather zog einen kleinen Laptop aus einem Beutel an ihrer Hüfte. Sie klappte den handgroßen Bildschirm auf und kritzelte etwas auf die Leuchtanzeige. »Die Haupttür … nein, das Hauptschott ist hier drüben. Backbord, nein steuerbord, ach Drek. Das Schott auf der rechten Seite ist hier bei den Kontrollen für den Kran. Hier drüben sind kleine persönliche Spinde. Ausrüstung und Winden und so weiter befinden sich hier. Sie haben die Kisten und Behälter in Reihen abgestellt und fest verankert. Sehr ordentlich für Matrosen, die ihre eigenen Kinder verspeisen.«

»Waffen?«

»Jede Wache trägt eine Pistole im Halfter und eine Cyberkanone.«

»Alle?«

»Ja.«

»Dreksäcke. Also größte Vorsicht, wenn einer von ihnen die Hände hebt, weil er sich angeblich ergeben will. Videokameras?«

»Zwei. In gegenüberliegenden Ecken.«

»Ausgezeichnet. Silver?«

Die Deckerin tastete über ihrem Kopf an der Kiste herum, fand ein kleines Ventil, löste die Sperre und drehte an dem Griff.

Das Schott zum Frachtraum, das aus einer halbmeterdicken Legierung aus Metall und Duraplast bestand, wurde mit einer Reihe ölig hallender Geräusche entriegelt und öffnete sich schwerfällig. Wallende Schwaden aus blaugrauem Nebel erfüllten den Laderaum und beeinträchtigten erheblich die Sicht.

»Verdammter Drek«, fluchte Erster Maat verbittert. »Das muß das Flüssiggas sein, das zur Kühlung benutzt wird. Die Kiste mit den experimentellen Chips muß ein Leck haben!«

»Aye, Erster«, stimmte Laderaumwache zu, der auf

einem Stück Soyfleisch kaute wie auf einem Priem Kautabak. »Der Captain wird sauer sein, wenn wir es nicht stopfen. Diese Chips könnten unser bisher größter Fang sein!«

»Als ob ich das nicht selbst wüßte«, knurrte die Frau. »Wenn es schiefgeht, übernehmen Sie die Schuld.«

Laderaumwache sagte gar nichts, sondern deutete auf das jüngere Besatzungsmitglied, das in dem großen Schott stand. Der Grünschnabel nickte seinem unmittelbaren Vorgesetzten zu. »Sollen wir nach oben gehen und das Zeug lüften, Sir?«

»Unnötig«, antwortete Erster Maat. »Hol einen Satz Flickzeug Nummer Neun und Dichtungsband. Damit können wir das Leck abdichten.« Die Hände ausgestreckt, um sich voranzutasten, tauchte sie in die kühlen, wirbelnden Schwaden ein, wobei sie vorsichtig einen Fuß vor den anderen setzte. »Diese Gase bringen einen nicht um, wenn man nicht zuviel davon einatmet. Wir sind in Null Komma nichts damit fertig.«

Sie verschwand im Nebel, und als die anderen beiden das Flickzeug gefunden hatten, folgten sie ihr.

»Was soll das heißen, Fünfzehn?« wollte Captain argwöhnisch wissen.

»Wir schicken ständig Leute in den Frachtraum, aber sie kommen nicht mehr heraus«, wiederholte Erste Laderaumwache. »Wir haben sogar Atemgeräte benutzt, aber sie kommen trotzdem nicht zurück.«

»Und davon erfahre ich erst jetzt?« brüllte Captain, wobei feine Speicheltröpfchen aus seinem von einem Bart eingerahmten Mund sprühten.

Erste Laderaumwache zuckte weder zusammen noch wischte er sich das Gesicht ab. »Wir haben uns bemüht, das zu regeln, ohne Sie zu belästigen, Sir.«

»Erster war mit dem Plan einverstanden, Sir«, fügte Schraubenschlüssel hinzu, dessen Taschen an seinem schmierigen Overall von Werkzeugen und Chip-Lesegeräten ausgebeult waren.

Captain knurrte ob dieser Neuigkeiten.

»Vielleicht ist es Giftgas«, warf Sonar ein. Massive Kopfhörer bedeckten seine Ohren, und von der Datenbuchse in seiner Schläfe lief ein Kabel zu einer Konsole.

Alle überlief ein Schauder. Giftgas war der älteste Tod für U-Boot-Fahrer und der am meisten gefürchtete. Wenn in großer Tiefe die Außenhaut riß, brachte einen der Druck um, bevor man überhaupt wußte, was los war. Zack! Pastete. Schnell und schmerzlos. Alle kannten die Horrorgeschichten aus dem Zweiten Weltkrieg damals in der Zeit vor dem Erwachen. Die alten Boote waren unter Wasser mit Nickel-Blei-Batterien gefahren und hatten keine Reserveluft für die Dieselmotoren. Wenn der Rumpf ein Leck hatte und Meerwasser auf die Batterieplatten traf, bildete sich Chlorgas, und ganze Besatzungen waren vor Schmerzen schreiend gestorben, die Haut so bleich wie die von Geistern.

»Maul halten, Sonar«, schnauzte Captain, und der Mann zuckte zusammen. »Zweiter, alle Innenschotts schließen!«

»Aye, Sir!«

Captain setzte sich auf seinen Sessel vor dem Kartentisch. »Wir werden den Frachtraum lüften! Alle Maschinen stopp!«

»Alle Maschinen stopp, Sir!« wiederholte Navigator förmlich. Das große U-Boot verlangsamte seine Fahrt und hielt sanft an. Kein Teller klirrte in der Kombüse, kein Schreibstift fiel von einer Konsole.

»Null Schräglage, horizontaler Aufstieg, alle Tanks angeblasen, auftauchen – jetzt!«

»Aye-aye, Skipper. Zügig zum Dach!«

Wie in einem Fahrstuhl hob sich der Boden unter der Besatzung und beförderte sie nach oben. Dann flammten überall auf der Kontrolltafel rote Lichter auf.

»Innenschotts entriegelt und geöffnet, Sir!« rief Steuermann.

Captain funkelte den Mann an. »Unmöglich! Sofort wieder schließen!«

Hände huschten über die Kontrollen. Dann sagte Steuermann: »Es geht nicht, Sir. Irgend etwas hindert mich daran.«

»Ein Kurzschluß von dem Gas?« fragte Sonar in dem Augenblick, als sich eine dicke Wolke aus blaugrauem Rauch in den Brückenraum wälzte und das Eingangsschott vollkommen verbarg.

»Das verdammte Schott schließen!« bellte Captain wütend.

»Aye, Sir«, schnappte Kanonier. Die Frau holte tief Luft und rannte in den dichten Nebel. Blut spritzte aus dem Nebel, dann stolperte die Frau heraus, beide Hände um den Hals gelegt. Ihre Kehle war verschwunden, und rotes Blut sprudelte aus einer gräßlichen Wunde.

»Was geht hier vor?«

»Eine Meuterei!«

»Alarmstufe Rot!« donnerte Captain, indem er seine Pistole zog. »Sicherheit, Abwehrmaßnahmen gegen Eindringlinge aktivieren... Jetzt. Code Romeo-neunalpha!«

Stille aus der Bordfunkanlage. Totenstille.

»Keine Antwort von Sicherheit, Maschinenraum und Kombüse«, sagte Kommunikation. »Drek, Skipper, das ganze Boot ist tot!«

Dann flog ein Messer aus der Wolke und traf Sonar zwischen die Augen. Er sank schlaff auf seinem Stuhl zusammen. Es folgte eine Serie leiser, dumpfer *Plops*, und der Rest der Brückenbesatzung brach blutend zusammen. Sekunden später war Captain allein auf der Brücke.

Wie aufgezogen rannte er zum Kartentisch, wobei er blind in die Wolke schoß. Querschläger jaulten überallhin. Er riß eine Makroplastabdeckung vom Tisch, und darunter wurde eine kleine Kontrolltafel sichtbar. Er wollte eine Taste drücken, doch seine Hand wurde mitten in der Luft vom schraubstockartigen Griff eines Trolls in einer Fransenweste aufgehalten.

»Überraschung«, rief Thumbs, indem er den Norm in die Luft hievte wie ein Kind. »Wir haben gewonnen.«

Captains Handgelenk war zerquetscht, und er ließ die Pistole fallen. Er wand sich wütend hin und her und feuerte schließlich seine Cyberkanone ab. Die kleinkalibrige Kugel durchschlug die Deckenpaneele und blieb dort stecken. Thumbs grinste siegesgewiß, und der Pirat trat ihm ohne nennenswerte Wirkung gegen die Brust.

Völlig außer sich vor Wut zischte Captain wie eine schlechte Nachahmung eines Dampfstrahls, und zwei stählerne Fangzähne, so lang wie Bleistifte, fuhren aus seinem Oberkiefer. Winzige Tröpfchen einer farblosen Flüssigkeit glitzerten auf den nadelscharfen Spitzen. Entsetzt ließ Thumbs Captain los und schlug den Pirat mit der Faust so schnell und so fest er konnte. Captain flog durch den Brückenraum, prallte gegen das Bullauge und fiel dann schlaff wie eine Stoffpuppe zu Boden.

Als Delphia, Silver und Moonfeather aus dem Nebel auftauchten, sprang jemand unter einer Konsole hervor und schwang ein Monofilamentmesser in weitem Bogen. Die Klinge zischte Zentimeter an Silvers Gesicht vorbei. Sie riß ihren Schockstab heraus, und Delphia richtete seinen schallgedämpften Manhunter auf ihn, doch Thumbs trat zwischen seine Chummer und den angreifenden Pirat. Tief geduckt trat er dem Mann mit der Sohle, nicht mit der Spitze seines Stiefels in den Schritt. Der Pirat taumelte und wurde aschfahl im Gesicht, und Thumbs schlug ihm einmal sanft auf den Kopf. Der Norm sank stöhnend zu Boden und versuchte verzweifelt, sich wieder aufzurappeln, die

Handfläche nach vorn ausgestreckt. Thumbs trat dem Pirat ins Gesicht, und der Norm blieb zuckend auf dem Deck liegen.

»Warum hast du ihn am Leben gelassen?« fragte Delphia, während er nach den anderen Mitgliedern der Brückenbesatzung sah. Aus dem Gang kam das gräßliche Geräusch explodierender Köpfe.

»IronHell hat es mir befohlen«, sagte Thumbs laut, indem er auf seinen Kopf und dann auf die Piraten zeigte.

Delphia nickte verstehend, und Thumbs zeigte auf den verkrümmt daliegenden Norm. »IronHell braucht ihn lebend«, sagte er theatralisch.

Moonfeather drehte den Mann um und sah ihn sich an. »Ja, der Rigger ist okay.« Sie streifte sich eine Kette über den Kopf, legte sie dem Mann auf die Brust und erhob sich. »Er kann uns jetzt nichts tun und die Bombe auch nicht.«

»Schlauer Zug, ihn am Leben zu lassen«, flüsterte Delphia, der sich trotzdem von dem Rigger entfernte. Thumbs blinzelte ihm zu und nickte.

Unter den Konsolen und hinter dem Kartentisch explodierten jetzt die Köpfe der getöteten Besatzungsmitglieder.

»Jesus, Buddha und Zeus, bin ich froh, daß der Kahn einen Gitterfußboden hat«, sagte Thumbs, der leicht ausglitt. »Das ist widerlich!«

»Es sind vierzehn Mann«, verkündete Silver, die den toten Captain mit ihrer blutbespritzten Stiefelspitze anstieß. »Laut Mannschaftsliste haben wir alle … Meuterer gegen IronHell erwischt. Das Schiff gehört uns.«

»Boot«, korrigierte Delphia, der gelassen den Schalldämpfer von seinem Manhunter schraubte. »Sie nennen es Boot.«

»Weiß jemand, warum?« fragte Moonfeather.

»Nein«, sagte Silver, die sich vor die Sicherheitskonsole setzte und in das System des U-Boots einstöpselte.

Sie testete die Tastatur, indem sie auf ein paar Tasten drückte. »Aber das erste Unterwasserschiff, das je gebaut worden ist, war ein umgebautes Ruderboot. Vielleicht ist das haften geblieben.«

Moonfeather hob einen Knochensplitter von einem toten Pirat auf, steckte es ein und zuckte die Achseln. »Ja, vielleicht.«

Als ein Nebelfetzen seine Züge verhüllte, sagte Delphia: »Silver, kannst du den Rauch entfernen, bitte?«

»Null Problemo.« Ein paar Sekunden später war ein leises Surren auf der Brücke zu hören, und die Wolke wurde merklich dünner. Außerdem ließ der gräßliche Gestank ein wenig nach, der von den toten Besatzungsmitgliedern ausging. Kühle, frische Meeresluft wehte herein. Dann ertönte ein unerwartetes Klappern und Knallen. Ein stetes, rhythmisches Geräusch wie von einem Hagelschauer.

»Noch mehr explodierende Köpfe?« fragte Thumbs, der sich unsicher umsah.

Sonar explodierte, gefolgt von Steuermann und Captain.

»Das war ein explodierender Pirat. Das andere Geräusch kommt von draußen«, sagte Moonfeather, indem sie nach oben schaute und sich ihre feuchte Wange abwischte.

»Silver, aktiviere die Monitore«, sagte Delphia, der jetzt seinen Manhunter wieder in der Hand hielt. »Schirme, Fenster, wie sie auch genannt werden. Aktiviere die Sichtschirme!«

Silver nickte mit gespitzten Lippen, während sich ihre Finger unbeholfen über die unvertraute Konsole bewegten. »Drek, ist das ein Durcheinander. Komische Konstruktion, sehr alt und von irgendeinem Tech auf Drogen umgebaut worden.« Zaghaft drückte sie auf einen klebrigen roten Knopf. »Ich habe keine Ahnung, was ich sehe. Ihr scheint alle zu vergessen, daß ich Decker bin und kein verdammter Rigger!«

»Kannst du es?« fragte Thumbs, der hoch aufragend hinter ihr stand.

Jeder Bildschirm auf der Brücke erwachte flakkernd zum Leben und zeigte einen Panoramablick des Ozeans ringsumher. »Es gibt nur eine endliche Anzahl von Befehlen«, sagte Silver zögernd. »Hier ist es *Sichtschirme an.*«

Der aufgewühlte Atlantik wurde auf vier verschiedenen Schirmen gezeigt, während die Sturmfront sich in östlicher Richtung entfernte. Der Norden war ebenso klar wie der Süden und Westen. Ein paar Vögel in der Ferne, aber das war alles.

»Keine Spur von der *Esmeralda*«, meldete Silver. »Auf dem Seeradar ist nichts zu sehen.«

»Es sind schon ein paar Stunden vergangen, und nach allem, was wir wissen, vertrödeln die Piraten keine Zeit, wenn sie ein Schiff gekapert haben«, sagte Delphia, der den Horizont absuchte. »Und der Sturm ist ziemlich weit weg. Was ist das also für ein komisches Geräusch?«

»Fische?« schlug Thumbs vor.

»Flugzeuge!« sagte Moonfeather, indem sie auf den West-Schirm zeigte.

Hoch oben in einer Ecke des Bildschirms, fast außerhalb des Aufnahmebereichs der Kamera, schwebten drei winzige Gestalten in der Luft, reglose schwarze Vögel mit angelegten Flügeln, als wehrten sie sich gegen einen starken Wind. Die See unter ihnen war aufgewühlt. Lichter funkelten auf ihren Nasen. Das Knattern auf dem Rumpf des U-Boots hörte nicht auf.

»Eagles!« identifizierte Thumbs sie. »Aufklärungsflugzeuge Aztlans!«

»Yomi sei Dank noch keine Raketen«, sagte Delphia, der nervös seine Kanone halfterte und sie gleich darauf wieder zog. »Die Vögel können diese Blechbüchse in einer Sekunde erledigen.«

»Sie müssen uns für Piraten halten!« knurrte Moonfeather.

Thumbs klopfte mit seinen Fingerknöcheln gegen eine Wand. »Schätzchen, wir *sind* Piraten!«

»Drek!« Delphia ging zu einer Kontrollkonsole und starrte hilflos auf die Knöpfe, Schalter, Anzeigen, Hebel, Instrumente und Lampen. »Das ist der feuchte Traum eines Technophilen. Wie kann irgend jemand dieses Ding fahren? *Eta gaijin* verdammte Piraten-Dreksäcke ... Silver, bring uns von hier weg!«

Thumbs ging zur Waffenkonsole und berührte dies und bewegte das. Er ging mit extremer Vorsicht zu Werke, erreichte jedoch nichts.

»Wollen wir einem Militärflugzeug entkommen?« spottete Moonfeather.

Delphia gestikulierte. »Abwärts reicht. In hundert Metern Tiefe können sie uns nichts mehr anhaben. Wasser ist fast so gut wie Drek, wenn es darum geht, Kugeln aufzuhalten.«

»Das wäre Sahne, wenn ich es könnte, aber ich muß euch leider mitteilen, daß ich es nicht kann«, verkündete Silver. »Die Riggervorrichtung ist zu speziell. Ich kann mich nicht über sie hinwegsetzen. Nur dieser Bursche kann uns hier rausbringen!«

Neben dem Kartentisch lag der Rigger schlaff auf dem schmutzigen Deck. Sein Atem kam pfeifend und stoßweise.

»Moonfeather, heile ihn!« befahl Delphia, indem er mit seinem Manhunter auf den Pirat zeigte.

»Macht etwas Platz«, sagte sie, als sie sich neben dem Mann niederkniete. »Drek! Sein Kiefer ist zerschmettert. Dieser dämliche Troll trifft einen selbst dann wie ein Schnellzug, wenn er einen lebendig fangen will.«

»Danke«, sagte Thumbs, indem er einen Schalter umlegte. Eine ganze Batterie von Lampen leuchtete auf, und als er eine berührte, erloschen sie wieder.

»Schaffst du es?« wollte Delphia wissen.

Moonfeather legte eine leuchtende Hand auf sein Gesicht, und das Pfeifen ließ nach, hörte aber nicht auf. »Ja, aber das braucht Zeit.«

»In Ordnung.« Delphia fuhr herum. »Silver!«

»Ja?«

»Funke sie an und teile ihnen mit, daß wir kapitulieren. Vollständig und bedingungslos.«

19

Im Cockpit der Eagle auf der Flügelposition berührte ein junger Offizier sein Ohr, dann seine Kehle. »Spike an Hot Dog. Sir, ich empfange eine Aufforderung zur Kapitulation.«

»Nicht verstanden.« Hot Dog regulierte die Lautstärke an seinem Helmfunkgerät, während er auf das Piraten-U-Boot inmitten einer seltsam geformten Wolkenbank starrte. Als Deckung war sie lächerlich. »Wiederholen Sie. Sie fordern uns zur Kapitulation auf?«

»Reichlich *Cojones!*« spottete Sky Dancer, der durch das Cockpitfenster des dritten Düsenjägers starrte. »Lassen Sie uns diese Muchachos grillen und abschwirren, Capitán.«

Spike berührte seinen Steuerknüppel und jagte eine Salve aus den Buggeschützen in die Wasserlinie. Die normale Munition richtete keinen merklichen Schaden an. »Berichtigung, Sky Dancer. Sie ergeben sich uns.«

»Schwachsinn. Heißer Schwachsinn auf Toast.«

»Vielleicht haben wir das Schiff mit den Victories beschädigt?«

Hot Dog, der beobachtete, wie der Strom ihrer 10-mm-Geschosse die Farbe vom Kommandoturm kratzte, war nicht überzeugt. »Boot«, korrigierte er. »Ich weiß nicht, Compañero. Ich habe schon welche unter dem Beschuß von MGs sinken sehen, die alten jedenfalls. Der Druck und die Temperaturen der Tiefsee machen ihre Panzerung im Laufe der Jahrzehnte so spröde wie Glas. Manche von ihnen werden nicht durch Nieten und Schweißnähte zusammengehalten, sondern durch Mana. Aber kapitulieren?«

»Wir sind sicher, daß es Piraten sind?«

»Sie haben einen Totenschädel und gekreuzte Knochen auf dem Kommandoturm. Was sollen sie sonst sein? Freimaurer?«

Ein kurzes Lachen. »Also gut. *Si*, fordern Sie die Piraten auf, den Captain und den Rigger in spätestens sechzig Sekunden auf den Turm zu schicken, sonst schießen wir die Hellfires ab.«

»Sir? Wir wollen Hellfires an ein U-Boot verschwenden?«

Wieder ein kurzes Lachen. »Seien Sie nicht *tonto*. Natürlich nicht. Wir benutzen die Stingrays. Aber man droht immer mit seinem größten Hammer.«

»Verstanden, Wing Commander. Ich sende die Botschaft.«

Silver sprach, ohne sich zu bewegen. »Sie geben uns sechzig Sekunden, sonst raucht's.«

»Das reicht nicht«, sagte Moonfeather, deren Hände immer noch über dem auf dem Rücken liegenden Piraten schwebten. »Er ist noch bewußtlos.«

»Ich gebe ihnen ›sonst raucht's‹«, knurrte Thumbs. Er war mit den Kontrollen nicht vertraut, aber die grundlegende Bedienung schien sich nicht von anderen Waffenkonsolen zu unterscheiden. Dankbarerweise waren die Schalter und Knöpfe deutlich beschriftet. Das war auch logisch, weil es andernfalls leicht möglich wäre, in der Hitze des Gefechts auf den falschen Knopf zu drücken und anstelle des Feindes die Besatzung zu geeken. Also war alles eindeutig beschriftet, um Fehlbedienungen auf ein Minimum zu reduzieren. Auf dem Schirm bildete sich ein Fadenkreuz, und eine Anzeige verriet, daß die Akkus voll aufgeladen waren. »Hauptgeschütz ist bereit!«

»Toll«, sagte Delphia, indem er sich auf den Sessel des Captains sinken ließ. »Was ist es?«

»Finden wir es heraus«, sagte Thumbs und drückte auf den Knopf.

Ein schimmernder, regenbogenfarbener Strahl aus

kohärentem Licht zuckte über den Bildschirm und verfehlte den vordersten Jäger um Haaresbreite. Die Hitze des Laserstrahls verursachte starke Turbulenzen, und das Flugzeug schwankte in der Luft. Thumbs schoß erneut, und die Eagle ging lautlos in einem Feuerball von wahrhaft beeindruckenden Ausmaßen auf. »Erwischt. Ich hab einen erwischt«, sagte Thumbs.

»Hey! die anderen beiden ziehen sich zurück«, verkündete Silver, die den Radarschirm im Auge behielt.

»Sie verschaffen sich Platz zum Manövrieren«, korrigierte Delphia grimmig. »Sie werden in Null Komma nichts zurückkommen.«

»Dann brenn ich ihnen eben noch mal eins auf den Pelz«, grinste Thumbs. Er strahlte die Konsole vergnügt an. »Hier stehe ich, den Finger am Abzug einer Ares Firelance, und meine Mutter hat immer gesagt, ich würde es nie zu was bringen.«

Der Rigger gab ein leises Stöhnen von sich, und sein Gesicht war jetzt auch kein Abdruck der Stiefelsohle des Trolls mehr. »Licht aus«, schnappte Moonfeather, die zurücktrat. »Er kommt zu sich.«

Als Rigger die Augen aufschlug, sah er, daß es dunkel auf der Brücke war. Nur die Notbeleuchtung ließ hier und da vage Formen erkennen. Es roch frisch und nur noch ganz schwach nach jenem verrückten Nebel und Tod.

»Was ist passiert?« fragte Rigger. »Cap?«

»Wir werden von Aztlan-Jägern angegriffen«, sagte eine gedämpfte Stimme aus der Dunkelheit. »Schaffen Sie uns nichts wie raus hier, sonst landen wir alle auf dem Meeresgrund!«

»Firelance?« fragte er, während ihn jemand, der wirklich groß war, zum Navigationscomputer führte.

»Ist beschädigt«, sagte die schroffe Stimme. Träge baute Rigger sich vor der Kontrolltafel auf und fing an, Systeme zu starten.

»Tauchen, verdammt. Tauchen!«

Rigger ließ sich auf seinen Sitz sinken und bediente die Konsole. Das Lichtmuster änderte sich radikal, um Rigger-Kontrolle anzuzeigen, aber das war auch alles.

»Nun?« bellte die Gestalt auf dem Sessel des Captains.

»Sie sind nicht der Captain«, sagte Rigger kalt.

Eine Sekunde voller Anspannung verstrich, dann schaltete sich das Licht ein. Rigger sah einen Troll und drei Norms: zwei Frauen, ein Mann. Alle von ihnen trugen Waffen, die jedoch nicht auf ihn gerichtet waren.

»Nein, das bin ich nicht«, erklärte der Norm im Anzug. »Wir sind ein Rückhol-Team. Ihr Captain wollte sich selbständig machen, also haben wir die Besatzung gegeekt und das U-Boot übernommen.«

»Dich hätten wir auch erledigt«, warf der Troll ein, der hinter dem Kartentisch stand. »Aber im Zuge der Übernahme hat es unseren eigenen Rigger erwischt.«

»Dann habt ihr also die vollständige Kontrolle?« fragte Rigger.

»Ja«, sagte eine Frauenstimme über Deckenlautsprecher.

Rigger zuckte zusammen. »Ein Decker, wie?«

Die schwarzhaarige Frau an den Computerkontrollen winkte ihm kurz zu. »Also schön, wer ist dort draußen?«

»Aztlan-Eagles, die dieses Schiff überhaupt nicht leiden können«, sagte der Rotschopf in dem getigerten Trikot.

»Boot«, sagte Rigger, dessen Miene Härte und Entschlossenheit ausdrückte. »Und woher, zum Teufel, weiß ich, daß das nicht alles frei erfunden ist?«

»Wir kommen von IronHell«, sagte der Bursche im Kapitänssessel.

Rigger grinste. »Das reicht mir. Ich bin Rigger.«

»Delphia.«

»Thumbs.«

»Moonfeather.«

»Silver«, sagte die Deckerin und dann, als sich die Pieptöne des Radars beschleunigten: »Sie kommen zurück!«

»Tauchen Sie, verdammt!« schrie Delphia. »Sofort!«

»Aye, aye. Abwärts!« Hupen ertönten überall im Boot und kündigten ein Alarmtauchen an. Wirbelnde Wassermassen flossen über die Bildschirme der *Manta*, und das Tageslicht wich der grünlichen Farbe der oberen Schichten des Ozeans. Der Kommandoturm wurde von etwas beharkt, das wie Hagel klang.

»Auf Ausweichmanöver vorbereiten«, verkündete Rigger. Das perforierte Deck neigte sich zur Seite, als sich das U-Boot nach backbord wandte, abbremste und dann in Richtung steuerbord beschleunigte. Das Meer wurde dunkel, dann grasgrün, smaragdgrün, jadegrün, braun und schließlich schwarz, je tiefer das Boot sank.

»Einhundert Meter«, krächzte Silver, eine Silhouette vor den regenbogenfarbenen Lichtern der Kontrolltafel. Einen Augenblick später kam ein Zischen aus den Lautsprechern der Sonarkonsole, gefolgt von einem tiefen Trommeln.

»Rakete«, sagte Silver, als eine dumpfe Erschütterung das Boot erzittern ließ.

Das Zischen kam wieder, näher. Dann weiter weg.

Den Manhunter in der Hand, ging Delphia mit ein paar Schritten von einer Wand mit Kontrollen zur anderen. »Sie scheinen blind zu schießen.«

»Den Göttern sei Dank für kleine Freuden«, stellte Thumbs trocken fest, indem er die Firelance herunterfuhr.

»K-Kurs?« fragte Rigger, der das Wort sehr schleppend aussprach. Er fand es nötig zu blinzeln und weiter von der Tafel weg und schließlich wieder näher an sie heran zu rücken.

»Bist du okay?« fragte Thumbs.

»J-ja.«

Delphia grunzte. »Nach Hause, aber bleiben Sie unten.«

»Aye, aye, Sir.«

Aus den Sonarlautsprechern ertönte ein Maschinengewehrfeuer von Pings. »Sonarkontakt!«

»Komisch, hört sich nicht wie eine Rakete an«, sagte Rigger, wobei er den Kopf neigte.

»Irgendein Kanister oder Faß«, sagte Silver.

»Wasserbomben?« grollte Thumbs.

»Könnte sein.«

Der Ausblick, den die Monitore auf das Meer boten, verdunkelte sich immer mehr. Wunderschön, endlos. Auf dem Achtern-Monitor waren zwei sinkende Kanister zu sehen, erkennbar nur an der Luftblasenkette, die von beiden zur Oberfläche aufstieg.

»Wo, zum Teufel, sind die Achtern-Torpedos?« wollte Thumbs wissen. In seiner Stimme klang ein Hauch von Beunruhigung mit.

»Die *Manta* hat keine.«

»Keine Heck-Torpedos?« stotterte Thumbs. »Aber das ist doch idiotisch!«

»Da gebe ich dir recht«, stellte Rigger fest, während er die Maschinen auf maximale Leistung hochfuhr. Die Antriebswellenlager würden heißlaufen, aber was sein mußte, mußte eben sein. Was diese Kanister auch waren, sie verhießen auf jeden Fall Ärger, großen Ärger.

»Aber das ändert nichts daran, daß wir keine haben.«

»Dreck!«

Die beiden Kanister erreichten gleichzeitig dreihundert Meter Tiefe und brachen explosionsartig auseinander. Aus dem Feuerball schossen zwei schlanke Nadeln, die gleißende Kometenschwänze hinter sich her zogen.

»Unterwasserraketen?« stammelte Thumbs. »A-a-aaber das ist unmöglich!«

»Geh und sag ihnen das«, schnauzte Moonfeather ihn an, die mit beiden Händen die Lehnen des Sessels umklammerte.

»Drek. Kein Raketenantrieb funktioniert unter Wasser.«

»Doch, es geht«, sagte Delphia leise. »Wir sehen es mit eigenen Augen.«

Die Achtern-Schirme zeigten schwarze Punkte, die von einem feurigen Schein umgeben waren.

»Abstand zweitausend Meter«, verkündete Silver. »Verdammt! Radiowellen breiten sich unter Wasser nicht aus. Ich kann nicht einmal versuchen, die Kontrolle über sie zu übernehmen.«

»Gertrude«, sagte Rigger zur Erklärung, indem er die Maschinen auf Notleistung hochfuhr.

»Was? Hm?«

»Später. Drek, seht sie euch an! Ich habe noch nie etwas gesehen, das sich unter Wasser so bewegt hat.«

»Rigger, Höchstgeschwindigkeit, bitte«, sagte Delphia ruhig.

»Es gibt nichts Schnelleres auf dem Meer«, prahlte Rigger stolz, indem er sich in die Brust warf. »Fünfundsechzig Stundenkilometer!«

Moonfeather schnaubte verächtlich. »Mein Suzuki-Motorroller ist schneller!«

»Aber er wiegt keine fünftausend Tonnen«, sagte Thumbs.

Delphia ignorierte sie. »Geschwindigkeit der Azzie-Raketen?«

»Zweihundert Stundenkilometer«, sagte Rigger verblüfft. Er aktivierte den Schiffscomputer, um die Zahlen zu überprüfen, die aus dem Waffenleitstand kamen. Aber die Zahlen stimmten.

»Zweihundert«, wiederholte er. Rigger sah plötzlich

so aus, als sei ihm übel. »Sie sind zu verdammt schnell für die alte *Manta*! In einer Minute sind wir tot, auf dem Meeresgrund begraben!«

»Können wir Ballast abwerfen und dadurch schneller werden?« fragte Thumbs.

»Ihnen irgendwas in den Weg blasen, so daß sie vorzeitig explodieren?«

»Nicht, ohne die Hauptladeluken zu öffnen, wodurch unsere Geschwindigkeit für ein paar Minuten auf null sinken würde«, antwortete Silver. »Eine Taktik, die nicht empfehlenswert ist, wenn wir noch etwas länger leben wollen.«

Thumbs seufzte. »War nett, dich gekannt zu haben, Silver.«

Silver streckte die Hand aus und lächelte dem Troll zu. »Gleichfalls, Chummer.«

»Ich halte dir einen Platz in der Hölle frei, Amiga.«

Moonfeather achtete nicht auf sie, sondern hatte mittlerweile die Arme ausgebreitet und angefangen zu singen. Die Worte waren unartikuliert, lediglich sanft gurrende Laute, und dann klatschte sie mit klimpernden Armreifen rhythmisch in die Hände. Die Musik war rauh, doch wie als Reaktion darauf schoß das U-Boot vorwärts, und die halbe Instrumententafel leuchtete rot auf.

»Was, zum Teufel, macht sie da?« wollte Rigger wissen. Dann fügte er hinzu: »Was es auch ist, sie soll auf keinen Fall aufhören!«

»Geschwindigkeit einhundertvierzig Kilometer!« rief Silver. »Nein, einhundertsechzig, nein, einhundertachtzig! Noch ein wenig, Moonfeather!«

Delphia strich sich seinen Schnurrbart, als könne er dadurch helfen, die Geschwindigkeit zu erhöhen. »Maschinenstatus«, sagte er. »Können sie dem Druck standhalten?«

»Die Turbinen sind auf neunzehntausend Umdrehungen pro Minute gesunken.«

»Gesunken?«

»Wie ist das möglich?« fragte Thumbs, der angestrengt die Raketen beobachtete. »Sie holen immer noch auf, aber sehr viel langsamer.«

»Der Außendruck an der Seite beträgt neunzehn Tonnen pro Quadratzentimeter«, las Rigger ab. Er sprach sehr bedächtig. Gott verdammt noch mal, sein Kiefer tat höllisch weh.

»Der Druck am Bug beträgt fünfzehn Psi«, beendete Silver. »Das ist normaler Luftdruck.«

»Sie hat einen Wasserelementar beschworen, der uns das Meer aus dem Weg räumt«, sagte Delphia, indem er der gurrenden Schamanin zulächelte, die sich in einer anderen Welt zu befinden schien. »Es muß ja nur ein Meter oder so sein, vielleicht weniger.«

»Eine Luftblase, in die wir endlos hineinstoßen«, grinste Thumbs. »Allererste Sahne.«

»Was noch wichtiger ist, es klappt«, fügte Silver hinzu.

»Ja und nein«, sagte Rigger, der spürte, wie ihn ein Schwächeanfall erfaßte. Nerven oder eine Folge seines Zusammenstoßes mit dem Troll, das war jetzt einerlei. »Moon Lady hat uns Zeit verschafft, aber das ist alles. Wißt ihr, wenn diese Dinger Abfangraketen sind, erreichen sie eine phantastische Geschwindigkeit, aber nur für sehr kurze Zeit. Bei ihnen wird Reichweite für Höchstgeschwindigkeit geopfert.«

»Sahne!«

Er fuhr fort. »Aber wenn es HKs sind, Hunter/Killer, halten sie sich vielleicht noch zurück, um uns zu zwingen, ihnen unsere Heimatbasis zu zeigen, bevor sie auf Höchstgeschwindigkeit beschleunigen und uns auf den Meeresgrund schicken.«

»Und was für welche sind es?« wollte Delphia wissen, der die Fäuste geballt hatte. »Wie können wir das erfahren?«

Rigger konzentrierte sich auf seine Konsole und

zuckte die Achseln. »Entweder wir überleben oder wir sterben.«

»Ist das U-Boot gepanzert?« fragte Thumbs, der sich wieder den Unterarm rieb.

»Klar. Vierzig Millimeter vom Besten. Die Außenpanzerung besteht aus vierzig Millimeter flexibler Legierung, dann kommt eine Pufferzone von einem halben Meter mit Batteriezellen, und die Innenwandung besteht aus fünfzehn Millimeter Berylliumstahl.«

Thumbs grinste breit. »Hey, das hört sich gut an!«

»Wollen Sie damit sagen, daß wir einen direkten Treffer überstehen können?« fragte Delphia.

Rigger lachte laut auf, während er die Maschinen auf normale Höchstgeschwindigkeit drosselte. »Ob wir einen direkten Treffer überstehen können? Null Chance. Wißt ihr Landratten denn gar nichts über U-Boote?«

»Es reicht, um dieses hier übernommen zu haben«, knurrte Thumbs.

»Nichts für ungut. Aber schon gewöhnliche Torpedos können ein Boot dieser Größe wegblasen, wenn sie treffen. Es sind ziemlich häßliche Dinger, irgendeine Mischung aus Gelatine, Epoxid und Thermit.«

»Unterwasser-Napalm?«

»Keine Ahnung. Aber es haftet an allem, was es trifft, als sei es lebendig, und verbrennt bei zweitausend Grad Kelvin.«

»Das ist die Oberflächentemperatur der Sonne!« sagte Thumbs.

Ein Achselzucken. »Wenn du das sagst. Ich bin kein Techie, nur ein Rigger.«

»Muß eine Thermit-Reaktion sein«, erklärte Silver mit geschlossenen Augen, während chemische Formeln über die Bildschirme ihrer Konsole huschten. »Salzwasser würde die chemische Reaktion tatsächlich fördern und nicht abschwächen.«

»Akzeptiert«, sagte Delphia, der zusah, wie die Raketen immer näher krochen. »Also was kann sie aufhalten, wenn sie treffen?«

»Nichts in Wissenschaft und Magie kann das«, stellte Silver fest. »Thermit ist eine hundertprozentig nicht aufzuhaltende chemische Reaktion.«

»Nichts? Wenn uns diese Dinger treffen …«

»Sind wir tot. Ende der Durchsage.«

20

Hoch über Miami ließ Emile Ceccion seinen silbernen Löffel mit einem Klirren fallen und würgte an seiner klaren Suppe. Irgendwie gelang es ihm, die Bouillon herunterzuschlucken, und dann schnappte er nach Luft wie ein Fisch auf dem Trockenen. *Merde!* Atmen, er konnte nicht atmen! Die Luft vor ihm flimmerte, und plötzlich nahm vor ihm das Bild anderer erstickender Elfen Gestalt an. Sie lagen da wie Herbstlaub auf den heruntergekommenen Straßen des Sprawl. Viele hielten Fetische in den Händen, und alle hatten einen Streifen aus rotem Stoff um den linken Arm gewickelt. Ein Symbol? Ein Abzeichen? Dann zerfielen sie zu Staub.

Mon dieu! Mit klopfendem Herzen rief er seinen Verbündeten, der unter dem Tisch saß. Grand jaulte auf und erschreckte Emile so heftig, daß er in seinem Sessel vorwärts ruckte und beinahe auf den Plüschteppich seines Penthouses fiel.

Keuchend atmete er die wunderbare, kühle Luft tief ein, die von den Umweltsystemen des Gunderson-Konzerns jeglicher Umweltgifte entkleidet worden war. Rasch trat der entsetzliche Alptraum in den Hintergrund, und Emile stolperte vom Eßzimmertisch in die glänzend weiße Toilette und spritzte sich Mineralwasser auf Gesicht und Nacken. Dabei spukte ihm immer noch die Vision von seinen toten und sterbenden Leuten im Kopf herum. Wie viele waren dort gewesen? Vier? Sechs?

Emile schloß einen Moment lang die Augen, als Grand vom Fußboden auf seine Schulter sprang und sich an die Wange seines Herrn schmiegte. Er ließ seine Astralsicht durch die vierzehn Zimmer seines geräumigen Penthouses und durch die stahlverkleideten

Wände und kugelsicheren Armorlite-Fenster wandern. Alles war in Ordnung, sein Heim sicher. Seine Beobachter wachten über alles und schützten ihn vor physikalischen und magischen Bedrohungen.

Was bedeutete dieser Horror, der seine Gedanken heimsuchte? War es eine Vision, eine schreckliche Warnung... Ach, was für ein Unsinn. Es war nur ein dummer Tagtraum. Seine Gedanken waren umhergewandert. Andererseits mochte dies auch die Folge davon sein, zu Geflügel Rotwein zu trinken. Seine Mutter hätte ihn für eine derartige Geschmacksverirrung geschlagen. Anstand beim Essen war ebenso wichtig wie die richtige Kleidung.

Mit bereits etwas ruhigeren Händen öffnete Emile den Medizinschrank, fand ein Medikamentenfläschchen und nahm eine Arznei. In sechs Stunden gab es Arbeit für ihn, und dann mußte er ausgeruht sein. Er behielt seine schicke Wohnung und die hervorragende Stellung in der Konzernwelt, weil er sehr gut auf seinem Gebiet war: Konzernabwehr, Industriespionage, Fehlerkorrektur, Schutzvorrichtungen und so weiter, Dienste, die für jeden größeren Konzern lebenswichtig waren. Gunderson war ein mittelgroßer Multi, der sich auf Transport, Inventursysteme und externe Sicherheit spezialisiert hatte. TGC spielte eine führende Rolle in dieser Nische und betrieb erfolgreich sein Geschäft, anderen Konzernen dabei zu helfen, ihre Geschäfte zu führen. Vielleicht war Gunderson aus diesem Grund nicht ganz so rücksichtslos wie die meisten anderen. Zumindest seines Wissens nach.

Emile fühlte sich schon viel besser, als er zu seinem Abendessen zurückkehrte, obwohl erst Nachmittag war. Als Magier hatte er keinen festen Tagesablauf, nur während eines geschäftlichen Notfalls. Wie sehr sich dieser Ort von seinem Heim in Paris unterschied. Es war warm und sonnig, und es gab kilometerlange Strände und den Geruch des Atlantiks. Er liebte das

Meer in all seinen zahllosen Stimmungen. Stürmisch, ruhig, verführerisch, verspielt, es war wie ein Besuch bei einer bevorzugten Geliebten, immer neu, aber immer vertraut.

Die Erinnerung an Salzwasser versetzte ihn einen Sekundenbruchteil in Panik, aber die Arznei wirkte bereits, und kurz darauf war Emile ganz ruhig und setzte sein Essen fort. Das Steak Dijon war köstlich, der Waldorfsalat superb. Beim Dessert, das er sich mit Grand teilte, fiel ihm plötzlich die genaue Anzahl toter und sterbender Elfen in seinem vorübergehenden Anfall ein. Es waren zwölf gewesen. Merkwürdig, nicht wahr? Eine mystische Zahl.

Delphia duckte sich durch das geöffnete Schott und eilte in den Brückenraum der *Manta,* wobei er hastig seine Hose zuknöpfte. »Was ist passiert?«

Thumbs war in das Studium des Hauptsichtschirms der Waffenkonsole vertieft. Rings um sie herum war das Meer ruhig und friedlich. »Es war schrecklich. Die Raketen haben uns getroffen und in Stücke gerissen.«

»Dann haben uns die Haie gefressen«, lachte Moonfeather an der Sicherheitskonsole.

Silver, die in den Navigationscomputer eingestöpselt war, schüttelte den Kopf über das abgebrühte Geplänkel.

»Das waren Abfangraketen«, erklärte Rigger. »Die Energie ist ihnen ausgegangen, und dann sind sie einfach zurückgefallen. Wir sind in Sicherheit.«

»Keine Anzeichen von Verfolgern? Oder andere Probleme?«

»Alles ist sauber wie das Gewissen eines Politikers.«

Delphia nahm seinen Platz im Kapitänssessel ein. »Ausgezeichnet.«

»Ach, übrigens, wohin bist du eigentlich so hastig verschwunden? Oh, schon gut.« Thumbs sah den Zipfel des T-Shirts, der aus der hastig zugeknöpften Hose des Norms ragte. »Hühnerstall.«

Delphia war für einen Moment verwirrt, dann lächelte er verlegen und nahm sich der Sache an. »Tut mir leid, aber manche Bedürfnisse kann man nicht aufschieben, bis die Gelegenheit günstig ist.«

»Dreißig Minuten lang?« hakte Thumbs nach, der sich nach Piratenmanier ein Kopftuch über seine Gang-Tätowierungen band. »Bist du in die Schüssel gefallen?«

»Trotz all der Vorbereitungen in den letzten Wochen, war ich auf die Toilette überhaupt nicht vorbereitet.« Delphia gestikulierte vage. »Es war wie der Versuch, sich in einem Atomreaktor zu erleichtern! Ich mußte zweimal die Anweisungen lesen, nur um den Deckel öffnen zu können!«

Das U-Boot wurde langsamer, da Rigger die Hände von der Konsole nahm. »Aber haben Sie auch korrekt gespült?« fragte er besorgt. »Und die Ventile neunzehn bis fünfunddreißig vorschriftsmäßig in umgekehrter Reihenfolge geschlossen und dann die richtigen Fließrohre geöffnet?«

»Aber gewiß doch«, versicherte Delphia ihm kühl. »Und ich habe den Deckel verriegelt und die Sensoren überprüft, bevor ich den Druck wiederhergestellt habe.«

»Gut.«

»Sind alle Toiletten so?« fragte Delphia.

»Natürlich.«

»Hmm. Sehr ärgerlich.«

»Zugegeben.«

Thumbs hob eine Augenbraue. »Erfindet ihr zwei diesen Drek eigentlich?«

Rigger fuhr auf seinem Stuhl herum und sah ihn direkt an. »Auf einem U-Boot gibt es keine komplexere Einrichtung als die Toilette. Und auch keine tödlichere.«

»Keine tödlichere?« lachte Silver, die ihr Fuchi-8 mit dem Navigationscomputer koppelte. »Ein Killer-Klo?«

»Oh, das muß ich mir anhören«, sagte Thumbs neugierig.

Rigger verzog gereizt das Gesicht. »Paßt auf, ihr Landratten. Chemische Toiletten kommen an Bord nicht in Frage. Dreißig Leute, die sich einen Monat lang eine Toilette teilen? Der Tank dafür müßte größer sein als der Laderaum, und der Gestank...« Er wedelte mit der Hand, als wolle er einen Geruch verjagen, an den er sich gerade erinnerte. »Über den Gestank schweigen wir lieber. Es reicht festzuhalten, daß Toiletten mit einer Spülung die einzige Möglichkeit sind. Aber da der Außendruck mitunter fünfzehn Tonnen pro Quadratmeter überschreitet, muß ein Toilettenbenutzer vorsichtig die Verriegelungen öffnen, die Schüssel unter Druck setzen, die Druckausgleichsventile einstellen und so weiter und so weiter.« Als er ihre verwirrten Mienen sah, fügte er hinzu: »In der Zeit vor dem Erwachen sind viele U-Boote ein Opfer unsachgemäßer Benutzung primitiver Toiletten geworden.«

Delphia stand auf und stieß mit dem Schuh eine Leiche an. »So faszinierend das auch sein mag, laßt uns den Abfall wegräumen, bevor es hier riecht wie in einem Schlachthaus im Sommer.«

Die Toten wurden kurzerhand zum Kielraum geschleift und ohne viel Aufhebens in die Ballasttanks befördert. Rigger erklärte ihnen, Algen würden die Leichen in ein, zwei Tagen zersetzen. Das übliche Verfahren. Wieder auf der Brücke, gingen sie wieder auf ihre ursprüngliche Position.

»Kann dieses Ding eine Weile ohne Ihre Aufsicht fahren?« fragte Delphia, der wieder im Kapitänssessel saß.

Rigger nahm die Hände von der Konsole und drehte seinen Stuhl. »Kein Problem. Es fährt geradeaus, bis es mit irgendwas zusammenprallt oder ihm in neun Monaten der Treibstoff ausgeht.«

»*Hai*. Wir müssen kurz übers Geschäft reden.«

»Nur zu«, sagte Rigger.

»Wir haben zwar das U-Boot, können es aber nun, da es unseren Rigger erwischt hat, nicht bedienen. Außerdem wissen wir nicht so viel über U-Boote wie Sie.«

»Kurz gesagt, Sie können mich nicht umlegen«, sagte Rigger. Im nächsten Augenblick blitzte Stahl unter seinem Kinn, und das Pulsieren des Blutes in seinen Adern preßte sein Fleisch mit schmerzhafter Schärfe gegen die Klinge. Ein rubinroter Tropfen bildete sich und lief Riggers Hals hinunter.

»Falsch«, sagte Thumbs, indem er das Messer wegnahm. »Du bist erledigt, wenn der Boß es sagt. Verstanden?«

Rigger betastete seinen Hals, und als er die Hand wegnahm, war sie blutverschmiert. »Verstanden.«

»Gut.«

Delphia fuhr ungerührt fort. »Natürlich können Sie uns auf ein Riff auflaufen lassen, wenn wir schlafen. Wie wäre es also, wenn Sie bei uns als Erster Maat anheuerten?«

Rigger kaute auf seiner Unterlippe und kratzte sich am Kopf. »XO hört sich gut an. Unter dem alten Captain hätte ich mindestens zehn Jahre warten müssen, um so weit aufzusteigen.«

»Ein echter Schweinehund, was?«

»Ja.«

Sofort lag der Manhunter in Delphias Hand. Rigger keuchte entsetzt auf. »Das bin ich auch«, erklärte ihm Delphia, indem er die Kanone wieder halfterte. »Wir ziehen einen ganz besonderen Run durch. Nicht das Übliche. Die Beute ist gewaltig.« Er sah die anderen an, die nach kurzem Zögern nickten. »Ich biete Ihnen den gleichen Anteil. Ein ganzes Fünftel von der Beute.«

»XO und ein Fünftel der Beute?« Rigger kratzte sich mit dem Finger hinter dem Ohr. »Das ist fair, Skip. Hinter was sind wir her?«

»Silver?«

Da sie sich schon auf der *Esmeralda* auf diese Täuschung vorbereitet hatten, legte Silver jetzt einen Chip in die Kontrolltafel ein, und der Hauptschirm zeigte eine Weltkarte. »Vor fast fünfzig Jahren, kurz vor der Rückkehr der Magie, haben die Japse ein Super-U-Boot gebaut, das sie *Kaiser Yamato* nannten. Es hatte alles an Bord, was in jenen Tagen gut und teuer war. Und war angeblich nicht aufzuhalten, die ultimative Kriegsmaschine.«

Ein langgezogener Pfiff Riggers. »Ich habe davon gehört, aber ich habe die Geschichte immer für eine Fabel gehalten. Wie die von Atlantis oder dem fliegenden Holländer.«

»O nein, diese Geschichte stimmt tatsächlich.« Sie hielt inne. »Außerdem ist das Boot gesunken.«

»Warum?«

Sie zuckte die Achseln. »Das weiß niemand. Aber wir haben eine ungefähre Lokalisierung.« Silver legte einen anderen Chip ein, der den Meeresboden zeigte. »Vergessene militärische Tech. Du weißt doch bestimmt, wieviel die wert ist – sowohl auf dem normalen Markt als auch auf dem schwarzen.«

»Abgemacht. Ich bin dabei«, sagte Rigger lächelnd.

Zufrieden stand Delphia auf und ging zu dem Pirat. »Gut.« Er stellte sich neben den Mann und las das Namensschild auf seiner Hemdtasche. »Ist Rigger Ihr wirklicher Name?«

»Hm? Nein, natürlich nicht. Das ist mein Job.«

»Ändern Sie ihn. Wir benutzen Straßennamen.«

»Ich habe noch nie gehört, daß ein Pirat so etwas tut.«

»Neuer Captain, neue Regeln. Verstanden?«

»Voll und ganz, Cap.«

Delphia nickte befriedigt. »Und jetzt zeigen Sie mir, was diese Blechbüchse kann.«

Schweigend stand Chief Captain vor dem Fenster und versuchte seine Gedanken zu ordnen. Er trug Freizeitkleidung, die er aus Bequemlichkeit und nicht um der Erscheinung willen ausgewählt hatte. Sein Körperbau glich eher dem eines durchtrainierten Athleten als dem eines Arbeiters. Seine Hände waren stark vernarbt, aber gut manikürt, was einem geschulten Beobachter, wie der kleine Norm mit der Chiptafel in der Hand in der Mitte des Verwaltungsbüros einer war, eine ganze Menge verriet.

Durch die dicken Armorlite-Fenster sah man auf eine Unzahl von Schiffswracks, sowohl gewöhnliche Schiffe als auch U-Boote. Muscheln und Korallen bildeten Farbtupfer auf der Masse grauer Farbe und verrosteten Metalls, während große Schwärme leuchtender Fische zwischen den Wracks herumschwammen.

Chief Captain wandte sich von dem Fenster ab und verschränkte die Hände hinter dem Rücken. »Und was genau soll das heißen, wir haben ein U-Boot verloren, Sie hirnamputierter, arschkriechender Trottel?« giftete er den Norm wütend an.

Exec-Assistent räusperte sich laut. »Nun, Sir, ich ... das heißt ... wir ...«

»Nun?« brüllte Chief Captain, indem er mit der Faust auf den Tisch schlug, so daß das wertvolle antike Holz splitterte. »Ist es von Freibeutern gestohlen? In einem Sturm gesunken? Von Magie in Fetzen gerissen?«

»Boot Nummer Fünfundsechzig geriet in einen Sturm, tötete eine Seeschlange, plünderte einen Frachter und stellte dann einfach den Funkverkehr ein«, meldete Assistent schnell. »Uns liegen unbestätigte Meldungen von unseren Leuten bei Atlantic Security über einen Angriff einer Staffel Aztlan-Eagles vor.«

»Und eines unserer Boote hätte keinen einzigen Schuß abgegeben?« spottete Chief Captain. »Unwahrscheinlich, es sei denn, die ganze Mannschaft war bereits unterwegs auf den Meeresgrund.«

»Genau das haben wir uns in der Taktischen auch gedacht, Sir.«

»Hmm. Sie könnten sich selbständig gemacht haben. Aber vielleicht versucht Old Dome wieder etwas Neues. Ehrlose Zombies. Welches U-Boot ist es übrigens?«

Der Name war auf seiner Chiptafel bereits farblich hervorgehoben. »Die *Manta*, Sir. Ehemals die *Gahanna Girl*.«

»Also Julius Romy, wie? Dann könnte es eine Meuterei sein. Zwischen ihm und seiner Mannschaft steht es nicht zum besten. Das ist der größte Fehler des Mannes. Ein Kommandant muß hart sein, um die Disziplin aufrechtzuerhalten, aber nicht so hart, daß seine Männer die Angst vor dem Tod verlieren.«

»Wahrhaftig ein schmaler Grat, auf dem es zu balancieren gilt, Sir«, stimmte Assistent zu.

»Maul halten«, schnauzte Chief Captain. »Streichen Sie meine Termine für den Rest des Tages. Ich will, daß der gesamte Rat in einer Stunde tagt. Und das schließt Hafen-Captain und Flotten-Captain ein. Verstanden?«

»Aye, Sir.« Eine Pause gefolgt von einem diplomatischen Hüsteln. »Und wenn Flotten-Captain ... äh ... beschäftigt ist, Sir? Indisponiert, wie die Dinge liegen?«

»Dann wenden Sie sich an die Bordell-Wachen, lassen den Trunkenbold in Ketten legen und schleifen seinen Arsch in die Ratskammer. Zusammen mit seinem Ersten Offizier. Vielleicht sollten wir sie zum verdammten Captain machen. Wie heißt sie noch gleich?«

»Mit wirklichem Namen, Chief Captain?«

»Ja.«

Exec-Assistent überflog rasch die Anzeige der Tafel. »I.R. Helen, Sir.«

Chief Captain schnaubte. »Verdammt komisch, daß sie mit einem Namen wie dem ausgerechnet hier bei uns landet.«

Er setzte sich, zog seinen Taschencomputer auf dem Schreibtisch näher zu sich heran und sah die Nachschublisten durch. »IronHell kümmert sich um seine Leute«, sagte er leise, als wiederhole er einen täglichen Eid.

»Die *Manta* gehört uns, und wir werden sie zurückbekommen. Und wenn ich dafür meine ganze verdammte Flotte in Marsch setzen muß!«

21

In Frack und Abendumhang betrat Emile Ceccion flankiert von zwei Trollen in maßgeschneiderten dunkelblauen Armanté-Anzügen das Foyer der Oper von Miami. Sie standen ruhig da, entspannt und gelassen, während das Sicherheitspersonal am Eingang ihren Arbeitgeber mit Sensoren abtastete. Die Handscanner summten zweimal. Die Wachen notierten sich Art und Position der Gegenstände und winkten den Gunderson-Magier dann weiter. Die Trolle wurden nur sehr oberflächlich inspiziert und kommentarlos durchgelassen, obwohl die Scanner beständig summten.

Die Leibwächter nahmen ihrem Arbeitgeber den Umhang ab und deponierten ihn zusammen mit ihren eigenen ballistischen Mänteln in der Garderobe. Das nächste Paar wurde abgetastet und gezwungen, seine automatischen Waffen bei der Sicherheit abzugeben.

Jenseits des Eingangs schlürfte Miamis Elite Champagner, während man über Musik und Geld redete. Die Damen trugen größtenteils lange Abendkleider, die alles zur Schau stellten und nichts verbargen. Die wenigen Ausnahmen waren schlanke, lächelnde Frauen, deren Augen jeden musterten und die wenig redeten und wunderschöne, aber sehr weite Kleider trugen, so daß sie viel Bewegungsfreiheit hatten. Die Herren trugen den obligatorischen Smoking mit weißer Krawatte, wobei nur winzigste Unterschiede in Stoff und Schnitt anzeigten, welcher preiswert gemietet und welcher ein teurer Import aus England war, von anerkannten Meistern ihres Faches maßgeschneidert.

Eis in Form des Gunderson-Konzernlogos, den ineinander verschlungenen Buchstaben TCG, kühlte eine

Champagnerfontäne, die in ein Marmorbassin mit genetisch veränderten japanischen Karpfen sprudelte. Lächelnde, makellos weiß gekleidete Bedienstete bewegten sich geisterhaft durch die Menge und boten Gläser mit Wein und kalte Hors d'œuvres an. Hoch über den Köpfen der Gäste waren in Nischen Videokameras angebracht, deren Linsen automatisch in vorprogrammierten Bewegungsabläufen über die Gesichter der Menge schwenkten und nach bekannten Störenfrieden Ausschau hielten.

Hinter einer Reihe geschlossener Türen stimmte das philharmonische Orchester die Instrumente. Inmitten von aufstrebenden jungen Execs, Vizepräsidenten, Abteilungsleitern, Ehepartnern, Eskorten, Leibwächtern, Millionären und gaffenden Touristen atmete Emile ob der Aufregung des Abends schneller, als liege Mana in der Luft. Er nahm von einem livrierten Norm-Kind, das hinter einer Absperrung aus Samtkordeln stand, ein Programmheft entgegen und strahlte dann vor Freude, als er es las.

»Ah, Signore Puccinis *Manon Lescaut!*« murmelte er zu sich selbst. »Nicht seine beste Oper, aber ein Lieblingswerk der scharfsichtigeren Kenner der klassischen Musik.«

»Sir?« fragte einer der beiden Trolle, der seine Jacke aufknöpfte. Seine Hände waren ständig in Bewegung, kratzten seinen Bauch, rückten die Krawatte zurecht, zupften an der Blume im Revers. Mehrere Gäste, denen diese Aktivität auffiel, erkannten darin einen alten Samurai-Trick der beständigen Aktivität, um die Bereitschaft zu verhüllen, augenblicklich eine Waffe zu ziehen. Viele rückten diskret von ihm ab.

Der andere Troll hatte einfach beide Hände in seinen voluminösen Taschen und verzichtete zugunsten der besseren Reaktionszeit auf jegliche Subtilität.

Emile akzeptierte ein Glas gekühlten Champagner und lächelte dem riesenhaften Metamenschen zu. »Es ist nichts, Bertram. Ich freue mich nur über das Programm des heutigen Abends.«

»Ja, Sir«, sagte der Troll ungerührt, während sein Partner den Kopf neigte, da er offenbar eine Sendung über Komlink empfing.

»Monsieur Ceccion«, sagte er, wobei ihm die französische Aussprache einige Mühe bereitete, »Ihre Anwesenheit im Tower ist umgehend erforderlich.«

»Tatsächlich?« Emile trank einen Schluck aus dem Glas, das ihm soeben serviert worden war. »An meinem freien Abend? Wer ist es?«

Emile würde sich selbstverständlich niemals eine Kom-Einheit in seinen Schädel einbauen lassen. Jeder Magier wußte, daß Magie und Cyberware sich nicht vertrugen. Außerdem bot ihm die Magie Möglichkeiten, von denen die Technologie nur träumen konnte. Immerhin trug er im Dienst einen besonders gemeinen Fichetti-1-mm-Nadler bei sich – und zwar mit einem speziell konstruierten übergroßen Magazin, einer Sicherheitseinrichtung, welche die Kugeln nach hinten abschoß, um jeden zu töten, der die Waffe gegen Emile einsetzen wollte, und einen besonders leichten Abzug mit einem halben Kilogramm Abzugsgewicht.

»Es ist Mr. Harvin«, flüsterte der Troll in drängendem Tonfall, indem er auf den Ausgang deutete.

Während er einigen Arpeggios des Orchesters lauschte, zuckte Emile in gallischer Unbekümmertheit die Achseln.

»Er sagt, er will Sie sofort sprechen.«

Der Geschäftsführer des Gundersonkonzerns wollte ihn sprechen? Emile hielt jemandem sein Glas hin und strebte dem Ausgang entgegen. Er hörte es nicht auf dem Boden zersplittern, also mußte es ihm jemand aus der Hand genommen haben. Doch er achtete nicht weiter darauf.

Auf der Anzeige blinkte »99«, und die Fahrstuhltüren öffneten sich ohne jegliches akustisches Signal. Emile ging forsch hinaus und ließ seine Begleiter zu beiden Seiten des wartenden Aufzugs stehen. Bei seinen Aufenthalten hier im Tower war er sein persönliches Transportmittel.

Während er den gelackten Dschungel des Foyers durchquerte, nickte er dem Reinigungstrupp und den Wachen zu und schenkte der blonden Empfangsdame ein höfliches Lächeln. Eine hübsche kleine Norm, sonnengebräunt und drall. Emile hatte sie einmal einer Laune folgend astral überprüft und zu seiner äußersten Verblüffung entdeckt, daß sie stark verchromt war: Ersatzmuskeln, Unterarmpistolen, verschiedene Cyberklingen und andere Dinge, die er nicht hatte identifizieren können. Seitdem bezeichnete er sie im Geiste immer als Lady Cerberus, wenn er sie sah.

Er ging durch Blattwerk hindurch, von dem er wußte, daß es seine Annäherung registrierte, und erreichte schließlich eine Milchglaswand, die sich meterweit in beide Richtungen erstreckte. Die massiven Türen öffneten sich mit dem leisen Seufzen starker Hydraulik. Er wurde offenbar erwartet.

Emile schritt hindurch und betrat das Büro, wo er darauf wartete, daß sich die Türen hinter ihm schlossen. Der riesige Raum war geschmackvoll in einem etwas antiquierten Stil eingerichtet. Ledersofas bildeten kleine Konversationsnischen, während zwei Fensterwände die Straßenzüge rings um den Tower des Gunderson-Konzerns zeigten. An den anderen beiden Wänden hingen Originale von Lester Parrish in beleuchteten Rahmen, und der Schreibtisch aus Kirschholz war größer als ein Toyota Elite. Ein riesiges Telekom teilte sich eine Wand mit einem echten Kamin aus braunen Ziegeln, wobei Schirm und Feuerhaken offenbar aus massivem Gold waren.

An der Bar stand ein kräftiger, vierschrötiger Mann

mit einem militärischen Bürstenschnitt, der sich aus einer staubigen Flasche einen Cognac einschenkte. James J. Harvin.

»Guten Abend, Mr. Harvin«, begrüßte ihn Emile mit einer Verbeugung.

»Emile«, sagte Harvin.

Emile ging ein paar Schritte näher, wahrte jedoch eine höfliche Distanz. »Es ist mir wie immer ein Vergnügen. Wie kann ich Ihnen heute abend helfen, Monsieur?«

Harvin schwenkte den Cognac in seinem Glas und begutachtete die Farbe, rauchiges Karamel. »Wir halten es für nötig, Sie zu versetzen, Emile.«

»Tatsächlich? Sind Sie mit meiner Arbeit unzufrieden? Ich weiß, daß mein Unvermögen, Ihre Krankheit völlig zu heilen, Ihnen viele Unannehmlichkeiten verursacht hat…«

Harvin tat dies mit einem Grunzen ab. »Nein, nein, es ist nichts dergleichen, Emile. Ihre Leistungen sind beispielhaft, die besten, die wir je erlebt haben. Nein, wir benötigen Ihre Hilfe bei der Lösung eines besonderen Problems, das für Gunderson von größter Bedeutung ist.«

»Eine außerbetriebliche Angelegenheit?« fragte Emile.

Harvin verschloß die Flasche mit dem vierhundert Jahre alten Cognac. »Nein, nichts in der Art der Hafen-Sache. Es ist ein interne Angelegenheit, doch sehr heikel und äußerst gefährlich.«

Amüsiert stieß Emile ein höflich-verächtliches Schnauben aus und deutete vage auf die Stadt, die unter ihnen glitzerte und funkelte. In Miami war alles gefährlich.

James Harvin ging zu seinem Schreibtisch und setzte sich. »Wir werden Sie für das zusätzliche Risiko vertragsgemäß bezahlen.«

Zwölf. Der Gedanke kam ihm ganz plötzlich, und fast hatte Emile das Wort laut ausgesprochen. Er hatte

Mühe zu atmen, und eine Kälte, wie er sie noch nie empfunden hatte, schien seine Knochen zu durchdringen.

»Emile?« fragte Harvin besorgt, während eine Hand über der Kontrolltafel des Schreibtisches schwebte.

»Es … geht mir gut«, sagte Emile, indem er sich setzte, ohne um Erlaubnis zu bitten. »Nur eine Migräne. Vielleicht zuviel Annehmlichkeiten. Harte Arbeit könnte genau die richtige Medizin sein. Etwas anderes, um die Spinnweben zu vertreiben, nicht wahr?«

Harvin betrachtete erneut die Flüssigkeit im Glas, als suche er dort nach Antworten, dann stellte er es unberührt ab. »Ja, Emile, aber die Zeit ist ein entscheidender Faktor. Sie werden morgen früh aufbrechen, und höchstwahrscheinlich werden Sie eine ganze Weile nicht in Miami sein.«

»Darf ich fragen, wie lange, Monsieur?«

»Das ist unbestimmt.«

Emile verbeugte sich. »Was immer erforderlich ist, Monsieur Harvin. Es wird mir ein Vergnügen sein, Ihnen jeden gewünschten Dienst zu leisten.« Als Harvin ihm erklärte, wohin er ging und warum, konnte der Magier das Gefühl nicht vollständig abschütteln, das Augenblicke zuvor von ihm Besitz ergriffen hatte. Es hatte den Geschmack des Todes.

An Bord der *Manta* war es kurz vor Mitternacht, als Silver ihre Arbeit beendete und sich aus dem Navigationscomputer des U-Boots ausstöpselte. Sie wickelte das Datenkabel auf und verstaute es in einer Tasche, dann aktivierte sie die Konsole-Funktion ihrer Kontrolltafel und fing an, Botschaften zu versenden.

Am Kartentisch schrak Delphia hoch, als Worte über das Bild des Atlantischen Ozeans liefen. Thumbs an der Waffenkonsole wurde ebenso darauf aufmerksam wie Moonfeather, die gemütlich im Kapitänssessel saß und auf den winzigen, in die Armlehne eingebauten

Monitor starrte. Rigger steuerte das U-Boot weiterhin und bekam nichts von der privaten Unterhaltung ringsumher mit.

ICH HABE MIR ALLE DATEIEN HIER AN BORD ANGESEHEN, sendete Silver unverschlüsselt. ICH HABE NIRGENDWO EINEN HINWEIS AUF IRONHELL GEFUNDEN. AUCH KEINE ERWÄHNUNG EINES ORTES, AN DEN DAS U-BOOT ZURÜCKKEHREN SOLL, FALLS ES SCHWIERIGKEITEN GIBT ODER NACHSCHUBMÄNGEL AUFTRETEN.

Die anderen drei Runner runzelten die Stirn.

ALSO HABE ICH NACH ETWAS AUSSCHAU GEHALTEN, WAS NICHT IN DEN DATEIEN AUFGEFÜHRT IST, fuhr sie fort. UND ICH HABE ETWAS GEFUNDEN. ODER VIELMEHR NICHT GEFUNDEN. MEHRERE GEBIETE, DIE ALS TOTE ZONEN GEKENNZEICHNET SIND. GEBIETE, DIE UNTER KEINEN UMSTÄNDEN BEFAHREN WERDEN DÜRFEN.

WARUM? tippte Thumbs.

UNBEKANNT.

DANN LASST UNS NACHSEHEN, tippte Moonfeather langsam.

EINVERSTANDEN, meldete sich Delphia. IST IRGENDEIN GEBIET VERBOTENER ALS DIE ANDEREN?

NEGATIV, erwiderte Silver. ES IST EIN SCHUSS INS BLAUE. DIE STELLEN KÖNNTEN ALLES MÖGLICHE SEIN. TREFFPUNKTE FÜR NACHSCHUBÜBERNAHME, GEHEIME TREIBSTOFFDEPOTS, MUNITIONSLAGER. ABER HINTER JEDER KÖNNTE SICH AUCH DAS IRONHELL-HQ VERBERGEN.

WAS IST MIT DEN ABMESSUNGEN? sendete Thumbs, der jede einzelne Taste suchte und mit einem Finger drückte. GIBT ES PERFEKTE KREISE ODER QUADRATE ODER ÄHNLICHES?

MIT WELCHEM HINTERGRUND? fragte Moonfeather.

EINE UNREGELMÄSSIGE FORM WÜRDE AUF EINEN NATÜRLICHEN ORT WIE ZUM BEISPIEL EINEN VULKAN HINDEUTEN, antwortete Delphia. HINGEGEN LIESSE

EINE REGELMÄSSIGE FORM AUF EINEN WILLKÜRLICH GESCHAFFENEN ORT SCHLIESSEN.

ICH ÜBERPRÜFE DAS, erwiderte Silver. JA, HIER IST EIN PERFEKTER KREIS IN DER NÄHE DES BERMUDA-GRABENS.

GUT, tippte Delphia. NENN MIR BITTE EINEN PUNKT, DER VON UNSEREM GEGENWÄRTIGEN STANDORT BETRACHTET GENAU AUF DER ANDEREN SEITE LIEGT, SO DASS WIR DEN KREIS DURCHFAHREN MÜSSEN, UM DORTHIN ZU GELANGEN.

AUGENBLICK. Ein Moment verstrich. BORDKARTE KOORDINATEN 19,5-4A.

MAL SEHEN, OB WIR UNSEREM PIRAT EINE REAKTION ENTLOCKEN. »Rigger, wir steuern die Bordkarten-Koordinaten 19,5-4A an. Setzen Sie bitte einen direkten Kurs dorthin. Keine Umwege.«

»Sind Sie sicher?« fragte Rigger. Beide Hände lagen auf dem Steuerruder, während sich die manuellen Kontrollen an seiner Konsole beständig bewegten, ohne daß er sie berührte. »Auf diesem Kurs kommen wir der Kriegszone verdammt nahe.« DER WAS? tippte Thumbs.

Moonfeather sendete: KRIEGSZONE? WESSEN KRIEG UND MIT WEM?

KEINE AHNUNG, antwortete Silver. ABER ICH SEHE MICH MAL NACH ZUSÄTZLICHEN INFORMATIONEN UM.

Delphia löschte seinen Bildschirm und zuckte die Achseln. »Wir müssen es riskieren. Das ist sehr wahrscheinlich die Stelle, wo die *Yamato* auf Grund liegt.«

»Wie Sie befehlen, Skip«, erwiderte Rigger. »Das heißt also, Gitterkoordinaten 19,43a, Sir.«

»Ach, übrigens, haben Sie schon einen Namen gewählt?«

»Ja.« Der Mann grinste verlegen. »Boomer.«

»Aha.« Delphia sah sich wieder die Karten an, während er weiterredete. »Was bedeutet dieser Name?«

Rigger verbarg seine Verärgerung. Wußten diese

Burschen denn gar nichts? Boomer war ein Slangausdruck für ein Raketenschiff. Was die *Manta* gewesen war, bevor IronHell sie ausgeschlachtet in ein Kaperschiff umgewandelt hatte. Mit einem Fingerschnippen vom Rennpferd zum Ackergaul. Doch all das konnte sich wieder ändern, wenn dieser Delphia erst tot war und Rigger das Boot kommandierte. Und er war gewiß nicht so dumm zu glauben, daß sie tatsächlich nach der lange verschollenen *Kaiser Yamato* suchten.

»Nichts, Skip.« Boomer grinste. »Nichts weiter.«

22

Lautlos und unsichtbar schwebte die *Manta* in der stygischen Schwärze des Meeres wie ein schwarzer Zeppelin in endloser Nacht. Ihre Positionslichter waren ebenso gelöscht wie die Flüssigkristallanzeige auf dem Kommandoturm, die Schraube drehte sich nur ganz langsam, und die aktiven Sensoren waren abgeschaltet, während die passiven auf maximale Leistung hochgefahren waren.

Zweitausend Meter entfernt schwebte in derselben Tiefe ein kleines orangefarbenes Tauchboot von der Größe eines Lastwagens. Es trug die Insignien des Gunderson-Konzerns. Alle seine Lichter brannten, und seine beiden mechanischen Arme waren wie zu einer Umarmung ausgestreckt. Leuchtende Kabel baumelten aus dem offenen Bauch und erstreckten sich bis zum Meeresboden über dreihundert Meter unter dem Boot. Die Kabelenden beleuchteten Haltevorrichtungen, die im steinharten Sand des Meeresbodens verankert waren. Abseits der Kabel befanden sich winzige gelbe Punkte, die in seltsamen zeitlupenhaften Bewegungen dahintrieben wie schlechte Animationen oder Astronauten bei einem Mondspaziergang.

Auf der Brücke der *Manta* korrigierte Silver die Vergrößerung auf dem Hauptbildschirm, und die Kamera zoomte näher heran. Die Gestalten trugen klobige, gepanzerte Druckanzüge, die gelben Raumanzügen mit gerippten Ärmeln und Ballongelenken ähnelten. Die Gestalten zogen etwas, bei dem es sich um jahrhundertealte Holzkisten zu handeln schien, in das Wrack eines Zweimasters, der auf der Seite im Schlick lag. Der Rumpf des Schiffes war halb durch Seetang verborgen. Von der Segelleinwand waren nur ein paar Fetzen übrig, und die Seite war mit klaffenden Löchern übersät. Doch der Name des Schiffs in goldenen Lettern am Heck unter der Kapitänskajüte und am Bug unter der Galionsfigur einer Meerjungfrau war immer noch gut zu entziffern. Die edle Beschützerin aus Holz war auch in dem Wasser, das vor langer Zeit ihr Schiff und ihre Mannschaft verschlungen hatte, immer noch nahezu unversehrt.

»Die *Santa Cordova*«, murmelte Delphia. »Ein spanisches Schiff. Sieht aus, als wäre sie durch Kanonen versenkt worden. Seht ihr die Einschußlöcher?«

»Sie kennen sich mit Schiffen aus?« fragte Boomer überrascht.

»Ich kenne mich mit Waffen und Sprengstoff aus«, erwiderte Delphia.

»Sahne«, sagte Thumbs, der an einem seiner Hauer saugte. »Nächste Frage, was, zum Teufel, machen die da?«

Boomer lachte. »Sie laden Truhen mit Goldmünzen in das Wrack, was sonst?«

»In das Wrack?« Moonfeather richtete sich auf und betrachtete den Bildschirm über dem Kartentisch.

Delphia antwortete ihr. »Es sind Zinker! Konzern-Zinker.«

»Exakt«, lächelte Boomer, der die Trimmlage des Bootes geringfügig korrigierte, um die Strömungen auszugleichen.

»Zinker? Oh, gefälschte Antiquitäten«, sagte Silver, indem sie die Zähne bleckte. »Ich verstehe. Wenn sie ein Hunderte von Jahren altes Schiff ohne wertvolle Ladung finden, stellen sie rasch Goldmünzen und andere verlorene Schätze her und verstecken das Zeug in dem Wrack.«

Moonfeather grinste, als ihr die Erleuchtung kam. »Dann kehren sie mit einem Kamerateam zurück und zeichnen die ›Entdeckung‹ des Schatzes auf?« Sie lachte. »Ihr Geister, das ist raffiniert. Das Metall ist an der Tokioter Börse vielleicht vierhundert Nuyen pro Pfund wert. Aber als Antiquitäten sind die Münzen hundertmal wertvoller!«

»Typischer Megakonzern-Drek«, knurrte Thumbs, der sich wieder den Unterarm rieb. »Jeden zu betrügen und daraus Profit zu schlagen.«

»Was haben die Leute für Anzüge an?« fragte Silver, die näher auf eine der watschelnden Gestalten zoomte. »Ist das eine Rüstung?«

Boomer drückte einen Knopf auf seiner Konsole, und in einem Fenster lief eine Einführung zum Thema Ausrüstung. »Jym-Anzüge«, sagte er zu ihnen. »Keine Ahnung, was der Name bedeutet. Das, wofür er ursprünglich gestanden hat, ist jedenfalls längst vergessen. Sie sind so gebaut, daß sie dem Druck auf dem Meeresboden standhalten können.«

»Warum schicken diese Konzerntrottel nicht einfach ein U-Boot herunter?« fragte Delphia.

»Es gibt kein U-Boot auf der ganzen Welt, das so tief tauchen kann«, sagte Boomer. »Der Druck würde uns so platt quetschen wie einen Pfannkuchen. Sehen Sie?« Er zeigte auf ein Instrument an der Wand, eine Art Uhr mit freischwingender Nadel, die den Außendruck anzeigte. Die Nadel befand sich knapp oberhalb des roten Bereichs.

»Und wir sind ein paar hundert Meter höher«, schluckte Thumbs, der das Instrument betrachtete. »Ich dachte, das Ding sei für die Maschinen. Eine Temperaturanzeige oder irgendein Drek.«

»Die Anzeigen für die Maschinen befinden sich dort drüben. Und ab fünfhundert Metern Tiefe beträgt die Wassertemperatur ohnehin null Grad Celsius. Obwohl sich wegen des hohen Drucks kein Eis bilden kann. Nein, dieses Instrument zeigt den Außendruck an. Wir befinden uns gegenwärtig in fünfhundert Metern Tiefe, und auf uns lastet ein Druck von siebenhundert Kilogramm pro Quadratzentimeter.«

Siebenhundert Kilo pro Quadratzentimeter? Die Runner sahen einander an. Es war, als spürten sie plötzlich das entsetzliche Gewicht des gesamten kalten Ozeans auf ihren Schultern lasten.

»Der Druck steigt hier unten ziemlich schnell an«, erklärte Thumbs, indem er den Schultergurt der Mossberg zurechtrückte, die über seiner Brust hing.

»Um ungefähr siebentausend Psi alle zehn Meter.« Boomer warf einen Blick auf die zitternde Instrumentennadel. »Noch hundert Meter tiefer, und wir hören ein Ächzen und Kreischen. Weitere hundert Meter tiefer reißen die Schweißnähte und Nieten platzen aus den Wänden wie Geschosse, und dann ist Pfannkuchenzeit.«

»Puh«, machte Moonfeather, wobei sie die Arme über ihrem Munitions-Brustgurt verschränkte. »Du meinst, diese Taucher kommen an Orte, die U-Boote nicht erreichen können?«

»Ganz genau.«

Sie rümpfte die Nase. »Blödsinn.«

Boomer zuckte die Achseln. »Das hängt irgendwie mit dem Verhältnis Oberfläche und Verdrängung zusammen. Ich bin kein Wissenschaftler. Unter normalen Umständen hat die *Manta* eine maximale Tauchtiefe von sechshundert Metern. Menschen in Jym-Anzügen können bis auf vier herunter.«

»Tausend?«

»Ja. Und da ist der Meeresboden. Nun ja, von den Gräben abgesehen. Ich glaube nicht, daß der Bermuda-Graben überhaupt einen Grund hat.«

Delphia zwirbelte seinen Schnurrbart. »Äußerst beeindruckend«, sagte er. »Haben wir welche von diesen Jym-Anzügen an Bord?«

»Sicher, achtern in Laderaum A in der Nähe des Kommandoturms. Wir haben etwa ein Dutzend, entweder aus gestohlenen Ersatzteilen zusammengeschustert oder in Wracks gefunden. Nicht die allerbeste

Qualität.« Er grinste verschlagen. »Andererseits waren sie umsonst.«

»Interessant«, murmelte Delphia. »Nur zu Forschungs- und Rettungszwecken, oder gibt es auch militärische Verwendungen?«

Ein bitteres Lachen. »Captain, auf diesem Kübel gibt es nichts, das keine militärische Verwendungsmöglichkeit hat, vielleicht mit Ausnahme der Zahnpasta.«

»Warum?« fragte Moonfeather spitz. »Was gibt es hier unten, worum es sich zu kämpfen lohnt? Fischereirechte?«

»Hast du 'ne Stunde Zeit?« schnaubte Boomer, der ihr Spiegelbild in dem dunkelgrünen Glas des abgeschalteten Radarschirms betrachtete. »Drek, im Meer gibt es weit mehr Bodenschätze als an Land. Öl, Kohle, Diamanten, Eisen, Drogen, Medizin ... Der hohe Druck macht Legierungen härter und billiger als Diakot. Es gibt genug zu essen, um die ganze verdammte Welt zweimal zu füttern, und mehr versunkene Schätze, als man erbeuten kann. Was es hier unten gibt? Alles, Süße, absolut alles.«

Moonfeather verzog das Gesicht über die Anrede, enthielt sich aber einer Bemerkung.

»Ich frage mich, warum es dann keine Unterwasserstädte gibt«, knurrte Thumbs nachdenklich.

Boomer drehte sich wieder zu seiner Konsole um und schwieg.

»Aber es gibt welche«, sagte Silver unerwartet. Sie stöpselte sich aus und drehte sich auf ihrem Stuhl herum. Ihre Seco lag hinter ihr auf der Konsole. »Ich habe online mit Deckern aus Kuppelstädten vor der Küste von Seattle und Jersey geredet. Diese sind ziemlich klein und werden nur von ein paar hundert Leuten bewohnt. Außerdem liegen sie in höchstens dreißig Metern Tiefe. In erster Linie betreiben sie Fischfang und bauen Seetang an. Außerdem bohren sie nach

Öl… Nein, Augenblick«, fügte sie hinzu. »Es gibt eine große Kuppelstadt vor der Küste des Freistaats Kalifornien. Kalamari Incorporated. Sie liegt über hundert Meter tief und hat mehr als fünfzehntausend Einwohner. Ich glaube, sie betreiben genetische Forschung. Und natürlich Fischfang.«

»Japans Unterwasserstädte sind viel größer«, sagte Delphia mit einem Anflug von Stolz. »Es gibt wenigstens eine landwirtschaftliche Arcologie in den Küstengewässern vor der Hauptinsel mit angeschlossener Kuppelstadt für die Bevölkerung. Ich habe Berichte der Kaiserlichen Marine gelesen, in denen die Weisheit dieser Anlagen diskutiert wird, da sie sich kaum verteidigen lassen. Auch mit Diakot-Hüllen reicht eine einzelne Salve panzerbrechender Torpedos, um die Schutzblase und damit eine Milliarden-Nuyen-Einrichtung zu zerstören.«

»Nun, hier unten werden wir keine finden«, sagte Silver, die sich wieder ihren Bildschirmen zuwandte. »Wenn ein gepanzertes U-Boot nur bis in eine Tiefe von sechshundert Metern tauchen kann, dürfte keine Kuppelstadt dem Druck standhalten.«

»Das stimmt. Ich habe noch nie eine gesehen«, sagte Boomer, der ihnen nicht direkt zugewandt war.

Die Unterhaltung versandete, da jeder in seine eigenen Gedanken vertieft war. Dann schaltete sich surrend ein Ventilator ein. Das Geräusch ließ alle zusammenfahren.

»Weiter geht's, hier ist nichts«, sagte Delphia, indem er sich seine Crusader umhängte. »Silver, war das…« Er ließ den Satz in der Luft hängen, und sie schüttelte verneinend den Kopf. »Boomer, wir setzen unsere Fahrt auf dem ursprünglichen Kurs fort.«

»Aye, aye«, sagte Boomer, der seine vercyberten Hände wieder auf die Kontrolloberfläche legte. Das Gitterdeck unter ihren Füßen neigte sich, als die *Manta* die Richtung änderte und beschleunigte, während das orangefarbene Tauchboot auf den Backbord- und Achtern-Schirmen immer kleiner wurde.

Hundert Kilometer entfernt und sechshundert Meter höher trieb ein aufblasbares Rettungsboot aus Gummi auf dem offenen Meer. Die Sonne brannte vom Himmel herunter, und im Umkreis von drei Kilometern war keine Spur von Land oder einem Schiff am Horizont zu sehen.

Zwei junge Norms teilten sich das Boot. Beide hatten keine Schuhe und waren nur spärlich bekleidet. Ihre Haut war von den Anfängen eines ernsthaften Sonnenbrands bereits rötlich verfärbt.

»Was soll das heißen, nein?« fuhr Attila die Sklavin an, indem er kerzengerade hochfuhr. Sein schmutziges Seidengewand war um die Hüfte zugebunden.

Ruby zog ihr übergroßes T-Shirt bis zu den Knien herunter und starrte ihn trotzig an. »Du hast uns vielleicht vom Schiff heruntergebracht, aber ich habe das Wasser und die Lebensmittel mitgenommen, und die gehören mir! Mir, hast du verstanden? Mir! Du bekommst nichts davon.«

»Nein, du gehörst mir!« schrie er, indem er eine Leuchtpistole mit dickem Lauf zog. »Ich habe dich gekauft, und du gehörst mir!«

»*Das* gehört dir, du Schwachkopf«, sagte sie, wobei sie ihm den ausgestreckten Mittelfinger zeigte.

»Du Drekstück!« Attila richtete die Leuchtpistole auf sie, die sie ihm prompt aus der Hand trat. Die Pistole entlud sich beim Aufprall, und eine Leuchtkugel schoß hoch in den strahlenden Himmel, wo sie buchstäblich unsichtbar war. Die leere Waffe fiel ins Wasser und versank augenblicklich.

Mit einem wütenden Aufschrei stürzte Attila sich auf Ruby, beide Hände weit ausgestreckt, um ihre Kehle zu umschließen. Ruby riß ihr selbstgebasteltes Plastikmesser heraus und stach nach seinem Bauch. Er wich aus, sie verfehlte, und die beiden prallten zusammen. Während sie fluchend miteinander rangen, fielen Lebensmittelbehälter ins Wasser. Nicht weit entfernt durchbrach eine Haifischflosse das Wasser und umkreiste das schaukelnde Rettungsboot. Doch die beiden waren viel zu beschäftigt, um die Anwesenheit einer dritten Partei zu bemerken. Noch.

Tief unter der Wasseroberfläche kam und ging auf der *Manta* die Mittagszeit, in der die Runner nacheinander aßen, da einer Boomer im Auge behielt. In seiner Pause machte Thumbs die Mossberg bereit und sah in der Arrestzelle des U-Boots nach, ob sich dort Gäste aufhielten. Doch der Eisenkäfig enthielt weder lebende noch tote Insassen.

Auf dem Rückweg zur Brücke fiel Thumbs jedoch auf, daß alle Rettungsboote fehlten. Natürlich immer vorausgesetzt, das Schiff … das Boot, verdammt, führte überhaupt welche mit sich. Wer wußte das schon? Wenn Reinlichkeit ein Maßstab war, hatten sich die Piraten in bezug auf Wartung sehr nachlässig verhalten. Wenn sie eine Havarie überlebten und auf See gerettet wurden, mochte ihnen immer noch der Schädel explodieren, warum sich also überhaupt die Mühe machen?

Es war später Nachmittag, als die *Manta* den Kamm eines Unterwassergebirges überquerte und die Bug-Kameras einen heftigen Wirbel von Bewegungen auf der Hochebene vor ihnen zeigten.

»Leben, und das in dieser Tiefe«, hauchte Silver erstaunt. Ihre Hände huschten über die Konsole, aktivierten den Speicher und wiederholten das, was sie gerade gesehen hatten, in Zeitlupe. Als das U-Boot den Gebirgskamm überquerte, kam unter ihnen ein Tal in Sicht, in dem eine Horde Muränen gegen einen Riesenkraken kämpften. Dann fiel das Licht der Scheinwerfer auf die Kampfszene, und die Meeresbewohner jagten alle davon.

»Das Meer ist voll davon«, bemerkte Delphia, indem

er seine Sonnenbrille mit einem Taschentuch putzte. Beide Gegenstände wanderten in eine Tasche. »Aber ich hätte nicht gedacht, daß Muränen und Kraken so tief tauchen können. Ich habe mich wohl geirrt.«

»Wie weit ist es noch bis zum Zentrum des Zielgebiets?« fragte Thumbs, der sich in seinem Sessel zurücklehnte.

»Es ist gleich hinter diesen Bergen«, sagte Silver, die sich über die Konsole beugte. Ihre Hände huschten beständig über Tasten, drückten Knöpfe und drehten an Reglern. »Entfernung achtzig Kilometer.«

Die Bugschirme wurden von den schwachen Umrissen eines Gebirges ausgefüllt. Die zerklüfteten Granitgipfel waren höher als die Anden.

»Hoch oder tief, Skip?« fragte Boomer, der die Geschwindigkeit drosselte.

»Hmm?« machte Delphia. »Oh … äh … tief. Können Sie dort drüben zwischen den beiden zerklüfteten Gipfeln hindurchfahren?«

»Klar. Ist massenhaft Platz.«

Als das U-Boot wieder beschleunigte, erbebte Moonfeather plötzlich von Kopf bis Fuß. Totenbleich keuchte sie auf, als leide sie unter starken Schmerzen, und fiel beinahe aus ihrem Sessel.

»Mutter Gottes, stopp«, flehte sie in angestrengtem Flüsterton, als sei sie tödlich verwundet. »B-bitte, haltet das Boot an!«

23

Die mehrere Kilotonnen schwere *Manta* bremste geschmeidig ab, bis sie reglos im Wasser lag.

»W-woran sind wir gerade vorbeigefahren?« stammelte Moonfeather, die sich die Arme umgelegt hatte, als friere sie.

»Hmm? Nichts«, meldete Silver. Sie überprüfte die Instrumente. »Unter uns ist nacktes Gestein. Nur ein leeres Plateau. Wir sind noch ziemlich weit von den Ausläufern des Gebirges weg.«

»Leer? Am Arsch«, sagte Moonfeather, indem sie zum Steuerbord-Bildschirm ging. Nur Schwärze war zu sehen. »Wir müssen zurück.«

»Warum?« erkundigte sich Thumbs verwirrt.

»Fragt nicht, tut es einfach!«

»Skip?« fragte Boomer mit einem Blick über die Schulter.

Delphia schlug mit den Fingern einen Trommelwirbel auf die Armlehne seines Sessels und musterte dabei Moonfeather. Sie starrte angestrengt auf den Achtern-Schirm. Ihre Körpersprache besagte, daß sie nach etwas Ausschau hielt, von dem sie wußte, daß es da war. »Sie haben sie gehört«, sagte er schließlich. »Fahren Sie zurück.«

Ein Achselzucken. »Aye, aye.« Langsam setzte sich das U-Boot in Bewegung und begann mit dem zähen Vorgang, seinen Kurs zurückzuverfolgen.

»Stopp!« rief Moonfeather nach ein paar Minuten. Boomer hielt das Boot an. Mit zitternden Fingern berührte sie den Bildschirm. »Da. Könnt ihr ihn spüren? Ihr Götter, er ist groß. Riesig!«

»Wer?« fragte Delphia, der angestrengt auf die Bildschirme in seiner Armlehne starrte. »Wir haben keine Wärme, kein Metall, keine Bewegung, kein Magnetismus.«

»Da ist nichts«, bestätigte Thumbs an der Waffenkonsole. Sein Bildschirm war schwarz, die Sensorentafel darunter zeigte eine Vektorgraphik des Gebietes unter ihnen. In leuchtend grünen Umrissen war der Meeresboden wie in einem Zeichentrickfilm zu sehen, gekräuselte Sanddünen, ein paar Büschel hundert Meter hohen Seetangs, mehrere Felsen, Korallen, aber nichts sonst.

»Sonar zeigt nichts an«, fügte Silver hinzu. »Wir haben nicht einmal Fische in unserer unmittelbaren Umgebung.«

»Keine Fische?« sagte Delphia kopfschüttelnd. »Das kann nicht stimmen.«

Sie gestikulierte. »Sieh selbst! Da draußen ist nichts!«

»Etwas Unsichtbares?« wollte Delphia wissen, indem er seine Sonnenbrille aufsetzte. Er runzelte die Stirn. »Verdammt!«

»Ein magischer Schild«, sagte Moonfeather. »Der größte, den ich je gesehen habe. Von dem ich je gehört habe! Es müssen einige verdammt heiße Magier nötig gewesen sein, um ihn zu erschaffen!«

Zwölf.

»Wer hat das gesagt?« bellte Moonfeather, die herumwirbelte wie von der Tarantel gestochen.

»Was gesagt?« wollte Thumbs wissen.

»Alles in Ordnung mit dir?« fragte Delphia besorgt, indem er seine Brille absetzte.

»Nichts. Vergeßt es. Nur die Nerven, nehme ich an«, sagte sie nach einem Augenblick, um sich dann wieder der Betrachtung des schwarzen Bildschirms zu widmen. Doch sie summte dabei leise vor sich hin, ein Lied ohne Text, das keiner von ihnen je gehört hatte.

»Das könnte die *Yamato* sein«, sagte Boomer eifrig. »Vielleicht hat jemand anders sie zuerst gefunden und sie mit einem magischen Schirm geschützt.«

»Gehen Sie näher heran«, sagte Delphia, der seine

Krawatte lockerte. »Z minus einhundert. Aber langsam. Ich will Ellbogenfreiheit.«

»Verstanden, Skip.«

Das U-Boot ging in einer langgezogenen Kurve tiefer. Die Zeit verstrich in völliger Stille, da alle schweigend auf die Bildschirme starrten, um zu erkennen, was sich vor ihnen befand. Die *Manta* glitt zeitlupenhaft langsam über den leeren Meeresboden, alle Sensoren auf maximale Leistung, während der Sonar gleichmäßig piepte, als Monitore und Lichter plötzlich erloschen. Stille senkte sich über die Brücke, als Sonar, Sensoren und Belüftung gleichzeitig aussetzten.

»Ärger«, ertönte Silvers Stimme. »Wir bekommen Ärger.«

»Aye, kann ich bestätigen«, sagte Boomer. »Wir liegen tot im Wasser. Maschine ist aus. Wir haben nichts mehr.«

»Beginnen zu treiben«, sagte Thumbs mit angespannter Stimme.

»Woher weißt du das?« fragte Delphia.

»Ich kann ganz gut sehen. Hier drinnen ist reichlich Wärme«, sagte er. »Wir haben keinen Strom, aber Kompaß und Trimmesser funktionieren noch. Wir sind fünf, nein, sechs Grad aus der Trimmlage, Tendenz steigend.«

»Sind im Sog einer Querströmung«, meldete Boomer ungerührt.

»Ich kann einen Drek sehen«, beschwerte sich Moonfeather.

»Chemische Lampen«, sagte Delphia.

»Nada«, meldete sich Boomer, der die Hände von den nicht mehr funktionierenden Kontrollen nahm. »Die sind ausgefallen, als Sie das Boot übernommen haben, und wir haben sie nicht ersetzt.«

»Toll. Ist uns 'ne Sicherung durchgebrannt?«

Bommer drehte sich auf seinem Sessel zu Delphia um. »Hey, sagen Sie's mir. Ich bin aus dem System geworfen worden, als sich die Maschinen abgeschaltet haben.«

Aus dem Kapitänssessel kam ein leises Summen. »Ah, das ist besser«, sagte Delphia. »Sieht alles okay aus.« Dann hörten sie, wie er zielstrebig durch den Brückenraum zum Periskop ging.

Das Deck neigte sich jetzt immer stärker. Irgendwo achtern ertönte ein Krachen, und ein nicht richtig geschlossenes Schott schwang auf und prallte mit dröhnendem Knall gegen die Wand.

»Wir werden bald seitwärts treiben«, sagte Thumbs nervös. »Hey, es gibt keine Sicherheitsgurte!«

»Was? Nein, natürlich nicht«, sagte Boomer. »Wenn wir einen derart harten Zusammenstoß haben, daß du aus deinem Sessel geschleudert wirst, geht das Boot dabei zum Teufel und du bist auf der Stelle tot.«

»Silver, floß die Strömung in Richtung des Gebirges oder in Richtung der Ebene?« fragte Delphia aus der Dunkelheit neben ihr.

Sie wandte sich in seine Richtung. »Tut mir leid. Ich kann mich nicht mehr erinnern.«

»Für den Fall, daß wir auf die Berge zutreiben, hat jemand daran gedacht, die Rettungskapseln zu überprüfen?« fragte Delphia. »Sind sie in gutem Zustand? Haben sie Luft und Batteriestrom?«

»Sie sind weg«, knurrte Thumbs. »Wir haben keine an Bord.«

»Alle?« keuchte Boomer. »Aber das bedeutet, daß wir in der Falle sitzen!«

»Ja. Es sei denn, du willst nach Hause laufen.«

»Also sitzen wir hier nur herum?« zischte Moonfeather. »Boomer, unternimm irgendwas! Du bist der Experte. Deshalb haben wir deinen Arsch nicht angetastet, Chummer.«

»Ja, ich kann mich erinnern«, murmelte er. Sein Sessel quietschte einmal und war dann still.

Dann blitzte ein Funke in der Dunkelheit auf, und

einen Herzschlag später flammten hundert Lämpchen über den Kontrolltafeln auf, als die Systeme wieder ansprangen. Die Deckenlampen flackerten und brannten wieder mit voller Kraft, während der Boden sanft vibrierte, als die Maschinen wieder anliefen.

Boomer, der auf halbem Weg durch den Brückenraum war, verzog das Gesicht und kehrte zu seinem Sessel zurück. »Wir sind wieder klar«, verkündete er, indem er sich wieder in die Kontrollen einstöpselte. »Fusionsreaktor auf volle Leistung. Ich bringe uns weg von dieser verrückten Ebene.«

Delphia gab keine Antwort, als er sich wieder auf seinem Sessel niederließ und die Sonnenbrille abnahm, während das U-Boot abdrehte.

»War das ein magischer Angriff?« fragte Thumbs, der sich nervös den Unterarm rieb.

Moonfeather holte tief Luft und strich sich mit den Fingern durch die Haare. »Nein, das war eine Art von technologischer Interferenz.«

»Eine technologische Interferenz?« Silver schien besorgt zu sein. »Technologisch, ja? Kannst du der Sache mit astraler Projektion auf den Grund gehen?«

Moonfeather, die auf dem Weg zum Kartentisch war, stieß ein trockenes Lachen aus. »Gegen derartige magische Geschütze? Den Teufel werde ich tun. Es gibt tausend einfachere Möglichkeiten, mir in den Hintern treten zu lassen.«

»Wie wäre es, wenn du einen Wasserelementar schickst?« fragte Delphia. »Oder einen Geistverbündeten. Hast du Geistverbündete?«

Moonfeather schüttelte den Kopf und zeigte auf die leere Ebene. »Ich will mit diesem Ding nichts zu tun haben!« Sie zitterte wieder, obwohl auf der Brücke angenehme zweiundzwanzig Grad Celsius herrschten.

»Willst du einen heißen Soykaf?« fragte Thumbs, wobei er sich aus seinem Sessel erhob.

Sie nickte fröstelnd. »Ja. Aber ich hole ihn mir selbst. Danke.«

»Hey, Boomer«, sagte Silver, die wie gebannt auf die Schirme starrte. »Besteht die Möglichkeit, daß wir uns in einem besonders kalten Meeresgebiet befinden?«

Er sah sie fragend an und überprüfte dann seine Kontrollen. »Ja, stimmt. Wir sind mitten in einer Polarströmung, die direkt vom Nordpol kommt. Woher weißt du das?«

»Technologie«, murmelte sie, indem sie Befehle eingab. »Tief unter Wasser hat uns ein eiskaltes Gebiet in einer Nanosekunde ausgeschaltet. Alles bis auf die Batterien. Magisch geschützt durch einen unsichtbaren Schild. Es kann nichts anderes sein ... Was sollte es sonst sein? Nichts. Also haben wir die Antwort.«

»Ein Coldframe?« sagte Delphia ungläubig. »Hier unten, mitten im Nichts?«

»Gibt es einen besseren Ort?« stellte sie die Gegenfrage.

»Es wäre möglich«, sann er, während er sich das Kinn rieb. »Unwahrscheinlich, aber möglich.«

»Es sind überwiegend Kriegscomputer«, erinnerte ihn Silver. »Und Kämpfe erzeugen immer eine Menge Hitze.«

»Nee, es kann kein Coldframe sein«, sagte Thumbs. »Ist zu groß.«

»Wieso zu groß?« fragte Delphia. »Wir wissen nicht, wie groß er ist. Das verdammte Ding ist unsichtbar!«

»Ja, aber der Schild scheint die ganze Ebene abzudecken ... Oh, ich nehme an, das ist nur der Fall, um seinen genauen Standort zu verbergen. Er wäre nicht größer als ein Kühlschrank, richtig? Nur ein großer Würfel.«

Silver musterte ihn eindringlich. »Du weißt darüber Bescheid?«

»Ich habe einen Cousin, der 'n ziemlich heißer

Decker ist. Er redet gerne über Besonderheiten, als seien sie Bettpartner.«

»Wie viele Cousins hast du?«

»Keine Ahnung, fünfzig, sechzig, das übliche.«

»Du Glücklicher«, sagte Boomer. »Was ist ein Coldframe?«

Delphia nickte Silver zu, die antwortete. »Das ist ein Computer, der mit veränderter Elektronik arbeitet. Supraleitfähige Kabel und Schaltkreise, die es den Elektronen ermöglichen, sich ungehindert zu bewegen. Nur die Gravitation verlangsamt sie, und die ist als Faktor vernachlässigbar.«

»Und der Kram ist schneller als Maser-Relais?« fragte Boomer. »Drek. Glasfaserkabel operieren mit Lichtgeschwindigkeit!«

»Das glaubst du nur, Chummer«, belehrte ihn Silver. »Die besten Kabel der Welt – sogar das Zeug, das frisch aus Fuchis Labors kommt – erreichen nur neunzig Prozent Licht. Kabel sind nie hundertprozentige Leiter, auch nicht unter perfekten Bedingungen, was zu Verzerrungen und Geschwindigkeitseinbußen führt. Aber sie sind immer noch einen Quantensprung schneller als die beste Elektronik.« Sie warf einen Blick auf die Ebene unter ihnen. »Bis jetzt.«

»Warum wird es *Coldframe* genannt?«

»Die ursprünglichen supraleitfähigen Drähte funktionierten erst, wenn sie auf ein paar hundert Grad unter Null abgekühlt wurden. Also waren sie ziemlich nutzlos für den normalen Betrieb. Aber bei den Deckern geht das Gerücht, daß kurz vor dem Erwachen ein paar fähige Köpfe die Sache auch bei Zimmertemperatur zum Laufen bekommen haben. Hier unten in diesem polarkalten Wasser gibt es keine Temperaturschwankungen, welche die Funktionen beeinträchtigen. Keine regelmäßigen Lieferungen von Flüssigstickstoff, die von der Konkurrenz sabotiert werden können, und so weiter und so weiter. Ein Coldframe ist empfindlich und teuer, läuft aber millionenmal schneller als alles, was es sonst gibt.« Silver strich über ihr Deck und schloß die Augen. »Ihr Götter, wie grell muß es sein, sich in so ein Teil einzustöpseln!«

Delphia wechselte einen Blick mit Silver. »Vielleicht.«

Thumbs erhob sich und ging mit gesenktem Kopf zum Kartentisch. Er drückte auf Knöpfe und rief Unterwasserkarten auf dem Bildschirm auf. Einige waren Hunderte von Jahren alt und von Hand gezeichnet, andere brandneu und mit dem Zeichen von Atlantic Security versehen. Keine von ihnen zeigte irgend etwas an ihrem gegenwärtigen Standort.

»Auf den Karten ist nichts verzeichnet. Und der Bau dieses Dings muß Milliarden verschlungen haben«, sagte Thumbs, der das Durchlauftempo der Karten beschleunigte, so daß sie mit hoher Geschwindigkeit über den Schirm huschten. »Muß jemand aus der Oberliga sein.«

Das U-Boot kreiste weiter über der Unterwasserebene.

»Vielleicht sind es andere Piraten«, sagte Moonfeather vom Schott aus, eine dampfende Tasse in der Hand.

Boomer warf den Kopf in den Nacken und lachte schallend. »Auf gar keinen Fall! IronHell verfügt nicht annähernd über diese Mittel, und die anderen können bei diesen Summen auch nicht mithalten.«

»Silver, können wir dieses Phänomen stören – worum es sich auch handeln mag?« fragte Delphia.

Sie spitzte nachdenklich die Lippen. »Vielleicht. Unsere Batterien hatten noch Saft, während alles andere ausgefallen ist. Ich habe mir die Sache sofort angesehen, als ich mich wieder einstöpseln konnte. Aber der Strom reichte nicht, um etwas Interessanteres laufen zu lassen. Es war der Fusionsreaktor, der uns im Stich gelassen hat. Und ich habe keine Ahnung, wie sie das bewerkstelligt haben.«

»Also fahren wir weiter?« fragte Boomer, der ein wenig enttäuscht klang.

»Abschwirren? Drek, nein«, flüsterte Silver, wobei sie über die verchromte Buchse in ihrer Schläfe strich. »Wenn es etwas Technologisches ist, muß es ein Kontrollsystem geben. Ich brauche nur einen Zugangsport oder das Glasfaserkabel, das den Coldframe mit dem Steuersystem verbindet.«

»Und dann?«

»Dann stöpsele ich mich in das Ding ein und finde es heraus.«

»Nein. Zu gefährlich«, sagte Delphia. »Irgendwelche anderen Vorschläge?«

Thumbs meldete sich vom Kartentisch, wo er mit den Kontrollen herumspielte. »Vielleicht sollten wir die Maschine beschädigen. Für ein wenig Unruhe sorgen. Mal sehen, wer kommt, um sie zu reparieren.«

»Und mit ihnen reden«, sagte Boomer grinsend. »Wir haben unten im Laderaum einen ganz speziellen Ort für solche Gespräche, einen Verhörstuhl mit Gurten, Elektroden und allen möglichen Spielzeugen.«

»Silver, können in dieser Tiefe und bei extremen Temperaturen Korallen existieren?« fragte Thumbs, der den Kartentisch abschaltete und zu einem Backbordbildschirm ging.

Auf ihm war immer noch die rosafarbene Korallenbank zu sehen, die ganz allein mitten in der felsigen Weite stand.

»Auf keinen Fall«, erwiderte sie. »Es ist zu kalt und zu tief. Sie lieben warme, seichte Stellen. Aber Stürme brechen schon mal große Brocken ab und schicken ganze Riffs in die Tiefe.«

Thumbs tippte gegen den Schirm. »Vollkommen unbeschädigt?«

»Nein«, sagte Delphia aufgeregt. »Und die Bank hat auch die richtige Größe. Du hast es gefunden, *Omae*. Silver, taste die Korallen mit dem Sonar ab. Mal sehen, ob wir ein Bild von unregelmäßig geformten Verästelungen oder von einem kompakten Würfel bekommen.«

»Bin schon dabei.« Ihre Hände flogen über die Konsole, und der Sonarschirm reagierte mit einem einzelnen kräftigen *Ping*. »Ein Würfel!« erwiderte sie. »Wir haben ihn gefunden!«

»Er liegt tiefer als unsere maximale Tauchtiefe«, stellte Delphia fest. »Wir müssen die Jym-Anzüge benutzen, um näher heranzukommen. Wo sind sie?«

Boomer sah sich das Signalbild des Würfels an. »Unten, achtern vom Kommandoturm neben der Backbord-Werkstatt.«

Plötzlich piepte der Sonar hektisch, und die *Pings* kamen mit rasender Geschwindigkeit näher.

»Heiliger Meeresboden, Alarmstufe Rot!« rief Boomer, der entsetzt auf den Bildschirm des Navigationscomputers starrte.

»Zusammenstoß steht bevor!« rief Silver, die sich an ihre Konsole klammerte. »Festhalten!« Das gesamte Boot erbebte, als habe es gerade die Welt gerammt, und alle wurden von ihren Sitzen geschleudert.

»Meldung!« schnauzte Delphia, der sich wieder aufrappelte.

»Sind wir von einem Torpedo getroffen worden?« fragte Thumbs vom Deck aus.

»Nein, Spatzenhirn«, sagte Moonfeather. »Schließlich leben wir noch, oder?«

Die *Manta* erbebte erneut, heftiger diesmal, und ganze Abschnitte der Kontrolltafeln erloschen, während Alarmsirenen ertönten.

»Das waren beides Treffer«, meldete Silver, die vor ihrer Konsole stand. »Wir haben zwei Lecks im Maschinenraum. Fusionsreaktor schaltet sich ab, Maschinen sind ausgefallen.« Sie tippte mit einem Finger gegen die Kontrollen. »Aber es ist merkwürdig. Die Innentemperatur im Maschinenraum ist um hundert Grad gesunken. Wie, zum Teufel, ist das möglich?«

»Gesunken? Treffer sollten die Innentemperatur erhöhen, nicht senken«, schnaubte Thumbs.

»Es sind Schneebälle. Wir werden von verdammten Schneebällen getroffen!« rief Boommer, der auf die Kontrolltafeln einschlug. »Reaktor auf maximale Leistung! Lebenserhaltung auf maximale Leistung. Versiegeln der…« Er hieb auf die Kontrollen. Sie klangen hohl und leblos. »Zum Teufel, sie sind alle tot!«

Ein weiteres Beben.

»Erneuter Treffer!« rief Silver. »Wassereinbrüche in den Sektoren neun, zehn und elf. Temperatur im Kielraum liegt bei minus vier Grad!«

»Boomer, was, zum Teufel, geht hier vor?« rief Delphia, der aufgesprungen war, die Crusader in der Armbeuge.

»Schneebälle! Panzerbrechende Torpedos, die mit flüssigem Stickstoff geladen sind. Sie töten die Mannschaft und verschonen das Schiff. Eine beliebte Taktik von AtSec. Warum hast du sie mit dem Sonar auf uns aufmerksam gemacht, du dämliche Schnalle? Drek! Wir haben Wassereinbrüche im Hauptkorridor und im Laderaum«, tobte Boomer, der alles auf seiner aufflackernden Kontrolltafel überprüfte. Das Boot erbebte erneut. »Schraube ausgefallen, Heck ist beschädigt und läuft voll. Auto-Verriegelung hat die Innenschotts geschlossen, Pumpen ausgefallen.« Er wirbelte herum. »Wir sinken wie ein Stein.«

»Tiefe fünfhundert Meter«, meldete Silver, die das Fuchi in ihren Beutel stopfte, wobei die Glasfaserkabel wie Schwänze heraushingen. »Fünfhundertfünf Meter, fünfhundertzehn, fünfhundertfünfzehn… noch zweihundertfünfzig Meter, dann sind wir erledigt!«

»Schiff aufgeben«, sagte Delphia, indem er seine MP schulterte.

»Wie?« fragte Thumbs, der sich seine Mossberg umhängte. »Wir haben keine Rettungskapseln.«

»Wir nehmen die Jym-Anzüge!«

Während alle zum Schott liefen, wurde das U-Boot von einem weiteren Beben erschüttert, das Thumbs fast von den Beinen riß, der noch vor der Konsole stand und mit seinen dicken Fingern hektisch Befehle eintippte. »Fertig«, grinste er, wobei er sich den anderen anschloß. »Wer dieses Baby auch besteigt, wird nie erfahren, daß wir hier waren.«

»Obwohl die Brücke verlassen ist und die Tanks voller Leichen sind?« fragte Boomer, der ihm vor dem Schott auswich und beinahe auf dem Kaffee ausglitt, den Moonfeather verschüttet hatte.

»Kein Problem. Habe ich berücksichtigt«, sagte Thumbs grimmig, während er geduckt durch das Schott sprang. Ein weiteres Beben, und der Ring der Monitore erlosch hinter ihnen. Die *Manta* war blind.

»Wie berücksichtigt?« rief Delphia, der weit vor dem Troll eine Sprossenleiter aus Metall herabkletterte.

Moonfeather war direkt hinter ihm, gefolgt von Silver mit ihrem klobigen Beutel, die darauf bedacht war, nirgendwo anzustoßen. Boomer überwand die Leiter, indem er sich an den Seitenholmen festhielt und in geübter Leichtigkeit herunterrutschte.

Thumbs sprang einfach auf das nächste Deck und landete in der Hocke. »Ich habe die Firelance darauf programmiert, in fünf Minuten mit allem zu schießen, was sie hat.«

»Unter Wasser?« schrie Boomer entsetzt, dem der Atem vor dem Mund kondensierte.

»Wird bestimmt ein unvergeßlicher Anblick.«

»Ja. Aus weiter Ferne. Laßt uns machen, daß wir hier wegkommen.«

Das ganze Boot kreischte und ächzte jetzt. Streben platzten von der Decke ab, um wie tödliche Sensen durch die Korridore zu schwingen. Luken sprangen wahllos auf, und die Beleuchtung flackerte, da der Fusionsreaktor in der zunehmenden Kälte darum kämpfte, in Betrieb zu bleiben.

Thumbs, der den anderen folgte, stieß sich den Kopf in einem für Norms konzipierten Durchgang. Blut lief ihm über die Wange, aber er blieb nicht stehen. »Ich hoffe, ihr hattet einen Troll in der Mannschaft!« sagte er, während er das Blut vom Gesicht schüttelte.

»Nein«, antwortete Boomer, während sie einen Korridor entlanghasteten. »Aber wir hatten einmal einen echt fetten Ork bei uns, und sein Anzug ist noch da.«

»Das reicht!«

Die *Manta* bekam zunehmend Schlagseite, während Nebelschwaden über die Decks krochen und sich Eiskristalle auf dem blanken Metall bildeten, als sie schließlich die Luftschleusen erreichten. Es herrschte bereits eine tödliche Kälte, die mit jeder Sekunde schlimmer wurde. Delphia wickelte ein Taschentuch um das Handrad des Schotts und öffnete es. Alle stolperten hindurch, dann schlug Boomer es hinter ihnen zu. Er holte sich Handschuhe aus einem Spind und zog sie an, dann drehte er am Handrad, um das Schott zu verriegeln.

Das Licht in der Druckkammer war düster, und die Glühfäden in den Birnen waren deutlich zu sehen, da so wenig Strom floß. Die Bugwand wurde von Spinden gesäumt, und auf das Deck vor ihnen waren Umkleidebänke genietet. Auf der gegenüberliegenden Seite hingen die Jym-Anzüge. Sie waren mattschwarz und nicht orangefarben wie die Gunderson-Anzüge und sahen aus wie übermäßig gestärkte Smokings. Sie waren zweiteilig und an den Hüften offen. Arme und Beine waren mit Ketten und einem riesigen Vorhängeschloß an der Wand befestigt. Delphia streckte den Arm aus und schoß mit der Manhunter das Schloß in Stücke.

Thumbs verschloß den Anzug an der Hüfte und

drückte dann auf den Notstartknopf, der auf der Kontrolltafel im Ärmel gekennzeichnet war. Die Energieversorgung schaltete sich ein, und der Jym-Anzug erwachte zum Leben. Frost überzog die Wände mit unglaublicher Geschwindigkeit, und der immer dichter werdende Nebel behinderte die Sicht, als Thumbs nach dem Zahlenschloß suchte, um die große Luke im Deck zu öffnen.

»Wo ist der Schalter?« rief er. Seine Stimme wurde durch das dicke Plastik und Metall des Helms gedämpft.

»Hier«, sagte Boomer über seine beiden Helmlautsprecher. Er drückte auf die vereisten Tasten. Nichts geschah. Er versuchte es noch einmal mit demselben Ergebnis. »Wir haben einen Kurzschluß in der Verriegelung!«

»Dann improvisieren wir«, sagte Silver und trat mit dem Fuß gegen die Sicherheitsriegel. Sofort schlug die Druckluke zurück, verbeulte den Gitterboden und brach aus den Angeln. Eine massive Wasserfontäne donnerte in den Raum, prallte gegen die Decke und schwappte bis zum Deck über ihnen.

Von dem Schauspiel fasziniert streckte Moonfeather eine Hand aus, doch Delphia zog ihren Arm zurück. »Nicht. Der Druck reißt dir die Hand ab. Warte, bis das Wasser zu uns kommt.«

Bittere Kälte sickerte durch die Wände, und Eis bildete sich rings um ihre Anzüge, während das rauschende Meerwasser erst kniehoch, dann hüfthoch und brusthoch stieg, bis die Druckkammer schließlich ganz unter Wasser stand. Einer nach dem anderen traten die Runner durch das klaffende Loch und sprangen hindurch.

Die schwarzen Jym-Anzüge, die wahrhaftig Schatten ähnelten, fielen in das kalte Meer, während die Positionslichter der *Manta* wild flackerten und sich der Rumpf wölbte und krümmte wie eine riesige Bestie, die einen qualvollen Tod starb. Dann trat eine strahlend helle Feuerkugel an die Stelle des U-Boots. Die Druckwelle beförderte die sinkenden Jym-Anzüge mit brutaler Härte in die Tiefe, während heiße Splitter in tödlichem Regen durch das Wasser zischten und die Dunkelheit sie verschlang.

24

»Da kommen sie wieder!« rief der Mann am Sonar.

Die vorderen Schirme waren mit der sanften Erhabenheit der schwankenden Wälder der Unterwasserfarmen angefüllt, regelmäßige Felder in leuchtenden Farben, auf denen das Getreide unter den starken Lampen der Unterwasser-Arcologie im Überfluß wuchs. Aus westlicher Richtung näherten sich mehrere Piraten-U-Boote, deren Vormarsch eine Salve von Torpedos voranging, die sich in einer sich langsam ausdehnenden Fächerformation der Unterwasserstadt näherten.

»Anti-Torpedos abschießen, Gegenmaßnahmen aktivieren. Decker setzen ihre Störmanöver fort!« befahl der befehlshabende Offizier, während er mit beiden Händen die Konsole bediente. Neben ihm war sein XO auf dem Sessel zusammengesunken. Die ehemals hübschen Züge der Frau waren infolge der Explosion ihrer Konsole verkohlt. Sie war durch eine Überladung hervorgerufen worden, als ein feindlicher Torpedo eine Umformerbank Jenseits Der Mauer getroffen hatte.

Mit zügiger Präzision erfaßten die Fadenkreuze auf dem Schirm jedes der zigarrenförmigen U-Boote, und die Anti-Torpedos rauschten davon. Die winzigen Nadeln schossen durch den Ozean, um sich in ein Piratenboot zu bohren, das gleich darauf von einem Feuerball eingehüllt wurde, der sich ausdehnte, zusammenzog und dann mit dem Boot verschwand.

In den Straßen der Stadt jaulten Alarmsirenen, und dann kam die Druckwelle. Tausende winziger Risse bildeten sich in dem Kuppelabschnitt, welcher der Explosion am nächsten war. Langsam schlossen sich die Risse wieder, dennoch spritzte Wasser durch die haarfeinen Risse, das sich durch Gebäude bohrte, Betonklumpen abtrennte und Fahrzeuge entzweischnitt.

In der Kommandozentrale tauchte plötzlich ein wildes Durcheinander von hundert Schweifen aus Luftblasen auf, als die Piraten Anti-Anti-Torpedos abschossen, um den Abwehrmaßnahmen der Stadt zu begegnen. Die Projektile bestanden aus einem keramischen Material und wurden von komprimierter Luft angetrieben, so daß sie für magnetische Sensoren unsichtbar waren. Folgerichtig erstellte Der Würfel – der Hauptcomputer der Stadt – Vektorgraphiken von ihnen, die auf Sonarpeilungen beruhten. Leuchtend grüne Linien, um die Silhouetten der feindlichen Torpedos dort anzuzeigen, wo sie sich den passiven Sensoren zufolge befinden sollten. Die Genauigkeit dieses Verfahrens ließ im höchsten Maße zu wünschen übrig.

Zwei grollende Explosionen erblühten am Horizont und auf den Computerschirmen, als zwei Torpedos getroffen wurden. Dann zeigte der östliche Schirm, wie Dutzende von Piraten in grünen Tarn-Jym-Anzügen abgesetzt wurden und im Farmland der Stadt verschwanden. Der befehlshabende Offizier fluchte. »Die Piraten haben noch nie Truppen eingesetzt!«

»Anti-U-Boot-Haftminen abschießen«, schnappte der Kommandant. »Nadler schießen nach Belieben. Sprengung des äußeren Wasserbombenrings vorbereiten.«

Ein Chor von Bestätigungen folgte den Befehlen, als sich eine Kontrolltafel vollständig verdunkelte und eine Alarmsirene aufheulte.

»Ein weiterer Treffer«, rief die Frau an der Schadensbekämpfungskonsole. »Raketentreffer in Abschnitt Zehn, Wassereinbruch in Quadrant Vier von Old Dome. Explosive Dekompression in den Quadranten Drei und Zwei!«

»Sonar ausgefallen«, rief der Leitende Ingenieur. »Fusionsreaktor Nummer zwei ebenfalls ausgefallen. Schalte auf Notstrom, um Sonar und Mauer zu versorgen.«

Dank des Notstroms schlossen sich die zischenden Risse in der riesigen Kuppel über der Stadt schneller, aber die Straßen waren in einigen Abschnitten bereits überflutet, und der Verkehr mußte in die Außenbezirke umgeleitet werden.

Vor der Masse der Arcologie fast nicht zu erkennen, schoß ein Schwarm mikroskopisch kleiner Punkte aus einer in den umliegenden Bergen verborgenen Batterie. Unter unabhängiger Kontrolle gaben die schlanken Drohnen Vollschub, wobei sie einen Kometenschweif von Luftblasen hinter sich herzogen wie einen Kondensstreifen in der Atmosphäre. Die Bomben mit Steuerflossen beschleunigten rasch auf zehn ... fünfzehn ... fünfunddreißig Knoten, wichen den Laternenpfählen auf dem Farmland aus und stürzten sich auf die Jym-Anzüge auf den Feldern. Feuerbälle explodierten, und Panzerungsfetzen und rotes Blut bildeten eine dichte Wolke. Nadler, einfache Ruten aus einer Stahllegierung mit stacheligen Spitzen schossen durch Druckluken, und Tausende von Pfeilen erledigten die Jym-Anzüge im Dutzend und brachten überall heranschießende Torpedos vorzeitig zur Explosion.

Dann durchbrach ein einzelner Torpedo das Sperrfeuer und traf die Kuppel auf der Westseite. Fünfzig Tonnen Diakot und Makroplastglas wurden aus der Kuppel gesprengt, und ein Loch von der Größe einer Faust entstand. Ein Wasserstrahl schoß durch das Loch in die Stadt.

Eine Sekunde später setzte die explosive Dekompression ein. Die Kuppel erbebte unter der Schockwelle, und ein spinnwebförmiges Netz breitete sich hundert Meter weit in alle Richtungen aus. Unaufhaltsam strömte der Ozean durch die immer größer werdende Bresche. Männer und Frauen schrien verzweifelt und wurden hilflos gegen Mauern geschleudert, da sich die Flut in die Stadt ergoß und auf ihrem Weg alles zerschmetterte.

Überall jaulten Alarmsirenen, von Würfel bis Old Dome, und in der Kommandozentrale blinkten ganze Monitorreihen rot.

»Wassereinbruch in Sektor Vierundneunzig!« rief ein Techniker, während er hektisch Schalter und Hebel umlegte. »Nein… in den Sektoren Achtzig bis Hundertzwanzig! Und auf den Ebenen sechs, sieben und acht!«

»Alles abschießen, was wir haben!« schrie der befehlshabende Offizier, indem er drohend die Faust gegen den Computerschirm schwenkte. Die Deckenbeleuchtung flackerte und erlosch. »Verfluchter Drek! Sie haben den Fusionsreaktor erwischt!«

Das Meer rings um die angeschlagene Kuppel war von feurigen Kugeln erfüllt, da Drohnen und Torpedos um die Vorherrschaft kämpften. Ein Blitz, und ein Piraten-U-Boot verschwand. Noch ein Blitz, dann noch einer! Dann erbebte das Dach der Stadt, als Bomben aus der Dunkelheit auf die Kuppel herabfielen und in ungezügelter Heftigkeit explodierten. Risse breiteten sich auf alle Quadranten aus, und Wasserstrahlen jagten hindurch. Ein Geyser aus kochendem Wasser schoß durch die Mittelachse der Stadt und schleuderte Gebäude in das zentrale Granitmassiv. Tausend Todesschreie gingen im titanischen Tosen des entfesselten Ozeans unter.

Eine Bombe mit mehr Sprengkraft als alle anderen zusammen traf den Scheitelpunkt von Old Dome. Das fünf Meter dicke Kuppelmaterial hielt nicht länger als einen Herzschlag gegen die blendende Wut der gewaltigen Explosion stand. Die obere Stadt brach auseinander wie eine billige Glühbirne, und die Bewohner wurden durch die massive Implosion zerquetscht. Die Stahlträger von Gebäuden wurden wie die Heringe eines Zelts in das Zentralmassiv getrieben, das unter der Belastung auseinanderbrach.

Die Tanks mit Flüssigwasserstoff für die Fusionsgeneratoren explodierten und ließen eine Todeswolke aus Splittern auf die untere Stadt herabregnen. Überlastete Schaltkreise explodierten, Stromrelais verglühten, und die supraleitfähigen Kabel erhitzten sich so stark, daß sich ihre feuerfeste Isolierung entzündete. Wallende Giftgaswolken vergrößerten das Chaos. Stromschienen lösten sich unter der Hitze auf, und dann explodierten die gewaltigen Fusionsreaktoren und schmolzen. Gigawatt gespeicherter Energie wurden freigesetzt, und blaue Blitze knisterten über der angeschlagenen Arcologie. Die daraus entstehenden Brände wurden sofort von den hereinbrechenden Wasserfluten gelöscht.

Weitere Torpedos durchschlugen den geschwächten Verteidigungsring und trafen die Kuppel, bohrten sich in das transparente Material und explodierten. Die gewaltigen Kraftvektoren vergrößerten den Spalt mit einem Kreischen gequälten Glases, den keine lebende Seele mehr hörte. Die Schockwelle breitete sich auf die Straßen und den Granit des Zentralmassivs aus und brach gewaltige Brocken aus der Klippe. Die Hauptkuppel barst, und die verbliebene Atmosphäre entwich, während Wassermassen eindrangen, die Millionen Tonnen von Schutt und Hunderte von Leichen mit sich rissen. Brücken, Häuser, Straßen kollabierten und wurden unter einer Lawine fallenden Betons zerschmettert. Hunderte unbesetzter Rettungskapseln lösten sich aus dem Chaos. Sogar unter Wasser tobte ein unkontrollierter Brand im Industriesektor, und die Kuppelstadt wurde dunkel.

Die Piraten schossen eine Torpedosalve nach der anderen in die Ruinen, während Bomben herabfielen und die Vernichtung der Billionen-Nuyen-Arcologie und seiner unzähligen Bewohner vervollständigten.

Der Trideoschirm wurde dunkel, und in dem Saal gingen allmählich die Lichter an. Die Sitzreihen waren bis auf einen Mann und eine Frau völlig leer. Beide waren ältere Norms, und beide schien die Vorstellung nicht im geringsten erfreut zu haben.

»Jämmerlich«, stellte der magere Mann fest, der auf seinem Sitz zusammengesunken war. »Absolut jämmerlich.«

»Ich stimme Ihnen zu«, erwiderte die distinguierte Frau neben ihm. Sie sah in dem sehr formellen Kostüm bezaubernd, aber auch streng aus. »Und das war unsere bisher beste Kampfsimulation.«

»Ich kann verstehen, warum Sie mich verpflichtet haben, Ms. Harvin.«

»Meine Kontakte in Miami haben Sie wärmstens empfohlen. Licht, bitte!«

Augenblicklich war der Saal vollständig beleuchtet. Barbara Harvin drehte sich auf ihrem Sitz und musterte den alten Norm neben ihr. Der Decker war spindeldürr und mit dem grauen Haar und der verchromten Datenbuchse in der Schläfe nicht sonderlich eindrucksvoll. Andererseits konnte sie sämtliche Muskeln von der Straße anwerben, die es überhaupt gab, ohne den Job zu erledigen. Shawn Wilson konnte es.

»Also stimmen Sie meiner Einschätzung zu?«

Der Decker nickte. »Vollkommen. Ihren Leuten scheint es am nötigen... äh... nicht-linearen Denkvermögen zu mangeln, das zwingend erforderlich ist, um eine solche Anlage zu verteidigen.«

»Piraten greifen meist direkt an, warum auch nicht? Alle Vorteile liegen auf ihrer Seite. Sie sind klein und mobil, wir sind groß und unbeweglich.«

»Ein einziger Torpedo, und die Kuppel ist erledigt.«

»Oh, mehr als nur einer. Unsere althropische« – sie stolperte über das Wort – »Glashülle besteht aus dem widerstandsfähigsten Material, das es derzeit gibt.«

»Funkwellen breiten sich nicht in Salzwasser aus«, stellte er fest. »Wie kommunizieren Sie mit Ihren U-Booten und kontrollieren die Torpedos?«

»Mit einer akustischen Sprechanlage namens Gertrude. Ihre Leistungsfähigkeit hängt nur von der Dichte des Wassers, der zu überbrückenden Entfernung und der Kraft des Schalltransmitters ab.«

Wilson rieb sich die Datenbuchse in seiner Schläfe. »Als rufe man einem Wagen etwas mit dem Wind zu?«

»Genau.«

Er dachte darüber nach. »Schlecht für Ihre U-Boote. Die Piraten können jeden Befehl hören.«

»Dieses Problem haben wir gelöst«, sagte sie, ohne ins Detail zu gehen.

Wilson lächelte trocken. »Es gibt nur eine Möglichkeit, in der Öffentlichkeit herumzuschreien und dabei nicht der ganzen Welt mitzuteilen, wovon man redet. Codes.«

Sie nickte. »Die täglich gewechselt werden.«

»Wie wäre es damit, das Übel bei der Wurzel zu packen?« Shawn Wilson zündete sich eine Zigarette an. »Tote können einem nicht mehr weh tun.«

»Wenn wir wüßten, wo die Piraten ihre Basis haben, wäre es längst vorbei«, sagte Harvin.

Wilson schickte einen perfekten Rauchring zur Decke. »Sie haben doch gewiß versucht, einen Piraten gefangenzunehmen und den Standort ihrer Hauptbasis von ihm zu erfahren. Wie war noch der Name dieser Bande? IronHell?«

»Ja, das wurde versucht, aber es hat nicht funktioniert. Die Piraten tragen Schädelbomben, die chirurgisch in ihr Gehirn implantiert sind und explodieren, wenn ihnen irgend etwas zustößt. Wir glauben, daß die Anführer der Piraten keine Bomben tragen, aber bisher konnten wir keine Bestätigung für diese Auffassung erhalten, geschweige denn einen ihrer Anführer finden und gefangennehmen.«

»Drogen? Hypnose? Magie?«

»Ist alles versucht worden und gescheitert«, sagte Harvin. »Mr. Wilson, wenn Sie keine anderen Vorschläge machen können, war es vielleicht Zeitverschwendung, Sie herzubitten.«

»Was ist mit Infiltration?«

»Wir haben bereits ein Team im Einsatz, das daran arbeitet.«

»Irgendwelche Fortschritte?«

»Gewiß. Unser Kontakt ist gegenwärtig unerreichbar, aber wir erwarten täglich gute Nachrichten. Das Team ist sehr einfallsreich.« Eine Pause. »Natürlich können wir die Leute danach nie wieder einsetzen.«

»Aha, sie wissen zu viel.« Wilson formulierte den Satz nicht als Frage.

Barbara Harvin starrte ihn an. »Ganz im Gegenteil. Sie wissen absolut nichts über das, was tatsächlich vorgeht.«

Nachdenklich drückte Wilson seine Zigarette in einem Aschenbecher aus und zündete sich eine neue an. »Wieviel Zeit haben wir?«

»Im Augenblick alle Zeit der Welt.«

Er hob überrascht die Augenbrauen. »Wie ist das möglich?«

»Gunderson hat gegenwärtig ... eine Vereinbarung mit IronHell. Sie lassen die Stadt in Ruhe, und wir versorgen sie jeden Monat mit so viel Nahrung und Medikamenten, wie sie auf zehn Schiffen unterbringen können. Bei anderen Gelegenheiten wollen sie Geld, und manchmal wollen sie auch Schiffe.«

»Teuer.«

»Extrem teuer. Unsere Profite reduzieren sich dadurch auf ein Minimum. Gegenwärtig ist es jedoch unumgänglich.«

»Gibt es irgendeinen Grund, warum dieser Ort so attraktiv für sie ist?«

»Unseres Wissens nach nicht. Abgesehen von der offensichtlichen Tatsache, daß sie von ihm wissen und Versorgungsgüter, Nuyen und Schiffe aus uns herauspressen können. Einzigartig an der Stadt ist nur ihre Tiefe. Unterwasserstädte gibt es schon seit den siebziger Jahren des letzten Jahrhunderts.«

Er starrte sie an.

»Unglaublich, aber wahr.« Harvin zog ein Zigarettenetui aus der Jackentasche ihres Kostüms, entnahm ihm eine dünne Zigarette und zündete sie an. »Der Unterschied besteht einzig und allein darin, daß die Kuppelstädte bisher immer in seichten Küstengewässern errichtet worden sind. Das alte Japan und das alte Amerika haben es beide mit Tiefseestädten versucht und sind gescheitert. Dasselbe gilt für Brasilien, Australien, Frankreich und Rußland.«

Harvin gestikulierte weitschweifig. »Die Ruinen liegen immer noch irgendwo dort draußen. Geheime Totenstädte. Ein Vermögen wert für jeden, der sie entdeckt und herausfindet, warum sie gescheitert sind.«

»Interessant.«

»Bisher glaubt man, diese primitiven Arcologien seien aufgrund thermaler Inversion gescheitert. Es gibt warme und kalte Strömungen im Meer. Sie wandern, so daß es auf lediglich zehn Meter einen Temperaturunterschied von zwanzig Grad geben kann. Bei einer tausend Meter hohen Kuppelstadt können diese Unterschiede unglaublich groß und tödlich sein. Die Temperaturunterschiede schaffen Haarrisse. Diese führen zu einer allgemeinen Materialermüdung, dann zu Sprüngen, explosiver Dekompression und schließlich zu völligem Kuppelversagen. Millionen, und in manchen Fällen Milliarden, die in einem einzigen Augenblick verlorengehen.«

»Wie kommt es dann, daß Ihre Kuppel noch intakt ist?«

Sie inhalierte tief und ließ den Rauch aus der Nase strömen. »Diese Information gibt es nur, wenn es unumgänglich ist.«

Er nahm einen tiefen Zug von seiner Zigarette, wobei die Spitze so dunkelrot aufglühte wie ein Laserzielpunkt. »Vielleicht ist es unumgänglich, daß ich sie bekomme«, sagte Wilson.

»Beweisen Sie das, dann werde ich Sie persönlich unterrichten.«

Noch ein Zug, und die Zigarette wurde auf dem teuren Teppich ausgetreten. »Das ist fair.«

Harvin erhob sich und ging in Begleitung ihrer Leibwächter und Sekretäre zum Ausgang. »Auf dem Meeresboden lassen sich gewaltige Gewinne erzielen. Das beginnt bei den einzigartigen Legierungen, die der enorme Druck erzeugt, geht über supraleitfähige Chips und hört bei den grenzenlosen Möglichkeiten zur Nahrungsmittelerzeugung längst nicht auf.«

»Nahrungsmittel, die Sie mit Freuden an die Hungernden der Welt verkaufen werden.«

»Selbstverständlich. Gunderson ist ein kommerzielles Unternehmen. Außerdem ist der Ozean ein pharmazeutisches Füllhorn von Pflanzen mit fantastischen medizinischen Eigenschaften.«

Barbara Harvin streckte eine Hand aus, und ein geschniegelter Sekretär reichte ihr ein kleines Holzkästchen. Sie öffnete den Deckel und entnahm dem Kästchen eine handgerollte Zigarre mit einer goldenen Banderole, die das Gunderson-Logo trug. Sie bot sie Shawn Wilson an. »Die ist aus Tiefseetabak, ein hervorragendes Beispiel für die Ressourcen, die hier unten warten. Tiefseetabak enthält viel mehr Nikotin als gewöhnlicher Tabak und noch dazu eine beachtliche Dosis THC wie bestes kolumbianisches Marihuana. Das Weltmarktpotential für solch einen Luxusartikel ist schwindelerregend.«

Wilson entzündete die Spitze mit einem Taschenfeuerzeug, inhalierte und ließ den Rauch wie ein Experte auf der Zunge rollen. »Zieht wie eine gute Havanna«, lobte er. »Sehr mild.«

»Ja, sie sind sehr beliebt in den unteren Bezirken.« Harvin sah ihm dabei zu, wie er eine Weile zufrieden paffte, dann wandte sie sich ab und setzte sich in Bewegung. »Sie sehen also, wir brauchen dringend die Freiheit, ohne Störungen das Meer abzuernten. Der Gunderson-Konzern will, daß dieses Piratenproblem ein für allemal bereinigt wird.«

Wilson, der neben ihr über den Plüschteppich des Korridors vor dem Theatersaal ging, musterte sie über die Zigarre hinweg. »Übrigens, wie bekommen Sie hier unten eigentlich Personal?« fragte er. »Nicht viele Leute würden in einem Aquarium arbeiten wollen, das sich in einem Kriegsgebiet befindet.«

»Normalerweise heuern wir die Leute in Gruppen über falsche Anzeigen an«, sagte Harvin. »Gegenwärtig haben wir einige tausend Arbeiter, aber wir brauchen ständig mehr. Und wenn wir einen Spezialisten brauchen und ihn nicht herlocken können« – sie zuckte die Achseln – »entführen wir ihn einfach.«

»Spezialisten wie zum Beispiel Magier?«

Barbara verzog das Gesicht. »Es sind weder Schamanen noch Magier in der Stadt. Das ist wichtig für uns, um die absolute Kontrolle zu behalten. Rigger und Decker lassen wir wegen ihrer immensen Nützlichkeit zu und weil die Kuppelstadt nicht an die Matrix angeschlossen ist. Ohne Zugang zur Matrix kann ein Decker wenig Schaden anrichten. Und wenn sie so dumm sind, einen Run gegen unseren Coldframe zu versuchen, löst sich das Problem von selbst.« Sie lächelte.

»Wenn Kinder geboren werden, haben Sie eines Tages Magier.«

»Wenn ein Kind Begabung erkennen läßt, erleidet es einen Unfall.«

Wilson runzelte die Stirn. »Barbarisch.«

»Aber wirkungsvoll. Bis jetzt sind wir gut damit gefahren.«

»Keine Fehler?«

Barbara Harvin blieb vor dem Fahrstuhl stehen, und ein Sekretär drückte für sie auf den Rufknopf.

»Nur einmal. Obwohl die Korrektur weitere Probleme aufwarf. Doch das war lange vor meiner Zeit, und so ein Vorfall wird sich nicht wiederholen.«

Mit einem Seufzen teilten sich die Fahrstuhltüren und teilten sich dann erneut. Wilson blinzelte. »Genau wie eine Luftschleuse.«

»Es ist eine«, informierte Harvin ihn. »Alle größeren Zugänge zu den Verwaltungsquartieren von Old Dome sind Luftschleusen, um im Falle eines kleineren Kuppellecks die Sicherheit unserer Leute zu gewährleisten.«

»Was sagen Sie den Arbeitern, wenn sie nach Hause wollen? Piraten?«

»O nein. Wir kontrollieren alle Tauchboote und Jym-Anzüge. Niemand verläßt die Kuppel ohne unsere Zustimmung. Außerdem geben wir allen bei ihrer Ankunft eine medizinische Injektion, um ihren Körpern dabei zu helfen, sich auf den enormen Druck einzustellen. Tatsächlich handelt es sich um ein starkes Narkotikum, das aus dem Tiefseetang gewonnen und genetisch verändert wird. Einmal verabreicht, muß der Arbeiter die Substanz sein Leben lang täglich zu sich nehmen. Wenn eine Person unbefugt zur Oberfläche entkäme, würde sie nach wenigen Stunden das Bewußtsein verlieren und ohne das Gegenmittel im Verlauf eines Tages sterben.« Sie lächelte. »Weil sie von der Droge gar nichts wissen. Wir verabreichen sie ihnen insgeheim in Essen, Bier, Soymilch, Süßigkeiten und sogar in den kostenlosen Zigarren und Zigaretten, die wir regelmäßig aus Produktionsüberschüssen verteilen.«

Mit äußerstem Entsetzen ließ Wilson die Zigarre aus seinen gefühllosen Fingern gleiten. Sie fiel zu Boden und blieb qualmend zu ihren Füßen liegen, um auf dem Plüschteppich langsam auszugehen. Niemand machte Anstalten, die Zigarre aufzuheben.

»Willkommen in Old Dome«, sagte Barbara Harvin, die ihn mit einem Lächeln in die luxuriös eingerichtete Kabine einlud.

25

Die fünf Jym-Anzüge wateten durch den knöcheltiefen Schlick auf dem Grund des Ozeans. Zum Glück waren ihre Unterwasserrüstungen in gutem Zustand. Die Batterien waren voll aufgeladen, die Sauerstofftanks bis zum Rand gefüllt und die Heizungen angenehm warm, obwohl es nach uraltem Bier und abgestandenem Schweiß roch wie in einer Umkleidekabine nach einem Meisterschaftsspiel. Auf dem Meeresgrund blieben den Runnern sechs Stunden, einen Ort zu finden, wo sie ihre Anzüge aufladen konnten. Wenn ihnen das nicht gelang, würden sie sterben. Die Anzüge wogen gut eine Tonne pro Stück, und nicht einmal Magie konnte sie an die Oberfläche bringen. Womit ihnen nur eine Möglichkeit blieb.

Bei jedem Schritt wurden kleine Schlickwolken aufgewirbelt, die mit erstaunlicher Geschwindigkeit wieder zu Boden sanken. Der Druck war gewaltig, und sie behielten alle die zitternden Nadeln der dynamischen Spannungsmesser im Auge, die zusammen mit den anderen Kontrollen und Meßinstrumenten in den Helmen auf Kinnhöhe angebracht waren.

Mit ausgeschalteten Schulterscheinwerfern und deaktiviertem Sonar waren die schwarzen Anzüge lautlose Eindringlinge in der Tiefsee. Thermographen, die gegen die Polarströmungen ankämpften, lieferten ihnen nur Vektorgraphiken von der Welt ringsumher, skizzenhafte grüne Umrisse, denen es an Farbe und Details mangelte. Dadurch wirkte die ganze Szenerie unwirklich. Fischschwärme schwammen wie radioaktive Geister längst verstorbener Forellen vorbei. Unglaublicherweise gab es in den Nischen und Spalten der flachen Ebene pflanzliches Leben im Überfluß, schwankende Farne, ausladende Büschel, die bei ihrer

Annäherung in sich zusammenschrumpften, und seltsame Dinger, die umgedrehten Oktopussen ähnelten. Und natürlich Krebse.

Silver wußte, daß sich Funkwellen nicht in Salzwasser ausbreiten, nicht bei diesem Druck und diesen Temperaturen. Doch die Jym-Anzüge hatten eine Vorrichtung namens Gertrude, ein akustisches Meertelefon. Die fünf konnten sich miteinander unterhalten, und angeblich war es unmöglich, die verstümmelten Schallsignale von natürlichen biologischen Hintergrundgeräuschen zu unterscheiden. Oder wenigstens in der Theorie. Die Dunkelheit war in Verbindung mit absoluter Stille unerträglich, also gingen sie das Risiko ein. Außerdem hatten sie andere Verwendungsmöglichkeiten für das Funkgerät.

»Wie weit noch?« fragte Thumbs leicht pfeifend, wobei das Visier seines Helms beschlug.

»Verringere den Sauerstoffanteil deiner Atemluft«, schnappte Moonfeather. »Er ist zu hoch.«

»Danke«, japste er. »Ich dachte, ich würde mehr brauchen, weil ich groß bin.«

»Nein.«

»Noch zwei, drei Kilometer«, sagte Silver, indem sie eine Hand aus dem Ärmel ihres Anzugs wand. Als sie sie endlich draußen hatte, kratzte sie sich erleichtert die Nase. »Die Explosion hat uns weiter weggeschleudert, als ich dachte.«

»Wenn ihr das U-Boot nicht gesprengt hättet, wäre es einfach gesunken, und wir hätten die Sauerstofftanks des Wracks plündern können«, beklagte sich Boomer.

»Wozu?« fragte Delphia, der vorneweg marschierte. »Sie haben den Aufklärer zur Explosionszone fahren und dann wieder verschwinden sehen. Es war kein Rettungs-U-Boot. Es war ein Aufklärer, der nach Überlebenden gesucht hat, um sie zu geeken.«

»Ach ja? Und woher wissen Sie das?«

»Die Luftschleuse war versiegelt, und die Torpedorohre waren geflutet.«

Eine Pause. »Oh. Verdammt, Sie haben recht.«

Silver zog das Glasfaserkabel aus ihrer Jackentasche. »Außentemperatur minus fünfzig Grad. Wir befinden uns jetzt mitten in der Polarströmung. Es kann nicht mehr weit sein.«

»Ihr Götter, ich wünschte, wir könnten die Scheinwerfer einschalten!« sagte Moonfeather.

»Auf keinen Fall!« schnappte Boomer. »Er wird jedes lebendige Wesen im Umkreis von mehreren Kilometern auf uns aufmerksam machen. Und einige von den größeren werden bestimmt hungrig sein.«

»Oder bewaffnet.«

»Schon verstanden. Es bleibt dunkel.«

Sie trafen auf eine Vertiefung im Boden, die wie ein Flußbett aussah, und umgingen ein Riesenbüschel Seegras, welches sich so hoch reckte, daß es die Reichweite ihrer Thermographen sprengte. Fische schossen zwischen den Strängen hindurch wie Vögel durch die Äste eines Baumes.

»Wir sind da!« rief Thumbs gestikulierend.

Alle eilten zu ihm. Die Korallenbank stand allein und unschuldig nicht weit von den entblößten knorrigen Wurzeln des Seegrasbüschels. Ein einzelner Krebs betrachtete sie aus einem Loch in den Korallen wie ein Gefangener, der aus seinem Zellenfenster schaut.

Delphia ging mit weit ausgebreiteten Armen um die Illusion herum. »Geht nicht zu nah heran!« ermahnte er die anderen. »Es wird noch mehr tödliche Abwehranlagen geben.«

»Schon gut, schon gut. Was bin ich wohl, ein Idiot?« meldete sich Thumbs.

»Die Frage kann ich beantworten«, mischte sich Moonfeather ein.

»Du kannst mich mal, Schamanin.«

»Geschenkt, Troll.«

Die Gruppe umrundete die Korallenbank in einiger Entfernung. Der glatte Sand wirkte urweltlich und schien seit Jahrtausenden unberührt zu sein.

»Irgendwas?« fragte Moonfeather ängstlich, die mit dem Handschuh gegen ihre Unterarmkontrollen tippte, um die Heizleistung zu erhöhen.

»Hier drüben!« rief Boomer, der neben einer Spalte im Meeresboden stand und mit dem Fuß im Schlick scharrte. Seine Bemühungen hatten ein dickes Kabel freigelegt, das unter dem komprimierten Sand begraben war. Es führte zu der Korallenbank und erstreckte sich nach Norden.

»Es führt zu jenen schwarzen Bergen«, sagte Silver, deren Stimme in der Enge ihres Helms ein wenig hallte. »Merkwürdig, daß wir sie hier unten sehen können«, fügte sie leise hinzu, indem sie ihr Glasfaserkabel in die Schläfenbuchse stöpselte. »Müßte eigentlich außer Reichweite sein.« Mit ungelenken Fingern stöpselte sie das andere Ende des Kabels in die Kommunikationsbuchse ihres Funkgeräts.

»Thumbs, übernimm die Spitze«, sagte Delphia. »Ich kümmere mich um die Nachhut.«

»Und wozu?« schnaubte Thumbs, die Fäuste in die Hüften gestemmt. »Diese Dinger haben keine externen Waffen.«

»Um Fallen auszulösen«, sagte Moonfeather, die sich langsam von ihm entfernte.

Sein schwarzer Helm bewegte sich auf und ab, als er nickte, dann setzte er sich in Bewegung. »In Ordnung. Zumindest ist es ein Plan.«

»Kannst du keinen Manapfeil schleudern oder irgendwas beschwören, wenn wir in einen Hinterhalt geraten?« fragte Boomer. »Magie müßte doch auch unter Wasser funktionieren.«

»Klar. Aber durch das Metall des Anzugs? Nein.«

»Ausflüchte, immer nur Ausflüchte«, murmelte er.

Der Boden hob und senkte sich vor ihnen mit öder

Monotonie in flachen, gekräuselten Dünen, wobei der komprimierte Sand ein leicht begehbarer Untergrund war. Die Minuten dehnten sich zu Stunden, in denen ihre Luft- und Batteriereserven mit tödlicher Stetigkeit abnahmen. Dann stießen sie auf einige Hügel, zwischen denen eine schmutzige Strömung verlief.

»Das Kabel führt hierher«, verkündete Thumbs, der auf dem harten Schlick niederkniete.

»Und kommt hier drüben heraus«, sagte Delphia, von dem nichts zu sehen war. »Die Isolierung auf dieser Seite entspricht derjenigen, die bei Glasfaserkabeln benutzt wird.«

»Vulkanisiertes Gummi auf dieser Seite«, fügte Boomer hinzu.

»Die Abzweigdose«, hauchte Silver. »Wo die elektromagnetischen Impulse des Coldframe in Maser-Signale umgewandelt werden. Niemand benutzt heute noch eine Kombination der beiden, schon seit Jahrzehnten nicht mehr.«

»Wen interessiert das?« stellte Boomer in drängendem Tonfall fest. »Laßt uns herausfinden, wohin es führt.«

»Vorsichtig«, warnte Delphia. »Die Anhöhe ist zweifellos gegen Eindringlinge geschützt.«

»Wahrscheinlich ist das Kabel selbst anfällig«, meldete sich Silver zu Wort. »Supercomputer hin oder her, er wäre nutzlos, wenn er nicht irgendwie mit den Speicherbänken verbunden wäre, und das bedeutet, daß es Terminals mit Zugangsports für Inspektionen, Reparaturen und Diagnosen gibt.«

»Wenn du es sagst.«

»Dann mach, Mädchen. Finde das Ding.«

Silver ging um den Schlamm und um den Hügel herum. »Ha! Das Ding ist wie ein Hut gebaut. Oben ist es solide, aber der Boden ist offen!« sagte sie. »Vielleicht deshalb, um Hitze abzuleiten oder dem Wasser zu ermöglichen, die Schaltkreise zu kühlen. Wie auch immer, die Relais sind deutlich sichtbar.«

»Kannst du dich einstöpseln?«

Silver öffnete das Kontrollpaneel ihres Ärmels und verband ein paar Plastikdrähte mit ihrem toten Funkgerät. Sie schloß die Klappe des Kontrollpaneels, um die Fasern festzuklemmen, dann führte sie die blanken Enden des Glasfaserkabels vorsichtig in die offenen Eingänge eines Transmodems ein. Sie paßten perfekt. Ein weiterer Triumph der japanischen Standardisierung der Normen. Sie schaltete den Strom ein, aktivierte ein Schild-Programm und versuchte zaghaft, sich Zugang zum Datenstrom zu verschaffen.

Silvers Verstand erbebte unter der Explosion von Daten, und einen Augenblick später war sie von einer Million Kopien ihrer selbst umgeben. Hundert Datenströme donnerten lautlos in beiden Richtungen gleichzeitig an ihr vorbei. Sie wand sich unter dem Ansturm von Eindrücken und mühte sich, ihre Aufmerksamkeit ganz auf ihre Hände zu richten, die einzigen nichtreflektierenden Dinge, die zu sehen waren.

Alles war chromatisch, eine Milliarde unendlicher Spiegel, die von silbrigen Inseln polierten Lichts reflektiert wurden. Es war wie eine auf Chip geboostete Matrix, eine Vorstellung, bei der es ihr in den Schläfen pochte. Ein codiertes Menü schimmerte über einer reflektierenden Ansammlung von Knoten und Relais wie eine Neon-Aura am rostfreien Stahlhimmel. Seltsamerweise war der glänzende Boden unter ihr ein wenig matt, nicht so perfekt wie der Rest der Landschaft. Von der geringen Hitze ihrer Persona verzerrt? Wie empfindlich war dieses Ding? Zaghaft drang Silver tiefer ein und aktivierte einen raffinierten Dosenöffner, als plötzlich von allen Seiten graues Ice angriff. Ein kurzer schmerzhafter Blitz durchzuckte sie.

»Drek!« rief Silver, die ein wenig taumelte. »Ich bin ausgeworfen worden!«

»Bist du okay?« fragte Delphia, der seinen Handschuh auf die metallene Schulter ihres Anzugs legte.

Verärgert sog sie am Strohhalm der Trinkflasche in ihrem Helm und nahm einen kleinen Schluck Wasser. Es war nicht mehr viel übrig. »Ich werd's überleben«, seufzte sie. »Und ich bin reingekommen. Aber es war zu schnell, zu komplex.« Ihre Handschuhe bewegten sich im Wasser, da sie ihnen die blankpolierten Visionen in ihrem Kopf zeigen wollte. »Es war wunderbar«, flüsterte sie. »Wunderschön! Ihr Götter, am liebsten würde ich sofort wieder zurückgehen!«

»Dann tu's doch«, sagte Boomer.

Sie ließ den Kopf hängen, obwohl sich der Helm nicht bewegte. »Es würde mich umbringen. Es ist so, als würde man reinen Sauerstoff atmen oder einen V8 mit reinem Nitro fahren. Hört sich toll an, bis alles in die Luft fliegt.«

»Hey, schon gut, Mädchen«, sagte Thumbs. »Hast du überhaupt irgendwas entdeckt?«

Langsam, als lege sie Blumen auf das Grab eines Freundes, zog Silver die Kabelenden aus dem Transmoden in der Abzweigdose. »Ja, ich habe einiges entdeckt. Nicht direkt, aber ich konnte einen Blick auf das Hauptmenü werfen.«

»Hat es mit dem Boot zu tun, hinter dem wir her sind?« fragte Boomer. »Die *Yamato?*«

»Nein. Es ist ein Kriegscomputer, wie wir gedacht haben.«

Delphia warf seine gepanzerten Arme in die Luft. »Drek! Das Spielzeug von irgendeinem Mitglied der Karibischen Liga? Oder gehört es vielleicht sogar Atlantic Security?«

»Keine Ahnung, aber er ist noch nie benutzt worden, außer bei einigen Testläufen. Es gibt keine heißen Dateien, also ist das Ding eine Sackgasse. Aber es schützt etwas, das sich sechzig Kilometer weiter nördlich befindet. Es ist etwas wirklich Großes.«

Sie lächelte, obwohl sie wußte, daß niemand ihr Gesicht sehen konnte. »Etwas mit einer Atmosphäre und angenehmen Temperaturen.«

»Ja!« rief Thumbs, der einen Zeitlupentanz aufführte. »Wir werden leben!«

»Wenn wir sechzig Kilometer in … viereinhalb Stunden schaffen«, erwiderte Boomer mürrisch. »Bergauf und ohne Straßen.«

»Haben wir eine Wahl?« fragte Moonfeather in beißend lieblichem Tonfall.

»Nein«, sagte Delphia. »Sechzig Kilometer in vier Stunden bei dreißig Minuten für Umwege. Ein Kinderspiel. Auf geht's.«

Er setzte sich in Richtung der schwarzen Berge in Bewegung, die anderen dicht hinter ihm. Während sie sich entfernten, kam ein Albinokrebs aus seinem Versteck, um nachzusehen, ob sie etwas Eßbares zurückgelassen hatten.

26

Auf einem kleinen Kamm in der Nähe der Spitze des niedrigsten Berges blieben die fünf keuchenden Personen in Jym-Anzügen abrupt stehen und hielten den Atem an.

»Verdammt noch mal!«

»Ich glaub's nicht!«

»*Aí, carumba!*«

»Ja! Den Göttern sei Dank, ja!«

Im Süden, Westen und Norden erhoben sich riesige Unterwasserberge, ein Halbkreis aus schützendem Granit, der sich kilometerhoch nach oben reckte. Im Osten war ein endloses Nichts, ein gähnender Abgrund im Meeresboden, der sich so weit erstreckte, wie das Auge reichte. Ein Graben, größer als der Grand Canyon in der Ute Nation und der Marianengraben in der Nähe der Philippinen zusammengenommen. Es war, als schaue man über den Rand des Universums direkt in die Hölle.

Scheinwerfer tauchten Tausende von Hektar bestellter Felder in gleißendes weißes Licht, wobei sich verschiedene Arten von Tauchbooten um die Feldfrüchte kümmerten, die Ernte einbrachten, Arbeiter in gelben Jym-Anzügen transportierten und riesige Netze voller Fische und Krebse einholten.

Die Mitte des Tals wurde von einer Doppelblase beherrscht: einer großen, auf der Oberseite abgeplatteten Kuppel aus transparentem Material mit einer kleineren runden Kuppel darauf und einem riesigen Granitschaft in der Mitte, der beide wie ein Stalagmit stützte. In der oberen Kuppel, die ebenfalls aus durchsichtigem Material bestand, waren Gerüste und Einrichtungen zu sehen, die denjenigen ähnelten, welche auf Ölfeldern benutzt wurden. Die große Kuppel war schmutzig und mit grauen Maschinen, Pumpen und anderen Gebäuden gefüllt, die wie Fabriken aussahen. Auf Bodenniveau befand sich eine dicke, hohe Mauer aus ineinander verschachtelten Granitplatten, die den Kuppelboden umringte, eine innere Schutzmauer.

»Unglaublich«, hauchte Delphia. »Phantastisch.«

»Die Erlösung«, keuchte Thumbs.

»Und wie, zum Teufel, kommen wir hinein?« wollte Moonfeather gereizt wissen. Boomer formulierte ähnliche Bedenken.

Silver zeigte in eine Richtung. »Durch die Hintertür. Folgt mir.«

Ein kolossaler Gott thronte über Old Dome und runzelte die Stirn vor Ungeduld.

Shawn Wilson krempelte die Ärmel hoch, verengte die Augen zu Schlitzen und starrte auf seine neue Domäne herab. Die untere Ebene der Unterwasserstadt bestand hauptsächlich aus Maschinen, Lagerräumen und Werkstätten. Die wenigen Wohnkomplexe, bei denen es sich um ehemalige Fabriken handelte, waren offenbar im Zuge der Kämpfe zerstört worden. Welcher Kämpfe, wußte er noch nicht, aber jeder konnte sehen, daß in der tiefergelegenen Kuppel eine oder vielleicht sogar mehr als eine Schlacht ausgefochten worden war. Und auch noch nicht vor allzu langer Zeit.

Der obere Teil der Stadt hieß Old Dome, der untere Low Dome. Old Dome enthielt die Überreste dessen, was vielleicht einmal der Prototyp einer Unterwasserstadt gewesen war, obwohl sie jetzt in Trümmern lag.

Auf einem Griffel kauend, spazierte Wilson durch die Kolonie und studierte Einzelheiten und besondere Aspekte. Die Stadt war mit erstaunlicher Genauigkeit in einem Dynarama auf dem Tisch nachgebaut worden. Das Modell füllte den größten Teil dessen, was hier im Kern, dem Granitmassiv, sein Büro genannt wurde. Die Pappmaché-Berge reichten ihm bis zum Hals, während die Unterwasserfarmen in holographischen Strömungen schwankten. Wilson gab ein Zeichen und sah genau zu, wie U-Boote so groß wie sein kleiner Finger in den Raum jenseits der Berge schwebten, um winzige Torpedos abzuschießen, während die Stadt mit Dutzenden brennender Linien zurückschlug. Die dünnen Lanzen aus Feuer tasteten sich langsam nach außen vor wie brennende Radioantennen, die sich aus einem Wagen erhoben.

»Unterwasser-Laser«, sagte ein Norm in einem Laborkittel, der einen Taschencomputer bearbeitete. »Werden die wirklich funktionieren, Sir?«

Shawn Wilson, der in dem großen Abgrund stand, duckte sich, um zu beobachten, wie die Hologramm-Arbeiter die Erntemaschinen verließen, um in die Stadt zu gelangen. Der Vorgang ging langsam und nachlässig vonstatten und brachte dadurch das ganze Unternehmen in Gefahr. Er machte sich einen geistigen Vermerk, um dafür zu sorgen, daß sie übten, wie man einen geordneten Rückzug vornahm. »Wenn man einen statischen Laser unter Wasser abschießt, sorgt die Reflexion für einen Rückschlag, der die Waffe auseinanderreißt. Nicht wahr?«

»Natürlich«, schnaufte ein anderer Weißkittel.

Wilson kannte ihre Namen noch nicht und hatte bereits das Gefühl, daß er sich nicht die Mühe machen würde, sie sich zu merken. Er konnte sie jetzt schon nicht leiden. Sie waren dämlicher als Trolle, wenn das überhaupt möglich war. »Sahne. Also beginnen wir mit schwachen Strahlen, mit Sichtstrahlen wie denjenigen, welche wir an Waffen benutzen, um anzuzeigen, wohin die Kugeln fliegen, und erhöhen dann allmählich die Energie, bis wir einen pulsierenden Strahl haben, der pro Sekunde eine Million Mal durch das sichtbare Spektrum blitzt; dann haben wir das Reflexionsproblem gelöst, vermeiden einen Hitzerückstau und haben eine Energiewaffe, die unter Wasser funktioniert.«

»Die Reichweite ist zu gering«, stellte ein anderer Weißkittel fest.

»Und sie wäre langsamer als Drek«, fügte ein dritter hinzu.

»Zugegeben«, sagte Wilson, die Hände auf den Knien, während er zusah, wie die Holo-Torpedos einer nach dem anderen in winzigen Blitzen erloschen. »Aber wenn die Piraten von dieser Waffe nichts wüßten, hätten sie keine Gegenmaßnahmen parat, und wir könnten ihre Flotte auseinanderreißen ... Ein Vorteil«, sagte er, indem er sich aufrichtete und das versammelte Laborpersonal betrachtete. »Mehr braucht ein guter Taktiker nicht. Ein einziger Vorteil, und die andere Seite verliert.«

»Was ist mit unserer U-Boot-Flotte, Sir?« fragte eine Frau, die Hände in den Taschen und auf einer Pfeife kauend. »Wir haben die U-Boote im Bermuda-Graben verborgen. Dort draußen ist ein Gebirge, dessen Kamm oberhalb der maximalen Tauchtiefe liegt. Wenn die Piraten kommen, greifen wir sie in einer klassischen Zangenbewegung von beiden Seiten an.«

»Das ist gut«, räumte Wilson ein, indem er einen Fuß auf einen Stuhl stellte und die Hände auf den Oberschenkel stützte. »Tatsächlich sogar sehr gut. Aber nicht gut genug.«

»Und warum nicht, wenn ich mir die Frage erlauben darf, Sir?«

Wilson verzog das Gesicht. »Weil ich wette, daß sie entweder von der Existenz dieser Boote wissen oder einen starken Verdacht haben. Und ohne das Element völliger Überraschung sind die U-Boote Lämmer, die zur Schlachtbank geführt werden.«

»Bei allem Respekt, ich bin nicht Ihrer Ansicht, Sir«, sagte sie, indem sie den Pfeifenstiel in den anderen Mundwinkel schob. »Millionen auszugeben, um Energiewaffen von zweifelhafter Wirkung einbauen zu lassen, kommt mir sinnlos und verschwenderisch vor.«

»Ihr Problem. Ich trage die Verantwortung.« Shawn Wilson lächelte dünn. »Das gefällt Ihnen nicht? Reden Sie mit Barbara Harvin.« Sie erbleichten und murmelten Entschuldigungen, als es an der Tür klopfte.

»Herein!« rief er, wobei er den zerkauten Griffel aus dem Mund nahm und damit in einem winzigen Feuerball herumstocherte, um den erbsengroßen Traktor darin zum Vorschein zu bringen. »Die Dinger explodieren? Wer hat diesen Drek konstruiert, ein Ork?«

»Mr. Wilson?« sagte ein Ork-Wachmann, der unsicher in der Tür stand.

»Das bin ich«, sagte er, ohne sich umzudrehen. »Was gibt es?«

Der Metamensch räusperte sich. »Sir, wir haben gerade eine Meldung erhalten, daß in der Polarebene ein U-Boot in der Nähe des Würfels gesunken ist.«

»Wie ungewöhnlich. Aber warum teilt man mir das mit?« fragte Wilson beißend. »Bergen Sie das Boot und gliedern Sie es in unsere Flotte ein.«

»Unser Aktivposten ist nicht beschädigt worden, aber Spähtrupps, die an der Oberfläche nach Überlebenden suchten, haben zwei Norms in einem Rettungsfloß gefunden. Flüchtlinge von dem Piraten-U-Boot, das zerstört wurde. Sie behaupten, es hätte eine Meuterei stattgefunden, und aus diesem Grund sei ihnen die Flucht geglückt.«

Shawn drehte sich stirnrunzelnd um und starrte die Wache mit kalter Förmlichkeit an. »Eine Piratenmeuterei? Unmöglich. Sie lügen. Die Schädelbomben verhindern derartige Aktionen gegen ihre Anführer.«

Der Wachmann senkte die Stimme. »Wir sind derselben Ansicht, Sir. Ich habe mir wegen der ungewöhnlichen Begleitumstände ihrer Bergung die Freiheit genommen, die normale Vorgehensweise der Assimilierung zu stoppen und die Sicherheit sofort mit dem Verhör beginnen lassen.«

»Gut. Verständigen Sie mich, wenn sie etwas erfahren, das Hand und Fuß hat.«

»Gewiß, Sir.« Als der Wachmann gegangen war, wandte Shawn Wilson sich wieder dem Dynarama-Tisch zu. »Neues Spiel, neues Glück, Leute. Laßt uns die Anzahl der Piraten verdoppeln, unsere eigenen U-Boote hinzunehmen und jemand einen Selbstmordangriff auf die Hauptkuppel unternehmen lassen. Mal sehen, was dann passiert. Auf geht's!«

Die gewaltige Luftschleuse in der Granitwand teilte sich mit einem lauten hydraulischen Zischen, und ein Wasserschwall ergoß sich auf den Stahlbetonboden. Auf rostigen Schienen ratterte der Frachtcontainer durch die Schleusen und weiter in das Maschinenlabyrinth, bevor er vor einem gepolsterten Puffer zum Stehen kam. Die Doppeltüren schlossen sich mit einem durchdringenden Knall und zischten dann erneut, während Meßinstrumente in der Wand anzeigten, daß der Druck auf der anderen Seite wiederhergestellt wurde.

Der an Angeln befestigte Deckel des rechteckigen Containers kreischte empört, als er sich teilte und einen Haufen zappelnder Fische enthüllte. Die Fische hörten augenblicklich auf, sich zu bewegen, als ihre Leiber auf das Doppelte und Dreifache ihrer ursprünglichen Größe anschwollen, die Augen platzten und hellrotes Blut aus ihren geöffneten Mündern und Kiemen quoll. Computergesteuerte Schlösser öffneten sich mechanisch, und der Container wurde auf eine Seite gekippt, so daß sich eine Lawine regloser Fischleichen aus ihm ergoß. Die Fische rutschten einen Meter über den Boden und verschwanden dann in einer spitz zulaufenden Rutsche, wobei Bänder aus Laserlicht die Flut scannten. Die Digitalanzeige kletterte in die Tausende, bevor fünf schwarze Jym-Anzüge erschienen. Sofort heulten Alarmsirenen auf.

»Drek!« heulte Boomer, während sie zusammen mit den toten Fischen die Rutsche herunterkollerten und gegen die Seitenbegrenzungen prallten.

»Locker bleiben!« rief Delphia, der über seine Stiefel hinweg die anderen dicht hinter sich sah.

Mit einem heftigem Aufprall landeten sie auf einem Fließband, das über und über mit Fischen bedeckt war. Das Fließband bewegte sich mit einem Ruck weiter, als Skelettarme aus schleimbedeckten Aufhängungen zuckten, um die Fische ordentlich aufzureihen, während ein paar Meter weiter ein anderer Satz Hände damit begann, sie aufzuschneiden und zu filettieren.

Silver kam soeben auf die Beine, als sie die blitzenden Messer auf sich niederfahren sah, und hob die Arme, um ihr Gesicht zu schützen. Die wirbelnden Klingen brachen im Dutzend an der Panzerung ihres Jym-Anzugs, um als Querschläger gegen die Maschinen zu beiden Seiten des Fließbands zu prallen. In ihren Jym-Anzügen ließen sie die zerbrochenen Messer hinter sich und wurden durch einen tosenden Vorhang aus dampfendem Wasser transportiert, um auf der anderen Seite in helles Licht getaucht zu werden. Nachdem das Wasser von ihren Visieren getropft war, sahen sie zwanzig oder mehr Stühle beiderseits neben dem Fließband, auf denen alte und junge Norms und Metas in fleckigen Overalls und Haarnetzen saßen und den Fischen mit Messern Kopf und Schwanz abtrennten. Weiter hinten sortierte eine Seite die filettierten Fische in verschiedene Kisten. Die andere Gruppe sortierte die Köpfe und die Schwänze auf zwei verschiedene Fließbänder, die in unterschiedliche Richtungen liefen.

Ein weiblicher Ork schrie auf, als die schwarzen Jym-Anzüge an ihr vorbeiglitten. Ein junger Norm folgte ihrem Beispiel, und nach kurzer Zeit rannten die Leute wild durcheinander und machten so viel Lärm wie eben möglich. Eine ramponierte Tür in einem Makroplastschuppen flog auf, und ein fetter Norm mit einem Betäubungsstab trat mit finsterer Miene herein.

»Haltet verdammt noch mal das Maul«, bellte er. »Ich wollte gerade etwas schlafen!« Dann verlor er beim Anblick der Jym-Anzüge sowohl den Betäubungsstab als auch seine finstere Miene, und er taumelte rückwärts, um auf einen roten Knopf an der Wand zu drücken. Überall jaulten Alarmsirenen los.

»Piraten!« rief er. »Greift sie an! Bringt sie um!« Mittlerweile war er jedoch allein, da alle anderen sich in Sicherheit gebracht hatten.

Delphia sprang auf den Boden, riß einen leeren Stuhl hoch und schleuderte ihn gegen die jaulende Sirene, die daraufhin von der Wand fiel. Die Sirene verstummte, doch anderswo jaulten andere unablässig weiter.

Lauthals fluchend zog der übergewichtige Norm eine Seco und schoß auf sie, doch die Flechette-Geschosse prallten wirkungslos von der Tiefsee-Panzerung ab. Thumbs bückte sich, hob ein Messer auf und warf es auf den Norm. Die Klinge traf die Wand neben seinem Bauch und drang bis zum Heft ein. Sprünge breiteten sich in dem Plastik meterweit in alle Richtungen aus. Der Norm fiel prompt in Ohnmacht und glitt auf den schmierigen Boden. Moonfeather, die in ihrem Anzug wie ein stygischer Koloß aussah, sprang neben den Mann und hob den Betäubungsstab auf. Sie trabte zu dem Makroplastschuppen, riß die Tür aus dem Rahmen und sah sich innen um. »Alles klar!« rief sie, indem sie die Plastiktür beiseite warf.

»Hier entlang!« rief Silver, die vom Fließband glitt und dabei einen Stuhl zertrümmerte. Dann watschelte sie zu einer Metalltreppe, die zu einem Laufsteg auf einer höheren Etage führte.

Die Gruppe stürmte die Treppe hinauf, wobei die Stufen sich unter ihnen durchbogen wie warme Toffees, und dann weiter über den Laufsteg. Das Metallgitter erzitterte ächzend unter ihrem vereinten Tonnengewicht. Delphia riß eine Tür auf, und Reinigungsmittel fielen ihm entgegen. Thumbs versuchte es mit der nächsten, und eine Gruppe von Leuten mit Schürzen und Haarnetzen schrie auf und drängte sich noch enger in eine Ecke. Moonfeather packte die Klinke der nächsten Tür, die jedoch abbrach. Silver öffnete die nächste. »Ein Flur!«

Sie hasteten durch die Tür und an einer riesigen pumpenden und zischenden Maschine vorbei, während ein anderer komplexer Stahlklotz etwas, das wie Fischgedärme aussah, stetig zu einem abscheulichen Püree zermahlte. Auf der rechten Seite erhoben sich riesige Glasrohre, die mit farbigen Flüssigkeiten gefüllt waren, in denen ein endloser Strom von Blasen wallte. Am Ende des Flurs befand sich eine Metalltür mit der Aufschrift *Zutritt für Unbefugte verboten.* Neben der Tür waren sowohl ein Handflächen- als auch ein Netzhautscanner angebracht. Die Tür ähnelte einem Banktresor. Hier war gewiß kein Durchkommen.

Delphia steckte zwei Finger in den Mund und stieß einen schrillen Pfiff aus. »Hier!« rief er, indem er über das Seitengeländer stieg und sich an einem kalten Metallrohr festklammerte. Er schlang seine gepanzerten Beine um das Rohr und rutschte nach unten und außer Sicht.

Die anderen folgten ihm dichtauf. Maschinen und Brennöfen, Etagenböden und Laufstege huschten vorbei, bis das Rohr hundert Meter tiefer durch einen Kachelboden stieß. Delphia ließ das Rohr los, machte den Nachfolgenden Platz und lief im Zickzack durch ein Labyrinth aus Maschinen und Ausrüstung.

27

Der Atlantische Ozean war aufgewühlt und rauh, und die Wellenkämme waren höher als einen Meter, aber Atlantic Securitys Schlachtschiff *Conquistador* lag reglos im Wasser, als sei es festgenagelt. Emile Ceccion lehnte in einem engsitzenden grauen Overall mit dem Rücken an der gepanzerten Verkleidung eines Backbordgeschützes und genoß den Schatten der drei 200-mm-Kanonen auf dem Vordeck.

Während er kleine Stücke von einem Zwieback abbrach und mit den Krümeln Grand auf seiner Schulter fütterte, beobachtete Emile aufmerksam die Besatzung, die in ihren gestärkten weißen Uniformen die Vorbereitungen mit dem Bugkran des Schiffs beendete. Schwärme von Matrosen und Offizieren überprüften immer wieder die Verbindung zwischen einem dicken Haken mit einer gewaltigen Kette und der Metallöse an einer schlichten Metallkugel mit abgeplattetem Boden, die mit Stahlbändern umwickelt war. Die Tauchkugel durchmaß etwa fünf Meter und hatte nur einen Zugang, die beiden ovalen Türen auf der einen Seite der Kugel, zwischen denen nur Millimeter lagen. In Höhe des Äquators befanden sich vier winzige Bullaugen, deren Armorlite-Scheiben zusätzlich mit einem Drahtgeflecht verstärkt waren. Es schien fast zuviel zu sein, doch Emile bevorzugte ein Übermaß an Sicherheit. Der entsetzliche Druck war nicht die einzige bekannte Gefahr der Tiefsee.

Grand krümmte seinen langen Rücken, als sei er mit den Gedanken seines Meisters einverstanden. Emile gab ihm noch ein Stück des traditionellen Schiffszwiebacks, während seine langen blonden Haare im Wind wehten. Grand nahm den Bissen mit seinen winzigen Pfoten und nagte gierig und mit offensichtlichem Vergnügen an dem harten Brot. Emile wußte, daß sein Gefährte ein Allesfresser war, aber dies schien die Definition zu neuen Höhen zu führen.

»Oder ist das ein neues Tief?« sagte er laut. Grand biß verspielt in sein rechtes Ohrläppchen. »Aua!« sagte Emile, indem er ihn sanft wegschob. »Frieden, Kleiner, Frieden. Hier, nimm auch noch den Rest.«

Mit einem Stück Schiffszwieback im Maul, das größer als sein spitzer Kopf war, fing Grand an, sich mit dem schmierig-grauen Zeug in unverhohlenem Frohlocken die Hamsterbacken vollzustopfen.

Direkt an der Bugspitze zwischen den vorderen Raketenbatterien befanden sich zwei große Spulen, auf die Kabel und Druckschläuche gewickelt waren. Beide Leitungen führten zu einer noch größeren Kabelspule, die mit der Kugel verbunden war. Bei der Einsatzbesprechung hatte Emile erfahren, daß dies die Lebenslinien seines Transports waren, die ihn mit Luft und Energie versorgen würden, bis er seinen Bestimmungsort erreichte: Old Dome, eine Tiefseestadt, die Hunderte von Metern unter ihnen auf dem Meeresgrund lag. Er fand die Vorstellung faszinierend. Dem Herzen der Mutter Erde so viel näher zu sein. Grand leckte sich seine steifen Barthaare sauber und schmiegte sich dann mit zufriedenem Schnurren an die Wange seines Meisters.

Während Emile das Fell unter dem Kinn des Frettchens streichelte, sah er einen Ork-Matrosen vor einem Offizier salutieren. Der Norm benutzte einen Lichtschreiber, um einzelne Punkte auf dem Schirm eines Taschencomputers abzuhaken, der an seinem Gürtel festgebunden war. Ursprünglich hatte Emile dieses Festbinden für affektiertes Getue gehalten, bis er gesehen hatte, wie ein Zwergen-Kanonier über ein Seil gestolpert war, so daß die Schachtel mit den Tontauben für das abendliche Schießen des Captains über die Reling ins Meer gefallen war.

Der Offizier schob den Computer in seine Tasche

und setzte sich in Richtung Emile in Bewegung. Der Wind zerrte an seiner Mütze, war jedoch nicht stark genug, um sie ihm vom Kopf zu reißen.

»Hoi! Alles bereit, Lieutenant?« fragte Emile laut über den auffrischenden Ostwind hinweg. Den Meldungen der meteorologischen Satelliten des Gunderson-Konzerns zufolge braute sich im Norden ein weiterer Sturm zusammen und würde sie in Kürze erreichen. Einmal unter Wasser, war er sicher vor den tobenden Winden, doch die *Conquistador* würde sich der vollen Wucht des Unwetters stellen müssen, da sie bleiben mußte, um ihn zur Unterwasserstadt herabzulassen, die in einer Tiefe von fast zwei Kilometern auf ihn wartete. Emile hoffte inständig, daß das Schiff nicht kenterte, solange er noch mit ihm verbunden war. Grand zischte zustimmend und schlug mit dem buschigen Schwanz.

»Aye, Sir!« rief der Offizier. »Die *Cousteau* ist bereit, wenn Sie es sind, Sir!«

Emile hob den Schulterbeutel aus Plastik und den mit Ranken bedeckten Holzstab zu seinen Füßen auf und überquerte mit stoischer Ruhe das frisch gestrichene Deck. Ein Ork-Fähnrich hielt ihm die Außenluke der Tauchglocke auf, während die Innenluke bereits aus dem Weg schwang. Emile bückte sich und kletterte in die Metallkugel.

Drinnen richtete er sich wieder auf und sah zu seiner Überraschung, daß die *Cousteau* angenehm gepolstert war: mit Samt verkleidete Wände, Plüschteppiche und ein halbkreisförmiges Sofa, von dem locker Sicherheitsgurte baumelten. Gegenüber dem Sofa war ein Stapel von Kisten mit elastischen Gurten an der Wand befestigt. Mitten im Boden befand sich eine Luke, die mit einem Handrad geöffnet und geschlossen werden konnte. Eine kurze Inspektion der Ausrüstungskisten ergab, daß sie gut gesichert und seine persönlichen Siegel nicht angerührt worden waren.

»Irgendwelche letzten Wünsche, Sir?« fragte ein Lieutenant, der einen spiegelblank polierten Schuh halb auf den Lukenrand gestellt hatte.

»Wie zum Beispiel?« fragte Emile, indem er seinen Schulterbeutel mit einem der elastischen Gurte festband.

Der Norm zuckte die Achseln. »Essen, Medikamente, Narkotika, Waffen, Bücherchips, SimSinn-Chips, Reservekleidung … Mr. Harvin hat Ihnen Carte blanche gegeben, Sir. Was die *Connie* an Bord hat, gehört Ihnen.«

»Vielen Dank«, sagte Emile, indem er seinen Stab auf den Boden stieß. Der mit Ranken bedeckte Holzstab blieb einfach stehen. »Aber ich scheine alles zu haben, was ich brauche.« Grand sprang von seiner Schulter auf das Sofa und jaulte.

»Ich korrigiere mich.« Emile wandte sich zu dem Norm um. »Gibt es vielleicht noch mehr Schiffszwieback?«

Der Lieutenant beobachtete Grand mißtrauisch. »Nicht hier oben, Sir. Ich kann etwas aus der Kombüse holen.« Draußen verdunkelte sich der Himmel rapide, und leiser Donner war zu hören.

»Wir werden ohne Zwieback auskommen«, beschloß Emile. Grand jaulte erneut. »Ruhe«, sagte er leise, und das Frettchen erstarrte. Nach einer Sekunde jagte Grand seinem Schwanz hinterher, bis er nur noch ein kleines Fellknäuel war und Kopf und Schwanz nicht mehr zu unterscheiden waren.

»Wie Sie meinen, Sir.« Der Lieutenant salutierte. »Die Reise dürfte ungefähr sechs Stunden dauern, wenn man die vorherrschenden Strömungen berücksichtigt. Sie haben die Berechtigungscodes?«

»Natürlich«, sagte Emile, indem er langsam das Innenluk schloß.

»Gute Reise, Sir!« rief der Lieutenant durch den kleiner werdenden Spalt, um dann gerade noch rechtzeitig seinen Fuß zurückzuziehen.

Emile drehte an dem Handrad, bis das Luk geschlossen war, dann sicherte er es. Er setzte sich neben Grand und schnallte sich an, dann öffnete er eine verborgene Kontrolltafel und schaltete die Außenmikrophone ein.

»Stinkender Elf-Bastard«, hörte er den Lieutenant sagen. »Ich hoffe, er wird auf dem Weg nach unten von einem verdammten Leviathan gefressen.« Dann viel lauter. »Fertigmachen an der Glocke!«

»Fertig, Sir!«

»Klammern lösen!« Metallklammern lösten sich auf vier Seiten der Glocke. »Stabilisatoren auf volle Leistung! Leitungen abwickeln! Strom ein! Druck ein! Werft das Baby ab, Jungens!«

Emile spürte, wie die Kugel sanft angehoben wurde und nach links schwang. Er sah aus der Luft auf das Deck der *Conquistador*, auf dem Matrosen in Gruppen zwischen den Werferreihen für die Wasserbomben standen, die in regelmäßigen Abständen das Dollbord säumten. Die Mitte des Schiffs ähnelte einem Stachelschwein, da Kanonen und Geschütztürme in alle Richtungen wiesen. Persönlich fand er es schwer zu glauben, daß ein Piratenschiff auch nur eine kurze Konfrontation mit einem technologischen Schrecken wie der *Conquistador* überstehen konnte.

Das Absenken ins Wasser verlief reibungslos, auch wenn die Glocke beim eigentlichen Eintauchen schaukelte. Als die Wellen die winzigen Fenster der Kugel überspülten, nahm das Licht eine grünliche Färbung an, aus der rasch eine stygische Dunkelheit wurde. Die einzigen Geräusche waren das Surren der Heizung, das leise Summen der Druck- und Tiefenanzeige und das beruhigende Pochen des Lufterneuerers. Da er nur warten konnte, machte Emile es sich auf dem Sofa bequem und schloß die Augen. Sein normaler Schlafrhythmus war infolge dieser Reise empfindlich gestört worden, und ein kurzes Nickerchen kam mehr als gelegen. Während er langsam wegdämmerte, zischte Grand eine Warnung, und die Alpträume begannen wieder, doch schärfer und lebendiger als jemals zuvor. Fast so, als seien sie Wirklichkeit.

Grand schrie mit gesträubtem Fell, als Emile ruckartig erwachte. Sein Kiefer arbeitete, da er versuchte, sich zu räuspern und zu atmen. Luft... er bekam keine Luft! Seine Lungen arbeiteten, doch nichts geschah. Es war, als sei alle Luft aus der Tauchglocke gepumpt worden und als herrsche ein Vakuum. Keine Luft! Keuchend und nach Luft ringend fummelte er an der Kontrolltafel über seinem Kopf herum, um dann ungläubig auf die Anzeigen zu starren, die besagten, daß die Glocke voller Atemluft war, auch der richtige Druck herrschte und Sauerstoff- und Kohlendioxid-Anteil normal waren. Die Versorgungsleitungen mußten verstopft sein!

Da das Blut in seinen Ohren hämmerte, konnte Emile nicht hören, ob der Erneuerer funktionierte oder nicht, und an den sichtbaren Teilen war keine Bewegung zu sehen. Der Gedanke an Flucht wurde übermächtig. Ja, das war es! Er mußte die Oberfläche erreichen! Er löste seinen Sicherheitsgurt und taumelte zur Luke. In gedankenlosem Entsetzen schlug er schwach auf das Handrad ein in dem Versuch, aus dem Unterwassersarg zu entkommen. Grand rannte vor ihm auf und ab, um sich schließlich trotzig vor der Luke aufzubauen und seinen Meister anzufauchen, doch Emile schleuderte das Frettchen beiseite. Das Denkvermögen war ihm abhanden gekommen, er verspürte nur noch das brennende Bedürfnis, noch ein letztes Mal kühle, wunderbare Luft zu atmen. Ein einziger Atemzug, einen Fingerhutvoll, ein Hauch Luft... Oh, ihr Geister, bitte... bitte...!

Delphia duckte sich unter einem rotglühenden Rohr hinweg, wich einer Reihe dampfender Bottiche aus, die mit zischenden Schläuchen behangen waren, und umrundete eine pochende Maschine mit unzähligen Anzeigen und Meßinstrumenten, um sich gleich darauf in einer Sackgasse vor der Tür zu einer Kühlkammer wiederzufinden. Er öffnete die isolierte Tür, schaute hinein und sah nur Dunkelheit. Der beleuchtete Teil des Bodens war voller Staub und Spinnweben. Als er sich umdrehte, standen die anderen hinter ihm.

»Irgendwelche Anzeichen für Verfolger?« fragte Delphia, der die Tür anlehnte, aber nicht ins Schloß fallen ließ.

Moonfeather, welche die letzte war, schüttelte den Kopf in ihrem Helm. »Keine Verfolger. Wenn es welche gab, haben wir sie mit der Rutschpartie das Rohr hinunter abgehängt.«

»Hervorragend.« Delphia ging tiefer in die Kühlkammer hinein, öffnete die Siegel an der Hüfte und beugte sich vor, um die obere Hälfte des Jym-Anzugs so leise wie möglich zu Boden gleiten zu lassen. »Wir können die Anzüge hier zurücklassen«, sagte er.

»Klingt gut.« Thumbs entledigte sich ebenfalls des Oberteils seines Anzugs und kratzte sich die Nase. »Ah! Das will ich schon seit Stunden tun.«

»Sieht nicht so aus, als wäre diese Kammer in den letzten Jahren benutzt worden«, stellte Moonfeather fest, als sie sich in der düsteren Enge zu ihnen gesellte. »Wir können uns die Anzüge bei Bedarf wiederholen. Diese Dinger müssen ein Vermögen wert sein.«

»Ganz meine Meinung«, sagte Delphia, indem er sich der unteren Hälfte seiner Rüstung entledigte.

»Hey, wo ist Boomer?« fragte Silver, die sich hektisch umsah.

»Drek! Wir müssen ihn in der Filettiermaschine verloren haben«, sagte Thumbs, nachdem er vor der Kühlkammer nachgesehen hatte. »Keine Spur von ihm. Sollen wir zurückgehen?«

»Geschenkt«, murmelte Moonfeather, die aus ihrem

Anzug trat und dann ihre roten Haare ausschüttelte. Sie überprüfte die Ladung des Betäubungsstabes und steckte ihn sich dann in den Gürtel. »Ich glaube nicht, daß er weiß, wo IronHell ist, und er weiß auf gar keinen Fall, was das hier für ein Ort ist, also wer braucht ihn?«

»Und wenn er geschnappt wird?« wollte Silver wissen, die neben ihrem Anzug stand und vorsichtig ihr Fuchi herausholte.

»Dann explodiert sein Kopf«, sagte Moonfeather.

»Ich bin derselben Ansicht«, sagte Delphia nachdenklich, während er den Predator aus dem Bein des Jym-Anzugs nahm. »Er war nur an Bord des U-Boots von Nutzen. Wenn er noch bei uns wäre, wären wir gezwungen, ihn selbst zu terminieren.«

»Dann ist es gut, daß er nicht bei uns ist.«

»Wo er auch sein mag«, stellte Silver fest, indem sie ihren klobigen Beutel schulterte.

»Dieser dämliche Norm hat uns für Piraten gehalten«, sagte Thumbs zögernd. »Also kann das hier nicht IronHell sein.«

»Nein«, stimmte Delphia zu. »Und aus der extrem feindseligen Reaktion des Vorarbeiters können wir schließen, daß die Bewohner dieser Unterwasserstadt nicht gerade auf freundschaftlichem Fuß mit den Piraten stehen.«

Die Remington in der Hand, legte sich Moonfeather den zum Teil gefüllten Munitionsgurt um die Brust. »Aber die hiesige Verwaltung könnte wissen, wo IronHell zu finden ist«, mutmaßte sie.

»Besorgt mir ein Telekom oder eine Buchse zum Einstöpseln, dann lade ich das ganze verdammte Stadtgitter herunter«, sagte Silver zuversichtlich, während sie das Magazin ihrer Seco überprüfte. »Ich habe Programme, die ein Gitter völlig leerfegen können.«

Delphia testete den VPR2 und seinen Manhunter. »Das erfordert Zeit. Und Abgeschiedenheit. Auch wenn wir etwas finden, sind unsere Kredstäbe hier vermutlich wertlos.«

»Das hier ist Terra incognita«, stimmte Moonfeather zu.

»Also laßt nichts zurück«, sagte Thumbs, die Mossberg in der Ellenbeuge eines tätowierten Arms. »Wir könnten es brauchen.«

»Schon gut.«

»Logisch.«

»Sahne. Laßt uns los.«

Mit ihren Waffen im Anschlag gingen die vier durch die verlassenen Maschinenhallen, wobei sie sorgfältig nach Wachen und Videokameras Ausschau hielten, während sie einer Tür mit der Aufschrift *Ausgang* entgegenstrebten. Sie war mit einem Netzhautscanner gesichert, doch Silver und ihr Fuchi hatten das Schloß in Sekundenschnelle mit einem UniBlink-Programm geknackt, und schon waren sie hindurch.

28

Boomer blieb hinter einem großen vibrierenden Reaktor mit unzähligen Rohren stehen, atmete tief durch und wartete, um festzustellen, ob jemand hinter ihm her war. Nach ein paar Sekunden kam er zu dem Schluß, daß er in Sicherheit war, und öffnete seinen Helmverschluß. Einen Augenblick später bereute er es schon. Die Luft in der Fischverwertungsanlage war unerträglich. Es stank nach Fäulnis und verwesten Gedärmen. Drek, es war noch schlimmer als ein Kielraum voller halb verwester Leichen!

Während er in flachen Zügen atmete, zwang er sich dazu, sich an den Gestank zu gewöhnen, dann schälte er sich aus seinem Jym-Anzug. Der getrocknete Schweiß hatte ihm die Kleidung förmlich auf die Haut geklebt, aber er reckte und streckte sich erst einmal und genoß die freie Bewegung.

Damit war es sofort vorbei, als in die Wand über ihm eine Kugelsalve einschlug und eine saubere Linie von Löchern in das Metall stanzte. »Keine Bewegung!« donnerte ein Norm in einer Wachuniform. Der Wachmann kam näher. Stiefel und Abzeichen waren blank poliert. »Und behalte die Hände oben.«

Langsam ließ Boomer die Arme sinken, wobei er sich zwang, ganz ruhig zu bleiben, mit eisiger Kühle zu denken und regelmäßig zu atmen. Bleib ganz ruhig, verdammt!

»Ich sagte, laß die Hände oben, Dreksack, sonst bist du ein Sieb«, knurrte der Wachmann, während sich die Mehrfachläufe seiner Tripistole in Bereitschaft drehten.

»Sie werden die Pistole herunternehmen und mich höflich behandeln. Ich bin ein Piraten-Rigger«, sagte Boomer, der seine Hände zwar offen zeigte, sie aber nicht in der Geste der Kapitulation hob. »Vom U-Boot

Manta, und ich will sofort mit ihrem Sektionsleiter reden.«

»Ach ja?« höhnte der Wachmann verächtlich. »Oder was?«

In dem Versuch, sich einzureden, die Situation zu kontrollieren, lächelte Boomer freundlich. »Oder Sie sehen als nächstes einen panzerbrechenden Torpedo von der Größe eines Lastwagens, der die verdammte Kuppel draußen durchschlägt.«

Nach Luft schnappend zögerte der Wachmann, der offenbar nicht wußte, was er tun sollte. »Wenn das ein Trick ist...«, sagte er.

Boomer fiel ihm ins Wort. »Hängen Sie sich an Ihr Sprechgerät und lassen Sie mich mit Ihrem Boß reden. Sofort!«

Der Wachmann nahm das Sprechgerät von seinem Gürtel, ohne dabei die Waffe auch nur für einen Augenblick zu senken, und hob es an den Mund. »Hey, Zentrale! Hört ihr mich? Ich hab hier 'nen Burschen vor mir, der behauptet, ein Pirat zu sein. Wie lautet die Losung dieses Monats?« Er hörte zu und nickte. »Verstanden. Augenblick.«

»Okay, du Spaßvogel«, zischte er mit leiser Stimme. »Sag mir, was er gerade gesagt hat, und wenn auch nur ein Wort falsch ist, puste ich dir deinen stinkenden Schädel weg.«

Boomers Schläfen fingen an zu pochen, und er atmete tief ein und aus und zwang sich, ganz ruhig zu bleiben. Es besteht keine Gefahr, daß ich gefangengenommen werde, sagte er sich im Geiste immer wieder. Ich habe alles unter Kontrolle. Dieser Mann wird mir gehorchen. Es besteht keine Gefahr. Überhaupt keine Gefahr.

»Nun?« rief der Wachmann ungeduldig. »Sag's mir!«

»Gewaltig ist die Zahl der gefallenen Blätter«, sagte Boomer leise, »doch gering die der Bäume, die den Winter überstehen.«

Der Wachmann wurde aschfahl und nahm den Finger vom Abzug seiner Waffe, so daß die Läufe aufhörten zu rotieren. »Tut mir leid, Sir«, sagte er, indem er eiligst die Waffe halfterte. »Aber ich mußte mich vergewissern. Es geben sich immer wieder Leute als Piraten aus, um nicht auf die andere Seite der Mauer zu müssen.«

»Ich hoffe, ihr erledigt sie«, sagte Boomer, der spürte, wie die Spannung in seinem Kopf nachließ.

»Ja, Sir. Wir erwischen sie immer. Wir haben einen Vertrag, ihr Burschen und wir, und Old Dome hält seine Abmachungen.« Offenbar fiel es ihm schwer, aber dem Wachmann gelang es, sich ein freundliches Grinsen abzuringen. »Brauchen Sie irgendwas, Sir?«

»Ja«, schnappte Boomer. »Ich will saubere Kleidung und eine Eskorte zum nächsten Lebensmitteltransport, um von IronHell übernommen zu werden.«

»Verstanden, Sir«, knurrte der Wachmann.

»Und lassen Sie ein paar Leute kommen, um den Jym-Anzug mitzunehmen.«

»Kein Problem. Ist mir ein Vergnügen, Sir. Freut mich ungemein.« Der Wachmann sah auf die Uhr an seinem kleinen Finger. »Wenn wir uns beeilen, erwischen Sie vielleicht noch den heutigen Transport. Er geht in weniger als einer Stunde.«

»Gut.«

»Aber ich habe keine Ahnung, was mit Ihren Freunden ist. Wo sind sie?«

»Wer?« Boomer blinzelte verständnislos. »Ach so, diese Idioten gehören nicht zu mir. Sie mögen vorgeben, Piraten zu sein, aber ich habe keine Ahnung, wer oder was sie wirklich sind. Im Ernst. Ich rate Ihnen sehr, diese Leute wie tollwütige Teufelsratten zu jagen und zu Hackfleisch zu verarbeiten. Besonders die Magierin.«

»M-Magierin?«

»Genau. Eine Schamanin. Singt für Katze. Aber es

wird mir ein Vergnügen sein, Ihnen eine vollständige Beschreibung zusammen mit ihren Namen, Waffen und bekannten Fähigkeiten zu geben.« Boomer hätte dem Wachmann auch sagen können, wie sie die Jym-Anzüge unter Ausnutzung ihrer internen Sicherheitssysteme aufspüren konnten, aber damit hätte er verraten, wieviel IronHell über die Abwehranlagen der Stadt wußte.

Dann fügte er hinzu: »Das heißt, ich gebe Ihnen die Daten, sobald ich von hier weg und vor diesen verdammten Killer-Schneebällen dort draußen sicher bin.« Er gestikulierte mit dem Daumen.

Der Wachmann zog seine Waffe und drückte ab. Die drei Läufe surrten los, und ein Hagel Hochgeschwindigkeitsprojektile schleuderte den Pirat gegen die Außenwand eines chemischen Reaktors und riß ihn in blutige Fetzen. Der Wachmann lud nach und wartete, bis die Überreste von Boomers Kopf explodierten, dann nahm er sein Sprechgerät und ging auf Sendung.

»Hallo, Zentrale? Ich habe gerade den Pirat umgelegt. Ich mußte. Er hat ein verbotenes Wort gesagt. Ja, genau, das Wort. Außerdem hat er gesagt, die anderen Eindringlinge wären keine Piraten, womit praktisch feststeht, daß sie welche sind. Besser, wir erledigen die Burschen so schnell wie möglich.«

Der Wachmann sah nervös zu den Laufstegen über der Etage hoch, während der Laserzielpunkt seiner Pistole in den Schatten nach Bewegungen suchte. »Findet sie und legt sie um«, sagte er.

Weniger als eine Stunde später verließ eine Gruppe von Arbeitern in leuchtend orangefarbenen Jym-Anzügen des Gunderson-Konzerns Low Dome, um mit ihrer Arbeitsschicht zu beginnen. Neun der Arbeiter trugen die normalen zwei Sauerstoffflaschen auf dem Rücken. Doch einer aus der Gruppe war mit ungewöhnlichen dreien ausgerüstet. Während sich die Arbeiter über ihre Kurzstrecken-Gertrudes unterhielten, trennte sich einer der Arbeiter beiläufig von der Gruppe und steuerte ein Büschel Tiefseegras an. Einen Augenblick später schoß etwas Kleines, Metallisches über das Farmland und näherte sich mit unglaublicher Geschwindigkeit den entfernten Bergen. Als der Jym-Anzug zurückkehrte, trug er nur noch zwei Sauerstoffflaschen auf dem Rücken.

Niemand schien es zur Kenntnis zu nehmen.

Die orange uniformierte Besatzung entrollte einen roten Teppich auf dem perforierten Stahlboden der Kuppel und ließ eine an der Decke befestigte Leiter herab, die ein Techniker rasch erklomm. Er überprüfte den Zustand des Magnetschlosses, öffnete die mechanische Verriegelung und drehte am Handrad der oberen Luke. Das kreisrunde Metalluk schwang lautlos auf. Ein wenig zurückversetzt befand sich eine weitere Luke mit einem ähnlichen Verschluß, die vom Meerwasser feucht war. Der Techniker klopfte dreimal gegen die zweite Luke, dann noch dreimal, um dann die mechanische Verriegelung zu lösen, am Handrad zu drehen und die kleinere Luke zu öffnen. Die Luke schwang nach oben und gab den Blick auf Emile frei, der mit ernster Miene wie eine Statue auf der anderen Seite stand, seinen Beutel auf dem Rücken, den Stab in der Hand und Grand auf einer Schulter. Völlig verblüfft war der Norm eine ganze Weile nicht in der Lage, etwas zu sagen. Emile war nicht überrascht von seiner Reaktion.

Der Norm schluckte. »Hallo, Sir. Bitte folgen Sie mir.« Er stieg rasch herab, um den Weg freizumachen.

Steif verließ Emile die Tauchglocke und stieg die Leiter herunter, bis er auf dem roten Teppich stand. Sein Aussehen wurde mit weit aufgerissenen Augen zur Kenntnis genommen, und Grand fiepte unglücklich, während seine Blicke hin und her huschten. Emile stand in einer kleinen Unterwasserkuppel, auf deren schwach gewölbter Decke sechs Druckluken zu sehen waren, die jener entsprachen, welche er soeben benutzt hatte. Die gekrümmten Wände waren mit dicken Bullaugen, Lufttanks und Reparaturausrüstungen zum Abdichten von Lecks übersät. Der Teppich unter seinen Füßen führte zu einem halbkreisförmigen Tunnel, der sich in die Ferne erstreckte. In der Mündung der gut beleuchteten Röhre stand eine Gruppe von Leuten: ein männlicher Norm in einem Geschäftsanzug, ein weiblicher Norm in einem strengen Kostüm und ohne Schmuck und drei riesige Trolle in vollem Kampfpanzer und mit Mossberg-MPs und Granatwerfern bewaffnet. Zwei der Metamenschen hatten verchromte Augen, der dritte trug eine dunkel getönte Sonnenbrille mit unbekannten Funktionen. Doch Emile argwöhnte, daß sie militärischen Ursprungs war.

»W-Willkommen in Altkuppel, Monsieur Ceccion«, sagte der Pinkel, wobei er sich steif aus der Hüfte verbeugte. Seine Aussprache war nicht schlecht: *Ses-shun*, sagte er entschlossen. »Ich bin Dan Robinson, Vizepräsident von Gunderson Oceanographic Industries. Es ist mir ein Vergnügen, Sir. Ein aufrichtiges Vergnügen.«

Emile sagte nichts, sondern konzentrierte sich auf seine Atmung. Das Geräusch dröhnte wie Donner in seinen Ohren. Ja, dieser Ort war dem Ursprung seiner Alpträume und Erstickungsängste nah. Sehr nah.

Während das Personal begann, das Gepäck und die Kisten mit Ausrüstung auszuladen, lächelte Robinson gezwungen. »Und das ist meine Assistentin, Rebecca Thomas.«

»Wir haben schon viel von Ihnen gehört, Monsieur Ceccion«, sagte die Frau, deren Gesicht schweißüberströmt war. »Ich hoffe, daß Sie Ihren Aufenthalt hier genießen werden.«

Wiederum antwortete Emile nicht, sondern stieß seinen Stab auf den Boden, als wolle er dessen Festigkeit prüfen. Das Metallgitter klirrte musikalisch, und Grand fauchte bei dem Geräusch. Die orangefarbenen Overalls unterbrachen den Vorgang des Ausladens, doch Thomas bedeutete ihnen brüsk, ihre Arbeit fortzusetzen.

»Ms. Harvin bedauert sehr, daß es ihr nicht möglich ist, Sie persönlich willkommen zu heißen«, sagte Robinson, dessen künstliches Lächeln ein wenig dünner wurde. »Aber sie läßt Sie herzlich grüßen. Ich nehme an, Ihre Reise ist gut verlaufen?«

»Ich habe sie überlebt«, sagte Emile mit dem Gefühl, als sei er nur durch reine Willenskraft mit dieser Existenzebene verbunden.

Die Miene des Norms nahm einen fragenden Ausdruck an. »Was sagten Sie?«

Emile ignorierte den Mann, ging zu einem Bullauge und sah nach draußen. Jenseits der vielen Hektar grünen Farmlandes war die gewaltige Kuppelstadt zu sehen, und in der Ferne reckten sich kaum erkennbar zerklüftete Berge in die Höhe. Dahinter lauerte die unendliche Finsternis, dunkler als der interstellare Raum, wo Milliarden Sterne versuchten, die ewige Nacht zu bannen. Hier unten gab es kein Licht, wenn man vom seltenen Leuchten exotischer Gewächse und den künstlichen Sonnen absah, welche die Menschheit mitgebracht hatte.

»Hier habt ihr sie nicht getötet«, sagte Emile leise, indem er sich von dem Bullauge abwandte. »Hier nicht, nein.«

Die Pinkel wechselten nervöse Blicke, und das Lächeln war jetzt endgültig von ihren Lippen gewichen.

Robinson befeuchtete seine Lippen und eilte zu ihm. »Bitte, Sir, begleiten Sie mich zu den Fahrstühlen, dann können wir das privat besprechen«, flüsterte er mit ernster Miene.

»Nein.« Emile entfernte sich von dem Ärgernis.

Grands langer Schwanz schlug hin und her, und das Frettchen knurrte unglücklich, als sie den Tunnel betraten und das Laufband bestiegen. Das Endlosband setzte sich unter der Belastung ihres Gewichts in Bewegung und beschleunigte sanft auf ein gemächliches Tempo.

Der Tunnel rings um Emile wurde durch indirekte Beleuchtung erhellt. Er verlief über den Meeresboden und bestand aus Stahlringen, die dicker als ein Ork waren, und vier Schichten aus titanverstärkten Keramikplatten. Nur das sichtbare Innere bestand aus normalem Makroplast, das mit Darstellungen der Wunder und Freuden des Meeres bunt bemalt war. Emile wußte nicht, woher er diese Einzelheiten kannte, jedenfalls noch nicht, aber er spürte, daß die Antwort – und auch die Antworten auf viele unausgesprochene Fragen – vor ihm lag, tief innerhalb der Unterwasserstadt.

Eine manikürte Hand riß ihn grob herum, und Emile starrte wieder in das Angesicht des Pinkels.

»Was sind Sie? Auf Drogen? Auf Chips?« wollte Robinson hitzig wissen. »Ihr Verhalten ist empörend! Mr. Harvin persönlich hat Sie geschickt, Magier, und so treffen Sie ein? Voll wie ein Punk aus der Gosse?«

»Seien Sie still«, befahl Emile, indem er mit seinem von Ranken bedeckten Stab gestikulierte. Das Holz schien für einen Sekundenbruchteil aufzuglühen.

Robinson bewegte die Lippen, bekam jedoch kein Wort heraus. Keinen Ton. Er fuhr zurück, stieß einen lautlosen Schrei aus und wich vor dem Elf zurück. Die Bewegung des Laufbands ließ die Entfernung zwischen ihnen rasch anwachsen.

»Wachen, bleiben Sie bei unserem Gast«, befahl Thomas, die zwischen Emile und den Gunderson-Exec trat, wobei sie ihre Aktentasche hob, als sei sie eine Art Schutzschild. »Ich kümmere mich um Mr. Robinson.«

»Verstanden, Ma'am«, antwortete der Troll mit der Sonnenbrille, und das gepanzerte Trio schritt forsch neben dem Laufband her, das Emile vorwärtstrug. Ihre Gesellschaft störte ihn nicht, da er spürte, daß diese Soldaten nichts mit dem Gemetzel zu tun hatten.

Ein Neonschild an der Decke verkündete, daß es noch zwei Kilometer bis zum Zoll waren. Emile lauschte und beobachtete und sah, daß sie alle zweihundertfünfzig Meter ein farbloses Band passierten, das sich über den ganzen Boden spannte. Er wußte, daß dies Druckschotts waren, gemaserte Barrieren aus dickem, widerstandsfähigem Material, die sich sofort schließen würden, wenn der Tunnel Druck verlor oder ein Leck bekam. Für eine industrielle Einrichtung, der lediglich an der friedlichen Ausbeutung der natürlichen Ressourcen des Meeres gelegen war, schien die Kuppelstadt bemerkenswert gut auf einen Krieg vorbereitet zu sein.

Am Zoll sprang Emile von dem Laufband und stürmte vorbei, als seien die Wachen und Schranken reine Verzierung. Überall verblüffte Gesichter, und niemand machte Anstalten, ihn aufzuhalten. Er ging durch ein Foyer und an den Aufzügen vorbei, die nach Old Dome führten, und erreichte eine schmucklose Promenade.

Low Dome breitete sich vor ihm aus, und Emile war gezwungen zu blinzeln, um die Verzerrung seines Blickfelds zu beseitigen. Doch das half nicht wie zuvor. Er sah immer noch mehrere Bilder übereinander, ein Dutzend Facetten einer sich bewegenden Skyline und wandernder Gebäude.

»Hier auch nicht«, sagte er zu sich selbst und zu den anderen, die zwar nicht bei ihm, aber immer noch anwesend waren. Er ging zum Geländer und starrte auf die Unterwasserstadt. Es war ein trostloser Ort der Maschinen, der Versklavung und der Verzweiflung. Alle Leute, die er sah, waren entweder in Eile oder hatten eine finstere Miene aufgesetzt. Auf die meisten traf beides zu.

»Dort draußen«, sagte Emile zu Grand, indem er mit seinem Stab darauf zeigte. »Sie sind alle dort draußen gestorben ... irgendwo ... in der Nähe einer Mauer?«

Grand knurrte eine Antwort, als kenne er die Wahrheit bereits.

»Kommt«, sagte Emile zu den Trollen, als er sich in Richtung des Ausgangs in Bewegung setzte. Die wenigen Leute in der Nähe machten ihnen rasch den Weg frei. »Wenn Barbara Harvin mich so dringend sehen will, wird sie wissen, wo sie mich finden kann.«

29

Sie standen in der Einmündung einer Gasse und sahen zu, wie die Welt an ihnen vorbeiging.

»Ich will wissen, wann, zum Teufel, es hier dunkel wird«, knurrte Moonfeather.

»Ich glaube, überhaupt nicht«, sagte Delphia gestikulierend. »Beachte die Straßenecken. Sieh dir die Schilder der Läden an.«

Ihre Augen weiteten sich. »Keine Lampen. Es gibt keine Straßenlaternen, kein Neon. Das heißt, sie schalten diese verdammte Beleuchtung nie ab!«

»Keine Nacht, keine Schatten«, brummte Thumbs. »Ein Chummer könnte hier verrückt werden!«

»Hey, denkt mal über Folgendes nach«, sagte Moonfeather, die die Straße beobachtete. »Ist euch aufgefallen, daß es keine Wagen gibt, keine Motorräder, nichts mit chemischen Abgasen, welche die Luft verschmutzen könnten?«

Ein kompakt aussehender Wagen der Stadtwache surrte vorbei. Seine eckigen Seiten starrten vor Gewehrläufen.

»Elektrisch«, stellte Thumbs fest, indem er sich etwas kleiner machte.

»Und gut bewaffnet«, fügte Delphia hinzu. »Aber ich bin sicher, daß sonst niemand bewaffnet ist.«

Thumbs nickte. »Ja. Sie haben vielleicht Messer oder ähnlichen Drek, aber keine Schußwaffen. Es ist wie …«

»Nicht *wie*«, fiel Moonfeather ihm ins Wort. »Das hier *ist* ein Gefängnis, und die Leute sind Sklaven.«

»Nun?« fragte Delphia leise, als Silver sich wieder zu ihnen gesellte. Sie hatte nach einer Möglichkeit gesucht, sich in das Gitter der Stadt einzustöpseln. »Irgendwas?«

»Ja«, berichtete Silver. »Ich habe ein defektes Telekom gefunden und mich eingestöpselt. Die Sicherheit war minimal, und meine Dosenöffner und Maskenutilities waren der Aufgabe mehr als gewachsen. Ich glaube nicht, daß es hier viele Decker gibt.«

»Sahne. Dann klär uns mal auf.«

Sie holte tief Luft. »Nun, zum einen werden wir hier unten keinen Schlupfwinkel finden.«

»Warum nicht?« fragte Delphia.

»Sie nennen diese Gegend hier Low Dome. Hier wohnen die Arbeiter. Wenn eine Fuhre Neuankömmlinge von der Oberfläche eintrifft, wird jedem einzelnen eine Unterkunft zugewiesen. Und was noch schlimmer ist…«

»Schlimmer?«

»Unsere Kredstäbe funktionieren hier nicht. Diese Ameisenfarm und jeder Stein, jeder Stock, jeder einzelne Gegenstand hier gehört dem Gunderson-Konzern – alles! Ihnen gehört schlicht und einfach der ganze Laden. Es ist eine Konzernstadt. Die Arbeiter werden mit Kredstäben in Konzernwährung bezahlt.«

»Skrupellos«, sagte Delphia.

»Und es bedeutet, wir sind pleite«, fügte Thumbs hinzu. »Unsere Stäbe sind hier unten wertlos.«

»Null Streß«, sagte Moonfeather. »Wir brauchen uns nur irgendeinen Burschen zu schnappen und ihm seinen Kredstab abzunehmen.«

Silver verzog das Gesicht und lehnte sich mit verschränkten Armen gegen die rauhe Ziegelmauer. »TGC gehört hier auch jedes U-Boot, jeder Jym-Anzug… Drek, ihnen gehört die Luft! Niemand kehrt jemals zur Oberfläche zurück.« Sie hielt inne und erschauerte.«

»Wir sitzen hier in der Falle?«

»Es scheint so.«

Delphia winkte ab. »Nur eine Unannehmlichkeit. Wir haben unsere eigenen Jym-Anzüge, und wenn wir sie wiederaufgeladen haben, können wir verschwinden, wann immer wir wollen.«

»Und wohin? Sollen wir zu Fuß nach Miami zurückkehren?« explodierte Thumbs. »Uns würde lange vorher die Luft ausgehen.«

»Das Ziel, das mir vorschwebt, liegt viel näher.« Delphia schlug Thumbs auf die Schulter. »Vertrau mir, *Omae*. Wir können verschwinden, wann immer wir wollen.«

Silver gähnte aus Leibeskräften. »Ich weiß nicht, was mit euch ist, Chummers, aber ich würde sagen, wir suchen uns ein Plätzchen für ein kleines Nickerchen. Ich bin total erledigt.«

»Ich auch«, sagte Moonfeather.

Thumbs griff in seine Tasche und zog einen bunt gefärbten Zylinder heraus. »Ich habe hier ein Happy-Pack, das uns eine Woche lang wachhalten wird.«

»Wach und auf der Hut?« fragte Moonfeather, die interessiert und argwöhnisch zugleich klang.

»Eher nicht«, räumte Thumbs ein. »Du würdest jede Farbe des Spektrums singen und tanzen und Tische auf Engelsflügeln vorbeifliegen sehen.«

»Ich passe.«

»Was sollen wir dann tun?«

Delphia nagte an einer Ecke seines Schnurrbarts. »Ich habe keine Ahnung«, sagte er aufrichtig. »Absolut keine Ahnung.«

Lester Dore, Chief Captain der Piratengruppe IronHell, rieb sich über das frisch rasierte Gesicht, während er eiligen Schrittes sein Büro durchquerte. Die Qualität der Rasur erstaunte ihn. Das Frühstück hatte aus Stimulanzpflastern anstatt Kaf und Soyeiern bestanden, und er fühlte sich unnatürlich wach. Jeder Sinn war so scharf wie ein Laser. Gut. Das war heute auch nötig. Er schnallte sich den Waffengürtel um, setzte sich in seinen Sessel und richtete die Knöpfe seiner makellosen

Uniform. Es war eine Weile her, seit er zuletzt eine Versammlung des gesamten Stabes einberufen hatte.

Er nahm einen antiken Holzhammer und klopfte damit auf eine abgenutzte Holzplatte, um den Beginn der improvisierten Versammlung anzukündigen. Eine Reihe von Telekomen hob sich automatisch aus dem Boden, und jeder Schirm zeigte das ernste Gesicht eines seiner Unterführer. Am unteren Rand des Schirms waren ihre bestätigten Abschüsse, das Einkommen im vergangenen Jahr, die bekannten Ausgaben und die Namen der Schiffe und U-Boote, die sie persönlich besaßen, aufgelistet.

Früher waren Versammlungen des Rats von Angesicht zu Angesicht abgehalten worden, in Fleisch und Blut. Doch die Konkurrenz war härter denn je, und die Konzerne waren hinter ihnen her wie nie zuvor. Virtuelle Versammlungen schienen wesentlich sicherer zu sein.

»Hört, hört, ich rufe diese Dringlichkeitsversammlung des IronHell-Rats zur Ordnung«, sagte Dore, indem er wieder mit dem Hammer klopfte.

»Chief Captain hat den Vorsitz. Wir schenken uns den Anwesenheitsappell. Ich sehe, daß Sie alle anwesend sind. Erster Punkt auf der Tagesordnung, Drek, der einzige Punkt …«

»Um diese Uhrzeit?« gähnte ein kahlköpfiger Norm in zerknittertem T-Shirt und Boxershorts. Im Hintergrund war ein großes zerwühltes Bett mit zwei nackten Elfen zu sehen, die auf den beiden Seiten schliefen. Die Mitte war leer. »Hätten Sie nicht wie jeder normale Mensch bis zum Mittag warten können?«

»Knöpfen Sie sich die Unterhose zu, Basisverteidigung, hier geht es um Flottenangelegenheiten«, schnauzte Chief Captain, indem er sich auf seinem Thron vorbeugte.

»Tatsächlich?« Der Schlaf war augenblicklich aus dem Gesicht des Norms verschwunden.

»Ja.« Chief Captain funkelte die Telekomschirme vor ihm an und sah die Gesichter seiner Kommandeure mit beängstigendem Tempo erwachen. »Ich habe soeben einen Nachrichtentorpedo von einem unserer Maulwürfe in Old Dome bekommen, in dem es heißt, daß die Stadtwache einen Pirat getötet hat.«

»Halleluja«, sagte Leitender Ingenieur, indem er sich das narbige Gesicht rieb. »Laßt uns seiner Witwe einen Strauß Rosen und eine Sterbeprämie schicken und wieder ins Bett gehen.«

»Aye, was soll der Drek?« wollte ein unrasierter Ork wissen.

»Wir verlieren jeden Tag Besatzungsmitglieder«, stimmte ein Amerindianer zu, wobei er seinen Bademantel zuschnürte.

»Oder handelt es sich um einen besonderen Fall?« fragte ein grauhaariger alter Troll, dessen Hauer vergoldet und dessen Hörner mit Diakot überzogen waren, so daß sie strahlend und panzerbrechend leuchteten.

»Aye, Aufklärung, so ist es«, bestätigte Chief Captain. »Unser Mann wurde getötet, *nachdem* er sich als Pirat ausgewiesen hatte, und *nachdem* seine Identität von ihrer Sicherheitsabteilung bestätigt worden war.«

Die Gesichter auf den Bildschirmen nahmen einen schockierten Ausdruck an.

»Ist das Ihr Ernst?«

»Das würden sie nie tun!«

»Das ist eine Kriegserklärung!«

»Wir haben eine Vereinbarung mit ihnen!« tobte ein anderer. »Mit Blut besiegelt!«

»Die Fakten sind unbestreitbar«, sagte Chief Captain mit leiser Stimme, da er sehr genau wußte, daß dies ihre Aufmerksamkeit fesseln würde. »Ende der Durchsage. Eine vollendete Tatsache.«

»Tja, dann ...« Ein grauhaariger Mann mit wallendem roten Bart klassischen Schnitts setzte zu einer Bemerkung an, hielt inne und begann erneut. »Dann sage ich, was zuviel ist, ist zuviel. Machen wir die Schweinehunde fertig.«

»Wie bitte? Wir sollen die ganze Stadt auslöschen?« fragte ein gutaussehender schwarzhäutiger Norm mit einer weißen Augenklappe. »Denkt an die Nuyen, die wir verlieren, von dem hochwertigen Nachschub ganz zu schweigen!«

»Und vergeßt die Schiffe nicht«, fügte ein junger Ork in einer makellosen Uniform hinzu. »Wenn die Meldung stimmt, dann haben sie mit Sicherheit eine besondere Überraschung für uns.«

»Aye, Nachrichtendienst und Begleitschutz haben recht«, stellte eine widerlich fette Elfe in einem jamaikanischen Kostüm fest, während sie eine dampfende Tasse von außerhalb des Bildschirms entgegennahm. »Wir würden bei einem Angriff auf die Unterwasserstadt einen Haufen Tonnage und viele Besatzungen verlieren.« Sie nippte vorsichtig an ihrer Tasse.

»Männer und Nuyen.«

»Sollen wir die goldene Gans töten?«

»Aye.«

»Aye!«

»Nein«, sagte Chief Captain, indem er auf den Hall-Knopf auf der Armlehne seines Throns drückte, so daß seine Worte aus ihren Telekomen donnerten. »Die goldene Gans, wie Verdeckte Operationen sagte, hat sich bereits gegen uns gewandt und uns in den Hintern gebissen. Wir wissen, daß diese Konzern-Affen Yabos und Söldner und Shadowrunner angeheuert haben, um unser HQ zu finden, so daß sie uns zu Neuverhandlungen zwingen und damit drohen können, AtSec den Standort zu verraten, um weniger Tribut oder auch gar keinen mehr zu bezahlen! Nun, das ist ihr gutes Recht. Wenn wir nicht stark genug sind, um uns zu schützen, haben wir nichts anderes als den Meeresgrund verdient.«

Ein gemurmelter Chor der Zustimmung.

Chief Captain hieb mit der Faust auf die Lehne seines Sessels. »Mit dem Unterschied, daß sie jetzt offen gegen uns vorgehen. Und warum, frage ich Sie, warum?«

»Okay«, brummte Nachrichtendienst mürrisch. »Sagen Sie es uns.«

Chief Captain starrte sie drei volle Sekunden lang an. »Weil er ein verbotenes Wort ausgesprochen hat.«

»Was?«

Ein verbotenes Wort?

Codes wurde so blaß wie ihre Narben. »Jesus, Buddha und Zeus, Harvin muß irgendein militärisches Geheimnis verbergen und befürchten, wir könnten es entdecken.«

»Eine neue Waffe«, sagte Leitender Ingenieur, dann rief er: »Sie haben eine verdammte neue Waffe erfunden!«

»Aye, das klingt logisch«, stimmte Verdeckte Operationen zu. »Aber war das nur ein Versehen? Oder ist es eine Falle, um uns anzulocken und unsere Flotte zu vernichten?«

Schweigen.

»Wie ist Ihre Meinung, Taktik?« fragte Hafen-Verteidigung, wobei er nach links schaute.

Zu Chief Captains Rechter ließ eine üppige blonde Normfrau nachdenklich die Knöchel knacken. »Ich halte es für ein Versehen«, sagte sie schließlich. »Und wenn wir uns nicht beeilen, werden sie auf uns vorbereitet sein und uns bis zur Magellanstraße jagen.«

Nachdenkliches Gemurmel.

Taktik kratzte sich unter einer Brust und fuhr fort. »Ich sage, wir schlagen mit einer Vergeltungsstreitmacht von, sagen wir, fünf Schiffen zu. Nur um ihnen eine Lektion zu erteilen.« Ihr Gesicht verzog sich zu einer Grimasse. »Es sei denn, sie haben eine besondere Überraschung für uns. In diesem Fall schlagen wir mit allem zu, was wir haben. Angriff von beiden Seiten und zur Hölle mit ihnen! Danach plündern wir die Ruinen!«

»Die ganze Flotte?« fragte Aufklärung.

»Das bedarf einer offiziellen Abstimmung«, meldete sich Basis-Abwehr zu Wort.

»Ich habe Sie nicht alle geweckt, um mir Ihre hübschen Gesichter anzusehen«, stellte Chief Captain brüsk fest. »Ich unterstütze den Antrag für einen Großangriff. Drücken Sie auf den Knopf und entscheiden Sie. Sollen wir diesen Affront gegen unsere Autorität ignorieren und auf eine richtige Rebellion warten? Oder sie ein für allemal lehren, daß sich niemand ungestraft mit IronHell anlegt!«

Grimmige Gesichter wandten sich von den Schirmen ab, um mit Sekretären zu reden oder die gegenwärtige Schlachtsimulation einzusehen, um sich über das theoretische Resultat eines Überraschungsangriffs auf Old Dome unter Benutzung der vollen Ressourcen der Piratenflotte zu orientieren, sowohl innerhalb der Unterwasserstadt als auch außerhalb. Nach und nach blinkte die rote Lampe an jedem Telekom grün auf, und der kleine Monitor in Chief Captains Sessellehne zeigte das Ergebnis. Es fiel wie erwartet aus.

»Okay, Leute, lassen Sie alles stehen und liegen und machen Sie sich bereit«, sagte er, indem er sich erhob. »Dies ist der Tag des jüngsten Gerichts für Old Dome. Wir werden Krieg gegen sie führen!«

30

Vier sengende Nadeln aus schimmerndem Licht schossen aus verschiedenen Dächern über die Skyline von Low Dome und näherten sich einem großen Wassertank, der auf dem Dach einer Ölraffinerie stand. Die Strahlen durchdrangen mühelos das Makroplast, wobei sie sich wie in perfektem Einklang ein wenig bewegten. Dann löste sich der Deckel des Tanks, und das gewölbte Makroplast baumelte an einer Kette herab. Sofort stürmten bewaffnete Wachmänner aus der Tür im Dach, um den Tank zu umzingeln, während weitere von anderswo heraneilten. Die meisten landeten rings um den Tank, und eine Handvoll landete direkt in ihm. Als Angriff war das Manöver so perfekt koordiniert, daß es eine Computersimulation hätte sein können.

»Drek!« fluchte ein Major, der in knietiefem Wasser stand. Der Lichtpunkt des Ziellasers seiner MP huschte über den leeren Tank. »Sie sind nicht hier!« Vier andere Männer gaben ihm Deckung. Ihre Waffen waren ständig in Bewegung, und sie hatten den Finger am Abzug, während sie hungrig nach Zielen Ausschau hielten.

»Aber sie waren es, Sir«, stellte ein Soldat fest, indem er mit seinen Schulterscheinwerfern in den Tank leuchtete. In dem Lichtkegel war ein wendelförmiger Laufsteg auf der Innenseite des Tanks zu sehen.

»Die Thermographen zeigen Restwärme von vier, vielleicht fünf Personen, die im Laufe der letzten Stunde hiergewesen sind«, verkündete ein Soldat. Sein Visier war geschlossen, Zahlen und Text huschten darüber. Er drehte sich langsam im Kreis, um alles zu scannen, einen Predator in der linken Hand, während er mit der rechten eine Miniaturtastatur auf seinem linken Unterarm bediente. »Keine Molekularspuren von Plastiksprengstoff und Schießpulver. Keine Fallen.«

»Den Göttern sei Dank«, flüsterte ein Soldat, wobei er sich den Schweiß von der Stirn wischte.

»Aber wir haben sie verpaßt!« fluchte ein Sergeant. »Wie, zum Teufel, haben sie das gemacht?«

»Vielleicht ist ein Maulwurf in der Stadtverteidigung?«

»Ha! Das kann nicht sein.«

»Oder einer von ihnen ist ein verfluchter Magier«, brummte der Major. »Womöglich haben sie einen Elementar, der ihnen hilft.«

Das Knattern einer Maschinenpistole von draußen.

»Meldung!« formulierte der Major tief in der Kehle in sein Kehlkopfmikrophon.

»Es gibt nichts zu melden, Sir«, sagte eine vertraute Stimme über Helmfunk. »Einer der Männer ist nervös geworden und hat die Luft beharkt.«

»Vielleicht dachte er, sie wären unsichtbar«, spottete ein Soldat im Tank.

»Abteilung Zwei, Meldung!« bellte der Major.

»Negativ, was unsichtbare Eindringlinge betrifft«, stellte eine Stimme fest. »Infrarot und Näherung sind klar, Sir.«

»Ich will sofort wissen, welcher Idiot gerade geschossen hat!« bellte der Major argwöhnisch.

Sein Funk knisterte. »Meinen Sie mich, Sir? Shield 79160, Corporal Buckley.«

»Bestätigt, Sir«, sagte eine Computerstimme in seinem Helm. »Trägersignal, Stimmenmuster und Dienstnummer gehören zu Buckley, John J., Corporal.«

»Zur Kenntnis genommen«, sagte der Major. »Buckley, Sie werden zum einfachen Soldaten degradiert, und Ihre Teilnahme an diesem Einsatz ist hiermit beendet. Das grundlose Abschießen automatischer Waffen in Gefechtssituationen ist strengstens verboten, allgemeine Dienstvorschrift 975.«

Ein paar Sekunden verstrichen. »Aye … aye, Sir.«

»Sie … Meldung.« Der Major zeigte auf einen anderen Mann, während er zu der Gruppe von Soldaten auf dem Laufsteg ging.

»Sir, es sieht so aus, als hätten sie eine Funkwelle von der Kuppel ablenken lassen«, sagte der Soldat, der eine primitive Konstruktion aus mehreren Elektronikteilen und Glasfaserkabel in den Händen hielt. »Sie haben versucht, sich unter Umgehung der Telekomkreise und offiziellen Eingänge Zugang zum Mainframe der Stadt zu verschaffen. Das althropische Plastik ist ein ausgezeichneter Reflektor.«

»Das erklärt, warum wir sie nicht mit einer Dreieckspeilung aufspüren konnten«, sagte ein anderer Soldat.

»Sir, könnten sie in Kontakt mit den U-Jungens stehen?« fragte ein Lieutenant eifrig, eine MP in den behandschuhten Händen schußbereit.

Der Major bedeutete die Frau näher zu sich, dann klappte er sein Visier hoch und schaltete sein Funkgerät aus. »Freunden Sie sich mit Buckley an«, sagte er, »weil Sie ebenfalls degradiert werden. In der Besonderen Dienstanweisung 5 heißt es, daß wir vor den Truppen niemals den Untergrund erwähnen dürfen.«

»Aber, Sir, ich …«

»Wegtreten«, sagte der Major, indem er sein Visier herunterklappte und sich umdrehte. In sein Kehlkopfmikrophon sagte er: »Abteilung Eins, geben Sie mir eine allgemeine Frequenz, zerhackt und verschlüsselt.«

»Steht bereit, Sir.«

»Also schön, ihr Arschlöcher, hört gut zu, was ich euch zu sagen habe«, schnauzte der Major. »Die Piraten sind vor sechs Stunden in Old Dome eingedrungen, laufen immer noch frei herum und stellen in der Zwischenzeit weiß der Teufel was an! Bis auf weiteres sind alle Urlaubsanträge abgelehnt. Für alle, die gegenwärtig Urlaub haben, ist er hiermit beendet. Jeder

Mann wird doppelte Schicht fahren, bis wir diese Wichser erledigt haben!«

Der Major gab einen Feuerstoß in die Luft ab. »Tot! Habt ihr verstanden? Ich will sie tot sehen, und ich meine sofort! Sofort wie in gestern!«

»Jawohl, Sir!« schallte es einstimmig aus den Reihen der Männer. Niemand war so dumm, darauf hinzuweisen, daß ihr kommandierender Offizier soeben in einer Gefechtssituation grundlos mit einer automatischen Waffe geschossen hatte. Die höheren Dienstgrade hatten ihre eigenen Regeln.

»Sir, sollten wir das Gebiet nicht in weitem Umkreis absuchen lassen?« fragte ein Soldat, nachdem er zackig gegrüßt hatte.

»Ist bereits veranlaßt worden, Corporal«, sagte der Major, indem er den Gruß erwiderte. »Wir haben andere Abteilungen, die das erledigen.«

Ein Makroplastgitter in der Straße neben dem Randstein wurde vorsichtig von einer riesigen Hand angehoben, und ein kahler Schädel lugte hervor.

»Alles klar«, flüsterte Thumbs, indem er das Gitter beiseite schob und herauskletterte. Nachdem er dem Rest des Teams aus dem Schacht geholfen hatte, setzte er das Gitter wieder ein, und sie verschwanden in einer Gasse. Sie hielten sich geduckt und überquerten mehrere Straßen, bevor sie ihre Schritte auf ein normales Tempo verlangsamten.

»Wo, zum Teufel, sind wir?« fragte Silver. Niedrige Gebäude erstreckten sich in alle Richtungen. Vor und über ihnen war die transparente Kuppel der Stadt, deren Oberfläche eine schwache Kühle abstrahlte. Nur einen Block entfernt war die Granitwand, die sie von draußen gesehen hatten.

»Dies muß der Teil sein, den sie Jenseits der Mauer nennen«, sagte Moonfeather.

»Jede Stadt hat eine Müllkippe«, bemerkte Thumbs

philosophisch. »Läßt sich ebensogut zur Isolation verwenden.«

»Wir sind aus diesem Abwasserkanal heraus, mehr interessiert mich gar nicht«, sagte Delphia.

An einer Straßenecke hielten sie kurz inne, dann schwärmten sie aus und kontrollierten die andere Seite, um sich zu vergewissern, daß ihnen dort keine Gefahr drohte, bevor sie weitergingen.

»Das war kein Abwasserkanal«, korrigierte Silver. »Es war ein Entwässerungsrohr. Diese riesige Maschine, die wir durchquert haben, war eine Pumpstation. Wenn die Kuppel einen Riß bekommt oder leckt, wird das eindringende Wasser wieder nach draußen befördert, damit die Stadt nicht überflutet wird.«

»Das war es also?« fragte Thumbs, wobei er eine Augenbraue hochzog. »Wir sind mitten durch eine riesige Pumpe gekrochen?«

»Hey, niemand, der noch ganz klar im Kopf ist, würde uns folgen.« Moonfeather lachte kläglich. »Oder auch nur glauben, daß wir es getan haben.«

»Ich hab's getan und kann's nicht glauben.«

»Siehst du? Wir sind in Sicherheit.«

»Ja. Sahne.«

Einen halben Block weiter ließ Delphia neben einer geborstenen Mauer anhalten, da die Ruinen ausgezeichnete Deckung boten. Alle stellten sich mit dem Rücken zur Mauer, dann legten sie etwas mehr Entfernung zwischen sich, so daß man sie nicht alle zusammen mit einem Schuß geeken konnte.

»Keine Ratten«, sagte Thumbs, der sich die Schutt- und Abfallhaufen ringsumher genauer ansah. »Müll, aber keine Ratten.«

»Ist mir noch gar nicht aufgefallen«, sagte Delphia, der gerade die Einstellung des TaschenDocs an seiner Hüfte überprüfte. »Aber du hast recht. Keine Insekten, keine Nager, nicht mal Krebse.«

Silver nickte. »Hier unten gibt es nichts, was der

Gunderson-Konzern nicht ausdrücklich für seinen ganz privaten Gebrauch eingeführt hat.«

»Außer uns«, sagte Moonfeather mit einem Grinsen. Sie saß mit untergeschlagenen Beinen auf der Granitplatte, die hier in der Unterwasserstadt den Boden bildete. Die Tatsache, daß das Material äußerst unbequem war, schien sie nicht im geringsten zu stören.

»Korrekt. Und diesen Fehler wollen sie korrigieren, nicht wahr?«

»Absolut korrekt.«

»Also, wo stehen wir jetzt?« fragte Delphia, während er sich auf einen Brocken Stahlbeton setzte. »Nachdem wir uns per Funk keinen Zugang zum Gunderson-Mainframe verschaffen konnten.«

»Jetzt bleibt uns nur noch eine Möglichkeit«, sagte Silver, die sich ebenfalls setzte. Sie schlüpfte aus ihren nassen Schuhen und goß das Wasser aus, das ihr beim Tauchen durch das Rohr im Boden des Tanks hineingelaufen war, dann zog sie die Schuhe wieder an. »Wir müssen nach Verbündeten suchen.«

Thumbs griff in eine Tasche seiner Weste und zog eine Schachtel Zigaretten heraus, die so durchweicht waren wie übriggelassene Frühstücksflocken. »Irgendwelche Ideen, wie wir das anstellen sollen?« seufzte er, als er sie wegwarf.

»Es muß ein paar Unzufriedene an diesem Ort geben. Wärt ihr gerne euer Leben lang unter Wasser eingesperrt, um als Drohne für irgendeinen Konzern zu arbeiten?« meinte Delphia. »Vielleicht sollten wir ein paar Bars oder Bordelle aufsuchen und mal sehen, was dabei herauskommt.«

»Nicht schlecht.« Thumbs sah beeindruckt aus. »Ich muß sagen, du hast *Cojones*, Mr. D.«

Delphia starrte den Troll eine ganze Minute lang an. Langsam entspannte sich seine Schußhand. »Vielen Dank«, sagte er leise. »Recht vielen Dank, Sir.«

Dann stand er auf. »Zeit für ein Nickerchen, Freunde.«

»Ja, laßt uns wieder einen Abwasserkanal suchen«, grollte Thumbs.

»Entwässerungsrohr!« verbesserte Silver.

»Was auch immer.«

Eine Stunde später kroch die Gruppe durch Haufen von Ziegeln und Glas auf die Mauer zu. Mehrere Lampen waren in dieser Gegend beschädigt, und die Straße lag in den trüben Schatten, die vom geisterhaften Leuchten der Kuppel erzeugt wurden. Sie sahen, daß an dieser Stelle ein Tunnel durch die Granitmauer führte. Die Öffnung bot Platz genug für einen Lastwagen, war jedoch mit rostigen Toren aus nietenbeschlagenem Eisen versperrt. An der Tür war ein Schild befestigt, dessen Buchstaben längst ein Opfer des Rosts geworden waren.

»Alt«, flüsterte Silver, die ihre Seco zog. »Echt alt.«

Delphia zupfte an seinem Ohrläppchen. »Irgendwas?«

Thumbs schüttelte verneinend den Kopf. »Alles klar. Ich kann kein Geräusch auf dieser Seite hören, abgesehen von unseren.«

Moonfeather erhob sich mit klingelnden Armreifen. »Gut.«

»Bleibt auf der Hut«, knurrte Delphia. »Dieser Ort ist wie geschaffen für eine Falle.«

Die Waffen im Anschlag hielt das Team nach verdächtigen Bewegungen Ausschau. Es war nichts zu sehen.

Direkt vor dem Tunnel war eine mit Wasser gefüllte Grube, ein beeindruckendes Schlagloch. Überall lagen Drahtreste und die verfallenen Trümmer einer Wachstube herum. Im Gegensatz zu diesen altmodischen Schutzmaßnahmen gegen unbefugte Eindringlinge stand eine hochmoderne Unterwassertastatur neben der imposanten Eisenbarriere.

»Ist wahrscheinlich für die Stadtgarde oder für Pinkel, die sich auf diese Seite verirrt haben«, überlegte Thumbs, indem er die Schulterstütze seiner Mossberg CMDT ausklappte. »Kannst du es knacken, Silver?«

»Kinderspiel«, schnaubte sie. »Der ThunderClub in Overtown hat bessere Schlösser in der Damentoilette.«

»Vielen Dank für diese interessante Information.«

»Null Problemo.«

Während Silver das Fuchi-Deck aus ihrem Schulterbeutel zog, bildeten die übrigen einen schützenden Halbkreis um sie. In den Ruinen und Abfällen regte sich nichts, es wehte kein Wind, der die Papierfetzen bewegt hätte, und es gab keine Blätter, die in warmen Luftströmungen geraschelt hätten. Dann zog sich ein winziges Kräuseln über das Wasser in dem Schlagloch vor ihnen. Delphia erstarrte für einen Augenblick, bevor er sich abwandte. »Jesse Owens«, sagte er in beiläufigem Tonfall. »Saigon-Abzug.«

»Wer?« erwiderte Thumbs.

»Was?« fragte Moonfeather, die das eindeutig nicht komisch fand. »Wohin gehst du? Willst du einen Penny in die Pfütze werfen?«

»Warp-Geschwindigkeit, Mr. Sulu«, sagte Delphia in abgehacktem Tonfall, während er rasch dem trostlosen Wohnkomplex zu ihrer Rechten entgegenstrebte. Plötzlich lag der Manhunter in seiner Hand.

Thumbs senkte die Mossberg und starrte ihn nur an. »Kannst du nicht Klartext reden, *Omae?*«

Delphia blieb nicht stehen, sondern runzelte nur die Stirn und zeigte auf den Boden.

Aus dem Augenwinkel sah Moonfeather eine Luftblase in dem schlammigen Wasser. »Nanu? Woher sollte in einer Stadt, die auf solidem Granit erbaut ist, Schlamm kommen?« Dann durchbrach der knollenförmige orangefarbene Helm eines Jym-Anzugs des Gunderson-Konzerns die Wasseroberfläche. Das Ork-Gesicht darin grinste breit.

»Dorsey Park!« schrie Moonfeather, während sie mit ihrer Remington auf den Helm schoß. Die Schrotladung traf den gepanzerten Anzug, konnte das Visier jedoch nicht durchschlagen. Der Jym-Anzug stieg weiter, gefolgt von mehreren anderen, die in Plastik eingewickelte automatische Waffen in massigen Handschuhen hielten.

Silver stöpselte wie elektrisiert ihr Deck aus der Tastatur des Schlosses, hechtete vorwärts, rollte sich ab und kam Meter entfernt wieder auf die Beine. Sie klemmte sich das unersetzliche Fuchi unter den Arm und lief los, wobei sie blind mit ihrer Seco hinter sich feuerte. »Es ist eine Falle!«

Einen Augenblick später eröffneten mehrere Schnellfeuergewehre aus den klaffenden Fenstern der beiden Wohnkomplexe das Feuer. Delphia, der ohne Deckung auf dem ebenen Stahlbeton stand, geriet ins Kreuzfeuer. Er wurde rückwärts geschleudert und fiel schlaff wie eine Strohpuppe zu Boden, während ihm der Manhunter aus den zuckenden Fingern fiel.

31

Die Remington donnerte erneut, und Thumbs' Mossberg fiel in das Getöse ein, während die Gestalten in den Jym-Anzügen ihre klobigen Pistolen und Gewehre abfeuerten. Silver schrie auf und hielt sich die Schulter, fiel dann jedoch auf ein Knie und erwiderte das Feuer mit ihrer Seco. Die kleinkalibrigen Kugeln prallten von der Unterwasserpanzerung ab wie Gummigeschosse.

Wild schreiende Stadtgardisten kamen aus jeder Richtung durch Türen gerannt, und als sie die Gebäude verließen, erhob Delphia sich mit dem Predator in der Hand und empfing sie mit einem Hagel tödlichen Bleis. Die Gardisten machten kehrt und stolperten wieder in Deckung.

»Idioten«, murmelte er, während er den Manhunter vom Boden aufhob und dabei weiter mit dem Predator schoß.

Moonfeather gestikulierte mit beiden Händen, und einer der Jym-Anzüge teilte sich mit einer Reihe hallender Knalle, bis der verblüffte Norm nur noch seinen Helm trug. Die Remington dröhnte erneut auf und diesmal tödlich.

Während Thumbs hektisch nachlud, sah er sich nach Deckung um, fand jedoch keine. Auf der einen Seite war die Granitmauer, auf der anderen die Kuppel. Vor ihnen war das Wasserloch, hinter ihnen die beiden Wohnkomplexe. Es war eine perfekte Falle. Sie waren in einem Tal gefangen und hatten es im Süden mit Scharfschützen und im Norden mit Panzern zu tun. Sie waren tot und begraben. Hasta la bye-bye, Amigos.

Thumbs fing an zu laufen, während er über das Knattern seiner Mossberg hinweg unzusammenhängend schrie. Er berührte den dritten Backenzahn auf der linken Seite mit der Zunge und beschleunigte auf dreifache Geschwindigkeit. Er breitete die Arme aus und lief auf die anderen zu.

Mit einem Fluch duckte Moonfeather sich unter seinen ausgestreckten Arm hinweg, und er verfehlte sie. Es gelang ihm jedoch, Delphia und Silver aufzuheben, während er auf die Jym-Anzüge losstürmte, die sich gerade aus dem Wasser erhoben. Völlig überrascht hoben mehrere ihre Waffen, doch Thumbs hatte bereits den Rand der Grube erreicht und übersprang das schlammige Wasser.

In der Luft flog ein Netz hinter ihnen her, verfehlte sie jedoch. Thumbs landete schwer und geriet ins Stolpern, ließ Delphia und Silver aber nicht los. Eine Kugel prallte gegen den felsigen Boden neben seinen Stiefeln und jaulte als Querschläger davon. Dann noch eine, aber da lief Thumbs bereits weiter.

»Du Meta-Wichser!« rief Moonfeather, die den Troll in die Ruinen rennen sah. Sie errichtete einen Schild zwischen sich und den Scharfschützen, aber das Netz schwebte bereits über ihr und nagelte ihre Arme an den Seiten fest. Sie wehrte sich gegen das Netz, doch dann wurde sie von einem weiteren getroffen, dann von einem dritten und vierten. Die klebrigen Plastikfasern zogen sich immer enger zusammen, bis sie kaum noch atmen konnte.

Langsam und vorsichtig näherten sich ihr die Jym-Anzüge, die klobigen Waffen stetig auf ihre reglos daliegende Gestalt gerichtet. Da Moonfeather kaum Luft bekam, blieben ihre Flüche unverständlich.

»Wir haben einen Pirat erwischt, Sarge!« rief einer der Jym-Anzüge über seinen Außenlautsprecher.

»Erschießt ihn, wenn er bewaffnet ist!« befahl jemand.

»Ist unbewaffnet!«

»Sahne! Geekt ihn noch nicht!«

»Ihr Idioten werdet niemanden geeken!« fauchte Moonfeather sie an. »Ich bin kein Pirat, ihr Schwachköpfe! Ich arbeite für den Gunderson-Konzern, genau wie ihr.«

Stadtgardisten in ballistischen Uniformen schlossen sich den Jym-Anzügen an, die vor ihr standen. Auf ihren Gesichtern spiegelte sich Ungläubigkeit wider.

»Ach ja? Beweise es, Schnalle«, knurrte ein Offizier. »Wie lautet die Parole für diesen Monat?«

»Ich kenne die Parole für Piraten nicht, du Arschkriecher!« tobte sie. »Ich sagte doch, ich bin kein verdammter Pirat. Ich arbeite für TGC – für Harvin persönlich –, und ihr Nullnummern habt gerade eine bedeutende verdeckte Operation vermasselt!«

»Ja, ja, sicher, klar«, sagte ein Gardist, der seine Mossberg schulterte. »Erzähl uns mehr, du Miststück.«

»Laßt sie uns in *Die Grube* werfen«, sagte der Offizier, seine Pistole halfternd. »Wir finden die Wahrheit später heraus.«

»Ich sage euch, ich arbeite für den Gunderson-Konzern, ihr geschlechtslosen Idioten!« schrie Moonfeather sie außer sich vor Wut an.

»Nein, das glaube ich nicht«, sagte der Sergeant gelassen, während er seine Pistole senkte und auf sie schoß.

»Aah! Jesus und Buddha!« schrie sie, wobei sie versuchte, eine Hand auf die Wunde in ihrer Schulter zu drücken. Der Schmerz war wie ein weißglühendes Eisen, das in ihr Fleisch gedrückt wurde. Ihr wurde schwindlig und übel. »Ihr mutterlosen ...«

»So unterwirft man einen Magier«, sagte der Stadtgardist zu den anderen Soldaten.

»Das glaubst du«, zischte Moonfeather und zeigte auf den Offizier. Ein roter Schimmer lag kurz in der Luft, und dann ging der Mann in Flammen auf.

Der Norm, der plötzlich eine schreiende menschliche Fackel war, schlug sich mit feurigen Händen auf das brennende Fleisch. Als einer der Jym-Anzüge nach ihm greifen wollte, wich er zurück und schrie dabei nur noch lauter. Er wankte zur Wassergrube, aber kurz davor brach er rauchend und knisternd zusammen. Die Stadtgardisten, die keine Jym-Anzüge trugen, hielten sich Mund und Nase zu.

»Ihr Götter, welch ein Gestank!«

»Ich muß gleich kotzen!«

»Zum Teufel mit dir, du Hexe«, knurrte der Lieutenant, indem er seine Kanone zog. Der Gardist gab einen Schuß nach dem anderen auf Moonfeather ab, bis der Körper der Schamanin mit Pfeilen gespickt war. Moonfeather spürte, wie sich die Welt wie verrückt um sie zu drehen begann, und dann verschluckte sie eine große warme Schwärze.

»Narcoject«, sagte der Lieutenant zu den anderen, wobei er seine Waffe lud, bevor er sie wieder halfterte. »Damit schnappt man sie leicht und vor allem lebend. Und jetzt bringt ihr zwei in den Jym-Anzügen diese Schnalle in Die Grube zum Verhör.«

»Jawohl, Sir!« sagten sie im Chor und hoben die Schamanin auf, als wiege sie nichts.

»Nehmt ihr alles ab, das wie eine Waffe aussieht... Nein, zieht sie ganz aus und seht innen nach«, befahl der Offizier schroff. »Aber spielt nicht mit ihr. Ich will, daß sie gesund und munter ist, damit sie verhört werden kann.«

»Sir, was ist mit dem Sarge?« fragte ein Gardist, der schwer schluckte.

Der Offizier reckte den Hals, um die rauchende Gestalt auf dem Boden zu betrachten. »Sieht aus, als sei seine Ausrüstung hinüber. Laßt ihn für die Abfallbeseitigung liegen.« Er hob eine Pfeife an die Lippen und blies zweimal hinein.

Inmitten einer Ansammlung verrosteter Autowracks stand unauffällig das radlose Wrack eines Lastwagens, dessen hintere Klappe sich jetzt in geölten Scharnieren lautlos öffnete. Eine Rampe senkte sich, und ein paar Techs rollten sechs Motorräder heraus, schnittige Hyundai OffRoader. An jeder Maschine wurde das Vorderrad von kleinkalibrigen Maschinenpistolen eingerahmt, während sich das dicke Rohr eines Granatwerfers vom hinteren Sattel erhob wie das Horn eines Einhorns.

»Also, Leute«, sagte der Lieutenant, während er zu den niedrigen Motorrädern ging. »Autos können Flüchtigen nicht in die Ruinen folgen, aber diese kleinen Babys können überallhin, wohin jene auch gelangen, und außerdem noch mehr.« Der Lieutenant stieg auf das vorderste Motorrad und verstaute seine Waffe in einem gepolsterten Halfter unter der Kupplung.

»Und jetzt laßt uns diese Piraten fertigmachen«, sagte er, indem er Gas gab, so daß der Elektromotor leise surrte.

Thumbs lief immer weiter, über Schutthaufen und durch Türen, denen die Mauern fehlten, wobei er an die Grenzen seiner körperlichen Leistungsfähigkeit ging. Er rannte durch die verfallenen Straßen und gewann Zeit und Vorsprung. Wenn vor ihm Hindernisse auftauchten, wich er ihnen aus, aber manchmal übersprang er sie auch oder duckte sich unter ihnen hinweg. Auf der Kuppe einer kleinen Schutthalde erspähte er eine einsame Gestalt auf einem leeren Platz einen halben Block vor ihnen. Thumbs sprang zur Seite und zwang sich, im Schutz einer Betonplatte innezuhalten, die wie eine Skateboard-Rampe aufwärts gebogen war. Er ließ Delphia und Silver los und sank schweißtriefend und nach Luft schnappend zu Boden.

»Bist du okay?« fragte Silver, indem sie ihm über den Kopf strich.

Vornübergebeugt japste Thumbs eine Bestätigung, während er in gierigen Zügen Luft einsog und sich die trockenen Lippen leckte. Ohne zu zögern, zückte Delphia einen Flakon und bot ihn dem Troll an. Thumbs nahm den winzigen Behälter dankend an und trank ihn in einem Schluck aus.

»S-sauber«, krächzte er heiser. »W-was ist das?«

»Kalter Kaffee aus der Manta«, erwiderte Delphia, als er den Flakon wieder einsteckte. »Ich habe auch einen TaschenDoc. Brauchst du ein Stimulanzpflaster oder vielleicht ein Tranqpflaster?«

Thumbs' Brust hob und senkte sich noch immer wie ein Blasebalg, doch er winkte ab.

»Was ist mit Moonfeather?« fragte Silver an Delphia gewandt. »Hast du irgendwas gesehen?«

»Sie ist tot«, sagte er, während er mit der Waffe in der Hand die Straße beobachtete. »Ich habe es durch meine Sonnenbrille gesehen. Sie haben einmal auf sie geschossen, dann hat sie den Burschen gegrillt, und dann haben sie noch sechs- oder siebenmal auf sie geschossen.«

»Schade.« Silver nahm das Magazin aus der Seco und überprüfte es. Zufrieden rammte sie es wieder hinein. »Ich mochte sie nicht, aber sechsmal erschossen zu werden ...!«

»Hab schon ... Schlimmeres gesehen«, keuchte Thumbs, der sich die Seiten hielt, während er sich langsam aufrichtete.

»Ja?« fragte sie. »Was denn?«

»Netzkanone. Modifiziert.«

»Wie modifiziert? Elektrisch geladen? Mit Gift überzogen?« Delphia klang interessiert, obwohl er gleichzeitig aufmerksam nach Verfolgern Ausschau hielt. Seltsamerweise kamen keine. Das gefiel ihm nicht.

Thumbs holte tief Luft, hielt eine Zeitlang den Atem an und atmete dann langsam wieder aus. »Ihr wißt, was Monofilament ist?« Er atmete jetzt fast wieder normal. »Haardünne Drähte, die stärker als ein Stahlträger und schärfer als ein Messer sind?«

Seine Gefährten nickten beide.

»Ein Chummer aus Orlando wurde bei einem Run gegen Zeller Geo-Medical von einer Netzkanone getroffen, und das Netz bestand aus Monofilament. Als er sich befreien wollte... fielen einfach Stücke von ihm ab...« Er verzog das Gesicht. »*Madre mia*, das war echt häßlich. Der Wichser mit der Netzkanone nannte sie aus irgendeinem Grund Julieanne.«

Delphia ging zur anderen Seite der Asphaltplatte und lugte vorsichtig durch ein unregelmäßiges Loch darin. »Du hast den Burschen umgelegt?«

»Natürlich. Aber zuerst habe ich ihm in die Knie geschossen, ihm sein Spielzeug abgenommen und vier Stück davon auf ihn abgeschossen.« Ein wölfisches Grinsen. »Ich habe es genossen, ihm beim Sterben zuzusehen. Leg dich mit meinen Freunden an, und du legst dich mit mir an.«

»Auf der Straße sorgst du für deine eigene Gerechtigkeit«, sagte Silver, die ihren Schulterbeutel abnahm.

Thumbs grinste sie an. »Da würde ich dir nicht widersprechen.«

»Yama«, sagte Delphia, wobei er die Hand hob, um ihnen zu bedeuten, daß sie schweigen sollten. »Jemand kommt näher.«

»Wer?« fragte Silver, die Seco im Anschlag.

»Ein Elf«, sagte Thumbs, nachdem er über ihren Sichtschutz gespäht hatte.

»Woher kommt der so plötzlich?«

»Ich bin gerade an ihm vorbeigerannt. Ich habe ihn in einer anderen Straße gesehen, wo er im Schutt herumgewühlt hat.«

Der Elf, der einen praktischen Overall trug, stand mitten auf einem freien Platz und war groß und schlank wie alle Angehörigen seiner Rasse. Die langen blonden Haare waren an den Seiten zu dekorativen Zöpfen geflochten, die nach der jüngsten Mode von Miami an den Schläfen herabhingen. Er trug einen

Rucksack aus Plastik und einen Holzstab, der mit Ranken bedeckt war, in einer Hand, und auf seiner Schulter saß ein weißes Frettchen. Beide betrachteten einen roten Stoffetzen, den der Elf in der Hand hielt.

»Könnte ein Späher sein, der uns sucht«, sagte Silver. »Drek! Er hat einen Zauberstab!«

»Könnte tatsächlich ein Magier sein«, pflichtete Thumbs ihr bei, indem er seine Mossberg sicherte. Schlagartig wurde ihm klar, was er gerade getan hatte, und er entsicherte die Waffe wieder. »Glaubt ihr, wir sollten ihn ausblasen?«

»Wir haben gerade einen Magier verloren«, sagte Delphia, der den Manhunter in sein Gürtelhalfter schob und den Predator in der Hand behielt. »Er ist hier draußen, und das könnte bedeuten, daß er entweder uns jagt oder selbst gejagt wird.« Delphia schaltete den Ziellaser an seiner Waffe aus. »Lassen wir ihm noch etwas Zeit, bevor wir etwas tun, das sich nicht mehr rückgängig machen läßt. *Hai?*«

Thumbs ließ die Mossberg sinken. »Klar.«

Silvers Seco folgte. »Seid still«, sagte Silver, die an der Wand entlangkroch und sich von ihnen entfernte. »Ich will hören, was er sagt. Und zu wem.«

»Hier sind sie getötet worden, Kleiner«, sagte Emile, dessen Sinne sich weit über die physikalischen Beschränkungen seines Körpers hinaus erstreckten. Die zerrissenen Visionen aus seinen Träumen waren an diesem Ort klarer, da die gequälten Geister der längst Verstorbenen in der Lage waren, einem empfänglichen Verstand ihr Leid zu klagen. »Ja, ich höre euch alle. Zwölf Schamanen und Magier. Sie haben euch hier versammelt, damit ihr eine große Aufgabe vollbringt, eine…« Er schloß die Augen, und seine Hand krampfte sich fester um den Stoffetzen. »Eine Maske, ja, eine Maske, um ein großes, kaltes Ding zu verbergen.«

Grand knurrte und fauchte.

»Ja, und dann hat Gunderson euch getötet.« Emiles Miene verzog sich zu einer Grimasse der Trauer. »In der Tat ein harscher Lohn für eine gut ausgeführte Arbeit. Aber für diesen Verrat werden sie büßen.«

Was er als nächstes sah, kam völlig unerwartet. Zuerst war er sich nicht einmal sicher, ob die schwarzhaarige Normfrau real oder Teil seiner Visionen war.

»Wahrscheinlich wurden sie getötet, um den Standort des Coldframes geheimzuhalten«, sagte sie, indem sie ihre Seco sinken ließ. »Der Konzern hat sie getötet.«

Emile starrte sie an und sah ihre Aura im künstlichen Licht der gewaltigen Kuppel flackern und tanzen.

»Ja, es stimmt. Aber woher wissen Sie das, Dekkerin?« fragte er sie.

»Wir haben es auf dem Meeresgrund herausgefunden«, sagte ein Troll, der sich zu ihr gesellte. Der Troll war ebenfalls bewaffnet, schwer verchromt und von Gang-Tätowierungen bedeckt, doch Emile spürte keine unmittelbare Gefahr von ihm ausgehen. »Wahrscheinlich haben sie gedacht, es sei die einzige Möglichkeit, den Standort des Supercomputers geheimzuhalten.«

»Was für Narren«, sagte Emile. »Drei behalten ein Geheimnis nur für sich, wenn zwei davon tot sind.«

»Außerdem haben sie es getan, um alle Magier aus der Unterwasserstadt zu entfernen«, sagte ein männlicher Norm, der hinter einem zerbrochenen Kanalisationsrohr hervortrat. Der Mann trug einen zerknitterten Anzug und war ebenfalls bewaffnet.

»Er ist allein«, sagte der Mann zu seinen Begleitern.

Grand knurrte daraufhin verärgert, und Emile kraulte ihn beruhigend unter dem Kinn. »Warum hätten sie das tun wollen?« fragte er.

»Magier haben einen mächtigen Geist. Sie können nicht entwaffnet werden. Zwölf Magier … Sie sagten doch zwölf, nicht wahr? In einer Sklavengesellschaft ist das eine verdammte Armee.«

»Sklaven, ja, das habe ich gesehen und gespürt«, sagte Emile zögernd. »Ich muß zugeben, daß mir weder dieser Ort gefällt noch diejenigen, welche ihn beherrschen.«

»Ganz deiner Meinung, Chummer«, sagte der Troll. »Wenn dir diese Dreksäcke nicht gefallen, liegen wir auf derselben Wellenlänge.«

»Wie wurden sie getötet?« fragte die Frau. »Ein Dutzend Magier umzulegen, ist keine leichte Aufgabe.«

Emile zuckte die Achseln. »Ich weiß es nicht. Sie scheinen in einer weißen, extrem kalten Wolke erstickt zu sein, so daß sie sich weder bewegen noch sprechen konnten.«

»Flüssiger Stickstoff«, erklärte der Norm in dem Anzug. »Wir haben das schon gesehen. Die Stadt hat sie mit einem Strahl aus flüssigem Stickstoff angegriffen. Wie bei den Schneebällen, die benutzt werden, um neugierige U-Boote abzuschießen. Gehärteter Stahl wird so spröde wie Glas, wenn das Zeug trifft. Ein Lebewesen kristallisiert in einer Nanosekunde.«

Emile schaute tief in den Norm hinein. Grand bleckte die Zähne. »Ich sehe, daß es stimmt, was Sie sagen. *Mon dieu*, was für eine furchtbare Art zu sterben. Sie … ja, sie haben noch gelebt, gefangen in gefrorenen Körpern, bis sie berührt wurden und zu Staub zerfielen.«

»Kein Tod ist schön«, sagte der Norm, der eine seiner Waffen halfterte.

»Aber woher weißt du das alles?« fragte der Troll nervös.

»Wie soll ich mich ausdrücken?« Emile hielt inne, um nach einer Möglichkeit zu suchen, eines der Mysterien der Magie zu erklären. »Unter gewissen Umständen bleiben an einem Ort, der Schauplatz gewaltsamer Tode war, gewisse … Schwingungen zurück,

Störungen auf der Astralebene, Rückstände, die von jemandem mit magischen Fähigkeiten gespürt werden.«

Emile bedachte sie mit einem so herzlichen Lächeln, wie er es unter den gegebenen Umständen aufbringen konnte. »Entschuldigen Sie bitte meine schlechten Manieren. Es war ein äußerst anstrengender Tag.« Er verbeugte sich. »Ich bin Emile de Coultier Ceccion.« Ein kurzes Fauchen ertönte. »Ah, ja. Und das ist Grand.«

»Grant?« fragte die Deckerin, die das Frettchen anlächelte. Grand schnurrte daraufhin. Ein gutes Omen.

»Grand mit einem ›D‹«, korrigierte Emile. »Sein voller Name lautet ›Ecke Hundertsiebenundfünfzigste Straße West Und Grand Avenue‹. Dort haben wir einander nämlich gefunden.« Ein mattes Lächeln. »Abgekürzt Grand.«

»Verstanden.«

»Wir sind beide ehemalige Angestellte des Gunderson-Konzerns.«

»Ehemalige? Das heißt, jetzt nicht mehr?« fragte der Troll, dessen Schultern sich sichtlich entspannten.

Emiles Gesicht bekam einen grimmigen Zug. »Nein, nicht mehr. Sie müssen bezahlen. Derjenige, der das Gemetzel befohlen hat, muß leiden.«

»Wir wünschen Ihnen viel Glück«, sagte der Norm in dem Anzug, »aber wir sind geschäftlich hier. Sobald wir haben, weswegen wir gekommen sind, verschwinden wir.«

»Ein Entkommen könnte sich als unmöglich erweisen. Es ist nur eine Frage der Zeit, bis sie uns alle erwischen. Die Stadt ist nicht besonders groß.«

»Wir haben Mittel zu unserer Verfügung«, sagte der Mann im Anzug.

»Mittel zur Flucht?« fragte Emile interessiert.

»Ja.«

»Zuverlässige Mittel?«

»Nein«, sagte der Mann ausdruckslos. »Mittel ja,

aber es wird weder leicht noch einfach werden, von hier zu verschwinden.«

»Wie aufrichtig von Ihnen. Ausgezeichnet«, strahlte Emile, während sein Blick über die leeren Straßen schweifte. »Vielleicht können wir eine Vereinbarung treffen. Helfen Sie mir bei meinem Vorhaben, dann helfe ich Ihnen.«

»Und was wollen Sie tun?« fragte die Deckerin. »Die gesamte Stadtgarde umbringen, welche die Falle gestellt hat?«

»O nein«, erklärte er. »Sie waren nur die Waffe, nicht derjenige, der abgedrückt hat. Ich denke an diejenige, die für diese Stadt verantwortlich ist und die Befehle gab. Barbara Harvin.«

Der Troll pfiff durch die Zähne. »Das wird ein hartes Stück Arbeit. Sie wird von einem Haufen schwerbewaffneter Wachen umgeben sein. Zudem hat sie einen superschnellen Coldframe, der ihre Sicherheitssysteme lenkt.«

»Das ist wahr«, sagte Emile, indem er die Kuppel über ihnen betrachtete. »Aber ich bin der einzige Magier hier, eine entscheidende Schwachstelle in ihrem Verteidigungssystem. Und ich glaube, ich kann eine Ablenkung versprechen, welche die Stadtgarde für eine ganze Weile ziemlich beschäftigen wird.«

»Dann können wir vielleicht eine Vereinbarung treffen«, sagte der Mann im Anzug. »Wir wollen an ein paar Daten herankommen, und diese Daten befinden sich innerhalb des Coldframes.«

»Aber er ist zu stark für mich«, sagte die Deckerin. »Wir müssen ihn abschalten, damit ich die Dateien aus der Pufferzone herunterladen kann. Aus dem Datenspeicher, in dem die Sicherheitskopien verwahrt werden, Sie wissen schon. Und die Abschaltkontrollen müssen sich in ihrem Büro befinden.«

»Wo ich mich persönlich um sie kümmern kann«, sagte Emile. »Also scheint es so, als läge eine gemeinsame Reise mit ein und demselben Ziel vor uns. Wollen wir zusammenarbeiten?« Er streckte die Hand aus, und die drei schüttelten sie einer nach dem anderen. Emile spürte, daß er ihnen einstweilen vertrauen konnte, beschloß aber, in seiner Wachsamkeit nicht nachzulassen. Jetzt brauchten sie ihn, aber was danach kam, war eine andere Frage.

»Abgemacht. Ich bin Thumbs«, sagte der Troll, indem er mit dem Daumen auf sich zeigte. »Die Deckerin heißt Silver, und Captain QuickDraw dort drüben ist Delphia.«

»Hallo.«

»Konichiwa.«

»Drek, sie haben uns gefunden«, rief Silver plötzlich. »Da kommen sie schon!«

Thumbs und Delphia fuhren herum. Auf der trümmerübersäten Straße am Rande der Kuppel waren fünf Motorräder zu sehen, deren Fahrer sich vornübergebeugt hatten, während sie ihnen so lautlos entgegenrasten wie Geister in einem Traum.

»Verteilt euch. Sucht eine Deckung«, schnappte Delphia. »Spart Munition. Kurze Feuerstöße, keine Ballerorgien.«

»Verstanden.«

»Klar.«

»Es besteht kein Grund für derartige Vorbereitungen«, sagte Emile, der seinen Stab fest in beiden Händen hielt. Sein Kopf war ein wenig zur Seite geneigt, als lausche er etwas, das nur er hören konnte.

»Wovon redest du, zum Teufel?« wollte Thumbs wissen, der gerade ein frisches Magazin in seine Mossberg rammte. »Das sind vollständig bewaffnete Off-Roader!«

Emile zuckte mit gallischer Eleganz die Achseln. »Tatsächlich? *Ça ne fait rien.* Die Ablenkung beginnt gerade.«

Delphia duckte sich hinter einen geborstenen Motorblock, der rot vom Rost war. »Ablenkung?«

»Muß ein ziemlicher Hammer sein, wenn Sie diese Idioten aufhalten wollen«, schnaubte Thumbs grimmig, indem er sich hinkniete und sorgfältig zielte.

»Ist es«, sagte Emile, während der Boden unter ihnen bebte und zitterte. Eine donnernde Erschütterung hallte über die Ruinen und fegte die Motorräder von der Straße. Eines prallte gegen eine Ziegelmauer und ging in Flammen auf.

»Was, zum Teufel, war das?« wollte Silver wissen.

Emile zeigte lediglich nach oben.

Als sie der Richtung seines Fingers folgte, sah sie einen Stern in der durchsichtigen Kuppel aufgehen, einen rosigen Feuerball, von dem sich dünne Risse nach allen Seiten ausbreiteten, und ein warmer Wind von der Explosion strich ihr über das Gesicht. Der Feuerball erlosch, und die Risse schlossen sich schnell. Dann zuckten schwache Lichtstrahlen aus der Basis der Unterwasserstadt in die düstere Ferne des Ozeans, wobei sich das Leuchten der zunächst matten Strahlen immer mehr verstärkte, bis sie wie Regenbögen erstrahlten. Weitere Explosionen blitzten im Meer jenseits der Kuppel auf, und über der Stadt setzte Sirenengeheul ein.

»Piraten«, flüsterte Thumbs.

Dunkelheit senkte sich herab, als jedes Licht in der Stadt gelöscht wurde. Die einzige Lichtquelle war jetzt der irisierende Schimmer der Kuppel.

»Um den Piraten kein so deutliches Ziel zu bieten«, folgerte Delphia mit einem breiten Grinsen. »Und damit bietet sich uns die perfekte Gelegenheit!«

»Fast perfekt«, konterte Silver. »Was ist, wenn es nur ein kleiner Überfall und kein Großangriff ist?«

»Sie hat recht«, sagte Emile. »Wir haben vielleicht nicht viel Zeit.« Auf der Straße stolperten die Stadtgardisten umher und mühten sich, ihre Hyundais wieder zu besteigen. »Dürfte ich vorschlagen, daß wir diese Motorräder stehlen«, sagte Emile, indem er seinen Stab schwang. Ein Klicken ertönte, und aus beiden Enden schnappten Klingen. »Dadurch verkürzen wir unsere Reise nach Old Dome ganz erheblich.«

»Falls es die noch gibt, wenn wir dort eintreffen«, sagte Thumbs mürrisch, der sich das Gesicht vor dem heißen Wind und dem wallenden Rauch des brennenden Motorrads abschirmte. Eine weitere Explosion ließ den Himmel erbeben, und wieder breiteten sich Risse aus, die vor dem Hintergrund des schwarzen Ozeans weißen Blitzen ähnelten.

»*Oui, mon ami*«, pflichtete ihm Emile bei. »Falls bis dahin noch jemand von uns am Leben ist.«

32

Die Sirenen heulten, und jeder Sonarschirm in der Verteidigungszentrale von Old Dome wimmelte von sich bewegenden Punkten. Leute hasteten zu ihren Plätzen vor den Konsolen, wo sie mit geübtem Tempo begannen, Schalter umzulegen und Befehle einzugeben.

»Noch mehr Piraten in Sektor Neun!« rief ein Kanonier von seiner Konsole.

»Torpedos im Westgebirge bereit!«

»Torpedos im Nordgebirge bereit!«

»Schlachtschiffe nicht, wiederhole, nicht in Schutzposition! Wir haben kein Dach!«

Shawn Wilson stand mit stoischer Ruhe inmitten des Chaos und beobachtete die Sonar- und Sichtschirme. Die Videokameras lieferten aufgrund der enormen Wasserdichte nur verzerrte Bilder. U-Boote unterschiedlicher Größe näherten sich der Unterwasserstadt in einer Zangenformation. Jym-Anzüge regneten aus dem Ozean über ihnen, und HK-Torpedos schossen heran. Die Laser hatten die erste Welle vernichtet, den Piraten aber nicht höllische Angst eingejagt, wie sie gehofft hatten.

Wilson nahm den Zahnstocher aus dem Mund. »Alle Raketen und APTs nach Belieben abschießen.« Die Worte hallten durch den geschäftigen Raum. »Wiederhole, nach Belieben abschießen! Erledigt die Angreifer!«

Donner und Blitz erfüllten den kuppelförmigen Himmel mit dem Zorn kriegführender Götter, während die vier Fahrer auf schnittigen Motorrädern langsam die dunkle Wendeltreppe emporfuhren, die um das Granitgebirge herumführte. Viele Stockwerke unter ihnen lag die stygische Dunkelheit von Low Dome, die immer wieder von den Blitzen draußen erhellt wurde.

Plötzlich tauchte ein Absatz vor ihnen auf, und dort stand ein einzelner Stadtgardist mit einer Nachtsichtbrille und einem gewaltigen Barret-Gewehr in den Händen. Kaum hatte Thumbs die letzte Stufe erklommen, als er Vollgas gab und gleich darauf bremste, wobei er sich seitwärts drehte. Der Gardist riß das Gewehr herum und folgte Thumbs mit dem Lauf, wurde jedoch vom Hinterrad des Motorrads getroffen. Mit einem Aufschrei ließ er das Gewehr fallen und kippte über das Geländer, um in der Tiefe zu verschwinden.

Delphia bremste sein Motorrad und bückte sich, um das Gewehr aufzuheben. Er überprüfte das Magazin, das so groß wie eine Zigarrenkiste war. »Zehn Schuß im Magazin, einer im Lauf«, sagte er. Er lud durch, und eine unglaublich große Messinghülse wurde ausgeworfen. »Emile, wissen Sie, wie man damit umgeht?«

»*Oui,* man zielt und drückt ab«, antwortete Emile gelassen.

»Ja, aber vergiß den Rückschlag nicht«, fügte Thumbs hinzu. »Das ist keine Automatik mit Gasdruckventilen, die den Rückschlag abfangen. Dieses Baby verschießt große altmodische Kugeln. Ein Schuß ist lauter als die Explosion einer Granate, und der Rückstoß ist wie ein Tritt von einem Troll.«

»Aber sie trifft das Ziel wie ein Schnellzug«, beendete Delphia. »Das Gewehr hat eine Reichweite von einem Kilometer.«

»Ist mir sehr recht«, erwiderte Emile, indem er sich das klobige Gewehr über die Schulter warf, wo es mit seinem Zauberstab ein Kreuz bildete. »Dieser Colt-Revolver bietet in einem ernsthaften Feuergefecht kaum Schutz. Und ich zweifle sehr stark an der Genauigkeit dieser fest am Motorrad angebrachten Waffen«, fügte er hinzu, indem er die Hyundai tätschelte. Grand schnurrte zustimmend.

Delphia gab ihm die zuvor ausgeworfene Patrone, und Emile verstaute sie in seiner Brusttasche. »Eine Notreserve«, sagte er. »Außerdem gefällt es mir nicht, mit einer Kugel unter dem Hammer über die Treppen zu hüpfen.«

»Mit dem Hüpfen ist es vorbei«, rief Silver aus der Dunkelheit. »Hier drüben ist ein Fahrstuhl!« Etwas traf die Kuppel und tauchte die Deckerin, ihr Motorrad und die Fahrstuhltüren für einen Herzschlag in grelles blaues Licht.

»Wie lange brauchst du, um die Schlösser zu knakken?« fragte Delphia, der von seiner Hyundai stieg und das Motorrad schob.

Silver kicherte. »Der Schwachkopf hat die Magnetkarte im Schlitz stecken lassen. Wahrscheinlich in der Absicht, sich möglichst schnell abzusetzen, falls Piraten eintreffen sollten.«

»Unser Glück«, sagte Thumbs fröhlich, indem er sich auf den Lenker stützte.

»Ich mißtraue Glück«, erwiderte Emile, der sein Motorrad aufbockte.

Mit einem musikalischen *Ping* teilten sich die Doppeltüren, und das Licht in der Kabine hüllte sie in strahlende Helligkeit. Die beiden Stadtgardisten darin fluchten und griffen nach den Mossberg-MPs, die über ihren Schultern hingen.

Ein ohrenbetäubender Knall dröhnte durch die Dunkelheit. Ihm folgte eine Flammenzunge vom Treppenabsatz, die an den Runnern vorbei und in die Kabine leckte. Die Brust des ersten Gardisten explodierte förmlich, und dem zweiten hinter ihm fehlte der größte Teil seines Gesichts, als er gegen die Kabinenwand geschleudert wurde. Als die beiden zusammenbrachen, wurde ein Loch so groß wie eine Orange in der Rückwand der Kabine sichtbar.

»Ja, äußerst zufriedenstellend«, sagte Emile, der die Barret durchlud, so daß die leere Hülse ausgeworfen wurde. »Vielleicht behalte ich die Waffe für meine persönliche Sammlung.«

»Sahne«, sagte Thumbs, der mit den anderen in die Kabine fuhr. Er bockte seine Maschine auf, dann sammelte er die Mossbergs und die dazugehörigen Magazine ein. »Aber von jetzt an warne mich, bevor du mit dieser verdammten Bazooka schießt, ja?«

»Mußt du die Unterwäsche wechseln?« fragte Delphia höflich, während er die EverBright in der Kabinendecke mit dem Lauf seines Manhunter zerschmetterte.

»Viel hat nicht gefehlt«, knurrte Thumbs, der Magazine in seine Taschen stopfte, als sich die Doppeltüren mit einem Zischen schlossen.

Ein paar Minuten später öffneten sich die Fahrstuhltüren in einen Empfangsbereich: Töpfe mit Farnen in den Ecken, Plüschteppiche, indirekte Beleuchtung, die Wände mit synthetischem Holz vertäfelt. An einer Wand hing eine elektronische Tafel, die anzeigte, wer sich wo aufhielt, im Augenblick aber ausgeschaltet war.

»Sehr nett«, sagte Thumbs mit zuckendem Wangenmuskel. »Wir sind ganz eindeutig nicht mehr in Low Dome.«

»Und es riecht auch viel besser«, stellte Emile fest, nachdem er tief eingeatmet hatte. »Ja, viel besser.« Grand sah sich mit seinen klugen Augen neugierig um.

»Wohin jetzt?« fragte Delphia, der mit gezogenen Waffen die Seitengänge überprüfte.

»Woher soll ich das wissen?« erwiderte Silver, die sich ihre Schultertasche um den Hals hängte, damit sie ihr nicht von der Schulter rutschte. »Ich konnte nicht in das System eindringen, also habe ich auch keine Karte.«

»Emile?«

»Tut mir leid, aber ich habe den offiziellen Termin für die Besichtigung der Anlage ausfallen lassen.«

Delphia öffnete die Tür zu einem Raum, der sich als Besenkammer erwies. »Toll. Wir wissen nicht einmal, in welchem Gebäude wir uns befinden!«

»Hört auf, ich habe eine Idee«, sagte Thumbs. Er schnappte sich seine Hyundai und schob das Motorrad über den Plüschteppich zu den Holztüren am Ende des Flurs.

Das Team ging an einem verlassenen Kontrollpunkt vorbei und kam zu einer Treppe, die auf den Gehsteig vor dem Gebäude führte.

Die Straße lag im Dunkeln. Der Kampflärm war hier draußen lauter, da die Kuppel kleiner war und die Geräusche sich nicht in der Ferne verlieren konnten.

»Keine Anzeichen von Überwachungskameras oder Heckenschützen«, sagte Delphia, der seine Sonnenbrille aufgesetzt hatte und die Fenster über ihnen betrachtete. Das Schild über der Tür des Gebäudes, das sie gerade verlassen hatten, war unbeleuchtet und daher unleserlich. »Wo sind sie alle, zum Teufel?«

In diesem Augenblick bogen mehrere Fahrzeuge der Stadtgarde mit quietschenden Reifen um eine Ecke und beschleunigten. Offenbar hatten sie es eilig, ein bestimmtes Ziel zu erreichen. Ein ohrenbetäubender Knall ertönte von oben, und nach einer Erschütterung wehte heiße Luft über die Gruppe hinweg.

»Was wir auch tun, laßt es uns schnell tun«, überschrie Thumbs den Lärm. »Ich weiß nicht, wer gewinnt, aber diese Piraten scheinen es ernst zu meinen!«

Silver deutete auf die davonrasenden Fahrzeuge. »Folgen wir ihnen?«

»Nein.« Emile nahm Grand von seiner Schulter, verstaute das Frettchen in seinem Overall und schloß den Klettverschluß. Dann startete er sein Motorrad. »Folgt mir.«

Die Hyundai fuhr auf die Straße und bog so scharf um eine Ecke, daß der Elf beinahe ein Knie verloren hätte. Die anderen fuhren ihm nach und holten ihn ein paar Blocks weiter ein.

»Genauso wie in Miami?« fragte Thumbs grinsend, der gefährlich dicht neben dem Elf fuhr. Emile zuckte jedoch weder zusammen noch wich er aus. Delphia flankierte ihn auf der anderen Seite.

»Korrekt«, sagte Emile mit einem kurzen Nicken. »Die Harvins bewohnen gerne das höchste Gebäude der Stadt, direkt im Zentrum, so daß sie auf ihr kleines Königreich herunterschauen und sich darüber freuen können. Jede Stunde einmal.«

Auf den Straßen begegneten ihnen andere Motorräder, die von Stadtgardisten gefahren wurden, welche Laster und kleine Limousinen eskortierten. Überall jaulten Sirenen, ein Sicherheitsfahrzeug rauschte an ihnen vorbei, die Alarmanlage eines Wagens hupte beständig, und dann ertönte eine Explosion. Glasscherben fielen aus einem Gebäude auf die Straße. Sie fuhren mit den Motorrädern auf den Gehsteig auf der anderen Seite, um den Scherben auszuweichen.

Sie kamen an zahlreichen verängstigten Leuten vorbei, die den vier Motorradfahrern seltsame Blicke zuwarfen, doch niemand hielt sie an oder schoß auf sie. Tatsächlich begrüßte sie ein Lastwagen voller Wachen mit erhobenem Daumen und machte ihnen Platz, so daß sie weiterfahren konnten.

»Haben Sie irgendwas unternommen?« fragte Delphia argwöhnisch, der immer noch den Manhunter bereithielt.

»Ja«, sagte Emile, dessen lange blonde Haare hinter ihm im Fahrtwind wehten.

»Klär uns auf«, rief Thumbs.

»Wir sind Stadtgardisten, verwundet und blutend«, sagte Emile.

»Sahne. Damit sollten wir bis in Harvins Büro kommen.«

»*Oui.*« Emile grinste.

Das eckige Gebäude kam immer näher, und schließlich bogen sie um eine Kurve und sahen den Monolithen vor sich, der sich wie eine Speerspitze in die Dunkelheit reckte. Hektisch fuhren sie in eine Gasse und in die nächste Querstraße.

»Bleibt in Bewegung!« schrie Delphia, der seine Sonnenbrille abnahm. »Es sieht so aus, als wäre alles in Ordnung, aber sie sind vielleicht immer noch hinter uns her!«

»Wie versessen darauf sind wir eigentlich, diesen Run zu beenden und nach Hause zu kommen?« meinte Silver, die sich tief über ihren Lenker geduckt hatte. »Sind wir total daneben? Haben wir unsere Gehirne an die Wand geklatscht? Sind wir völlig durchgeknallt, irre, Matschbirnen?«

»Rock and Roll!« heulte Thumbs begeistert.

Delphia und Emile, die nebeneinander fuhren, wurden gleichzeitig langsamer.

»Vielleicht sollten wir unser weiteres Vorgehen erörtern, bevor wir uns unwiderruflich ...«

Silver, deren schwarze Haare im Fahrtwind flatterten, lehnte sich weit zurück und hob das Vorderrad ihrer Maschine an. »Bleibt dicht hinter mir!« rief sie. »Wir durchbrechen die Schallmauer!« Der Motor ihrer Hyundai heulte auf, als Silver den Rheostat auf Höchstleistung stellte und wie von einem Düsentriebwerk beschleunigt vorwärtsschoß.

33

Die Runner und Emile fuhren vor einer der Notfall-Krankenstationen vor, die es überall in der Unterwasserstadt gab. Das Gebäude sah im trüben Licht der Kuppel mattgrau aus und war mit dünnen Streifen hellen Lichts überzogen, das durch Spalten in Fenstern und Türen drang. Ringsumher warteten zahlreiche gepanzerte Lieferwagen in Parkbuchten mit leise summenden Motoren.

»Dies ist ein medizinisches Rettungsunternehmen, das von Gunderson persönlich betrieben wird«, sagte Emile.

»Exactamundo.« Silver bockte ihre Maschine auf und stieg ab. »Und außerdem …«

Das Geräusch von Eis, das in heißes Wasser getaucht wird, nur viel lauter, ertönte, als die Kuppel über ihnen in Millionen Richtungen zerbarst, und es ließ die vier in unendlichem Entsetzen nach oben starren. Vage Gestalten auf Flammenspitzen bewegten sich auf das Zentrum des Spinnwebmusters zu, detonierten jedoch vorzeitig, da die schimmernden Laser der Unterwasserstadt wie Suchscheinwerfer durch das Wasser pflügten und alles zerstörten, was sie berührten.

»Das war nur ganz knapp an einem vollständigen Durchbruch vorbei«, sagte Emile, während er sich seine langen Haare im Nacken zusammenband. »Alles könnte vergebens sein, wenn die Piraten gewinnen.«

»Denken Sie nicht daran«, sagte Delphia, der seine Sonnenbrille putzte. »Konzentrieren Sie sich nur auf unsere Aufgabe, auf nichts anderes.«

»Außerdem sind wir durch die Piraten im Vorteil«, japste Silver. »Sobald wir in ihrem Büro sind, ist es ein Kinderspiel. Der Coldframe ist jetzt ziemlich beschäftigt und wird nicht viele Bytes erübrigen können, um sich um mich zu kümmern.«

»Wie Sie meinen«, fügte sich Emile, der Grand aus seinem Overall holte und das Frettchen auf den Boden setzte. Grand rannte ein paarmal um Emiles Schuhe herum, dann setzte er sich auf die Hinterbeine und fiepte.

Delphia, der die Eingangstür musterte, gestikulierte, und die Pistole flog in seine Hand. Emile zuckte zusammen und starrte Delphia mit weit aufgerissenen Augen an. Sein Mund öffnete sich, da er offenbar etwas sagen wollte, aber er schnappte lediglich nach Luft, bevor er sich wieder entspannte.

»Noch eins«, sagte Delphia, der einen Schalldämpfer auf seine Waffe schraubte. »Ich lege keine Ärzte um, nur um diesen Run zu beenden. Wenn jemand den Helden spielen will und sich weigert, mit uns zusammenzuarbeiten, werde ich versuchen, den Betreffenden zu verwunden, aber mehr nicht.«

»Null Problemo«, grinste Thumbs, der seine knorrige Hand hob. Er ballte sie zu einer Faust und ließ dann hörbar die Knöchel knacken. »Ich werde ihnen nur gut zureden.«

»Ich bin auf Abwehrzauber spezialisiert«, sagte Emile, indem er über seinen Zauberstab strich. »Obwohl meine bescheidenen Schlafzauber vielleicht nicht so eindrucksvoll sind wie Sir Thumbs das ist.«

»Danke.«

Emile betrachtete einen Moment lang das Gebäude auf der anderen Straßenseite, dann beschrieb er eine Geste mit seinem Stab. Die beiden Wachen am Eingang gähnten ausgiebig und sanken zu Boden.

»Ausgezeichnet«, sagte Delphia, der den Manhunter wieder halfterte. »Also los.« Sie ließen die Motorräder in der Dunkelheit der Gasse stehen und gingen auf den Komplex zu.

»Wir können nicht schnurstracks in ihr Büro marschieren«, sagte Thumbs, der seine Mossberg hinter dem Rücken hielt.

»Warum nicht?« fragte Emile.

»Wir müssen zuerst in die Pathologie und ein paar Requisiten für die Show holen«, sagte er. »Nichts öffnet Türen schneller als ein frisches Hirn in einer Kühlbox.«

»Ein abstoßender, aber durchaus einleuchtender Gedanke«, bestätigte Emile, wobei er dem Troll zunickte. »In Ihren Adern muß elfisches Blut fließen.«

»Immer noch?« fragte Thumbs, indem er sich die Hände an seiner Hose abwischte. »Verdammt, ich dachte, das wäre mittlerweile herausgewaschen.«

»Ha! Daß ich nicht lache.«

»Ein Jammer, daß es Moonfeather erwischt hat«, seufzte Silver, als sie die Treppe erklommen und die schnarchenden Wachen passierten. »Mit zwei Magiern wären wir längst auf dem Heimweg.«

»Das ist wahr«, stimmte Delphia ihr zu. Er legte ein Ohr an die Tür und hielt inne, um dann fortzufahren. »Sie hatte eine Menge zu bieten. Aber wenn Wünsche Drek wären …«

»Ja, ja, ich weiß. Dann wäre die Gosse der Himmel. Fertig?«

Auf ein Stichwort von Delphia zogen sie ihre Waffen und traten die Tür ein. Emile zeigte auf jeden, den er sah. Die Schwester hinter der Rezeption sank zusammen, ein Assistenzarzt glitt von seinem Stuhl, zwei Wachen blieben wie angewurzelt stehen. Sekunden später war das Foyer in ihrer Hand, und eine Wandsirene fing an zu jaulen. Unter Silvers Fingernägeln funkelten kleine Klingen, als sie mit den Fingerspitzen die freiliegenden Drähte durchtrennte. Das Jaulen verstummte. Augenblicklich setzte eine andere Sirene irgendwo tiefer im Innern des Gebäudes ihr durchdringendes Geheul fort.

»Aufzüge?« fragte Emile, indem er auf eine Tür zeigte.

»Eine Treppe«, erwiderte Silver, um an der Klinke zu rütteln. »Drek, sie ist verschlossen!«

Delphias Manhunter krachte, und das Schloß wurde aus dem Rahmen gerissen. Dann hieb Thumbs mit der Faust gegen die Tür, die daraufhin nach hinten kippte und mit lautem Knall zu Boden fiel.

»Sahne. Laßt uns gehen!«

In der Kommandozentrale von Old Dome wimmelte es auf jedem Schirm von Echos, die sich der Unterwasserstadt näherten oder sich von ihr entfernten. Die Hälfte der Bildschirme war dunkel, andere so schwer in Mitleidenschaft gezogen, daß das Bild dem eines verschlüsselten Trideosenders ähnelte, bevor man den Decoder einschaltete. Die Mitglieder des Stabes befanden sich in verschiedenen Bekleidungszuständen. Sie rannten durch die Türen herein und ließen sich auf den ersten freien Stuhl fallen, den sie fanden. Inmitten des organisierten Chaos stand Shawn Wilson. Er schaute finster drein und kaute auf einer nicht angezündeten Tiefseetabak-Zigarre herum.

»Atlantic Security hat eine Staffel Eagles mit Langstrecken-Unterwasserraketen in Marsch gesetzt. Geschätzte Ankunftszeit zehn Minuten!« rief eine Normfrau mit einem Komlink. »Die Raketen werden bei Tiefe tausend unserer Kontrolle übergeben!«

»Tausend was?« bellte Wilson, der die Anzeige eines Taschencomputers betrachtete, während ihm ein Stadtgardist ein Pistolenhalfter um die Hüfte band. Wilson zupfte an dem Halfter herum, bis es bequem saß.

»Meter, Sir!« fügte die Frau rasch hinzu. »Die Schlachtschiffe mit den Wasserbomben treffen zwei Stunden später ein!«

»Wir haben keine verdammten zwei Stunden mehr!« bellte Wilson, um sich dann die Zigarre anzuzünden. Zum Teufel mit der Sucht, er wollte rauchen!

»Drek, ohne Dach sind wir wie ein Krebs an Land! Reparaturmannschaft, wie ist der Status von eins und zwei?«

»Laser Nummer eins ist immer noch beschädigt, Sir! Nummer zwei arbeitet wieder mit halber Kraft, neun wurde von einer Haftmine erledigt«, meldete ein Tech. »Völlig zerstört. Die anderen sind einsatzbereit und warten.«

»Sir, geben Sie die Erlaubnis, die übrigen Laser umgehend einzusetzen!« rief ein Lieutenant, indem er aufsprang und salutierte.

Shawn Wilson verschränkte die Arme und schnaubte verächtlich. »Noch nicht. Wie haben nur einen Schuß, bevor die verdammten Piraten zurückschlagen. Den sparen wir uns auf, bis ...« Taschencomputer und Zigarre fielen zu Boden, als der West-Bildschirm ein einzelnes U-Boot zeigte, das soeben über das Gebirge schwebte. Es war doppelt, ja dreimal so groß wie alle anderen Piratenschiffe, und es waren so viele geöffnete Torpedorohre zu sehen, daß sein Bug einer Bienenwabe ähnelte.

»Mutter Gottes und Dämonen«, hauchte ein Tech. »Das ist die *Kaiser Yamato!*«

»Aber die ist doch vor Jahrzehnten gesunken.«

»Sieht so aus, als hätten die Piraten sie gefunden!«

Ein Norm-Corporal schnauzte sie an: »Ihr Idioten, der Kahn ist viel zu klein für die *Yamato!*«

»Zu *was?*«

»Feuer aus allen Lasern!« rief Shawn Wilson, wobei er aus keinem ersichtlichen Grund seine Pistole zog. »Alle panzerbrechenden Torpedos abschießen! Kanoniere feuern ab jetzt unabhängig! Rufen Sie die Reserve-U-Boote! Landminen in den Feldern auf Sprengung vorbereiten! Und schicken Sie die Kamikaze-Jym-Anzüge los!«

Niemand machte sich die Mühe, seine Befehle zu bestätigen. Sie führten sie einfach nur aus.

»Hier ist es. Ihr Götter, ich hoffe, wir kommen noch rechtzeitig!« Der Stadtgardist eilte durch den Flur. Die Rasse des schwerbewaffneten Soldaten in Kampfpanzerung war nicht zu erkennen. Das grimmig und ernst dreinschauende Ärzteteam sagte nichts, sondern drängte ihn nur zur Eile.

»Was ist passiert? Wurde sie erschossen? Ein Herzanfall?«

»Splitter durch das Fenster«, sagte ein hochgewachsener, schlanker Arzt mit einer Chirurgenkappe.

»Durch eines unserer Fenster?«

»Ja.«

»Tatsache? Das hätte ich nicht für möglich gehalten!«

»Drek kommt immer mal vor«, stellte ein Troll fest, der eine Kühlbox trug. Der Gardist hatte hineingesehen, als der Troll unangemeldet eingetroffen war, und sie war voller Körperteile und Organe, die in Eis gepackt waren: Arme, Beine, Lungen. Beinahe hätte er sich auf der Stelle übergeben, doch es gelang ihm gerade noch, sein Mittagessen bei sich zu behalten.

Am Ende des mit einem Teppich ausgelegten Flurs schaute der Gardist in die Linse eines Netzhautscanners. Er sagte ein paar Worte in ein Mikrophon und legte die Hand auf ein Sensorpolster, dann öffnete sich die Tür, und er machte dem Ärzteteam rasch Platz. Doch der Arzt mit dem Schnurrbart schob ihn vor dem Rest seines Teams in das Büro.

»Hey, was machen Sie denn?« fragte der Gardist, als der Troll die Kühlbox abstellte. Dann sah er eine Faust auf sich zurasen, die größer als ein behaarter Schnellzug war, und dann nichts mehr.

»Er wird es überleben«, sagte Silver, die dem reglos daliegenden Norm den Puls fühlte. »Er wird sich einen Monat lang nur von Soymus ernähren, aber er wird es überleben.«

Delphia schloß die Bürotür und machte sich am

Schloß zu schaffen, während Thumbs einen Stuhl unter die Klinke stellte und Emile mit seinem Zauberstab gegen die Tür tippte. Für einen Augenblick glühte der Rand der Tür rot auf.

»Durch diese Tür kommt niemand ohne einen Panzer«, sagte Thumbs triumphierend, während er mit einem Finger über die Innenseite seines Uniformkragens fuhr.

»Stimmt«, sagte Emile. Der Elf kniete sich auf den Plüschteppich und öffnete eine kleine Arzttasche. Grand sprang heraus und begann augenblicklich, sich zu säubern.

Thumbs öffnete die Kühlbox und nahm die Körperteile heraus, die sie aus verschiedenen Gefrierfächern geholt hatten. Unter dem Eis lagen seine Mossberg, der Predator und andere große Waffen.

Silver sah das, was sie suchte, über einem großen Schreibtisch aus Holz neben dem Fenster. Sie setzte sich an Harvins Computer und gab ein paar Befehle ein. Gut, kein Widerstand. Vielleicht glaubte Barbara Harvin, daß niemals jemand so weit in ihr Allerheiligstes eindringen könnte. Mit dem Fuchi auf dem Schoß stöpselte sie das Kabel ein, startete jedes Abwehrprogramm, das sie besaß, holte tief Luft und tauchte dann in den Coldframe der Unterwasserstadt ein.

Der silberne Falke ihres Icons raste durch ein verspiegeltes Universum der Perfektion. Der Falke ließ sich auf einer elektrisch blauen Hügelkuppe nieder und sah sich um. Die unendlichen Reflexionen von Spiegeln in Spiegeln waren verschwunden und Farben und Strukturen gewichen, die sie noch nie gesehen hatte. Vielleicht würde es funktionieren! Eine Ebene aus grünlichem Glas trennte sie von Tausenden leuchtender Linien, die sich über ihr in eine unendliche Ferne verschwommener Pixel erstreckten. Unter ihr befand sich ein Schachbrett aus Schaltkreisen und Schaltungen,

Coldframe-Darstellungen der echten Maschinen, die diese unglaubliche künstliche Welt erst erschufen.

Im Hintergrund war ein tiefes, stetes Pochen zu hören. So etwas hatte sie noch nie zuvor gehört, und sie nahm an, daß es eine Art Matrix-Rückkoppelung des Kampfes war. Torpedotreffer, Laserbeschuß, sie wußte es nicht, und eigentlich interessierte es sie auch nicht. Sie war hier, um Daten zu beschaffen, und jede Nanosekunde zählte.

Sie breitete die Flügel aus und flog zu einer schmalen Rampe, die sich über wirbelnde graue Wolken erhob. Sie flog noch höher und schnappte nach einer Datenbahn am Himmel. Ihr Schnabel knisterte wegen der illegalen Verbindung, doch sie ignorierte den Schmerz und ließ sich auf dem Datenstrom nieder. Dann aktivierte sie ein Schildprogramm, das sie mit einer Panzerung versah. Der Schmerz in ihrem Schnabel ließ nach.

Sie startete ihren besten Dosenöffner und riß einen Teil des Kabels auf. Blendendes Licht hüllte sie ein wie Feuer. Sie schenkte ihm keine Beachtung, tauchte in den Datenstrom ein und wurde mitgerissen wie ein Blatt von einem Fluß. Die Strömung trug sie eine Weile, bevor sie mit einem virtuellen Wasserfall in die Tiefe schoß. Mit gewaltigen Flügelschlägen wich sie zerklüfteten Felsen aus. Rechts von ihr blinkten unzählige Lichter und Knoten jeder Größe und Gestalt. Ein Wunderland reifer Daten, die nur darauf warteten, gepflückt zu werden.

Sie ignorierte die Falle und flog nach links. Die Ebene war öde und leer, und es mangelte ihr an Einzelheiten. Doch als sie über der Ebene kreiste, sah sie plötzlich einen Rundbogen aus dem Nichts Gestalt annehmen. In dem Rundbogen knackten und knisterten elektrische Entladungen. ICs, und zwar einige der schwärzesten, die sie je gesehen hatte.

Aus dem Nichts hinter ihr erschienen wie aus einem

dichten Nebel ein Dutzend Bulldoggen. Ihre kräftigen muskulösen Leiber waren wie bei einem Gürteltier gepanzert, und von ihren Fangzähnen troff Geifer. Als die Hunde auf sie zusprangen, schwenkte Silver eine Miniaturausgabe der Unterwasserstadt – Jim Harvins Paßcode – vor der Tür, und das Schloß öffnete sich mit einem leisen Klick. Ja!

Nachdem sie sich vergewissert hatte, daß die Türen hinter ihr geschlossen und die Hunde nicht in der Lage waren, ihr zu folgen, aktivierte sie ein Maskenprogramm und wurde zu einem Bronzesamurai. Sie hoffte nur, niemand würde bemerken, daß sie der einzige war. Ein zweiter Rundbogen führte in einen anderen Raum. Hier war von den pochenden Rückkoppelungen nichts mehr zu spüren, und es waren auch keine anderen Decker zu sehen. Dieser Innenraum war mit pastellfarbenem Marmor verkleidet war angenehm kühl. In der Luft schwebten Aktenschränke, und jeder war gerammelt voll mit Schwärmen durcheinanderwirbelnder Zahlen und Buchstaben. Verschlüsselte Dateien. Der Datentresor. Drek!

Die Durchsicht des Verzeichnisses dauerte nur eine Nanosekunde, dann hatte sie das benötigte Unterverzeichnis gefunden. Hier kam sie mit Harvins Code jedoch nicht weiter, also startete sie ihren besten Dosenöffner. Doch das Brecheisen bog sich an dem durchscheinenden Knoten durch und zerbrach in mehrere Teile. Drek! So ging es nicht.

Hmm, ein wenig Chaos mochte helfen. Sie würde dem Coldframe eine andere Nuß zu knacken geben und seine Aufmerksamkeit ablenken. Sie wechselte in einen kleineren, weniger geschützten Knoten, überwand mühelos alle Sicherungen und deaktivierte jedes Türschloß in dem Gebäude. Dann änderte sie ihre Meinung und gab einen Dringlichkeitsbefehl aus, in beiden Kuppeln sofort alle Innenschlösser zu öffnen. Gefängniszellen, Waffenarsenale, Fahrstühle, Vorratskammern, Ausgänge, ihre Chummer würden jetzt zu all dem Zugang haben.

Der Raum rings um sie trübte sich, als Kapazität abgezogen wurde – wahrscheinlich, um sich um die Alarmrufe zu kümmern –, und in Gedankenschnelle öffnete sie das Verzeichnis. Die Wärme in ihren leeren Händen verriet ihr, daß das Fuchi mit dem Entschlüsselungsprogramm überlastet war, aber es schien lange genug bei der Stange zu bleiben, um die meisten Dateiüberschriften in lesbaren Text umzuwandeln. Silver überflog den Text, wenn er vor ihr aufblitzte, und ihr wurde kalt. Als ein Summen ihr verriet, daß alle Daten kopiert waren, stöpselte sie sich sofort aus.

»Hoi«, sagte sie. Silver holte tief Luft, nahm die Finger von der Tastatur und spannte sie. »Ich bin wieder da.«

»Hast du alles? Weißt du, wo IronHell ist?« fragte Thumbs.

Sie schüttelte den Kopf. »Nein, der Coldframe weiß es nicht. Darum hat man uns angeworben – um IronHell für sie zu finden.«

»Was?«

Delphia, der damit beschäftigt war, seine unter dem Eis der Kühlbox naß gewordenen Waffen trockenzuwischen, runzelte die Stirn. »Wir wurden von Gunderson angeworben?«

»Ja. Und Moonfeather hat insgeheim für sie gearbeitet.«

»Sie war ein Maulwurf?«

»Und unser Henker, falls wir Erfolg gehabt hätten.«

»So daß sie uns nicht hätten bezahlen müssen?«

»So scheint es.«

»Das verräterische Miststück!« knurrte Thumbs, wobei er die Fäuste ballte. »Dafür lege ich sie um!«

»Sie ist bereits tot«, erinnerte ihn Emile, der Grand streichelte.

»Ja, und das bedeutet, ich komme nicht mehr dazu«,

knurrte Thumbs bedrohlich. »Und dafür wird jemand büßen! Sobald ich aus diesem verdammten Aquarium heraus bin«, fügte er leise und zu niemandem im besonderen hinzu.

»Tot ist tot«, sagte Delphia abwinkend. Er wandte sich an Silver. »Hast du einen Zugangscode für ein U-Boot gefunden? Irgendwas Nützliches?«

Sie schluckte. »Ich ... ich habe alles herausgefunden. Harvins alter Code von dem Ork-Bibliothekar hat hier unten auch funktioniert.«

»Sehr merkwürdig«, sagte Delphia.

Thumbs hingegen grinste. »Sahne. Und?«

»Und?« Mit einem bitteren Lachen sank Silver auf ihrem Stuhl zusammen. »Wir sind erledigt. Total. Wir könnten uns auch gleich eine Kugel in den Kopf jagen. Weil wir praktisch schon tot sind.«

34

Schüsse und Explosionen dröhnten in der Ferne, als die Tür zu Barbara Harvins Büro aufflog. Sie stürmte hinein, flankiert von sechs mit Vindicator-Minikanonen bewaffneten Gardisten sowie ein paar Pinkeln mit Computern und Aktentaschen. Das Büro war leer, aber unter dem Tisch lag ein bewußtloser Gardist.

»Was, zum Teufel, ist hier los?« tönte Barbara laut. Dann hielt sie inne, als die Gardisten und Pinkel plötzlich alle zu Boden sackten, als hätten sich ihre Knochen in Luft aufgelöst. Hinter ihr schloß sich mit einem Knall die Tür, und als sie herumfuhr, sah sie sich einer schmutzigen Bande von Straßenschlägern gegenüber, welche die Tür verriegelten.

»Sicherheit! Einbruchsalarm, Stufe eins!« rief Harvin, während sie vor ihnen zurückwich.

»Angesichts des Zaubers, mit dem wir die Tür gesichert haben, wird es ihnen schwerfallen, zu uns vorzudringen«, sagte ein Norm in einem zerknitterten Anzug von hervorragendem Schnitt.

»Und wir haben diese Lady.« Der Troll schlug einer Norm-Frau auf die Schulter, offensichtlich eine Dekkerin. »Sie überwacht den Laden für uns.«

»Flur ist klar«, meldete Silver, deren Finger stetig über die Tastatur des Fuchi huschten. »Ich habe alle Sicherheitsvorkehrungen terminiert und die Fahrstühle in die unterste Ebene geschickt. Dort bleiben sie und rühren sich nicht mehr von der Stelle. Außerdem habe ich die Wassersprinkler im Treppenhaus aktiviert und jeden Alarm eingeschaltet, und die Türen öffnen und schließen sich im Nanosekundenrhythmus.«

Durch die Armorlite-Fenster sah Harvin ein grelles Licht auf der Kuppel aufblitzen, dann breiteten sich Risse auf ihr aus, die sich langsam wieder schlossen.

Als sie sich wieder dem Raum zuwandte, hatte die Deckerin ein Kabel in ihr Deck eingestöpselt, das mit ihrem eigenen Schreibtisch verbunden zu sein schien.

»Es hat den Anschein, als sei ich Ihre Gefangene«, sagte sie, während sie gelassen zur Bar ging. »Einstweilen.«

Ein Elf, dem eine Art Ratte um die Beine strich, hob wortlos ein furchterregend aussehendes Gewehr und richtete es auf sie.

Bei diesem Anblick ließ Harvin die Schultern hängen. »Ich bin Ihre Gefangene.« Ihre Lippen kräuselten sich. »Oder bin ich eine Geisel?«

»Woher wissen Sie, daß wir nicht hier sind, um Sie zu töten?« fragte der Troll, indem er aggressiv den Unterkiefer vorschob.

Über ihnen donnerte es an verschiedenen Stellen, woraufhin die unzerbrechlichen Fenster erbebten.

»Weil sie noch lebt«, sagte der Schnurrbart. Er zog einen Stuhl für sie heran. »Setzen Sie sich, Madam, wir haben eine Menge zu besprechen und nur wenig Zeit.«

»Wie zum Beispiel?« erwiderte sie kalt.

»Wir wissen alles«, sagte die Deckerin.

Barbara Harvin setzte sich auf den Stuhl. »Wie nett. Allwissenheit muß äußerst befriedigend sein.«

»Sie können sich den Drek sparen, Norm«, schnappte der Troll. »Wir wissen, was Sache ist, und wenn Sie nicht mitspielen, fahren wir alle zur Hölle.«

»Reden Sie bitte weiter«, murmelte sie leise. Seine Grobheit hatte sie offenbar verblüfft.

Eine Geste mit dem Daumen. »Sind Sie sich der Tatsache bewußt, daß Sie sich nicht mit den Piraten im Krieg befinden, sondern mit Ihrem eigenen Bruder?« fragte der Mann im Anzug unvermittelt.

Harvin spürte, wie ihre Miene gefror. »Erklären Sie das«, flüsterte sie.

Der Norm zählte die Gründe auf. »Es war Ihr Bruder, der Emile angeworben hat, einen Elfenmagier, der

Ihnen bei Ihrem Piratenproblem helfen sollte. Obwohl ein Magier das letzte war, was sie an diesem Ort haben wollten. Es war Ihr Bruder, der insgeheim ein Buch über die Piraten schrieb und dann den persönlichen Paßcode, den er seinem Ghostwriter gab, über ein Jahrzehnt lang aktiv ließ. Und es war Ihr Bruder, der mit einem Schieber Kontakt aufnahm, um uns anzuwerben«, schloß er. »Uns anzuwerben! Um nach dem Iron-Hell-Hauptquartier zu suchen, obwohl ihn die Piraten einen Drek interessierten.«

»Sie haben bereits einen Plan, um die Piraten loszuwerden«, spottete die Deckerin vor dem Hintergrund leiser Explosionen und dem furchtbaren Geräusch knisternden Eises. »Und genau das geschieht gerade.«

»Er wollte, daß wir diese Unterwasserstadt finden und dann alles aufdecken«, sagte der Troll.

»Was aufdecken?« fragte sie ihn.

»Die Sache mit den zwölf toten Magiern«, spie ihr der Elf förmlich entgegen.

»Magier?«

Der Norm beschrieb eine Geste, und plötzlich hielt er einen Manhunter in der Hand. Harvin starrte ihn an, ebenso benommen von der Geschwindigkeit seiner Bewegung wie auch von der Tatsache, daß eine Waffe auf sie gerichtet war.

»Beantworten Sie unsere Fragen weiter mit Gegenfragen, verlieren sie einen Arm«, sagte er. »Es wird Sie nicht töten, aber glauben Sie mir, es ist schmerzhafter, als Sie sich vorstellen können.«

»Ich glaube Ihnen«, sagte sie nach einem Augenblick der Stille.

Die Mündung der riesigen Pistole schwankte keinen Augenblick. »Gut. In geschäftlichen Dingen scherze ich nur selten.«

»Und die ärztliche Versorgung des Armstumpfs würde wertvolle Zeit kosten, die keiner von uns hat«, fügte der Elf hinzu, der sich jetzt ebenfalls auf einen Stuhl setzte.

Bei dem Wort *Armstumpf* zuckte sie zusammen. »Keine Ausflüchte mehr.«

»Also weiter«, sagte der Mann im Anzug. »IronHell hat die Unterwasserstadt entdeckt und Sie daraufhin erpreßt. Die Piraten behielten ihr Wissen für sich, und dafür gaben Sie ihnen Schiffsladungen mit Nachschub und Ausrüstung, Schutz vor Atlantic Security und die ausrangierten U-Boote, die Sie ihnen verkauft haben. Sie bekamen mehr U-Boote und weniger Probleme und haben Ihre Schiffe im allgemeinen in Ruhe gelassen. Tatsächlich waren die Gesellschaften und Konzerne, die Sie am wenigsten leiden können, das Ziel der Piratenangriffe. Habe ich recht?«

»Eine interessante Theorie.«

»Theorie, Drek. Wir haben alles auf Chip.«

»Und warum sollte ich so einen exorbitanten Preis für eine Unterwasserfarm bezahlen? Gewiß, Nahrung, die nicht mit Giftstoffen und Strahlung belastet ist, läßt sich teuer verkaufen, aber nicht in dem finanziellen Rahmen, den Sie sich vorstellen.«

»Das läßt sich nicht bestreiten. Aber Ihr Bruder fand heraus, daß Sie den Abgrund nebenan nutzten, um Chips aus einer unter Hochdruck entstandenen Legierung zu pressen, die auf dem Waffenmarkt Milliarden wert sind.«

»Wir stellen keine Chips her. Wir sind nur Importeure und Verteiler von Waffen.«

»Natürlich. Weil Sie nicht in einen Krieg mit Ares verwickelt werden wollten. Der Megakonzern hätte sie ganz schnell ausradiert. Aber Sie verkaufen den Piraten die Chips, und dafür verkaufen sie Ihnen die Waffen mit einem beachtlichen Rabatt.«

»Einem schwindelerregenden Rabatt«, korrigierte die Deckerin.

»Nur, daß die Piraten dann ihre Forderungen hochgeschraubt haben, wie das immer der Fall ist. Je wohlhabender die Stadt aussieht, desto mehr verlangen sie. Und plötzlich brauchten Sie einen geheimen Trumpf. Also bauten Sie den Coldframe, um eine größere Kuppel verwalten und die Nahrungsmittelproduktion erhöhen zu können, so daß der eigentliche Profit aus dem Verkauf der Chips verheimlicht werden konnte!«

»Aber Sie haben den Coldframe viermal so groß gemacht wie nötig, so daß er ein Kampfprogramm für automatische Waffensysteme verwalten konnte, um die Piraten wegzupusten.«

»Mit Waffen, die von Ares speziell für Sie angefertigt wurden«, fügte die Deckerin hinzu.

Harvin sagte nichts, sondern musterte die zornigen Gesichter. Sie wollten auf irgend etwas hinaus. Sie wollten etwas von *ihr*. Dies war keineswegs die einseitige Verhandlung, nach der es zunächst ausgesehen hatte.

Von draußen waren gedämpfte Rufe zu hören, und dann hämmerte etwas gegen die Tür.

»Meine Wachen sind da«, sagte sie.

Der Mann im Anzug winkte ab. »Geschenkt. Die Sache hatte nur einen Haken. Ihr Bruder beschloß, dafür zu sorgen, daß der Coldframe für immer ein Geheimnis blieb, und deshalb warb er ein Dutzend Magier an, um dauerhafte Schutzvorrichtungen anzubringen. Dann hat er sie umbringen lassen, damit sie den Standort des Coldframes nicht mehr verraten konnten.«

Draußen wurde der Explosionsdonner der Torpedos lauter, und die Lichtblitze zuckten durch die Kuppel wie Feuerwerksraketen. Auf den Straßen herrschte heller Aufruhr, aber im Büro verrannen die Sekunden in völliger Stille.

»Die Piraten könnten gewinnen«, sagte Barbara ungerührt.

»In diesem Fall sterben wir alle, und diese Unterhaltung ist vollkommen bedeutungslos.« Der Mann im Anzug ging zur Bar und goß sich einen Brandy ein. »Aber wenn Sie gewinnen, brauchen Sie uns mehr denn je.«

»Warum?« fragte sie, wobei sie sich unschlüssig war, ob sie tatsächlich alles wußten. »Sagen Sie mir, warum sollte mein eigener Bruder wollen, daß alle möglichen Leute Konzerngeheimnisse erfahren?«

»Sie wissen ganz genau, warum«, antwortete die Deckerin. »Sühne. Ihr Bruder stirbt. Seine medizinischen Daten sind offen einsehbar. Er lebt nur noch, weil er sich seinen Körper zusammengestohlen hat. Er ist nicht mehr als eine Sammlung von Einzelteilen anderer Leute.«

»Ich verstehe«, sagte Harvin.

»Aber es geht nicht mehr, und jetzt will er sein Gewissen erleichtern, bevor er den Löffel abgibt«, stellte der Mann im Anzug fest. »Vielleicht nicht bewußt, aber er begeht einen katastrophalen Fehler nach dem anderen.«

»Wie zum Beispiel den, uns anzuwerben.«

»Oder den, Löcher in Ihren Sicherheitsnetzen zu belassen, die andere finden und ausnutzen können.«

»Angenommen, das alles stimmt«, sagte Harvin zögernd. »Warum bringe ich Sie dann nicht einfach um?«

»Dann schickt Ihr Bruder immer mehr Shadowrunner, bis die Geschichte rauskommt und Sie nackt in der Sonne stehen.«

»Und wir haben dafür gesorgt, daß die Bevölkerung hier unten die Geschichte mit den Nahrungsmittelzusätzen erfährt, wenn uns etwas zustößt.« Die Deckerin grinste. »Was wahrscheinlich einen so großen Wirbel veranstalten würde, daß Ihnen im Vergleich dazu der Piratenangriff vorkäme wie SimSinn-Sex mit einer Aufblaspuppe.«

»Und«, fügte der Elf hinzu, »wir würden die Sache mit den Elfenmagiern über ein Gertrude senden, so daß der ganze Ozean zuhören könnte. Vielleicht würde niemand die Sendung hören.« Ein wehmütiges Lächeln. »Vielleicht aber doch.«

»Und wenn das in Tir Tairngire bekannt wird ...«

»Würde jeder Elfenmagier der Welt hierherkommen und dieses Höllenloch in seine Bestandteile zerlegen.«

»Und dann wären Sie tot.«

»Oder noch schlimmer. Aus dem Geschäft und mittellos auf der Straße.«

»Leichte Beute«, kicherte der Troll.

»Ein Bluff«, hielt Barbara ihnen trotzig entgegen.

»Lassen Sie es ruhig darauf ankommen«, lächelte der Norm freundlich.

Eine Explosion ließ die Bürotür erzittern, ohne sie zu beschädigen. Kostbare Minuten verstrichen schweigend. Dann durchschlug ein Laserstrahl die Tür. Als der Strahl erlosch, rammte der Troll die Mündung seiner Mossberg in das Loch und verschoß ein ganzes Magazin. Von draußen waren Schreie zu hören.

»Es werden Garantien nötig sein«, murmelte sie.

»Die Hälfte von uns wird immer hier unten sein, um die Sicherheit der anderen zu gewährleisten.«

Eine schreckliche Detonation ließ das ganze Gebäude erzittern, fegte Bilder von den Wänden und zerschmetterte Gläser und Flaschen in der Bar. Alle wandten sich den Fenstern zu und sahen ein Piraten-U-Boot bedrohlich nah vor der Kuppel. Dann rammte das U-Boot die Kuppel, und Risse breiteten sich aus. Der Bug bohrte sich durch das althropische Plastik und blieb dann stecken. Ein Ring aus Wasser zischte rings um den zerknautschten Metallbug des U-Boots in die Stadt. Wo das Wasser aufschlug, wurden Brücken und Häuser auseinandergerissen und fielen in Trümmern zu Boden.

Von unten und von den Seiten blitzten Laserstrahlen auf, die das U-Boot durchschnitten, so daß riesige Teile zu Boden fielen. Die Risse breiteten sich jetzt langsamer aus und begannen sich zu schließen. Dann war der gesamte Bug des U-Boots abgeschnitten und fiel auf eine Straße hinunter, wo er in einem gewaltigen Feuerball explodierte. In der pilzförmigen Rauchwolke, die von der Explosionsstelle aufstieg, waren Leichen und Fahrzeuge zu erkennen, die von der Druckwelle hochgeschleudert wurden.

»Wir haben eine Abmachung«, sagte Harvin mit einem Seufzer. »Sie sind jetzt mein neuer persönlicher Sicherheitsstab, der hier in der Stadt für den allgemeinen Informationsschutz zuständig ist. Zufriedenstellend?«

»Sobald es auf Chip ist«, sagte Delphia, der seine Waffe halfterte. »Und notariell beglaubigt.«

»Einverstanden«, erklärte sie widerwillig. »Vielleicht werden Sie tatsächlich ein Aktivposten für diesen Konzern. Die Abmachung gilt. Sie ... die Deckerin?«

»Silver.«

»*Hai*, Silver. Stellen Sie bitte eine Verbindung zu den Wachen her.«

Sie gestikulierte. »Zu Ihrer Verfügung ... Sir.«

Während Barbara Harvin ausführlich mit ihren Sicherheitsleuten und dann mit ihren Rechtsberatern redete, ließ der Lärm draußen immer mehr nach, und es waren auch keine Lichtblitze mehr zu sehen. Von den Straßen unter ihnen hallte Jubel herauf.

»Es scheint so, als hätten wir gewonnen«, sagte Emile, der sich auf seinen Zauberstab stützte und durch das Fenster auf die verwüstete Stadt herabsah. Überall waren Rauchwolken und Trümmer zu sehen, aber auch tanzende Menschen.

»Wenn man das so nennen kann«, sagte Silver, die sich aus ihrem Fuchi ausstöpselte. »Jetzt sitzen wir erst recht in der Tinte, weil wir jetzt für immer und ewig für diese Idioten arbeiten müssen!«

»Nee«, schnaubte Thumbs, der sich den Arm rieb. »Nur so lange, bis sie uns geeken.«

»Vielen Dank, Captain Chuckles.«

»Null Problemo.«

»Also gut«, sagte Harvin, die sich erhob und zu ihrem Schreibtisch ging. Silver machte ihr Platz, und die ältere Frau übernahm den Sessel von ihr. »Ihre erste Aufgabe besteht darin«, sagte Barbara Harvin, indem sie die Hände auf der Schreibtischplatte verschränkte, »meinen wahnsinnigen Bruder zu töten.«

»Nein«, entgegnete Delphia. »Das müssen Sie selbst erledigen.«

»Wir sind Leibwächter«, pflichtete Thumbs ihm entschlossen bei.

»Keine Attentäter«, fügte Silver hinzu. »Wenn wir welche wären ...« Sie ließ den Satz unvollendet.

»Ich werde ihn töten«, sagte Emile, wobei Grand auf seinem Arm schnurrte. »Mit Freuden und ganz umsonst.« Als er die verblüfften Blicke der anderen sah, fügte er hinzu: »Es ist eine Frage der persönlichen Ehre. Er hat ein Dutzend Elfenmagier getötet, und dafür muß er büßen.«

Harvin bedachte ihn mit einem zufriedenen Lächeln. »Ausgezeichnet. Sie werden diese Stadt gleich morgen früh verlassen, sobald wir die Anlegestationen für die U-Boote repariert haben.«

»Gleich nachdem ich das Gegenmittel für das Lebensmittelgift bekommen habe«, zischten Emile und Grand gemeinsam. Sie ignorierten Harvins ausgestreckte Hand.

Ihr Gesicht zeigte weder Überraschung noch Enttäuschung, als sie ihre Hand zurückzog. »Selbstverständlich. Das wollte ich damit sagen.«

»Pinkel«, schnaubte Thumbs leise vor sich hin.

»Gaijin«, korrigierte Delphia und nippte an seinem Brandy.

»Willkommen beim Gunderson-Konzern«, fügte Silver hinzu, als sie das Schloß der Bürotür entriegelte.